対になる人

花村萬月

集英社

10 09 08 07 06 05 04 03 02 01 00

116 109 088 082 058 048 029 026 016 010 009

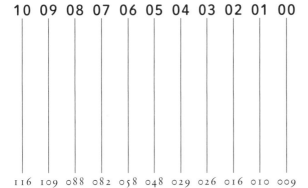

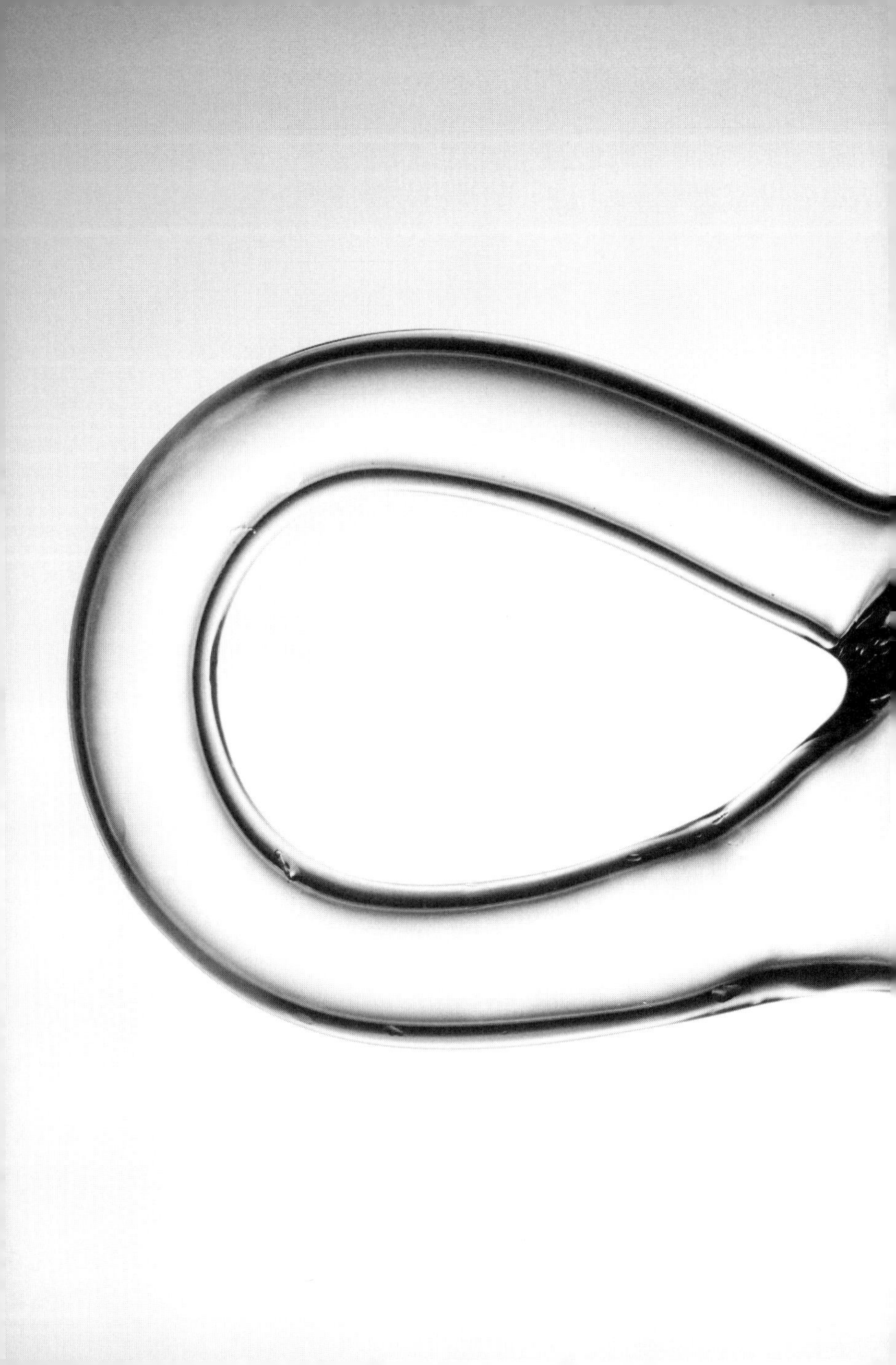

対になる人

00

小学二年生の彼女を絶望的にまで殺し尽くしたのは札幌市立東萩村《ひがしはぎむら》小学校の教諭である鈴木《すずき》による性的虐待だった。鈴木先生はこの殺人によって六人の彼女を生みだすきっかけとなった。

十七歳のときに魚の血の生臭さに充《み》ちた石狩漁港の富々山《とどやま》水産倉庫で彼女を犯し、完全に殺したのは水原《みずはら》君と十人の仲間たちだった。そのとき新たに二人、あるいはさらに多数の彼女が生まれた。

私は三人、殺した。

彼女の夫は自身の妻も含めて、無数に殺した。

はじめて彼女を殺したのは母親だった。しかも母親自身は自らの為《な》したことにまったく思い至らなかったばかりか、もう一人の、いや双子の彼女の生みの親となった。

小学校にあがる前の幼い彼女を幾人も殺したあげく、無数に生みだしてしまったのは、神戸は須磨の親戚の夫婦、とりわけ叔父だった。

席にやってくると膝頭を綺麗に合わせて私の隣に浅く座り、会話に十秒ほど耳を澄まして、開口一番、札幌暮らしでマンションを選んだのはよい選択です——と笑みが濃い。目尻の淡い皺まで含めて、なよやかに笑う人だなと感心しつつ頷く。

一戸建てだと、隣が掻いた雪がうちの敷地にまで押し寄せていて車が出せない等々、積雪絡みで近所と険悪になることがよくあると聞いていた。

「何階ですか」

問いかけられたが住居階が泛《うか》ばず、黒目を上にむけて考えこんでしまったことに気付き、いかにも間が抜けていると苦笑いする。

「最上階。十五階だったか」

01

「吹雪くと、雪が真横に疾《はし》りますよ。高い階ならではです」

このクラブの経営者で、ママだという。接待してくれている地元新聞社文化部の部長が薄野《すすきの》一の格式云々をエレベーターホールで囁《ささや》いてきたが、確かに銀座の高級クラブと比しても甲乙付けがたい。銀座ではお馴染みのサイボーグじみた整形美女がほとんどいないこともあって全体の空気が柔らかい気がしないでもない。嗄《か》れ気味の部長の声が割り込んできた。

「おじゃましてきたんですけれど、旭ヶ丘の凄いマンションでしたよ。広さ百四十平米超でリビングが四十畳以上ですからね。で、リビングに面して上部が吹き抜けになった四面硝子《ガラス》張りの和風の庭が設《しつら》えてあって、サウナに広々バスルーム、さらにルーフバルコニーにはジャグジーバスがあるんですから。露天ですよ。そこからちょうど藻岩山《もいわやま》のロープウェイが見えるんです。夜景、綺麗でしょうねえ。そこで独り暮らしってんだから、どうだろう、ママ、居候しちゃえば」

　部長は新居を探しているとのことで、充実した設備その他で売り出し当時評判になったというこのマンションの名称が念頭にあったらしく興味津々で、ハイヤーを差し回して迎えにきてくれたのはいいが、ぜひ御宅を見学させてくださいと上がり込み、不動産屋か建設会社の者が玄関先に置いてそのままになっていた間取図や価格表を目敏《めざと》く手にとって吟味した。もちろん私は定価で買ったわけではない。だが価格表と私の顔を見較べたその顔が、世の中は不条理だと訴えているようでもあった。

　昼過ぎに札幌に着いて、管理人から鍵をわたされ、家具ひとつない漠然とした空間を一瞥《いちべつ》し、この買い物は大失敗だと気抜けした。マンションの百四十平米という広さを私はイメージできていなかったのだ。寝袋と若干《じゃっかん》の着替えとノートパソコンだけはもってきた。さて、今夜はどの部屋に寝袋を拡げるか。自身が醸すなんとも迂愚《うぐ》丸出しな気配に、意味もなく頬など掻いて苦笑いだ。

　ともあれ部長は私よりも私の住居の内装その他に詳しい。それでホステスたちに私の新居の垢抜けなさをさんざん吹聴《ふいちょう》していたのだが、また繰りかえされてしまった。心底から面映《おもは》ゆく、俯《うつむ》き加減になる。あらためましてと名刺が差しだされた。

　ママは幾つもの会社を経営している札幌有数の実業家でもあるんですよ——という部長の声と裏腹に、相手によって使いわけているのだろうが手漉きの楮《こうぞ》の立派な名刺はいまどきめずらしい活版で齊藤《さいとう》紫織《しおり》の姓名と携帯番号だけあって、こんな画数の多い名前は手書きだったら絶対に使わないと漠然と字面を眺めていると、囁き声で御名刺いただけますかと促され、ペンネームとメールアドレスしか印刷されていない齊藤紫織のものと似たり寄ったりの、ただし自分でパソコンをつかってプリントアウトした名刺をわたす。

「電話番号は？」

「携帯、もってない。神経症なんだ」

「電話がだめ？」

「うん。かかってくるぶんには受けられる。でも、かけられない」

「用事があるときは、パソコンのメールの遣《や》り取りのみですか」

「うん。ＦＡＸ専用の固定電話とパソコンだけで仕事ができてしまうから」

そこで私が小説家であること、幕末から維新にかけての北海道を描く小説を書くために札幌に引っ越してきたことを部長が長広舌《ちょうこうぜつ》で解説しはじめた。

喋らなくていいので楽だが、受賞歴等々言わなくてもいいことまで織り込むので、そしてホステスたちが過剰反応するので、やや辟易《へきえき》してきた。足のあいだで手を組んで前屈みのまま、唐突さを意識して声をあげる。

「雪は真横に疾るか」

「疾ります」


「取材で一週間、あるいは十日」

「はい」

「ホテル暮らし」

「はい」

「目や耳や鼻や肌は、いろいろ感じはするだろうが、結局のところ観光気分、古くさい言いかたをすれば物見遊山《ものみゆさん》気分が抜けないと思うんだ」

「なんとなくわかります。見ているぶんには雪は綺麗ですから」

「気持ち悪いのを承知で言うが、俺は憂鬱になりにきたんだ。一冬、二冬過ごして、雪を嫌悪し、寒さと不便さを呪えるようになるために。それが作品に滲《にじ》んだら大成功だ」

「――マンション、お買いになったんですよね？」

「うん――」

「お一人で暮らすって伺いましたけれど」

「妻子は勘弁してくれって、東京暮らし」

「賃貸でよかったのでは？」

私はわざとらしく肩をすくめて、会話を打ち切る。

部長もホステスも私が凄く稼いでいて投資目的もあ

るのでは、などと穿《うが》った見方をしている。

入手したマンションは札幌市の山の手とでもいうべきか、環状通と瀟洒《しょうしゃ》なレストラン等が点々と店を構えている藻岩山麓道にはさまれて、中国総領事館が間近のなかなかよい環境にある。部屋自体は高額すぎて、そのマンションで唯一売れ残って一年以上たってしまったものだった。

だが、ほぼ半値の値付けになっていたのを意識したのは売買契約をすませてからで、周辺環境は、管理人が誇らしげに語っていたことだ。購入にあたって諸々の情報は私の耳を素通りしていた。取材で知り合ったかなりダークな部分に足を突っこんでいる自称不動産業の男に、札幌で暮らしたいのでなにか出物はないかと訊《き》いたら、絶対損はさせないからと最上階石庭露天風呂付きリビング四十畳超をあてがわれたのだ。

電話がかけられないといった程度の神経症ならば、ここにいる誰もが少々手間のかかる変わった男といったニュアンスで受け容れてくれる。だが振り込まれる印税や原稿料の総額が、あるレベルを超えると得体の知れない不安に囚《とら》われて身動きができなくなり、それを使い果たしてしまわなければという強迫観念に襲われてしまうという神経症状を口にすれば、信じてもらえるどころか厭味《いやみ》にしかとられないだろう。

だが、私は井之頭公園に隣接した都下三鷹市に自宅を建て、八ヶ岳山麓に敷地五千平米を超える別荘を持ち、那覇にマンションを持ち、そして正反対の札幌に無駄に広いマンションを所有することとなった。

金銭を一気に消滅させるには、不動産購入がいちばんなのだ。インターネットバンキングの残高を確認して、こんなのでやっていけるのかよ——と桁数が大幅に消滅した記載を一瞥して自嘲気味に安堵《あんど》するのだ。

もちろん妻子はたまったものではない。またですか——と諦めの境地の、どこか頰笑みに近い歪《ゆが》みが居座ってしまった虚《うつ》ろで焦点の合わぬ眼差しを妻から注がれ、私は書斎に逃げ込む。

妻との年齢差は二十五、私が五十もなかばを過ぎてから生まれたふたりの娘のことを考えれば、あきらかに異常だ。貯蓄できぬ病などと吐《ぬ》かしても、誰も信用してくれないだろう。金をなくすには、これがいちばん手っ取り早いんだと胸中で言い訳すれば、自分の愚かさがいよいよ際立つ。

　だが、金がなくなると、心が安らぐ。

　こんなことはとても他人には言えない。先々記すかもしれないが、あるいは頬被りするかもしれないが、これは生い立ちに関係しているようだ。

　明日からノートパソコンにむかう。原稿を書く。一枚書きあげて七千円超也と胸中で呟いて、十枚書けば日給七万円だと当たり前の念押しをする。これで、私は書けるのだ。書けるようになるのだ。

「お酒は召し上がらないのですか」

「うん。やめて、もうずいぶんたつ」

「それまでは」

「人並みに」

「なぜ、おやめに」

「一日中飲んでしまうから」

　飲酒と断酒については語りたくない。齊藤紫織は

それを察し、当たり障りのない天気の話に変えた。

「今年はもう十一月もなかば近いのに、まだ降っていませんね。けれど、そろそろ初雪を迎えそうな寒さです」

　室内とはいえペラペラの寝袋ではしのげないだろう。最低限の寝具と電気毛布でも通販で注文しよう。

「また、いらしてくださいますよね」

「どうだろう。なにせ飲まないからね」

「じつは」

「なに」

「スープカレーの店をやっているんです」

「辛いものは、好きだ」

「じゃあ、ぜひ」

「うん。そっちなら、行く」

　安請合いの気もないではないが、やや気詰まりというか気になることがあったので、頷いていた。スープカレーの店ならばカウンター越しだろうし、彼女が客の隣に座ることもないだろう。

　齊藤紫織は私の隣にいるときは当然のこととして、得意客などがやってきて席を離れたときなども私の

視線に入る範囲にあると、必ず膝頭を私のほうに向けていた。徹頭徹尾、膝頭が私を指し示していた。

当初は偶然だろうと気にせぬようにしていたが、かなり無理な体勢をとってまで膝頭を私に向けていることに気付いたとたんに、いささか異様というか、抜き差しならぬ切実なものを感じさせられた。自惚《うぬぼ》れたりにやけたりしている余地などない。心窃《ひそ》かに面倒を引き受けぬよう気を引き締めろと、私の内面の声が囁いた。

齊藤紫織は、私に狙いを定めていた。

間抜けなマンションまで購入して札幌にやってきたのは小説を書くためだ。不可解な保身が迫りあがってきていた。魅力的な女ではあるが、膝頭が常に私のほうを指し示していることに性的な意味合いよりも、もっと別種のなにものかが隠されていることを私の過敏が感じとってしまったのだ。

すっかり赤らんだ部長が隣のホステスの手を握ってなにやら口説いているのを横目で見て息をつく。文化部の記者たちも酔いがまわって調子がでてきている。受けるホステスも若干、支離滅裂だ。隣では

齊藤紫織がスープカレーの調理に関することを熱心に喋っている。私がそうするように仕向けたのだ。もちろんまともに聞いてはいない。氷が溶けてすっかり薄くなったジンジャーエールを舐《な》めながら、自分の内側の鈍感さと過敏さ、正しくは愚鈍さと神経症的脆弱《ぜいじやく》さについてとりとめのない思いを巡らす。

02

札幌の最初の夜は、フローリングに直接拡げた寝袋から伝わる冷気と床の固さに熟睡とはほど遠かった。寝袋を入れたぎりぎり機内持ち込み可のバッグをもって北海道に飛んだ自分のずれというか、バカさ加減がかわいらしく、胎児のように身を縮こめた。

外が薄明るくなってきたころ胴震いしながら小用に立ち、暖房をつければいいと気付いた。北海道仕様のガス暖房は強力で、八時頃に目覚めたら汗ばんでいて乾燥のせいで喉の調子が微妙だった。結局、六畳程度のいちばんちいさな部屋に寝た。

食べる物がない。飲み物もない。ひもじいという言葉がぴったりの空腹だ。昨夜、クラブから送ってもらったときにせめてコンビニに立ち寄って当座の食い物を買っておくべきだった。五丈原《ごしょげん》とやらでトン塩ラーメンを食べようと迫る酔っ払った部長を邪険にするべきではなかった。使えない奴だなあ、気がきかないなあと自分を揶揄《からか》い気味に叱って、寝袋に下半身を突っこんだままパソコンを立ちあげる。PDFに落としてきた当座の資料の整理をはじめる。

現如上人《げんにょしょうにん》北海道巡錫《じゅんしゃく》絵の細部に夢中になっていると、彼方《かなた》からインターホンの呼び出し音が響いて我に返った。さっそく新聞屋かNHKが嗅ぎつけたか。無視してもいいのだが空腹だ。これをきっかけに外にでてなにか食おう。膝に手をついて立ちあがる。

「先生。菱沼《ひしぬま》先生。紫織です。お迎えにあがりました」

　オートロックのカメラに近づきすぎだ。額の真ん中あたりから大写しになった齊藤紫織が柔らかな、妙に嬉しそうな子供じみた頬笑みを泛《うか》べている。物理的なものだけでなく、心情的にもやたらと距離の近さを感じさせる液晶を眺めつつ問う。

「お迎え。なんの？」

「カレー。スープカレー。食べにいらっしゃってくれるって」

　約束した記憶はないが、その場しのぎの空返事をしがちなので、たぶん紫織の言っていることが正しい。昨夜の膝頭のことが一瞬、頭を掠《かす》めたが、朝の陽射しがやたらと眩しいのと食欲に負けた。

　来客用駐車場に駐めたテッチンのホイールにスタッドレスを履かせた軽の四駆の助手席のドアをあけてくれた。ＪＢ23ではないか。懐かしい。ターボなので排気系を交換するだけで即座にパワーアップしたが、リミッターをカットして高速道路を全開で走ると直進性が悪く、掌に汗をかいたものだ。

「おなじ型のジムニーに乗っていた」


「菱沼先生はもっと大きな車かと」

「ジムニーとレガシィを交互に乗り継いで、浮気したことがない。いまはレガシィに乗っている」

「なぜ、四駆ばかり？」

「二本足で走るのは人間くらいだろう。車に詳しそうだな」

「いまは、どうでもいい物の筆頭です」

「東北道を延々走ることを考えたら萎《な》えてしまったんだが、札幌まで運転してくればよかったな」

「北海道で暮らすには、車は必須ですよ。ジムニーがお好きでしたら、これ、使ってください」

　彼女の経済力からしたら所有している車が軽一台ということもないだろうから、喜んで使わせてもらうことにした。同時に自分の構えのなさに、やや奇異な気分を覚えた。

　確かに異性には甘えるたちではあるが、過剰ともいえる用心深さという悖反《はいはん》するものも強くもっているはずであったからだ。昨晩の思慮とでもいうべきものが完全に消え去ってしまっていて、シートを若干《じゃっかん》倒して大あくびだ。

オートマではなくマニュアル車に乗るのは雪国ならではの実利があるからだろうが、シフトや回転合わせも的確で、私よりもよほど運転がうまい。絶対に事故を起こさないタイプだ。

円山公園近くのマンションだから、たいした距離ではないという。店が開くのは十一時からなので、それまで自分の調理研究室を見てほしいという。調理研究室とはまた大仰《おおぎょう》だ。横目で一瞥《いちべつ》すると、その視線を受けて頬をさするようにして、笑んだ。笑顔はすぐに真顔にもどり、いまスープカレーの店は札幌と近郊に四店舗、対人接客が主のクラブ経営とはまたちがった難しさと愉《たの》しさがあり、四店は拡げすぎたかもと思案顔だ。

「私が決めた味をお客様に提供する。気負いが空回りしてるかな」

私にはどんな磁石が仕込まれているのだろう。窓外に拡がる大方終わってしまった紅葉を眺めるふりをして、やっぱり——と唇の端だけで苦笑いする。

紫織の膝頭は運転中にもかかわらず、しっかり私のほうを向いていた。上半身は進行方向に正対して

いるが、下半身はねじまげられて私を指し示している。運転が乱れることはないが、かなり不自然な体勢だ。アクセルとブレーキはヒール・アンド・トゥと強弁もできるだろうが、クラッチをうまく踏めるのだろうか。なんとも奇妙な運転姿勢にきまりの悪さと控えめな困惑を覚えた。

調理研究室は紫織のスープカレーの店の第一号店が一階にテナントとして入っているマンションの一室だった。最初に目に入ったのは造り付けの棚に大きな瓶に入れられて大量にストックされた昆布だった。産地と、採取されたときか入手したときかわからないが年月日がじつに整った字で記されている。

「凄いね、昆布博物館だ」

「函館から左回りに真《ま》昆布、細目《ほそめ》昆布、利尻昆布、羅臼《らうす》昆布、長《なが》昆布、日高昆布と北海道では種々の昆布が採れるんです。寒流と暖流で種類がちがうんですね」

利尻昆布の瓶を撫《な》でながら、呟く。

「京の懐石といえば、これですね。最上で、澄みわたっているんです」

迎合気味に頷くしかない。

「けれど利尻は流麗すぎるので、カレーには濃厚な羅臼を主体に真昆布を三くらい。知ってます？　昆布って、新鮮なのはだめなんです。産地よりも扱いに詳しいっていうのが微妙ですけれど、京都の一流の料亭は入手したら最低でも一年寝かすそうです。羅臼は二、三年目に熟成して、利尻は寝かせば寝かすほど旨味が増すんです」

わざとらしく咳払いする。

「あえて訊《き》くが、カレーに昆布？」

「スープカレーの店の七割以上は和風だしがベースです。昆布に鰹節。煮干しも少し」

意外だった。それが顔にでたのだろう、紫織は頷きながら続ける。

「もちろん鶏は必須ですし豚骨も大切です。場合によっては牛骨なんかも使いますね。あと、野菜。これは大切なスープベースです。みんな棄《す》てちゃいますけど、キャベツの芯や炒めたタマネギの皮は、煮込んでいくとすばらしい旨味と香味がでるんですよ。野菜は棄てるところがありませんね」


聞き流して勝手に昆布の棚の奥に進む。左側の壁に紫織の背丈よりも高い業務用の冷蔵庫と冷凍庫が据えられていて、磨きあげられたステンレスに東の窓から射す光が反射している。その傍《かたわ》らには野菜をストックした大きなケースがある。右側はやはり業務用のコの字型の調理台やガス台などが設《しつら》えられていて、少し離れた場所に昆布の棚と同様の無骨な造り付けの香辛料の棚がある。素人目にはカレーとは無縁と思われる香辛料も含めてざっと四十種類くらいだろうか。紫織が私の視線を追った。

「店では、クミン、コリアンダー、フェンネル、クローブ、シナモン、カルダモン、フェネグリーク、スターアニス、ブラックペッパー、オールスパイス、ローレル、ナツメグ、パプリカ、セージ、カイエンペッパー、ターメリック——配合割合は秘密ですけれど、香辛料十六種を用いて、さらに辛みをご自分で調整していただくペーストのために」

さらに列挙しようとしたのを彼女の顔の前に右手を差しあげて制し、率直に言う。

「手抜きのないことはよくわかった。これからどんなものが食えるか、凄く楽しみだ。ただ、あなたが香辛料を並べあげているときの顔つきっていうのかな、なんだか催眠術にかかっている人みたいだった」

「私――おかしかったですか」

「瞬《まばた》きくらい、したほうがいいな」

言葉を返しながら寸胴《ずんどう》を覗きこんで水中に沈んでいる暗褐色の群れに驚愕した。超巨大なミルフィーユを連想した。

「なんという量の昆布だ」

「種々の昆布の組みあわせをさぐるのは、とても愉しいことなんです」

行儀が悪いと思いつつも、そっと人差指を挿しいれて舐《な》めてみた。水に浸してあるだけにもかかわらず甘みが迫り、さらに舌が揺れるような旨味が押し寄せ、脳裏に鮮烈な濃緑《のうりょく》が泛びあがり、恍惚《こうこつ》とした。

大切な秘密の泉に汚れた指を突っこまれたといったところか。紫織は思いのほかきつい咎《とが》める眼差しで私の目の奥を一瞥してきて、呟くように言った。


「和食でも、プロは家庭とは比較にならない量を使いますよ。ましてカレー。香辛料と合わせるので昆布のコストがいちばんの課題です」

「なるほど。以前、京都の料亭を取材したときも、見事な鰹の削り節を山のように鍋にぶち込んでいて、圧倒されたもんな」

「値段て、そういうことなんですけれど、なかなか理解してもらえません」

鼻をクンクンして蓋のしてある寸胴をあける。大きな鶏の脚が野菜スープと思われる清《す》んだ液体のなかに整列していた。スープカレーといえば骨付きのチキンレッグだ。少しでも邪険に触れれば、肉がほろほろ落ちてしまいそうなぎりぎりの状態でじつに旨そうだ。背後から紫織が、それは野菜スープと煮込んで肉自体から旨味や脂、くどさを落とす工程ですという。

「旨味も落とす？」

「はい。動物系の旨味に関しては、引き算です。柔らかいけれど歯ごたえがあり、突出していないこと」

「頼みがある」

「だめです」

「即答か！」

「あとで、下で完全なものを食べていただきますから」

「俺は旨味が少し落ちたチキンレッグにむしゃぶりつきたいんだけれど」

紫織は首を左右に振った。まったく愛想がなかった。いつのまにかつけていた純白のエプロンが化学者の白衣に見えた。昨夜の、そして先ほどの運転中の膝頭が、まるで幻覚や錯覚に感じられるほどに毅然としている。

ここは彼女の聖域なのだろう。具材の豚の角煮や鹿肉ばかりか熟成しきったトマトや舞茸、セロリの香りまでそそられるものばかりだが、店に案内されるまで食欲は封印することにした。紫織は首だけ曲げて私の顔をしばらく見つめた。

「もしすべて食べられるなら、店で美唄《びばい》の北海地鶏のチキンも、富良野の無冷凍無投薬飼育の豚の角煮も、焼尻《やぎしり》で育てているサフォーク種の羊のなかでもミルクラムと称されている最上のものも、西興部《にしおこっぺ》から届いたばかりの三歳以下の雌のエゾシカのバラ肉も入れてあげますから。野菜もたっぷりですから、御飯を相当減らしたほうがいいかも」

執《と》りなすというよりも、抑えのきかない子供を諫《いさ》めるような調子だった。商品として提供しているものを熱々で食べてもらいたいという紫織の気持ちも理解できたが、調理研究室に入ってからの紫織からは笑顔が一切消えていて、しかもデータ的な言葉の羅列ばかりで、微妙な違和感を覚えてもいた。

私の気分を知ってか知らずか、紫織は巨大な冷蔵庫に背をあずけ、腕組みした。どちらかといえば男っぽい仕種だ。

「菱沼先生は、スープストックをつくって、香辛料を、カレー粉をまぶして溶かして、そこに具材を入れれば出来上がりって思っていらっしゃるでしょう」

スープカレーとは、そういう食べ物だろうと頷くと、紫織は腕組みしたまま断言した。

「それをしたら、香辛料の渋みや苦みが浮きだすだけで、たいして辛くもならないばかりか、えぐみばかりのものになってしまうんですよ。粉末の香辛料を水のうえに振りかけてみれば、たいがい浮くでしょう。うどんやラーメンの熱い汁なら唐辛子や胡椒の成分は溶けはしますけれど、スープカレーのスープは沸騰とは無縁です」

淡々として落ち着いた口調に説得されたわけでもないが、確かに水と香辛料はあまり相性がよくないような気がしてきた。それを見透かしたように紫織が言った。

「溶けないんですよ」

「溶けないとは？」

「香辛料は基本的に脂溶性なんです」

「脂に溶ける」

「そうです。香辛料の香り成分はベンゼン環をもっているので見事に脂溶性です」

化学か——と、やや呆《あき》れて紫織を上目遣いで見つめてしまった。紫織は意に介さず、解説口調で続ける。

「だからインドカレーはスパイスを油で炒めてしまいます。その作法は精緻で確立されています。まずギーなどの油を熱してスパイスを入れて香りを油に移します。イギリスの植民地だったからでしょうか、その最初に用いる香辛料をスタータースパイスと言います。ですから一括《ひとくく》りにするなとインドの方に叱られてしまうかもしれませんが、インド料理の香辛料の扱いは、ひとえに油を味方につけることにあります」

「なるほど。だがスープカレーに油分はほとんどないよな」

「はい。あえてお客様にお出しする直前にバジルのオイルを少々加えるといったことはありますが、飲み物——スープとしての側面がありますから、ごく控えめですね。香辛料を油で処理すれば簡単なんですけれど、そこに具材の肉類の油脂が加われば、極端に言えば背脂カレーラーメンスープのようなものになってしまいます。麺を啜《すす》るにはよくても、とても素揚げの野菜などの繊細な味わいを愉しむことはできません」

「うーん。さらさらだよね、基本、スープカレーは」

「脂にしか溶けないスパイスを、どうやって水に溶かすか」

見当がつかない。目で訊くと短く答えた。

「乳化させるんです」

言葉は知っていたが、具体的なものが泛ばない。水と油を一緒にするのが乳化のイメージだが、では、どうやるのか。

「界面活性剤が必要です。それも独自のものを見いだせば、他店では真似のできない味をつくりだすことができます」

にこりともせずに付け加える。

「合成洗剤を思い泛べたんじゃないですか」

「うん。なんとなく」

「界面活性剤というとおどろおどろしいですけれど、わかりやすい例でいえば卵黄に大量に含まれているレシチンです。天然のものがいろいろあるんですよ」

「なるほど」

「牛乳は水に油が微粒になって分散しています。バターは逆に油のなかに水滴が分散しているんです。


界面活性剤というと構えられてしまうけれど、パスタのペペロンチーノ。麵とオリーブオイルを馴染ませるために、ゆで汁を使いますでしょう。ゆで汁に溶けているデンプンが乳化剤の役目を果たして、美《お》味《い》しく仕上がるんです。ゆで汁でなく、デンプンという界面活性剤を一切含まないただのお湯をかけておなじことをしたら悲惨なペペロンチーノができあがります」

私は卵黄にとらわれて、漠然と薄黄色のマヨネーズを思い泛べていた。

「で、香辛料は、どうやって乳化させる?」

「いくつか方法はありますが、商品として成立させるには相当に技術を要します。もちろんオリーブ油とデンプンに相当するシンプルな界面活性剤も含めて企業秘密です。スープカレー〈愛〉では、もちろん軀《からだ》に悪いものは一切用いていません」

完全に遮断された。べつに秘密を知りたいわけでも、接待的な対応をされることを求めているわけでもないが、昨夜のクラブのあの気を逸《そ》らさぬ人当たりのよさはいったいどこに消えてしまったのか。

私の気配など意に介さず、紫織が奥の作業台に据えてあるおそらくは東南アジアのものと思われる石臼を示した。ニンニクの香りが強いが、より複雑な有機的な匂いがして、口中に涎《よだれ》が湧く。

「ブンブというインドネシアのソースをつくっているんです。エビを発酵させたトラシとエシャロット――日本のラッキョウとは別種ですけれど、このふたつがとてもエスニックな味わいを醸しだしてくれるんです。ただ、ソースの素材から甘みが出てしまいます。辛いものが苦手なお客さんに提供する辛みとしてはとても好《よ》い素材ですけれど、ストレートな辛み好きの方には、この甘みはどうなんだろうって思案中です」

　問いかけているようにも感じられるが、あくまでも解説口調だ。ブンブという調味料のことなど聞いたこともないが、蘊蓄《うんちく》をひけらかしている気配のかけらもなく、やはり真摯《しんし》な化学者といった趣《おもむき》だ。

　紫織は窓際に整列した種々の唐辛子のプランターの前に立ち、温度計と湿度計に視線を投げ、エアコンを設定しなおして、ごく小粒の唐辛子に指先で触れ、プリッキーヌ――と囁《ささや》いた。なんとも愛おしげだった。この部屋で、はじめて情のこもった声を聞いた。いまさらながらに男と女、ふたりだけの部屋であるにもかかわらず、紫織に一切の性的感情がないことを逆に思い知らされた。

*

　階下に降りるとき、いきなり紫織は蟀谷《こめかみ》に指先を当て、上体をややかしがせて若干俯《うつむ》き加減で彼女らしくない声をあげた。

　いてて――。

　かなり痛そうだった。声が妙に幼かった。偏頭痛かと尋ねると、だいじょうぶですと下を向いたままくぐもった声で応えた。顔を覗きこもうとした瞬間、目が合った。女化学者の印象がひと息に消え去り、可愛げのかたまりのような女が私を見あげていた。

　私が調理場に入って、メニューにはない全部入りの最高のスープカレーをつくってさしあげますから、覚悟してください、残したら怒りますよ――と明るく笑う。その屈託のない表情の魅力に息を呑む。同時に調理研究室の紫織の無表情にはすばらしい整合の美が宿っていたことに気付く。

　どちらの貌《かお》が紫織の真の貌なのか。降下していくエレベーターの壁面に寄りかかり、重力変化に身をあずけながら私は小首をかしげつつも、真正面から見つめてくる紫織に迎合の笑みを泛べていた。

03

　まだ午前十一時前だったが、スープカレー〈愛〉の前には行列ができていた。真冬でも雪を踏みしめて開店を待っていてくれる客がいるという。昨夜のクラブ〈愛〉も客であふれかえっていた。文化部部長は口を開けば道内は不景気と嘆いていたが、齊藤紫織の経営する店には当てはまらないようだ。

　裏口から店内に案内された。水商売の裏口にありがちな薄汚れた腐敗臭一歩手前の臭いも一切なく、見わたす調理場も徹底的に磨きあげられていた。

　七人の従業員は全員女だった。こちらは菱沼逸郎《いつろう》先生。偉い小説家の先生です——と紹介され、苦笑い気味に頭をさげる。彼女たちはいっせいに朝の挨拶を返し、私に興味深げな視線を投げはしたが即座に仕込みにもどった。責任者に紫織がいくつか指図《さしず》すると、他の従業員も手を休めずにじっと耳を澄ましている。十月収穫のタマネギは春蒔きなので、水分が多いから気持ち火入れを長く、扱いに注意しろと繰りかえしていたのが印象にのこった。

　紫織が三つの寸胴《ずんどう》から雪平《ゆきひら》にスープをすくって入れ、ガスのとろ火にかけると軽く混ぜ合わせ、スパイスの棚に手を伸ばした。横でまだ十代の女の子が紫織の指示でナスやニンジンやジャガイモ、そしてニンニクを素揚げしはじめた。加えるスパイスに集中しつつも油の爆《は》ぜる微妙な音に耳をかたむけ、もう少し温度をあげてと指示する。

　私は複合した香辛料の匂いになにやら不能感を覚

え、ほとんど無意識のうちに胃のあたりを押さえていた。食欲のない日々が続いていたが、なにかが弾けて口中に唾が際限なく湧いてきた。

　開店と同時に調理場にも満席の熱気が押し寄せてきた。トッピングに合わせて、スープに最後の仕上げの香辛料を足して細かな調整をするので注文してから最低でも十五分待ちとのことだが、客は気にせず、香辛料の靄《もや》と渦につつみこまれたような店内で、とりとめのない時間を過ごしている。

　私は客席の一番奥の衝立のあるテーブルで巨大なチキンレッグの皿、端正な賽子《さいころ》状の皮付き豚角煮の皿、子羊の塊肉が浮かんだ皿、焙《あぶ》ったエゾシカの薄切りが整列した皿を並べてもらって、どれから手を付けるか途方に暮れていた。どの皿も素揚げされた、あるいは煮込まれた野菜の彩りがすばらしい。

「チキンレッグはターメリックライスを食べるために店で出している通常の味付けです。他の三品は塩味を抑えておきましたから、まさにスープとして味わってみてください」

　ミルクラムの噂は聞いていた。私のスプーンが子

羊に向かったとたん、紫織が大きく頷いた。

「九月でしたか、季節外れの出産があったって報《しら》せがあったので、では二ヶ月半後にお願いしますって後先考えずに入手しました。三ヶ月待つと歩留まりはいいけれど、肉の繊維が舌でほぐれていくあの感触と甘みが薄まってしまうので、二ヶ月半。まるで先生の来訪に合わせたみたい」

　生まれてから母親の乳だけで育てたぷっくり太った赤ん坊の肉。むしゃぶりつく。テーブルに両肘《ひじ》をついて身を乗り出し気味の紫織が、さぞや恍惚《こうこつ》としているであろう私の瞳の奥を覗きこみながら続ける。

「少しカレーが茶色いでしょう。二ヶ月半の細くて切ない骨や筋でフォン・ダニョーを拵《こしら》えて、それをベースにしたスープなんです」

　乳飲み子に香辛料が悪戯《いたずら》している。蹂躙《じゅうりん》された乳児は無数の触手を伸ばす香辛料に犯されて虚脱し、しかもフォンなんとかのだしだけでなく、昆布とは思えぬ濃厚な旨味に覆いつくされてまともに息もできぬ状態で、じつにひどいものである。

「菱沼先生、他の素材の味も愉しんでくださいな」

だが、赤ん坊の肉塊を崩壊させるスプーンの動きを止めることができない。

降り積もった雪が根雪になって、凍りついた。マンションの車の出入りの多いところは凍結部分が磨かれてとても滑りやすくなっている。私は見事に転倒してしまい、両肘《ひじ》に派手な痣《あざ》をつくってしまった。後頭部を打ちつけていたら——と思うとぞっとする。

紫織とはすっかり打ち解けて、気安い友人となっていた。微妙な揶揄《からかい》まじりの口調で、後学《こうがく》のために石庭露天風呂付きの部屋を見学させてくださいと迫られて以来、紫織は上がり込むのが当たり前といった調子でやってくるようになっていた。男女の友情などあり得ないということは自覚しているが、じつは紫織には隙がないというべきか、手出しを躊躇《ためら》わせるなにかがある。

では、あの膝頭はなんだったんだ？　ということになってしまうが、躯《からだ》を苦しげによじってまでもいつも膝頭が私のほうに向いているという奇妙な仕種も、お互いにある程度狎《な》れた口をきくようになるに従って終息していった。

それと同時に私は初対面の翌日の調理研究室で感じた彼女の二面性とでもいうべきものにやや戸惑いを覚えるようになっていた。紫織の二面性はかなりの頻度で出現するのだ。それは極端であり、場合によっては違和感があり、大げさなことをいえば理解を超えているようなところがあった。

だいたいにおいて紫織は愛嬌に充《み》ちていて人の気をそらさない。気配りも細かく、かゆいところに手が届くし、それをうるさく感じさせない悧発《りはつ》さも兼ね備えている。しかも、けっこう危ういあたりまであからさまにする開けっ広げなところがある。

「ケロイド体質なんですよね」

「ふーん」

「ほら、ここなんか――」

いきなりデニムのベルトをゆるめ、ボタンフライの金属ボタンをふたつほど外《はず》し、腰からずらして、ちょうど腰骨の尖《とが》りのあたりだろうか、数センチほどの傷痕を見せつける。淡い紫のショーツが覗けて、ケロイドよりもそっちに視線がいってしまい、それを取り繕《つくろ》うために抑えた気のない声をかえす。

「たいしたもんじゃないじゃないか」

「そうかなあ。ぷっくりしてて、最悪。押してみて」

「押すのか」

「押して」

「感触、ミミズに似てるな」

「菱沼さん、失礼ですね」

「ミミズはないか」

「たしかに似てる気がするけど」


紫織は黒目をあげて思案顔になる。

「帝王切開の痕もケロイドになっちゃってるんですけど、それを見せるわけにもいかないな」

「そりゃ、そうだ」

帝王切開で意識が向いたのだろう、紫織はデニムを引っ張りあげながら、ひとしきり小学二年の自慢の一人娘のことを口にする。私はまたもや気のない声で受ける。

「学級閉鎖は？」

「続いてる。たった一人の友だちは三十九度だかで寝込んでるし、雪が降り続いてるし、宿題はないし、暇をもてあましてテレビゲームの時間が増えたみたい。祖母がゲーム、大嫌いじゃない。だから冷戦状態」

仕事が忙しいので娘の面倒はほとんど紫織の母がみているようだ。紫織は初めのうちは罪悪感の裏返しか、娘に対する批判的なことを口にするのが常だったが、それが微妙な楕円軌道を描いていつのまにやら娘のよいところを列挙しはじめる。

会ったこともない他人の娘に私が興味のないこと

など充分に承知している紫織だ。けれど適当に受け答えをしてくれる私に対して娘の自慢話を抑えることができない。紫織の言うとおりだとすれば感受性豊かにして相当に悧発な子であるようだ。その得意げな表情がふと曇った。

「菱沼さんは小学校低学年のころ、独り言してた？」

微妙な質問だ。小学校にあがる前の幼いころはよく一人で喋っていた。けれどあるとき独り言はやめたような気がする。父親に指摘されて羞恥《しゅうち》を覚えたのではなかったか。もっともなぜ独り言をやめたのかに関しては、いまではすべてが曖昧《あいまい》で朧《おぼろ》だ。

「記憶はないが、たぶんしてなかったよ」

「そうよね」

「沙霧《さぎり》はするのか？」

「うん。それが半端じゃないの」

「――誰かと喋ってるみたいな？」

「そう。そういう感じ。まるで目の前に誰かいるみたいにして延々と喋っているの。私やお祖母《ばあ》ちゃんとの会話よりも、その誰かとの会話の時間のほうが長いくらい。で、ときどき――」

「ときどき？」

「うん。知ってるはずのないことを口にしたりして、ギクッとさせられる」

無意識のうちにも胸の前で腕を組んで自分を守る体勢をとった紫織を見据えて問う。

「たとえば、どんな？」

「沙霧にはお兄ちゃんがいたんだよ。でも沙霧が生まれる前に死んじゃったの。ちっちゃな、ちっちゃな、ちっちゃなお兄ちゃん。ちっちゃすぎて――」

紫織は言葉を呑む。冷徹な眼差しをつくって先を促すと、首を左右に振りながら私を見ずに続ける。

「ちっちゃすぎて壊れちゃって、血みたいになっちゃって、死んじゃったんだよ」

一呼吸おいて紫織の瞳の奥を一瞥《いちべつ》し、呟き声で訊《き》く。

「流産」

「そうです。ただ――」

「ただ？」

「誰にも言ってないんです」

こんどは私が腕組みして、視線を上方に投げて、あえて総括してしまう。

「あれこれほじくる気はないので勝手にまとめるが、望まぬ妊娠で誰にも言えず隠していたけれど、流産したと」

「はい。私だけの秘密です。相手も知らないことなんです」

ちっちゃなお兄ちゃんはともかく、血みたいになって死んじゃった――というのには、まるでそれを目《ま》の当たりにしたかの微妙な生々しさとリアルさがあって、紫織が鼻白むのもわかる。

血となって流れてしまったならば性別などわかるはずもないだろうが、おそらくは沙霧の言うとおり男の子だったのだろう。

もちろんそれには触れず、母や祖母から、つまり周囲からすれば娘が姿の見えない誰かと喋っているとしか捉えられない現象についてを語ることにした。

「沙霧に母の心を読む力があるのかどうかはともかく、誰かと延々話しているっていうのは典型的なイマジナリーコンパニオン、イマジナリーフレンドってやつだ」

幼い子供は、妖精と話をする。目に見えない友だちとお喋りする。だいたい三歳から六歳くらいまでの三割から五割ほどの子供にあらわれるという。

なにぶん子供相手なので心理学の研究においても資料的には三割から五割という差異があるが、私はなんとなく三割程度ではないかと決めつけている。

その三割の子供のなかでも、とりわけ空想上の友だちとリアルにやりとりを続けて、現実の友人以上に言葉を交わし続ける沙霧のような子供もいる。沙霧は小学二年生だから、目に見えない友だちとの関係は通常よりも長続きしている。

こういった事柄は、自身の性癖にも関係があるので私の得意分野だ。加えて、少し前に脱稿した作品に必要だったこともあり、大量の心理学をはじめとする資料を集め、勉強した。本音を明かせば、次の作品に取りかかるためにも限りある脳のキャパシティを解放してしまいたいのだが、よくも悪くも、まだ大部分が頭に残っている。

「お人形とかぬいぐるみに話しかけたりする子はよ

くいるわよね」

「ぬいぐるみに話しかけたりするのは、イマジナリーフレンドとは違うよ。パーソニファイドオブジェクト――ってやつで物の擬人化はほとんどの子供がすることだし、ごく一般的なことだから」

「たしかにリカちゃん相手にお喋りしているのとは、ぜんぜん違う。内容は複雑だし、目の輝きからして違うのよ」

「イマジナリーフレンドは、ぬいぐるみといった物質的な憑代《よりしろ》と無関係で、純粋に精神的なものなんだ。昔は尸童《よりまし》と称されていた現象だと思う。女の子の場合は、たいがい同じ年頃の子供だったり妖精やかわいらしい妖怪みたいなニュアンスかな。動物の場合もあるし、自分よりちっちゃい子や赤ちゃんも多いみたいだ。ただ場合によっては、男女を問わずトラウマのある子は自分を保護する存在、それは神や悪魔のような存在だったりするんだけれど、強烈なイマジナリーフレンドをもっている場合もあるらしい。それにはおどろおどろしい仰々《ぎょうぎょう》しい名前がついているんだってさ」

神や悪魔と言ったあたりで紫織は眉根を寄せ、やや頬を白くした。私は意識的に唇の両端をもちあげて笑み、若干《じゃっかん》わざとらしいと思いつつも続ける。

「そうそう、イマジナリーフレンドをもっている子は引きこもりと無縁らしい。それどころか他人や世界、諸々に興味を強くもつことのできる感受性の強い子に発現する現象なんだ。で、イマジナリーフレンドをもっている子のほとんどは、じつはイマジナリーフレンドの実在を信じていなくて、つまりまさにイマジナリーフレンドであると理解しているわけだが、トラウマがらみだったり、あるいは並外れて感受性が豊かで強烈なイマジナリーフレンドをもっている子はその実在を信じて疑わないそうだ。ま、実在を信じていたって問題ないよ。イマジナリーフレンド自体が病的なものではないのだからね」

　よどみなく解説する私に、なぜそんなに詳しいの？　といった眼差しを紫織は投げている。ときに不可解な二面性をあらわにするこの母親を見ていると、その娘である沙霧のイマジナリーフレンドは遺伝的要素によってより強化されて永続的なものになっていくような気もする。

「イマジナリーフレンドをもつ原因は情動的補償。孤独、寂しさをまぎらわすためだ。だから妹や弟が生まれる前の年頃に出現してしまった長子や一人っ子に多い」

「孤独か。まいったな。罪悪感」

紫織は俯《うつむ》いてしまった。情動的補償と事実を告げるのも酷だが、私に言わせれば孤独が絶対悪というわけでもない。

「兄弟がいれば、あれこれやりあって成長していくわけだけど、一人っ子はイマジナリーフレンドをつくって自身の認知機能を成長させていくんだって」

「だとしたら沙霧には必要なのね」

「うん。心配することはないよ。イマジナリーフレンドがいる子は、いない子にくらべて他人の考えや視点を理解し、考慮する能力だけでなく、構造的に複雑な会話や物事の理解に優れているそうだよ」

一呼吸おいて、付け加える。

「バカはイマジナリーフレンドをつくれないということだ」


「バカ——その他大勢ってことね」

「うん。すごいのは、抽《ぬき》んでた子は、他の子のイマジナリーフレンドまで見ることができて、ちゃんとやりとりできるそうだ。他人の虚構を脳裏で実体化できるってんだから、途轍《とてつ》もない頭のよさと感受性だ。沙霧はお話をつくるのが上手で、しかもそれを語るのが巧《うま》いだろう?」

紫織が深く頷いたので、付け加える。

「虚構の構築は、人間のもっとも高度な能力だからね。強《し》いていえば、他人の気持ちを推しはかりすぎる傾向があるそうだ。まわりの人のことを人一倍気にする繊細さのせいで、実際にはいない人のことまで考えてしまうのがイマジナリーフレンドの原因っていう強引な説もあったな。ま、お祖母ちゃんと冷戦状態なら問題ないんじゃないかな。ケンカできるなら、だいじょうぶだよ」

「すこし、安心した」

当然ながら紫織を安心させるために、やや過剰にイマジナリーフレンドを持ちあげたようなところもあるけれど、その本質的な部分は事実だ。

「手前味噌になるけどな」

「うん」

「マジョリー・テイラーだったかな、さすがに固有名詞の記憶は怪しくなってるな」

　蟀谷《こめかみ》に指先などあてがって、記憶を手繰《たぐ》れば手繰るほど心理学者の名は不明瞭になっていく。五十を過ぎたあたりからだろうか、名詞が抜け落ちやすくなってしまった。開き直ろう。

「とにかくテイラー先生が小説家五十人を対象にある調査をしたんだ」

「イマジナリーフレンドに関係があるの？」

「大あり。調査を受けた作家のほぼ全員が、作品の登場人物の自律性を認めたんだ。つまり登場人物がイマジナリーフレンドのように勝手にといったら語《ご》弊《へい》があるが、設定から外れていって勝手に喋って勝手に行動してしまうというんだ。小説家は、彼ら彼女らの自律した行動を書き留めるというか、タイピングするってこと」

　紫織は怪訝《けげん》そうな眼差しでコーヒーカップをテーブルにおいた。


「勝手に行動するっていうけれど、作者が筋書きを考えてるんじゃないの？」

「もちろん執筆前には筋書きに類するものは考えるけれど、微妙。推理小説は結末ありきだから、作者の論理思考による帰結——筋書きが決まってるよね。ミステリーの登場人物が好き勝手に動きだしたら、収拾がつかなくなっちゃうからな」

「だよね」

　紫織は顎の先を翫《もてあそ》びながら頷いた。料理をするので爪は綺麗に切り揃えられていて、一見したところエナメルの類いも塗っていないようだ。

「私は小説家って、みんな、緻密《ちみつ》に筋書きを拵《こしら》えてるんだと思っていたけれど、なんか菱沼さんの口調だと、推理作家のほうが特別な存在みたい」

　紫織が重たい鋳鉄《ちゅうてつ》のフライパンでローストし、二十日ほど寝かせたという粗挽《あらび》き豆で淹れてくれたコーヒーは、ストレートで飲むとたまらない。一口味わって、酸味の後に続く苦みにうっとりし、頷く。

「作家によりけりだけれど、筋書きのパーセンテージが多い作家もあれば、イマジナリーフレンド的に登場人物におまかせしてしまう作家もけっこういる」

「それで辻褄っていうの、合うの？」

「虚構って厳密に組み立てると、理屈上破綻しないというか、できないんだよ。だから舞台や世界に相当する虚構を厳密に組み立てておけば、登場人物はその虚構のなかで自由自在に動いて喋って、それでうまくいく。もちろん微妙な軌道修正はするけれどね」

「よくわからない」

「説明が大変だから端折《はしょ》る。ま、私見だが長続きしている小説家ってのは、登場人物におまかせしてしまうタイプだ。厳密な設計図に従ってそこから一歩も外れずに書く小説家は消耗が烈《はげ》しいというか、その不自由感は相当なものだろう。俺には無理だな」

「ということは菱沼さんも」

「うん。俺もそうだよ。キャラクターが勝手に動いて、勝手に小説ができあがっていく。デビューしたてのころはきっちりプロットをつくっていたんだ。ところが――」

「ところが？」

「主人公が死んでしまった。勝手に、だ！」

「書いているうちに、主人公が菱沼さんの組み立てた筋書きを裏切って消えてしまった」

「そういうこと。まいったよ。主人公を別人物にスライドさせて、開き直ってそのまま書き続けたけれど。以来、三十年以上プロットなんて一切つくらずに題名だけ決めて、見切り発車。で、現在に到る」

「凄い才能！」

「そうきたか。じつはね、テイラーの調査によると、作家の半数は幼児期のイマジナリーフレンドを覚えていて、その特徴も、朧気なものからクリアなものまで濃淡はあったけれど、どんな友だちをもっていたか答えることができたんだ。あるいは成人してもイマジナリーフレンドを保持していたり、思春期以降にイマジナリーフレンドをつくりだしたという作家もいるようだ」

「菱沼さんは？」

「いるよ。じつは、いまでもいるんだ」

「イマジナリーフレンドが？」

「うん。俺はそいつを『悪い逸郎』と呼んでいる」

「悪い逸郎——悪いんだ？」

「凄く。だからいざというときには頼りになる。性差があるのがおもしろいが、だいたい男のイマジナリーフレンドってのは、ヒーローとか怪獣じみた並外れた力を持つ存在を友だちにすることが多いそうだよ。俺の場合は常識から外れた悪人だ。正確には一般社会とは相容れない独自のモラルを持っている。それがいざというときはじつに心強い。俺の書くものは、悪い逸郎の影響が多分にあるかもしれないね」

六十を過ぎてイマジナリーフレンドをもっているという私に、紫織は大きく目を見ひらいている。

「菱沼さんて、沙霧なんて目じゃない人だったのね」

さすがに照れ臭い。悪い逸郎のことは伏せておくべきだった。

「話を元にもどすよ。同時にテイラーは対比のために作家でない人も調べた。その調査では作家よりもあえて年齢を下げて一般の高校生にイマジナリーフレンドの存在について訊いたんだ。高校生。まだぎりぎりイマジナリーフレンドの記憶が残っていそうな年頃じゃないか。けれど、ほとんどの高校生は記憶がなかった。イマジナリーフレンドというのは成長に従って忘却されてしまうものでもあるし、ほとんどの高校生は、もともとイマジナリーフレンドをもっていなかった——ということなんだけれど」

「小説家って沙霧みたいなことをして小説をつくりだしているのね」

「そういうこと。創造性というと恰好いいけれど、イマジナリーフレンドにはまさに創造性の鍵が秘められているようだ」

紫織の眼差しが和らいでいる。口許のゆるみは安堵《あんど》からだろう。なにせ私にもイマジナリーフレンドがいることを知ったのだから。独り言をする娘を見直しているようだ。私は念押しをするように続ける。

「たいがいが六歳あたりで消えてしまうイマジナリーフレンドだけれど、沙霧のように学童期に入ってもイマジナリーフレンドと深く虚構に遊ぶ子が稀《まれ》にいるわけだ。沙霧のイマジナリーフレンドが俺のように永続的なものになるかどうかは誰にも判断できない。こんど沙霧に、あなたがいつもお話ししている子は、どんな子？　絵に描いてお母さんにも紹介してよ――って頼んでごらん」

「そんなことして、だいじょうぶなの？」

「うん。繰り返しになるけれど、俺のように幼いころからの悪い逸郎をジジイになるまで残存させている場合もあれば、ある瞬間、消えてしまう場合もある。だからいま現在の沙霧の大切な記録として残してあげればいい」

「わかった」

「紫織も娘の友だちの実在を信じて、特別扱いせず、ごく素直に共感を示すんだよ」

「わかった。ありがとう。ところで」

「ん？」

「菱沼さんは、悪い逸郎の実在っていうのかな、信じてるの？」

「信じてるわけないだろう。あくまでも俺の頭の中、俺の脳がつくりあげたものだよ。ただ、奴が語りはじめると、ほとんど、いや完全にコントロールがきかない。俺など思いもつかぬ独自の思想やら考えを御拝聴して、同意して、異見を差しはさんで、ま、ディスカッションする。俺であって完全に俺でない存在とでもいえばいいのかな。でも、あくまでも脳内につくりあげられた虚構と認識している。長い長い付き合いだ」

「すごいね、頭のはたらき。脳か。複雑。一筋縄ではいかないから、すごい。すごく興味がある。昼御飯、拵えるね」

　脳から昼食にいきなりスライドした紫織に笑みを返す。風が弱いのだろう、窓外の雪は真横には疾《はし》らずにほんわか舞っていて、ときに攪拌《かくはん》されたかのように上昇したりもする。午前十一時になるが薄暗い。だから雪も灰色に見える。私はテーブルに頬杖をついてコーヒーの残りを飲み干す。

　だだっ広いリビングにはやや小さいダイニングテーブルをはじめ、日常生活に困らないだけの家具が運びこまれていた。すべては紫織の好意で、しかも私が遠慮や負担を感じないように自宅等で使わなくなった家具をもってきてくれた。執筆用に紫織の会社の事務机やスチールの本棚まで用意してくれていた。私が唯一購入したのは、寝具くらいだ。書斎にした部屋の床にベッドマットを直置きして寝ている。

女にしてはやや肩幅の広い、つまり臀《しり》がちいさい紫織の調理中の後ろ姿を漠然と眺めやる。ジーパンがよく似合っている。私はマザーコンプレックスの気があるので腰のしっかりした女が好みだが、どちらかといえば男性的なニュアンスの紫織の体軀に、いままで覚えたことのない色香を感じてもいた。

豚肉だろうか、生姜《しょうが》の香りといっしょになって食欲中枢を擽《くすぐ》る醤油や味醂《みりん》、蛋白質《たんぱくしつ》の焦げる匂いが漂ってきた。紫織の調理センスは抜群で、彼女のつくるものに不味《まず》いものはない。調理器具や食器類も、すべて紫織が自宅や自ら経営している飲食店などからもってきてくれた。

毎日、朝の九時過ぎごろやってくる。インターホンの呼び出し音が私の目覚し時計で、娘の学校が休みの土日以外は日参だ。四方山《よもやま》話や愚痴、私の仕事についてなど会話は他愛ないが、相性がいいので私は無駄話自体を愉《たの》しみにするようになっていた。

フライパンのなかで豚ロースが控えめに縮んで湾曲している姿が泛《うか》ぶ。香りの誘惑に怺《こら》えられず、立ちあがる。紫織の傍《かたわ》らに立つ。集中している。片目でフライパンの火加減を見ながら味噌汁の味噌を溶いている。

「豚丼」

とだけ紫織は呟いた。付け合わせやサラダはもうできあがっていた。私は大きく頷き、紫織の様子を窺《うかが》う。ガスの焔《ほのお》を弱めた指先に幽《かす》かな弛緩《しかん》を感じとり、紫織の料理に対する集中がほどけてきたことを悟る。なにげなく紫織の腰に手を伸ばす。ケロイドのあったあたりに軽く触れた。

紫織がぎこちなく首をねじまげ、私を凝視した。

「ふしだらな」

睨《にら》みつけられて、返す言葉が見つからず、私は叱られた子供のように手を自身の背後に隠した。

ふしだら——。

ずいぶん久々に聞いた言葉だ。私は戸惑いの笑いを泛べつつ、釈明する。

「いや、さっき見せてくれたじゃないか。ジーパンをおろしてケロイド」

紫織は怪訝そうに私を見据える。開けっ広げで愛想がよく愛嬌たっぷりの紫織ではなかった。紫織ではないというのも奇妙な実感だが、私を見つめている紫織は、調理研究室の紫織だった。

お互い、しばらく無言だった。肉に火が通りすぎてしまったということだろう、紫織がわずかに頬を歪《ゆが》め、ガスを消した。それをきっかけに私は訊いた。

「いきなり触れたのは悪かったが、なんでそんなところにケロイドというか、傷ができたのかなって、すこし不思議だったんでね。腰の骨の尖っているあたりだろう。そうそう傷つける場所でもないような」

「DV」

「ドメスティックバイオレンスのことか？」

意外さに訊きかえしたが、紫織は答えず、レンジで温めた御飯のうえに豚肉を花瓣《はなびら》のように飾っていく。焦げ茶色の薔薇が咲くのを私はぼんやり見守る。そういえば紫織は夫のことをほとんど話さない。

「美味《おい》しい？」


「たまらん」

「素材もいいけど、腕もいいからね〜」

得意そうに反《そ》り返っておどけ気味に言う紫織に、私は困惑の笑みを返す。

「ふしだらって言葉は、もうほとんど死語だよな」

「なんのこと？」

「おまえが咎《とが》めたんじゃないか」

「あ、そうだったっけ」

「——ケロイド、DVだったのか」

紫織は彼女にしては多すぎる量の御飯と豚肉を口にして私をはぐらかした。質問攻めにして無理やり話させるのは趣味ではない。自分のことから語ることにした。

「俺もDVで苦労したことがある」

紫織の瞳孔がしゅっと縮んだ。

「菱沼さん、奥様に暴力を振るうようには見えないけれど」

「いや、振るわれてたんだ」

「振るわれてた？」

「二度目の妻」

「幾度結婚してるの」

「三度だけだよ」

「充分」

「まあ、充分だな」

「菱沼さんに対して、二度目の奥様が暴力を振るっていたの？」

念押しの口調で問いかけてきた紫織だ。

「そう。見てくれは温和《おとな》しいというか、柔和そうな気配なんだけれど、怒りの発作が起こると手が付けられない」

彼女の異変というべきか異常に最初に気付いたのは婚前旅行で京都に遊びに行ったときのことだった。

古道具屋で彼女は四角いカットのルビーらしき指輪を見つけた。台座はシルバーだし、値段もたいしたことがなかったので買ってやるつもりだったが、サイズが小さく、指に合わなかった。

店の女主人が外注にだして指輪の内側を削るという方法もあるけれど、それほどまでしてお金をかけるほどのこともないといった意味のことを親切心から呟いた。


とたんに、こんなちゃちなの要《い》らない！　と吐き棄《す》てて、彼女は古道具屋から飛びだして消えてしまった。呆《あき》れ気味にホテルにもどると、顔面蒼白で彼女がベッドの上に転がっていた。

「顔色が尋常でなかったので、気にいってたのに残念だったねって迎合気味に言ったとたんに、発作――まさに発作が起きてね、大暴れしはじめて、周囲のものを加減せずに片っ端から投げつけてきた」

「よく、わからない」

「俺にも、訳がわからなかった」

以降、ＳＮＳで自分の気に食わないことが書かれていればドライバーを振りあげてパソコンのディスプレイを無数に刺し貫き、シートベルト未装着で運転していて警官に停止を求められたときは、あまりに反抗的ということで連れていかれた交番のドアを蹴りまくりはじめて、狼狽《うろた》えた私が羽交い締めにして交番から引き離した。

「すごいね。女なのに」

「うん。でも、普段はとても人見知りをするというか、はにかみ屋で、だからその落差が信じられなくてね」

それでもしばらくのあいだは怒りの発作の頻度も日常生活が崩壊するほどではなかったのだが、それが日常化してしまったのは不妊が理由だった。原因が私にではなく、幼いころの彼女に施《ほどこ》された医療行為だったことが判明したあたりから、彼女は日常的に暴れるようになった。

理由は、なんだっていい。暴力を振るうのに理由はいらない。しかも二日に一度のごく短い周期で、たいがいが夕刻に暴発する。そういった意味においては通常のドメスティックバイオレンスとは違うのかもしれないが、暴力の対象が私であるのだから、たまったものではない。

大暴れをしたあげく、体力を使い果たして最後の発散に、窓を開け放って外に向けて叫ぶ。

夫に殺されます！

とにかく私にダメージを与えることにかけては、あっぱれとしかいいようのない見事さで、けれど私はそれほど彼女に対して悪いことをしたのだろうかと、あまりの不条理に半笑いになってしまうほどだった。

不妊は、女としては自己存在を否定されてしまったかのような欠落をもたらすのかもしれないが、私は子供がほしいと口にしたことなど一切ない。心情的にも自分に子供ができれば過干渉するにきまっているので、子孫は残さなくてもいいと割り切っていたのだが、彼女は顔面蒼白で暴れまわる。

当初はあまりの理不尽さと加減のない投擲《とうてき》や物による殴打に身の危険を感じ、応戦してしまったこともある。が、拳《こぶし》を固めてしまった自分に気付いて、その手をズボンのポケットにおさめた。

怒りの発作のさなかの彼女の殺意は本物なので、やりあえば力に勝る私が殺してしまいかねない。この人は病気なのだ。それを悟って以来、彼女が私に暴力を加えるときは必ず両手をポケットに突っこんでしのいだ。

「そっかー。よくぞ耐えた、って感じだな」

「うん。大変だったよ。俺が反撃しないと知ったら付けあがりやがって、ますます暴力が烈しくなった。庭先にいたら、ベランダからコンクリのブロックが飛んできて、かろうじて避《よ》けたけれど、左足のアキレス腱に当たってね」

「うわ！」

「で、階段の上り下りは、いまだに痛む」

「こないだ駐車場で滑って転んだのも、それの後遺症だね」

「かもしれないな。力がふっと抜けることがあるからな。そういえば、壁を蹴り破ったこともあったな」

「壁！」

「火事場の馬鹿力みたいなものかな。寝室の漆喰《しっくい》壁を蹴り破りやがった。俺に対する殴る蹴るだけでなく、物に対する破壊も尋常でなかったよ」

「凄《すさ》まじすぎる。菱沼さん、アキレス腱以外の怪我は？」

「うん。コンクリブロックは例外だけど、顔や手といった外から見えるところは避ける狡《ずる》さがあってね」

「あ――」

「どうした」

「なんでもない」


おそらく私とおなじように他人からはわからない場所を狙って暴力を受けているのだろう。けれど素知らぬ顔をして苦笑い気味に大盛りの豚丼で膨らんだ腹部を指し示す。

「もっぱら胴体に集中していたよ」

「――たいへんね」

「ああ。たいへんだった。で、DVの噂が立って、俺んちに彼女の父親が乗り込んできたんだ」

「彼女を止めるため？」

「じゃなくて、俺が娘にDVを振るってるって勘違いして」

「菱沼さん、小説も暴力的なものを書いたりしてるものね」

「ははは。その顚末《てんまつ》が、またなんというか」

崩壊した寝室の漆喰壁や破壊されたドア、流しに叩きつけられて爆《は》ぜた食品や割れてそのままになっている皿の類い、めくって見せた私の腹部や背、肩、太腿の痣などを目の当たりにした父親は、我が娘の所業に呆然としたあげく、あろうことか叱責《しっせき》の中途から顔色を真っ白にし、拳を振りあげて娘に飛びかかっていったのである。

この父にして、この子あり。私は仲裁する気力もなく、リビングの床に転がって烈しく絡みあう父と娘を見おろしていた。向かいの家の屋根に区切られた夕焼けが色鮮やかで、なんとも非現実的な光景だった。

ところが、その非現実を娘が見事に壊してみせた。父との闘争のさなか、腹這いになって抱き込むようにした携帯で一一〇番したのだ。父親に犯されてます父親に殺されそうですす父親にやられてます――息継ぎなしに連呼し、しかも父が携帯を奪おうとした直前に滑らかに所番地を告げ、結果、十分もしないうちにパトカーが二台やってきた。

「じつに説明が難しかったな。警官は、旦那さんが暴力を振るってるわけじゃないんだよね、って念押しばかりするし、娘は父に犯されそうになっていたって喚《わめ》きまくるし、父はもう項垂《うなだ》れちゃって抜け殻だし――」

「とんでもない修羅場」

「まったくだ。でね、警察官に、旦那さん、ちょっ

とパトカーまできてください――って言われて、思わず俺？　って自分の顔を指しちゃったよ」

「微妙だけど、菱沼さんは当事者じゃないもんね」

パトカーの後部座席で、私は警官に助言というべきか、対策するように告げられた。

「旦那さんね、私たち職業柄、ああいう人をよく見るというか、相手をするんだ。暴れると手が付けられないでしょ。すごい力だもんね。女性相手だって私たちだって両手足、それぞれ四人がかりでやっとだもん。旦那さんね、早く奥さん、保健所に連れていかなくちゃ。保健所に相談して、そこから先の病院とかのこと、決めていかなくちゃ。でないと旦那さんが消耗しておかしくなっちゃうよ。悪いことは言わないから、ちゃんと処置したほうがいいよ――」

「で、保健所に行ったの？」

「警官も他人事だよ。システムとしてはそうなってるんだろうけれど、現実がわかってない。そもそもDV妻が保健所に素直にいっしょについてくると思うか」

「だよね」

「悪夢だったな」

「でも、別れることができたんでしょ」

「まあね」

「どうやって？」

「金」

「ああ、なるほど。そういう人も、お金には弱いんだ？」

「なんでこんなとこだけ現実的なんだって、もう笑うしかなかったな。有り金、すべてくれてやったよ」

紫織は、息をついた。なにか言いたげなのは充分に感じた。私はあえて促すことをせずに黙っていた。紫織の携帯が鳴った。一時から会議とのことだ。食器の後始末ができなくてごめんなさいと立ちあがった。

「ねえ、菱沼さん」

「なに」

「私ね、鳴らしたいときに携帯とか、鳴らせるんだよ」

「意味がわからない」


「文字通り、鳴らせるの」

私が肩をすくめると、テーブル上の私の手にそっと掌を重ね、ちいさく頷いて紫織は経営者の貌《かお》になって出ていった。手の甲に幽かに紫織の掌の熱が残っている気がして、そっと左手で覆った。

午前中は私の部屋で過ごし、午後は経営する会社のあれこれ、夜はクラブに顔をだし、帰宅は必ず午前零時をまわる。いったい、いつ眠っているのかといった忙しさだ。

実際、私と知り合う前から睡眠時間は四時間を切る日が多いと言っていた。眠る時間を確保しても、悪夢を見るからほとんど眠れないとも告白していた。

悪夢。私も夢を見るが、焼きあがったパンにひたすらパン屋の屋号の焼き印を押すといった、ひどく単純にして反復する夢を見ることが多い。夢を見ながら退屈してしまい、かなり苛立《いらだ》つが目覚めることはできず、そういった意味では悪夢かもしれないが、背筋に冷たい汗をかくというようなことは当然ない。

さてと、と声をあげて立ちあがる。いつもは紫織が後始末してくれる食器を盆に載せてキッチンに運ぶ。視野の端に不規則に舞う雪が映る。外は氷点下だが、室内はガス暖房で蒸れるように暖かい。代わりに光熱費は月に二十万に達しようとしている。

紫織が豚丼を口に運んだのは、ケロイドの原因がDVだったのか——と問いかけたときだけだった。返事をしたくないから紫織はあえて食べたのだ。

だから紫織の豚丼は一欠片《ひとかけら》の肉と御飯がなくなっているだけだ。私はしばし睨みつけるようにそれを見つめて、気を取りなおしてラップをかけた。

量がたりない気分のときはカップ麺が加わったりもするが、おおむね紫織の残したものが私の夕食になる。残したものというよりも手つかずのものといったほうが正確だが、暗黙の了解のようなものができていて、私はそれについてあれこれ詮索しない。

紫織は、物を食べない。

味見はしても食べるという行為を私に見せたことがない。一応は自分の分もつくるが、たぶん紫織自身がそれが私の夕食の足しになると割り切っている気配がある。

「眠らず、食わず。どうやって生きてるんだよ。いやはや燃費のよい女だ」

平らげた丼や食器を洗う。呼び水というのも微妙だが、沙霧のイマジナリーフレンドにかこつけて誰にも話したことのない『悪い逸郎』のことを告白し、二番目の妻の常軌を逸したDVの日々も明かした。

まちがいなく紫織は物言いたげだった。それをぎりぎりで抑えている気配だった。

「鳴らしたいときに携帯を鳴らせるって、どういう意味だよ」

呟くと、胸中で悪い逸郎が当然といった口調で呟き返してきた。

——会話とかを中断したいとき、逃げだしたいとき、自分の都合で誰かに電話をかけさせることができるってことに決まってるじゃないか。

「なるほど。便利なような、どうでもいいような」

——真《ま》に受けるなよ。鳴ったのは偶然だよ、偶然。

「気付いたんだけれど、料理しているときの紫織は貌が完璧に左右対称の紫織になるな」

——もともと、わりと左右対称だよ。

「そうだな。化粧っ気がないというか、あえて印象に残らないように貌をつくっているというか。だから美人だけれど、印象がやたらと薄いんだ」

——印象が薄い？　薄いけど、濃いだろ。薄いというよりも淡いんだ。俺からすると彼女には、なにかが足りない感じがする。

「いま気付いたけれど、それこそ六十年ぶりくらいで、声に出しておまえと話してる」

——やばいよ。独りのときはまあいいけど、認知症を疑われるぞ。

「まったくだ。気をつけよう」

——ま、俺のほうが気配りしてやるよ。誰かがいたらあらわれないようにする。

　私は頷き、紫織が淹れていってくれたコーヒーをとろ火で温め、書斎にこもる。パソコンを立ちあげてWZを起動すれば、スイッチを切り替えたかのように執筆に没入できるのが私の取り柄《とりえ》だ。

　二時間ほど主人公が幕末の浅草は浅草寺《せんそうじ》界隈で暴虐の限りを尽くす場面の導入部を描《えが》いた。浅草寺境内は屍体《したい》の棄て場であった。現代とちがって、死はいつだって可視化されて転がっていたのだ。


　この主人公は、いままでにも増してコントロールがきかない。蝦夷地《えぞち》に渡るまでに相当な紆余曲折《うよきょくせつ》がありそうだ。千枚二千枚といった膨大な枚数を費《つい》やしそうだ。大長篇はかまわないが、分厚い書籍が売れない時代だ。どうしたものかと反り返って事務椅子の背もたれをギシギシいわせているうちに、口が勝手に動いていた。

「ふしだら——か」

料理に興味をもった。愛想のよい普段の紫織よりも、調理しているときの取り付く島もない紫織に魅力を感じているということもあるが、もともと私は執筆に集中したあげく、気力体力ともに限界に至った時点で、たいがいが夜更けだが、冷たい水で食器を手洗いすることで気分転換をはかるということをよくしてきた。妻にも洗い物は私の専権事項であるなどと偉そうに告げ、あえて汚れた食器類を残しておくように頼んでいたものだ。

しんと静まりかえった丑三《うしみ》つ時に水音の絡みつく磁器の肌を磨きあげていく。陶器のざらついた柔らかさがたまらない。漆《うるし》の塗り物は指先で愛撫する。硝子《ガラス》の類いは瞬《まばた》きもせずに一点の曇りもないように

05

息を詰める。鉄のフライパンにこびりついた焦げは金属束子《たわし》でこれでもかという勢いで盛大に削りあげ、強火にかけて灼《や》きを入れ、丹念に油をくれてやる。こんな順序ですべての食器や調理器具を片付けていると、頭のなかで囂《かしま》しく騒いでいた言葉の群れが消滅して、私はようやく冷却されて眠気が訪れる。

どうしても手抜きにはなるが、自炊も嫌いではない。この際、紫織という抽《ぬき》んでた教師がいるのだから本筋の調理技術を習おうと率直に頼みこんでみた。短いディスカッションをし、卵料理でいくことになった。素人には敷居が高いような気がしたが、思いきって口にした。

「近又《きんまた》の朝飯のだし巻きがすごく旨かった」

「たしか一日に二組しか宿泊をとらない老舗ですよね。こんど、私も泊まってみよう」

紫織の口許に幽《かす》かな笑みが泛《うか》んでいた。江戸前の卵焼きなら実際はピンキリでも砂糖を使うからそれほどひどいものにはならないけれど、京風は難関ですよ——と囁《ささや》かれたような気分だ。

「副菜にだし巻き。優雅ですね。こんどくるときには最上の昆布だしをもってきますが、塩分抜きの天然素材の顆粒のだしの素がありましたよね。菱沼さんが戴くんだから昆布とかつお、両方使いましょう」

「江戸前とちがってふわふわのふにゃふにゃだろう。うまくつくれるかな」

「だし汁が多いから、そのままじゃ固まらないけれど、ちゃんとかたちになりますよ。職人のなかでも最上の方は使いませんけれど、じつはプロでも凝固剤として吉野葛《よしのくず》や浮粉《うきこ》を使ってるんです。でも家庭でつくるんだから小さじ一の片栗粉でかまいません。かたちはプロも焼きあげてから巻き簾《す》で整えるのですから、菱沼さんも焼きあがったらラップで包んで整えればいいだけのことです」

「なんか敷居が低くなってきたぞ」

「江戸前はお砂糖が入っていることもあって焦げやすいし、多少の焦げめがあるくらいのほうが美味《おい》しく見えるけれど、京風は焦がさないように注意するくらいですか。あと玉子焼き鍋の把手《とって》のないほうから自分のほうに、つまり手前に巻く大阪巻きではなく、玉子焼き鍋の把手側から外側に巻いていく京巻きにチャレンジしましょうね。京巻きは空気が入りづらくて卵自体の重みで巻きがしっかりするんで、長持ちするんです。仕出しとかを考えているんですね。すぐに戴くときはふんわり大阪巻き。つくり置きするときは京巻き。どちらもじつは京都の料理人の呼び名なんですけれどね」

大阪巻きに京巻き。知らなかった。一〇〇ccの水に顆粒のインスタントだしの素を溶かしただし汁をつくり、薄口醤油、味醂《みりん》、片栗粉各小さじ一を混ぜあわせ、卵を四つ割る。だし汁と合わせた卵液を幾度かにわけて玉子焼き鍋に流し込んでかたちを整えながら焼くわけだが、その直前に毎回、必ず卵液を攪拌《かくはん》して沈殿している片栗粉を全体に行き渡らせるのがこつであるとアドバイスされた。

菜箸《さいばし》の先についた卵液を玉子焼き鍋の油のうえに落として油の温度をみる。ぢゅっと軽く爆《は》ぜた。紫織が頷いた。ぎこちない手つきで卵液を流し込んだ。紫織の指示に従って、まだ表面が鮮やかな黄色の半熟のうちに菜箸を挿しいれて向こう側にまとめていく。

うまくいかない。だが、最初のうちはかたちが整えられなくても問題ないと紫織が請け合った。幾度か卵液を注いで形状を整えていくうちに、なるほど結果的に初体験の素人がつくったとは思えないだし巻きが仄《ほの》かな湯気をあげているではないか。

味も近又とまではいわないが、遜色《そんしょく》ない。なによりも和食の職人でもできない者が多い京巻きを一度でクリアしてしまった菱沼さんには料理のセンスがあると、調理中は冷たい紫織が満面の笑みだ。

紫織は欠片《かけら》を味見しただけで、相変わらず食べない。私は思いのほか美味しくできた卵四個分のだし巻きをすべて食べ尽くし、満足の吐息をつき、なんとなく紫織の腰のあたりに視線を投げた。

「ケロイドでしょう。消したようですよ」

「消したよう？」

だが上目遣いで窺《うかが》えば、まだ調理研究室の紫織の気配である。見せろとも言えない。腰から視線を引き剝《は》がす。それに呼応するように左右対称の表情のまま、紫織が言った。

「見せましょうか」

私はぎこちなく訊《き》いた。

「ふしだら——は、どうなった」

「あのあと考えました。ふしだらは私の思いちがいでした」

「いや、ほんとうのことをいえば、ふしだらな思いがゼロだったわけではないから」

「そうですか。とりあえずだし巻きでおなかがいっぱいの菱沼さんからは、ふしだらなオーラはでていません」

逆に構えてしまった私に頓着《とんちゃく》せず、紫織はタイトスカートのホックをはずし、ケロイドがあった部分をあらわにした。

「ほら、ケロイドだけでなく傷痕も綺麗に消えているでしょう」

一応は頷き返したが、内心では『手品』と呟いていた。子供のころ、接着剤で傷をつくるのが流行《はや》ったことがあった。下膊《かはく》の肉の抓《つま》める適当なところにボンドを薄く塗り、ほぼ乾いた時点で皮膚を縒りあわせるようにしてくっつけると、傷もどきの出来上がりだ。

フランケンシュタインの怪物になりたくて額を接着したときは、母親の大顰蹙《だいひんしゅく》を買った。もちろん時間がたつと新たな皮脂等が浮かびあがるせいだろう、強力な接着剤であっても剝がれるように元にもどっていったものだ。

特殊メイクではないが、紫織はケロイドそっくりのものをつくらせて、腰の骨の尖《とが》った部分に貼りつけ、それを私に見せつけた。そして今日、その作り物のケロイドをぺりぺり剝がし、滑らかな素肌を見せつけた。手品の種としてはじつに単純だ。

問題は、紫織がわざわざケロイドレプリカをつくって私をだます必然がないということだ。そっと紫織の表情を盗み見る。まだ調理研究室の紫織の貌《かお》だ。しかも、ほんとうに私はふしだら認定からはずされたらしく、淡いベージュの下着をかなりの部分までめくって傷が一切ないことを示し続けている。

「ついでだから帝王切開の痕のケロイドも治そうと頑張ってましたよ」

「——なにか他人事というか、日本語が微妙に変だよ」

「ケロイドは消えたけれど、沙霧がこの世界に登場した徴《しるし》の横一文字の傷は、幽かに赤らんだ細い筋になって残っているみたい。右肩のケロイドは傷ごと完璧に消えていたし、あえて消さなかったのかな」

「だから、会話が他人事っぽくて奇妙だよ」

「なるほど。なんだか単なる目撃者みたいですね、私」

べつにおかしいことなどないでしょうと紫織は笑んでいる。その左右のバランスが完全にとれている能面の頰笑みに魅入られつつ、このなんともいえないずれ、ちぐはぐさはなんなのか——と、やきもきする。そこに微妙に左右対称からはずれた笑みがかぶさってきた。

「私の肌、堪能した？」

「うん。まあ、年齢のわりにはいい張りをしているよ」

「肌には自信があるのよ。でも、ほんの少しのちいさな傷もケロイドになっちゃうから面倒臭くて手直しも放置気味」

「――ケロイドや傷を消せるのか」

「どうでしょ。見てのとおり」

「触ったときは本物だった。いまは特殊メイクだったんじゃないかって」

「うまい解釈するね！　さすが小説家。それより、なんか小洒落《こじゃれ》た和皿なんかだしちゃって、いったいなにを食べたの？」

「え――」

　絶句気味の声が洩れたとたんに、紫織は弾けるような笑い声をあげ、卵、卵よね、卵、と連呼した。皿に微《かす》かに残っているだし巻きの破片を見れば、誰にだって卵焼きの類いを食べたことくらいわかる。

　その間も紫織の眼差しはさりげなく動いていて、ステンレスのボウルにわずかに残っているほとんど生卵を溶いたままの薄黄色をした卵液や半分ほど使ったスティック状のだしの素、ホクレンの片栗粉、味醂、極めつけは濃い口ではなく薄口醤油といったあたりを観察し、さりげない口調で言った。


「だし巻き、つくってみれば、案外簡単だったでしょ」

「――京巻きにチャレンジしたよ」

「センスいいよね、菱沼さん」

　褒めるのに私を見ていない紫織から、調理に関する話題を避けたいことがなんとなく伝わってきた。下着を整え、一瞬腹を引きしめてスカートをもとにもどし、昼食をどうするか訊いてきた。だし巻きで充分だ。

　今日は話したいことがあるので時間をつくってきたという。近所の自家焙煎《じかばいせん》の旨いコーヒーをだす喫茶店にでも行こうかと思いもしたが、雪に閉ざされているので億劫《おっくう》だ。ダイニングテーブルをはさんで向きあった。紫織は組んだ両手にわずかに力を込め、いきなり言った。

「菱沼さんのこと、話した」

「誰に」

「夫」

「ああ」

この場合の『ああ』は、どういう『ああ』なのだろう。当然ながら感動して嗚呼と嘆息したわけではないし、漠然と受け流すにしてはわずかに漣《さざなみ》がたっている。小説家は言葉の奴隷なので、いつだって現実から遊離して言葉に囚《とら》われ婬《いん》して、そこから抜けだせない。

「昔は、けっこう読んだって」

「過去形か」

「文学青年だったから。いまはスマホのゲームしかしないけど」

「御主人の職業は？」

「専業主夫」

「ああ」

また『ああ』である。自覚は薄いが、やはり夫という単語に心が微妙な反応を示しているのだろう。ともあれ便利な言葉だ。


「なーんにもしないけれどね。ときどき思い出したように五分くらい沙霧を猫可愛がり。それをしないと自分が息をしている理由がわからなくなってしまうんだね」

子供。娘。専業主夫の唯一の拠《よ》り所。存在理由。体言止めが泛ぶ。

「掃除も洗濯も食事もつくらない。掃除とか雑だからしてもらいたくもない。たまに食事をつくれば餃子百個とか意味不明だし。食事といえば、外食ばかりしたがるんだよね。なぜかそれがけっこうカチンとくるんだ。それよりもさらにムカつくのが、私に経済のこととか景気とか経営のことを教え諭《さと》すように偉そうに語るんだよ。ネットだけで実社会のどことつながってないくせして。喋るな。スマゲーやってろ！」

激しはじめた紫織を苦笑いで諌《いさ》める。紫織は演技っぽくかくんと首を折り、呟いた。

「ヒモ歴十幾年になるかなあ」

「羨《うらや》ましい」

「本気で思ってる？」

「ああ」

「母はときどき思い出したように別れてしまえって耳打ちしてくるんだけれど」

それは私の関知することではない。よその夫婦のことなど、知ったことではない。

しかしヒモ歴十幾年にしてドメスティックバイオレンスか。体言止めで言い切ってしまえば、出来過ぎな妻。社会的に押しも押されもせぬ立場にある妻。かたやスマホのゲームしかすることのない夫。

だからこそ自己存在を、支配慾求を、妻の肉体に刻印せずにはいられない。なんとなく紫織に手を出す気持ちがわかるような、わからないような――。

「私と知り合ったころは、小説家になりたかったんだよね」

「ああ」

この場においてすっかり癖になってしまった『ああ』で対処しておく。そんな私に、紫織の瞳の奥が暗い紫に揺れて、ちゃんと言葉を放てと迫る。

「字は誰にでも書けるからな」

眉間《みけん》に縦皺を刻みながら一瞬、紫織は苦笑いする。


私はしなくてもいい小さな咳払いをして訊く。

「で、作品。書きあげたの?」

「さあ。断片ていうの? 欠片のようなものは書いたかもしれないけれど、私にはよくわからない」

「新人賞に応募したりはしなかったんだ?」

「大きなことは言うけれど、自尊心が強すぎるから」

第三者から冷徹に評価されることを無意識のうちにも忌避《きひ》する小説家志望は多い。書かなければ、恥もかかずにすむ。いまは諦めてしまってゲーム三昧《ざんまい》かもしれないが、まだ存在しない大傑作が、点描以前のまとまりを欠いた極小の断片として彼の胸中にあったはずだ。破片はいつだって燦《きら》めいて見えるものだから、彼はそこに比類なき光輝を感じとり、その威光に皆が平伏《ひれふ》すことを夢想する。年月がたつと、その破片にも埃が積もる。ようやくその断片が陳腐の欠片だったことを悟る。

「でね」

「うん」

「せっかく知り合ったんだから、してもらえって」

小説家志望のことを考えていたので、唐突な一撃だった。してもらえ。なにを？

「――どういう趣向だ？」

「貴女《あなた》の清廉なところ、それは美点だけれど汚点でもある。してもらったら、変わるかもしれない――って」

「変わる、とは？」

「私、感じないんだ。不感症」

残念ながら私にそれを解消してあげられる性的能力があるはずもない。甘い自己採点では、せいぜい並みの上だ。好機到来と後先を見ずに行為に及んで愉《たの》しんでしまえばいいのかもしれないが、悪い逸郎がふっと泛んで首を左右に振って片眼を瞑《つむ》った。男尊女卑、いや男卑女卑の悪い逸郎にいわせれば、無難な女ならいくらでもいるのだからよけいな面倒を引き受けるな――ということだ。

「要は、彼は感じない紫織に俺という中途半端な装置を使って肉体的精神的変化を期待しているということか」

「中途半端なんだ？」


「ああ。卑下《ひげ》するほどでもないが、威張れたものでもない」

紫織は深い溜息をつくと、それを追うように言葉を吐きだした。

「いったい、なんなんだろうな。小説家になりたかった男の、小説家に抱かれてこいっていう倒錯」

紫織の口許がわずかに歪《ゆが》んだ。苦笑いにまで至らず、半開きのまま動きが止まる。同時に時間が止まった。私は頭の後ろに手を組んで軽く反《そ》る。視野の端に、ほぼ真横に疾《はし》る灰色の雪が映る。軌跡が同じなので静止した粒子に見える。

雪。職業柄、そして住環境のおかげで引きこもっていられるからいいようなものの、最悪にして疎《うと》ましきもの。脳裏に、早朝、烈《はげ》しく雪煙をあげてはたらいている除雪車の側面に張りついた無数の汚れきった氷柱《つらら》が泛ぶ。私のほうから永遠の無言をやぶる。

「ここに来ていることは、言ったのか」

「言わない」

「その気になれば、とっくにしてるよな」

「うん。いつでもできたよね」

「紫織に魅力を感じないわけではないが、なんとなくしそびれてしまったよ」

私の言葉を受けて、紫織は唇に軽い握り拳《こぶし》を触れさせて、含み笑いを洩らした。私が肩をすくめると紫織も首をかしげた。する、しないは無関係といった気配だ。それはそれで安堵《あんど》しつつも物足りない。まあ、こんなものだ——と紫織の含み笑いを上書きするかの無意味な笑みが泛ぶ。

年齢を重ねることの利点か、弱点か、現状を素直に受け容れることが苦ではなくなっている。そんな私のたるんだ笑みを拒絶するように紫織の顔が歪む。どうした？　と目で訊くと、胃の左あたりを押さえて呟いた。

「蹴られたの」

すがる目つきで、小声で続ける。

「今回は、きついな。ロキソニンで散らしてるけど」

言いながらバッグから錠剤のシートを取りだした。気をきかせて水を汲みに立ちあがって、振り返る。

「幾錠、服《の》むつもりだよ」


「じゃないと効かないのよ」

「こんなところにいないで、医者に行け」

「行く。行くから、もう少しいさせて」

水のコップを手わたすと、紫織は私から顔をそむけて錠剤を服んだ。額に脂汗が浮かんでいる。苦痛を怺《こら》えるために唇がきつく結ばれて色を喪《うしな》った線と化している。

言葉を発する気にもなれず、私は頬杖をついて、調理研究室の紫織といまの紫織の姿を反芻《はんすう》する。

調理研究室の紫織は、苦痛の気配の欠片もみせなかった。青褪めて俯《うつむ》いているいまの紫織との連続性がない。なぜか紫織は調理中、言葉遣いが叮嚀《ていねい》になる。もちろん性格も別人だ。調理研究室の紫織は、すべてを撥ねつける強靭《きょうじん》さを感じさせはするが、それは天然の石材ではなく、この部屋の無駄に広いキッチンの天板の人工大理石を想わせる。ケロイドに関する会話や、だし巻きをつくったということに対する微妙な齟齬《そご》も気になる。

思いが堂々巡りになってしまい、さりげなく紫織を窺う。目が合った。鎮痛剤が効いたらしく、人なつこい笑みがかえってきた。私がちいさく頷くと、紫織もちいさく頷きかえしてきた。

ふたたび時間が止まった。紫織と私は首をわずかに窓外に向け、灰色の粒子に染まった世界を眺めやる。

「しばらく泊まるぞ」

と、勇ましく宣言して、なんと台車に載せた大量のレジ袋を運びこんできた。袋から飛びだしている思いのほか瑞々《みずみず》しい根深葱《ねぶかねぎ》の緑に視線が止まる。

家出でもしてきたのかと問えば、仕事で東京に行ってくると言って出てきたという。密に降りこめてほぼ白い帯と化している窓外の雪に視線を投げると、千歳《ちとせ》はぎりぎり飛んでいて、もう東京に向かうＪＡＬに搭乗したことになっているという。

「実際、東京に幾店舗かだす計画があるの」

「たいした発展ぶりだ」

「道内はいくら頑張ったってせいぜい現状維持。うちは優良企業だけれど、先手を打っておかないと先細るのが目に見えている」

06

にこりと笑う。

「お金儲けに努力賞ってないから」

雑に頷きかえす。北海道に引っ越してきてから、ほぼ完全に引きこもっている。そろそろ薄野《すすきの》でも散策するかと目論んでいた。だが紫織の持ち込んだ食料の山は籠城《ろうじょう》するということだ。

「だいじょうぶ。執筆のじゃまはしない。ただし」

「ただし？」

「しろって言うんだから、する」

思わず首の後ろを掻くという仕種をしてしまってから、なんと紋切り型な――と苦笑いし、さらに肩をすくめるという紋切り型を付け加えた。

「よろしくお願いします」

「——医者、行ったのか」

「行ってない。行ってほしかったら、ちゃんと、して」

　私は口をすぼめて、台車ごとレジ袋をキッチンに運ぶ。外に出しておけるものを仕分けして、冷蔵庫に詰め込む作業だ。作り置きが多少入っていただけの冷凍庫までいっぱいになった。

　メーカーには疎いが、いかにも高価そうな革のキャリーケースから下着などを取りだして、勝手知ったる他人の家と呟いて紫織はバスルームに向かった。サウナも借りるね〜と弾んだ声が彼方《かなた》から届いた。

「そうか。するのか」

　と、独り言して、なぜかあくびが洩れた。ソファーに横になっているうちに眠った。揺りおこされる前に、紫織の髪から落ちた滴が頬で弾け、いっしょに湯上がりの香りとサウナのやや蒸れた匂いが降ってきた。紫織が姐御《あねご》のような口調で迫る。

「するよ」

「うん」


「して」

「ここじゃなんだから」

「どこでもいい」

　上体をおこしてバスタオルを巻いた紫織を一瞥《いちべつ》し、膝に手をついて立ちあがる。スウェットを引きずりおろして、中途半端なバベルの塔を紫織の顔に近づける。紫織は躊躇《ためら》わずに含んで、けれどすぐに離した。

「私、こういうの、したことないんだ。してやったことがないっていうのが正しいか」

　言い終えると同時にふたたび顔を埋めてきた。したことがないわりに巧《たく》みだった。バベルの塔が天空を突き抜くと——いや、見栄を張ってしまった。それなりの形状になると、紫織は小首をかしげるようにして言った。

「菱沼さんは体臭、薄いね」

　誰と比較してるんだよ、と見おろす。横柄《おうへい》に顎をしゃくって書斎兼寝室の床置きベッドに紫織を引っ張り込む。

　しばし揺籃して、やや呆《あき》れ気味に言う。

「なにが不感症だよ」

が、息も絶え絶えで黒眼が上方に固定されてしまったまま紫織は痙攣《けいれん》を続けている。動作を控えていると、ようやく瞳がもどってきた。焦点の定まらぬ若干《じゃっかん》斜視気味になった眼で私を見あげ、首を左右にぎこちなく振る。

「こういうこと——だったのね」

「ああ。こういうことなんだよ」

「だめだ、まだ息が苦しい。動けない。痺《しび》れがひどい」

全身の発汗に気付いたらしく、紫織は掌で自身の脇腹をなぞるようにして汗をこそげ、じっとり濡れた掌を呆れたような眼差しで見つめている。私は足先で、そっと紫織の足指に触れてみた。しっかり熱をもっている。耳朶《みみたぶ》に唇を近づけると、血の色に染まって足指よりもさらに熱い。不感を演技でごまかしているなら軀《からだ》の末端が熱くなるはずもない。相当に深く極めたようだ。その尋常でない放心ぶりに、逆に不感であったことに嘘はないようだと確信した。

「なにか精神的な痞《つか》えが取れたのかな」

「わからない。わかっていることはね」

「うん」

「今日はまちがいなく排卵日だな。わかるんだよね、子宮のあたりの熱の具合で」

「ならば避妊いたそう」

「いいよ。妊娠したら産んじゃうから。高齢出産だ」

あまりにあっけらかんとしているので、緊張がすっと抜けていった。男であると突っ張る気持ちが失《う》せた。だから動作を再開してたいしてたたぬうちに紫織を充《み》たした。

*

三日めの早朝、今日が東京からもどる日だろうと声をかけると、紫織は眉間《みけん》にいままで見せたことのない険《けん》のある縦皺を刻んだ。あと三日、ここにいる——と挑むように言い、湿りきったシーツの皺をより深くするかのように苛立《いらだ》たしげに軀を動かし、幾度か荒く深い不規則な息をついた。

私としては、こうしていることが露見することよりも、ときどき顔を顰《しか》めて左脇腹を押さえ、鎮痛剤をスナック菓子のように口に抛《ほう》り込む紫織が心配だった。けれど、医者に行けといった安直な言葉を放つことも躊躇われた。性的充足を極めようとする紫織の切実さが桁外れで、そこには慾望云々を超えたなにものかが潜んでいることが直覚され、いきなり核心に触れようとすれば紫織は崩壊すると悟ってしまったからだ。

　同時に我が身の虚栄の塔に立ちあらわれた際限のない持続ぶりに、いささか奇異な気持ちに襲われてもいた。六十過ぎで三日間、硬度を保っているのである。である、と偉そうに書きたくなってしまうほどに、私は揺るぎないのである。もちろん私の力ではない。横目で紫織を一瞥する。汗で濡れそぼって肌に張りついた後《おく》れ髪の曲線が美しい。

「絶対に帰らないから」

「——病院に行ってほしい」

「つまらないこと、言わないで」

　一人暮らしの床置きベッドである。シーツの洗濯などしたことがない。汗と垢により私の体型がうっすら灰色に刻印されているような代物《しろもの》だ。けれど紫織は真っ先にそこに顔を突っ込んで臭いを嗅いだ。迷っていた犬が、やっと飼い主の臭いに出逢えたといった狂おしさがあった。そこから始まった私の体力の限界を超えた修行だったが、空恐ろしいことにまだ濡れそぼっているそれはイカロスの失墜《しっつい》に至っておらず、天空を指し示している。

「せめて、なにか食おう。ちゃんと食おう。あれだけ食料を用意してきたんだから」

　時刻もなにもわからぬまま、私は空腹が限界に達すると床置きベッドから抜けだしてサンドイッチをもそもそ食い、トマトを囓《かじ》り、カップ麺を啜《すす》った。だが紫織はなにも食べていない。いや、私が見つけだしたカロリーメイトを前歯でつまらなそうに砕いていた。それだけだ。

「病院に行けだの、食えだの——」

　くぐもったどこか怨《うら》みを孕《はら》んだ声が腋《わき》のあたりから聞こえて、紫織の顎を摑んでそっと顔を持ちあげた。なぜそんな棘《とげ》のある声を放てるのかと見つめると、鋭く睨《にら》みかえしてきて、いきなり俯《うつぶ》せになり、頭を抱え、そのまま身を縮めて軀を卵のかたちに丸めた。ただし卵とちがって背骨の棘突起《きょくとっき》が皮膚を突き破りそうな勢いで突出していて、思わず顔をそむけた。

　顫《ふる》えている。

　烈《はげ》しく顫えている。

　しかも快の汗とはちがう脂じみたてらっとぬめる汗が背に浮きあがってきている。肌全体が紫がかった白に変色しはじめて、幽《かす》かだが苦痛の呻《うめ》きがとどいた。ほんとうは叫びだしたいところを、気力でどうにか抑えこんでいる気配だ。内臓破裂でもおこしたか。救急車を呼ぶしかない。私は狼狽《うろた》え気味に複合機の受話器に手をのばした。

　ちいさな咳払いが聞こえた。受話器にのばした手を中空で止めて紫織を見やると、いつのまにか上体をおこして横座りしていた。醒《さ》めた無表情だった。治まったのかと尋ねようとした瞬間に紫織が吐き棄《す》てた。

「まったく、いつも最悪のときになると私だよ。ふざけるなよ」

　舌打ちしている紫織に、首を竦《すく》めるようにして問いかける。

「痛みは治まったのか」

「おまえ、誰だ？」

「誰だって――」

「なんで裸なんだよ」

「なんでって――」

「おまえ、私になにした？」

「なにしたって――」

　鸚鵡《おうむ》になっていることに気付き、苦笑気味の上目遣いで見つめる。鋭く睨みかえされたが、その鋭さが私に刺さる前に大あくびした。軽く左脇腹を押さえて小首をかしげ、もういちどあくびした。そこにいるのは姿かたちは完璧に齊藤紫織と同一だが、ずっと若い娘だった。一瞬、十代に見えたほどだ。悪い逸郎が溜息まじりに呟いた。

――だから手をだすなって言っただろうが。

――無理だろう、状況が状況だ。

――膝頭がおまえを常に指し示していたときに拒絶しておくべきだったんだ。もう逃げられない。肚《はら》を括《くく》れ。

——とっくに括ってる。

悪い逸郎を追い払って、眠たげな紫織を見つめる。吸いあいすぎて荒れた唇を中指の先で確かめていたが、目だけあげて見返してきた。

「おまえ、気味悪くないのか」

気味悪くないのかとは、自身の変貌、齊藤紫織の変身を指しているようだ。

「気味悪い？　気味悪がっているように見えるか」

「見えない。変な奴だ」

「ま、面白がってはいる」

ふん、と一瞬頰を嘲笑のかたちに歪《ゆが》め、あくびをのみこんで、呟いた。

「腹へった。あのバカ、相変わらずなにも食わない。最悪だ」

「食い物はたくさんあるんだ」

「汚いシーツだな。最悪だ」

「まあ、綺麗じゃないな」

「私は清潔好きで潔癖で整理魔なんで、みんなから鬱陶《うっとう》しがられてるんだ」


言葉遣いだけは別だなと笑うと、またあくびした。たぶん私がわずかに微睡《まどろ》んでいたときも、紫織は左脇腹の痛みのせいでまったく眠っていなかったのだろう。

「なにか食わせて」

「うん。服は」

「めんどい」

信じ難い金額を暖房に費《つい》やしていることもあり、私と紫織は全裸でキッチンに立った。冷蔵庫をひらいた紫織は、満杯の食料品と私を交互に見較べ、あのバカか——と唇だけ動かした。こんなに買い込んだのはあのバカかということだろう。庫内をあさりながら横柄に訊《き》いてきた。

「おまえも食べるか？」

「ああ、頼む。ろくなものを食っていない」

「ステーキのいい肉があるぞ。岩手だ。短角牛だ。でも常温にもどさないと。あーあ、腹がもたないよ」

「とりあえずバナナでも食ってろ」

「うん。なんでもいいから腹に入れないと」

紫織は立ったままバナナを頰張った。私はその蒸れた甘い香りを嗅ぎながら、調理研究室の紫織はいまどうしているのだろうと思いを巡らせた。暗がりのなかで薄く目を閉じ、静かにうずくまっている姿が見えたような気がした。

　バナナを食べおえた紫織はフライパンを熱してステーキのソースをつくりはじめ、合間に手際よく副菜をあれこれつくりあげていく。それは調理研究室の紫織のように厳密なものではなく、いかにも家庭料理といった手際で、じつに要領がいい。それはそれで見ていて心地好《よ》い。

　紙袋に入っていたので固くなってしまったバゲットをフレンチトーストに仕立て、同じく牛脂《ぎゅうし》でさっと揚げたバゲットを大きめのクルトンとして浮かしたオニオンのスープでステーキを頬張る。手製のドレッシングをぶちまけて生野菜を貪《むさぼ》り食う。全裸の食事だ。

「つかぬことを訊く」

「つかぬこと。死語だよ」

「そうか。とにかく訊く。おまえ、名前は」

「ない」


「ないのか」

「うん。ちっちゃなころはそれぞれ名前があったらしいんだけど、いまは手抜き。外に出てる子が、齊藤紫織を名乗るだけなんだ」

「主に外に出てる子っていうのは、クラブやスープカレーやあれこれ経営している商売上手の愛想と愛嬌の塊《かたまり》の紫織か」

「うん。私たちの理想ってことでつくったんだけれど、微妙に違うな」

「つくった」

「うん。理想の大人はちゃんとお酒が飲める子だって強く主張する子がいて、中途半端な酒飲みになっちゃった」

　私は失笑しながら、肉を口に運ぶ。嚙《か》みしめると赤べこならではの甘みが拡がって、そこいらの霜降りなどお呼びでないという旨味が口いっぱいに充ちる。

「飲むのはいいけど、悪酔いすると他の子に勝手にバトンタッチするんだから始末に負えないよ。痛いのや苦しいのにすごく弱いんだよね」

「ふーん。で、おまえは主人格？　そうそう現れているようでもないから主人格って感じでもないな。基本人格か」

「いきなりきたね。わかってるんだ？　私たちのこと」

「なんとなくね」

「言ってみて」

「なにを」

「私たちの病名」

「俺はべつにおまえたちのような状態を病気だとは思っていないんだけれどね。実際、精神病ではなく、神経症に分類されているだろう」

「そうなの？」

「知らないのか。そうなんだよ。神経症。ドイツ語でノイローゼ。広辞苑の記述だったかな。うろ覚えだけれど、心理的な原因によって起こる心身の機能障害で器質的病変はなく人格の崩壊もない——ってあったよ」

「能書きはいいから、病名」

「解離性同一性障害」


「多重人格って呼んでいいんだよ」

「うん。そっちの方が呼びやすいな。でも、どうでもいいんだ」

「変な奴だ。気味悪くない？」

「さっきもそれを訊いたな」

「こういう状況に直面するとだな」

「うん。するとだな」

「するとだな、たいがいの奴はビビるんだ。怖がるんだ。気味悪がるんだ。演技してるんじゃないかって疑う奴もいるし、なんなんだろう、いきなり暴力を振るう奴もいる」

私はわずかに視線を落とす。対外的なことをこなす主人格のなかには付けいられやすい人格もいるだろう。齊藤紫織の四十年ほどの人生で、どれくらいこういう状況に直面したことだろう。

「おまえ」

「菱沼」

「菱沼は」

「菱沼さん」

「菱沼さんは、私たちのことをわかってるから選ばれたのかな」

「どうなんだろうな。そもそも選んでどうする気だ？　おまえはどう感じた」

「眠ってたから、なーんにも」

　基本人格はよく眠るということをなにかの資料で読んだような気がする。多少乳房が重力に負けはじめてはいるが、彼女といると全裸の女子高生を前にしているような錯覚がおきる。

　女子高生は満腹の吐息をつくと口許を丹念に拭い、やらなくていいという私の言葉を無視してすべての食器を徹底的に洗った。その仕種だが、調理研究室の紫織とちがって愉《たの》しげで、見ている私も揺れたくなるような律動があった。目敏《めざと》く未使用の歯ブラシを見つけだし、じつに叮嚀《ていねい》に歯磨きをはじめた。唇を多少の白い泡で飾りながら、これからあの汚いシーツを替えると宣言した。

　私は書籍などの移動場所の指示をして見守っていただけだったが、女子高生は並外れて有能で、ベッドだけでなく書斎兼寝室が私の居場所とは思えぬ機能的かつ清潔な空間に変貌した。


　なぜか私たちはいまだに全裸のままで、ふたり並んで真新しいベッドシーツの上に座った。横目で見て、ぐいと引き寄せる。べつに協力もしないが逆らいもしない。

　ケロイドは消したらしいが、帝王切開の痕は漆黒の絹糸の生え際を横切ってごく柔らかな朱を描いている。ほぼ肌に溶けこんでいて、老眼の進んだ私だと目を凝《こ》らさないとぼやけて消えてしまう程度だ。

　指先でなぞる。とたんに女子高生は緊張した。私は宣言した。

「いまから俺は、おまえの軀に悪いことをする。ただし拒否権がある。いやなら、はっきりいやと言え。言えばやめる」

　狡《ずる》い遣《や》り口だが、拒否権があると言いながら私の指先は先に進んでいた。しかも遠慮なく挿しいれつつあった。

「痛いか」

「痛い――――くない」

「怖いか」

「怖い――――くない」

男女のかたちになった。あきらかに処女でそこかしこに戸惑いがにじんでいたが、総体的には快感云々よりも深い安らぎの気配があって、父親に抱っこされた子供が腕からずりおちないようにしがみつくのに似た幸福なもどかしさのようなものが伝わってきた。

替えたばかりのシーツがしっとりして、私と女子高生はお互いに若干乱れた息を意識して、純白の天井を見つめる。

「ところで菱沼」

「菱沼さん」

「菱沼さん、ほんとうは外に出たかったんだろ。バカが食い物もってこなかったら、薄野で羽目はずしてたはずだ」

「なんでわかる?」

「おでこに外出希望って書いてある」

「だいぶ後退してるから、掲示板としては充分だろうな」

「自虐がつまんねー」

「すいません」

「内側で、千歳到着から道央出て家に着くまでの時間を計算して、時間を潰せってうるさいんだよ。心配性の奴がいるからね。時間なんていくらでも潰してやるよ。仕事で遅れたって言えばいいだけのことじゃないか。稼ぎのない奴に、なに気遣いしてんだか」

「DVが怖いんだろう」

女子高生はちらっと私を見て、黙りこんでしまった。実際に外に出てくる子が幾人いるのかわからないが、この子をはじめ名前をつけなければ収拾がつかなくなる。そんな予感に私はあぐらをかいて座り、まずは女子高生の名前を考えた。紫織の『り』を末尾につけて統一していこう。

「おまえの名前だが、さゆりにする」

「私?　さゆり?　なんで?」

「ちいさな、清潔な百合の花だから」

いかにもつまらなそうにさゆりの黒眼が右上にあがった。不服そうにも見えた。気にいらないかと問いかけようとしたら、私の肩にことんと頭をのせ、囁《ささや》いてきた。

「齊藤さゆりです。よろしくお願いします」

一呼吸おいて、続けた。

「空気が澱《よど》んでるよ。外に出ようよ。冬の札幌は愉しいよ。デートしようよ」

さゆり、いや紫織が乗ってきた車はドイツ製の巨大なSUVだが、札幌の有料立体駐車場は設備の古いものが多くてパレットの幅が狭い。だから駐車場の選択肢が限られてしまうのは確かだが、それにしてもこの混み具合は異常だ。ようやく駐車できたのは薄野からだいぶ離れたところだったが、係員の雑談から雪まつりの真っ最中であることがわかった。

私の渋面《じゅうめん》に気付いたさゆりが絶対に雪まつりの会場に行くと真顔をつくる。さゆりは凍りついた歩道を颯爽《さっそう》と、私は生まれたばかりのペンギンのようによちよち歩きで大通公園に向かう。

「見て！　菱沼、凄いねえ。綺麗だね」

声と裏腹に、さゆりの表情はあくび一歩手前だ。私もおざなりに純白の巨大な建造物を上目遣いで一瞥してあくびを嚙みころす。菱沼と呼び棄てにされることにも慣れてしまって、こんな人混みのなかにいたくないとうんざりした顔をつくる。

ぐいと手を引かれた。さゆりは子供たちにまじって氷の滑り台を三回滑り、近くの売店の骨の付いた得体の知れない肉塊をねだり、私たちは肩を寄せあって小学生がつくったらしいちいさな雪像ばかりを見て歩いた。

顔の歪んだドラえもんを指差して笑うさゆりを斜めから見守っているうちに、いとおしさが迫《せ》りあがってきた。声音、仕種、なにもかもが究極の可愛らしさをまとっている。

骨付き成型肉が呼び水になってしまったらしく、おなかが空いたと言いだした。朝に立派なステーキを食べた。意地悪をすることにした。

「ぜんぜん腹が空いてない」

「私は、空いたの」

「ギャートルの肉を食ったじゃないか」

「ギャートルズ！」

「わざと間違えたんだよ」

「天ぷらが食いたい！　天ぷらを食わさないと地団駄踏むぞ」

「地団駄踏むか」

「地団駄踏みまくる」

肩を強めに叩いて行こうと促す。駄々をこねられることが嬉しくて、満面の笑みを抑えられない。さゆりが検索をかけてさがしだしたビルの五階の瀟《しょう》洒《しゃ》な天ぷら屋のいちばん奥まった席で向かいあった。物を食わない二人の相手ばかりしていたから、美味《うま》そうに鰰《はたはた》の天ぷらを頬張るさゆりを見守っていると言いようのない幸福な気分だ。

「鰰の天ぷらなんてはじめて食べたよ」

「旬は旬だな。しょっつるはともかく、こういう具合にして食うには鮮度命の魚だけど、近ごろは北海道でも捕れるっていうな。魚は好きか」

「うん。肉よりも好きかも」

「鮨《すし》は好きか」

「いいねえ」

すし善《ぜん》に連れていってやろう。いっしょにカウンターに並んで飽食してやる。

「札幌でも選り抜きの鮨屋で知り合いの小説家に御馳走してやったんだが、そいつがトロばかり注文する

るんだ」

「トロ。美味《おい》しいけど、高いよね」

「ん。値段はまあいいんだけどな、なんか貧乏臭くないか。その店には旬の素晴らしい魚が揃ってるんだぜ」

「ああ、そういうことか。その人、貧乏なんだよ」

「だな。で、その店は以前取材もかねて北海道に行くたびに必ず訪れてたから、板前が俺をとても大切にしてくれているんだ。で、いつも最上の素材を握ってくれるわけ」

「あ、絶対、そこ行く！」

「うん。絶対、連れてく。紫織に訊いたら札幌一かもって言うかも」

「わぁ、ちょい怖いかも」

「怖くはないよ、所詮《しょせん》はお握り屋。で、鮨屋から出て、そいつが吐《ぬ》かしたね。——トロだけど、脂が乗ってなくていまいちだったな」

「ふーん」

「じつはな、奴が貪り食ったのは大間《おおま》ってとこで一本釣りで釣りあげた極上の天然クロマグロだったん

だ。急流に逆らって泳ぎまくってるマグロが霜降るかってんだ。そんなに脂身が好きならラードでも舐《な》めとけ」

「ははは、ラード」

「銀座とかの接待で出くわすんだが、さゆりが言うように金は持ってるけど貧乏人という奴を満足させるために、畜養マグロのトロを食わせる下品な鮨屋があるわけだ。生簀《いけす》に閉じ込めて動けなくさせて鰯《いわし》のペレットをたっぷり食わせて肥満させたマグロだ。鼻のいい奴だと鰯臭いって言うな。俺にはわからんけど。まあ、そういった店で出すマグロの脂身は凄《すさ》まじいよ。ゲロでちゃいそう」

「汚い」

「ごめん。トロってのは冷凍しても味が変わらないから、残っちゃってもまた凍らせて一見の客に食わせとけばいいから、鮨屋にとって凄く扱いが楽な素材なんだってさ」

「なんか、やな感じ」

「トロという名の脂身を持ちあげて有り難がらせるのは、鮨屋の策略だよ。赤身はそういかないから、あるレベルから上の鮨屋は赤身をじつに大切に扱うよ。子供のころ、父親の古本屋行脚《あんぎゃ》に付きあわされて、昼は神田の立ち食いの鮨屋ですますわけ」

「立ち食いなんてあるの」

「いまは、ないね。で、父親の脇に立ってると、ひょいと赤身を差しだしてくれる。もう醤油が塗ってあるやつでね、不思議な渋みがあって、この渋みが美味い不味《まず》いを超えて、子供心にもふとした瞬間に思い出すっていうか蘇《よみがえ》るほどの魅力があってな。父に訊いたら血の味だ――って」

「ふーん。血。でも、なんかいいな」

「うん。父と鮨を食うのは愉しみだったな。当時は冷凍技術が発達してなかったから、たぶん赤身は一度も凍っていなかったはずだ。チルドとかいっても零度前後になっちゃうからな。そういう技術がないから、だから逆に鮮やかな血の味がしたんだろうな」

「生々しいね、鮨って」

「色っぽいよな。でも、さっきも言ったように、はっきりいって鮨屋ってお握り屋さんだから。色っぽいお握り屋さん。じつは下賤《げせん》。構えないで板前に相談すればいいよ。こういうのが食べたいって」

「高額お握り屋さん、回りません」

「だな〜。俺もさ、大間とか口走ってうざいよな。堕落してることは悟ってる。でも、立ち食いの鮨屋なんて、もうないしな。回る鮨は回る鮨で、すぐに幾皿食えるかって気合いが入っちゃって、二十皿とか目指しちゃうからなあ」

「私は十皿食べられるかなあ」

「こんど、競争しようか」

「あ、私は回らないお鮨でいいです」

和やかな時間が過ぎていく。あまり喋らずに聞き役にまわる私が、どうでもいい蘊蓄《うんちく》や思い出話まで口にしてしまったのは、さゆりといると気持ちが昂揚し、奇異に感じられるほどの心地好さがあるからだ。

紫織も相手の気を逸《そ》らさないことにかけては相当なものだが、さゆりとちがって手管《てくだ》の匂いがすることがある。

さゆりは天然だ。どうしたらこんなに愛おしい子が生まれるのか。初対面のときの『おまえ、誰だ?』と声をあげたときの険も含めて、すべてが率直だ。打ち解けてしまえば常に笑顔を絶やさず、その笑みには表裏がなく、私といることが愉しく、気負わずにいることが伝わってくる。気負いがないのは私も同様で、悪い逸郎以外にここまで肩の力を抜いてお喋りできる相手はいない。

天ぷらを堪能し、階下の喫茶店に移った。千歳からの帰りがどうのこうのといったことは、もはやさゆりにとっても私にとっても瑣事《さじ》で、お互いに離れがたく、できるならば二人だけになりたいという双方の思いがリンクして、もはや視線をはずすことができないといった状態に陥っていた。

札幌は京都と並んでコーヒーの美味い喫茶店が多いが、この店もごく当たり前のブラジル主体ながらドリップの技術が高度なので、酸味のあとにくる柔らかな苦みが抜群だ。けれどさゆりはコーヒーの味がわからないと威張ってミルクと砂糖を大量投入した。

しばらくどうでもいい雑談を愉しんだ。ごく自然な沈黙が訪れた。さゆりは頬杖をついて笑顔のまま私を見つめている。やや気が重いし唐突だったが、知っておかなければならないことなので抑えた声を意識して口をひらいた。

「さゆりは隠し立てをしないようだから、あえて訊くが、DVはどんな具合なんだ?」

問いかけると、私から視線をはずして軽く俯《うつむ》いた。どうやら内側の他の子と相談しているらしい。『子』というのは、幾人いるのかわからないが、さゆりが内面に隠れている人格を指して遣う言葉で、私もそれを採用したということだ。

「紫織は大反対だけど、他の子は好きにしろって。だから教えてあげるね」

「うん。おなかが痛いのも心配だし、いつまでも耐えればいいってもんでもないしな」

「うん。紫織は自分が夫を選んで結婚しちゃったから、現実を認めたくないんだよね。紫織は子供がほしかっただけなんだけれどね。でも夫も屈託なくヒモしてた時期は、二人の仲もけっこうよかったんだよ」


「崩れはじめたのは?」

「菱沼も知ってるだろうけれど、紫織って感じないじゃん。ま、紫織が感じないってわけじゃないんだけれどね」

「ん?」

「なんでもない。これは超プライベートなので黙りますが、僕は貴女《あなた》の潔癖なところが好きです――なんて妙にカチコチの物言いをしはじめたころから、なんかおかしくなってったんだよね」

「裏返しだな」

「そう。菱沼とこうなる前、一年、二年くらい前からかな、潔癖とかの綺麗事じゃなくって『仕事でやりとりする有能な男とセックスしたらいいのに。そうしたら死体みたいなおまえにもすこしは昂奮するようになるよ』なんて露骨なことを言いだすようになって、なんか軽蔑というか蔑《さげす》みっていうか苛立ってるっていうか落ち着かないっていうか、すっげー欲求不満をぶちまけるようになってきたんだよね」

「わかりやすいな」

「ね。そのうち、強姦みたいに無理やりセックスを強要するようになって、反応がないからって本気で首を絞めるようになってきたんだよね」

「本気で？」

「そうなの！　気を喪《うしな》うくらい」

「――シャレにならねえな。いつか事故がおきるぞ」

「私たち、死んじゃうかもね」

「厭《いや》なことを言うな」

「首を絞めるのは、ずいぶん以前からあったんだけどね」

「気を喪うほどではなかった？」

「うん。無理やりこじつければプレイっていうのかな。紫織は二人目の子供もほしかったのね。でも、もう夫とはしたくなかったんだな。最低限ですまそうって婦人体温計かな、排卵日を調べるようになって。夫はそれが気に食わなかったみたい。いまだって冗談ぽく偽装して暴力振るうけど、ずいぶん以前から首を絞めないと射精しないいってどこかふざけたような口調で迫るようになったんだ。でもふざけているのは上《うわ》っ面《つら》だけで、すっげーまじな感じだったな。で、日課」

「日課。元気なもんだ」

「暇だからね。力、あまってるよ」

「プレイって言葉もいやだけど、それでも加減がきいているうちは、まあ、夫婦だし、好きにしろってところだけど、紫織はなぜ拒絶しなかったのかな」

「やっぱ怖いよ。あいつは狂ってるから。いつだって冗談ぽく偽装してるけど、なにを考えてるのかよくわからないというか、微妙にずれているのが伝わってきて、まともに相手をすることができないんだよね。暇だと人は狂うんだよ」

　暇からもたらされる倦怠《けんたい》は、おおむね悪い妄想を孕む種子だ。けれど、こういった理性的な括りでは、なにも解決しない。よりによってヒモ生活十年以上の夫と、多重人格の妻である。この夫婦は抜き差しならぬところに墜《お》ちこんでしまっている。

「なんかね、言うことが微妙に訳がわからないの。ついこないだも『おまえは男の前で俺が嫌いなタイプの女になるクセがある。おまえのビッチな本性が丸見えになる。どうせそうやって生きてきたんだ』

って追及されて迫られて、蹴られたな」

「蹴られたか」

「うん。寝室で鍵かけて足払いかけられて転がされて、ビシバシ。動けなくなっちゃった紫織を見おろしてね、キックの真似してたら偶然当たっちゃったって大笑いしてた。偶然っていうのがお気に入りなんだよね。なにをしても全部、偶然。まぐれ当たり」

タバコはとうの昔にやめたが、煙が流れてくると無意識のうちに吸いこんでいる。意識が揺れて、私は脂臭《やにくさ》い煙に嫌悪と抗《あらが》いがたいものを感じて、ちいさく溜息をつく。あわせてさゆりも溜息をついた。

「暴力がひどくなってきたのは、菱沼と出逢う半年くらい前からかな。でもね、ほんとうにひどくなって加減がきかなくなってきたのは菱沼がクラブにやってきてからだよ。すっげー鈍感な奴なんだけどさ、変なところで異様に過敏だから紫織の気持ちの動きを感じとったんじゃないかな」

私はカウンター内でネルドリップに沁みこんだコーヒー豆の油を湯煎している老いた店主の幸福そうな伏し目を見やり、アルバイトらしい店の女の子に店置きのタバコの種類を訊きたい衝動を抑えこむ。あれほど苦労してやめたというのに、狂おしいまでに紫煙に逃げたくてたまらない。

「また紫織が菱沼にやたらメールを送るじゃない。菱沼は電話が嫌いなんでしょ。ならばメールって感じで暇さえあればすっげー嬉しそうにメールするんだよな。あれは、よくないよ。見えみえだもんな」

大仰《おおぎょう》な物言いをすれば夫にとって紫織は生殺与奪《せいさつよだつ》権を握っているといっていい。十年以上遊び暮らして四十もなかばを過ぎてしまったのだ。いまさらまともな就職も難しいだろうし、こんな状況にしたのは紫織のせいだと逆恨みしているかもしれない。

「DVがはじまるときは、あとをつけまわしてくるんだよね。ひたすら、あとをついてくる。しかもべらべら喋りながら。すこし前屈みっていうのかな、腰を折った恰好で追っかけてきて、お喋りが止まらないんだ。やたらと背の高い猿が歩いているみたいに腰がすこし曲がってるんだよね。で、唾飛ばして目が据わっちゃって、薄気味悪いよ」

「そうか。じゃあ類人猿が紫織にした、もっとも最近のDVを具体的に教えて」

「菱沼のところに行く前日に受けたDVは、ひどかったな。いつだったか広告代理店の女性社員が過労で自殺したじゃない。それに関してひたすら紫織を追いかけて、お風呂に入ってるときもトイレに入ってるときも、自殺しちゃった女の人のことを扉の外でずーっと大声で喋りまくってるわけ。でね、その話がどんどん飛躍していくの。御立派な意見を切れめなく紫織に浴びせかけて、ずっとあとをついてくるんだよ。二時間くらい？　もう喋り詰め。で、ふと言葉が途切れた瞬間に、夫の口が半開きになってて、紫織は思い切り突き飛ばされて頭が壁に激突。夫はぶつかったのは偶然だからって言い張って薄笑いを泛《うか》べて、紫織は発熱しちゃった。脳震盪《のうしんとう》？　三十八度超えだったよ」

　さゆりはいったん息を継ぐ。

「とにかく前触れとしては、凄い勢いで喋りまくるんだよね。大げさな身振り手振りでなにかに取り憑《つ》かれたように喋る。社会情勢とか政治のこととか、なんかどっかから借りてきたような御大層《ごたいそう》な意見を止めどなく喋るんだ。瞬《まばた》きとかしないし、顔色は青いし、なんか胃袋から迫りあがってくるのかな、凄く厭な口臭がして、必ず唇の両端に粘っこい白い唾が洩れだしたみたいになってこびりついてるんだよね。はっきりいって怖いよ。紫織はシャイニングだって泣いてた。小説家になりたかった奴の暴力だからさ、重なっちゃうんだね。けっこうホラーなんだから」

「本気で対策しないと」

「だよね。義母や娘に対する体裁ってあるじゃない。だから服に隠れて見えないとこ、ボコボコに殴ったり蹴ったりしてたけど、ついに頭激突だもんね」

　さゆりは側頭部をさする。突き飛ばされたときに首の筋もおかしくなったという。

「紫織はセックスが大嫌いだから。でも夫は暇人の極致で、することないから性欲過多なんだよね〜。紫織の悪いところだけど、夫が乗っかってこないようにって小遣いあげたことだってあるんだよ。ソープランド代金」

「妻が夫にソープのお金を渡すと」

「うん。でも、だめなんだよね」

「なにが」

「夫。だめなんだ」

「外じゃ、だめ」

「そう。おっぱい大きくて綺麗だったけど、だめだったとか報告してた——いてて」

「どうした！」

「喋りすぎだって。頭、痛くされた」

頭痛だが、外に出ている子にときおり起きる。当初は訳がわからなかったが、部外者にすぎない私にも異常なまでの錐揉《きりも》み状態の刺し貫く激痛であることが直感的に悟られて、だから居たたまれない。

「内側の子たち、誰だかわからんが、痛くするな。痛くされなければならないのは根掘り葉掘り質問している俺だろう。見当違いは気分が悪い」

「だいじょうぶ。痛いの、慣れっこだから」

「そういう問題じゃない」

憮然としていると、嬉しそうな頬笑みがさゆりの顔に拡がっていく。柔らかく持ちあがった唇が可愛らしく、複合した苛立ちが鎮まっていく。

「しかし面倒な奴だなあ」

「夫？」

「うん。紫織以外じゃ役に立たない。そこまで依存しちゃってるとは」

「ねえ。菱沼だったら週三回くらい小遣いくれってねだりそうなシチュエーションだよ」

「うるせえ」

あえてDVを意識して小突《こづ》くと、さゆりは満面の笑みだ。屈託のないさゆりだが、私は脳裏に強姦まがいの性交のさなかに首を絞められてチアノーゼを起こして小刻みに身悶《みもだ》えする紫織の姿が泛んでしまい、蟀谷《こめかみ》のあたりに厭な脈動を感じ、人差指と中指でそっと圧迫を加える。

「さて、お尋ねするが」

「なんなりと」

「さゆりに実務者能力はあるか」

「ございません」

「だよな」

「だよ」

「ん」

「ん、じゃねえだろ」

「当事者、紫織さんと交代できるか」

「出てくるわけないじゃん。怒ってるし、恥ずかしがってるし、半泣きだよ」

「じゃあ、調理研究室の子は」

「菱沼がさ、あの子目当てなのは、わかってたよ。好みだよね」

「ああ。好みだ。でも、いま必要なのはとりあえず区役所かな、ＤＶの相談窓口でこれからの対応や対策についてあれこれ相談して処理できる実務者能力がある子だ」

「一応、訊いてみるけどさ」

　さゆりはテーブルに頰杖をつき、眼球を指圧するような仕種をした。すっと顔つきが変わった。笑みが引っ込んでいた。左右対称が眼前に浮上した。

「あの子、名前がついたんですね」

「うん」

「さゆりだよ――って騒いでます。みんなに得意がって吹聴《ふいちょう》しています。あの子だけがみんなとじか

に遣り取りできるんですよ。眠っていなければという但《ただ》し書きが必要ですけれど、私とちがってすべてを見透すことができます」

「よく眠るのか」

「眠ってばかりですね」

　ダーッと活動し、グウーと眠る。いかにもといった感じなので、笑みを抑えられない。

「私はじつは、あの子と菱沼さんの遣り取りの内容を知りません。正確には知りようがありません。基本的に私たちは意思の疎通がありませんから、私も紫織も毎日、詳細な日記をつけているんですよ」

「伝達事項」

「そういうことです。外に出ているときに対人その他に矛盾が起きないように。日記を参照してから行動を起こすということです」

「俺との遣り取りは、ずいぶん手抜きな感じがあるけれど」

「そうですか。そうですね。ばれてもかまわないっていうニュアンスは常に紫織から感じましたけれど」

一瞬、思案の眼差しをみせる。

「夫がその日記を盗み読みするんです。で、なにをしているか、誰とよく会っているとかを把握して、あれこれ邪推するんですよ。日記なしだと私と紫織の行動は整合性がとれないし、致し方ないといえば致し方ないんですけれど、下劣な男ですね」

眼差しをきつくして、付け加える。

「あの男と結婚したのは、紫織ですから。私はあの下劣とは完全に無関係ですから。ときどき私が出ているときに迫られたりします。毛色が違うから昂奮しているのがありありとわかります。最悪です。迷惑の極致です。私はあの下劣とは完全に他人ですから。万が一犯されれば、本物の強姦です」

私は明確な意思表示から逃げて、肩をすくめておくだけにする。

「――いま、データが流れ込んできました。なるほど。放置はできませんが、さしあたり私は必要ありません。今日はなにもできないですから」

「DVの相談窓口。行ってもらえるか」

「気乗りしないですけれどね。いきなり警察って言わないところに菱沼先生の気遣いを感じましたけれど」

「頼む。あなたの肉体の問題でもあるから。肉体が損傷してからでは遅い」

「もう、損傷してますけれどね」

「紫織は意地でも病院に行かないだろう」

「行かないでしょうね」

「DVの相談窓口と、病院。頼む」

「なぜ、そこまでお節介を」

「放置できないから」

「率直な答えですけれど、なにも説明していません」

「――とにかく頼む」

「私たちの問題ですからね。頼まれても」

「それでも、頼む」

私が手を合わせても、にこりともしない。ならば筋違いは承知のうえで、ここしばらく思い巡らせていたことを勢いで言ってしまうことにした。

「調理研究室の子なんて呼んでいるんだが、ふさわしくない」

「私のことですか」

「そう。で、名前を付けた」

「私の名前ですか」

「そう。あかり」

「電球ですか。百ワット」

「ふざけてるの？」

「いえ」

「クールだけれど、すべてを照らす聡明さがある。だから、あかり」

　さゆりに対してもそうだったが、どこかに迎合があり、好かれたいという思いがある。この子ならあかりという名を絶対に気にいってくれるというなんら裏付けのない確信があった。

　あかりは視線を落としている。たっぷりのミルクで乳白色に染まったコーヒーを見つめている。さりげなく覗きこむと、口許に自嘲気味な笑みがにじんでいた。私の視線に気付いたあかりは静かに顔をあげて、呟いた。

「点いたり消えたりするから、あかり。そういうことで納得しました」


「点いたり消えたりする？」

「なんでもありません。ただ、さすが作家ですね。意識せずとも見透す力がある。正直、感服しました」

「なんか、大げさなことになってないか」

「知られたくはないけれど、いずれ、点いたり消えたりする——ということの意味がわかるはずです」

　言いながら眼前のコーヒーに手を伸ばし、軽く口をつけた。眉間にきつい縦皺が刻まれた。

「最低ですね。さゆりは最低です。せっかくのコーヒーを」

「子供なんだよ」

「口直しに新しいのを注文してください」

　私が店の女の子を呼ぼうとあげかけた手をそっと押さえてきた。私の飲みかけに口をつけ、じっくり味わって、側頭部をさする。

「さゆりが替わってくれって。もう、うるさくて。さようならは私がするからって言ってます」

「——替わるときに頭痛がするのか？」

「強引に替わるときは、かなり烈しく痛みますけれど、合意の上なら痛くはありません」

そう言った直後、さゆりの上目遣いが私を窺《うかが》っていた。私はさりげなく自分のコーヒーカップを手にとって、残りを飲み干した。

「ま、いいけどね」

「なにが」

「あかりさんの口つけたとこ」

「よく見てるなあ」

「どうでもいいけど、紫織、当分出てこないよ。奥に引っ込んでもろひしゃげてるもん。ぐちゃぐちゃ。形状不安定。あかりさんがこなすんだろうけれど、色気も愛想もないじゃない。商売にもろ影響がでるね」

「クラブなら、おまえが接客すればいいじゃないか」

「あ、いいね！　提案してみます」

紫織と呼び棄てなのに、あかりだけさん付けだ。

さゆりのコーヒーに手を伸ばす。一口含んで呆れる。砂糖を五杯入れたという。責任をもって飲めと迫ると、コーヒー牛乳美味しいと屈託がない。


「ねえ、ラブホに行ってみたい」

「いきなり、なんだ？」

「だから、ラブホ」

「声がでかいよ」

「連れてかないと、連呼するよ」

「わかったよ。連れてくよ。でも、小父《おじ》様はグロッキーですから」

「わかってる。ぺたんしたいだけ」

さゆりが検索した至近のデザイナーズホテルなる安普請《やすぶしん》に突入した。さゆりを腕枕して和んでいると、さゆりが魔術を用いて私を硬直させ、私はさゆりに犯された。とはいえ性的ならぬ静的なもので、私たちはひとつになったままじっとしていた。

離れがたいが、別れの時間だ。薄暗いなかをマンションまで送ってもらって、降りはじめた雪にテールランプの赤がにじんで溶けて消えてしばらくしても、私は自分を抱き締めるようにきつく腕組みし、ぼんやり吐く息のか細く白い行方を追っていた。

究極のぺたんだった。その代償は臍《へそ》の下あたりで雑に腫《は》れあがったダニに咬《か》まれた痕だった。とんだデザイナーズホテルだった。苦笑いしながら軟膏を塗りつけて、さゆりは咬まれていないだろうかと心配になり、思わず電話しそうになった。

　自分から受話器に手を伸ばすのはありえないことで、しばらく逡巡したが、結局手を引っ込めて万年床に転がった。

07

　私の名刺には電話番号が記されていない。初対面の紫織と名刺交換をしたときに、電話をすることができない神経症気味なところがあると告白した。かかってくるぶんには受けられるのだが、かけることはできない。理由は、わからない。

　無理やり自己分析したことがある。的外れであり露骨な牽強付会《けんきょうふかい》にすぎないが以下のとおりである。

――電話の類いが苦手なのは、それが割り込みの手段だからだ。かかってくれば割り込まれたと感じる。かければ割り込んでしまったのではないかと気に病む。

　もちろんこんな単純で幼稚な解釈で私の小さくて安っぽい神経症は解消しなかった。電話という器械に対する抜き難い偏見のようなもの。恐怖にまでは到らぬにせよ怺《こら》えようのない不安をもたらす存在。他人からすれば、じつに間抜けな私の過敏だろう。

　世の中のほとんどは電話をかけて電話を受けるということを当然のこととして受け容れているのだ。過剰反応することはない。理性はそう判断しているのだが、感情が受け付けない。

　見ず知らずからの営業電話などを受けてしまえば、自分の時間に土足で踏み込まれたと尋常でない腹立ちを覚える。抑制しようのない苛立《いらだ》ちが一日中黒く燃え盛るのだから、たまらない。

　だからこそ逆に気をまわしすぎて電話をかけられないのだと自己分析をしもするが、それは安っぽい道理を当てはめただけで、対面でない遣《や》り取りに関する抜き難い違和感があることを自覚している。

そもそも私は、人付き合いをしたくないのだ。執筆で引きこもっていて他人との会話が一切なくとも、まったく気にならない。脳内で話し相手をしてくれる悪い逸郎という存在もあって、ふと気付くと二週間誰とも話していないといったことがある。

だからといって対人恐怖があるわけでもなく、面と向かっていれば案外屈託なく応酬できる。直接アプローチされれば強気でさえある。その場から逃げだしてしまうほどにひどい神経症ではないということだ。

けれどワンクッションおいて相手とのあいだに電話という器械がはさまったとたんに、私は不能化する。受けることはできても、かけることはできない。

それでも仕事上の遣り取りならばほとんどストレスを感じることはない。もちろんあっちからかかってきたのを受けるという場合に限るが。どんな緊急な用事があっても、私からは絶対に電話をかけない。かけられない。メールがなければ私という小説家は職業的に破綻していたかもしれない。

電話で会話していると、ある瞬間に言葉がまったく頭に這入《はい》らず、なにかすべてが奇妙に遠く隔たっているように感じられることがある。受け答えに遺《い》漏《ろう》はないのだが、それは条件反射にすぎない。結果、電話で相談したあれこれが受話器をもどしたとたんに、ほとんど脳裏に残っていない有様《ありさま》だ。

延々と繰《く》り言《ごと》と言い訳に終始したが、要は電話に向いていない——という陳腐な結論でこの件に関しては適当に封印してきた。

そんな私が齊藤紫織の内面に存在する人格であるさゆりとあかりとは気負いもせずに電話で話せるようになっていた。

紫織はあれ以来、内側に閉じこもってしまって外に出てこなくなっていた。紫織が出てくれば、当然受話器をとおして対面しているのと同様の気安さで会話できるだろう。

齊藤紫織は私のマンションにやってこなくなった。奥に引っ込んでひしゃげてる——のだから当然だ。けれどさゆりはじかに逢いにくることはないが、委細構わず電話をかけてくる。ときおり事務的な声であかりが近況を報告してくる。

　さゆりもあかりも私の神経症などお構いなしで、もったいつけないでちゃんと電話しろと促してくる。もったいつけているわけではないとしどろもどろに返した私に、あかりが言った。

――たかが電話で自分を特別扱いするのは見苦しいですよ。

　ならば！　と翌日、気合いを込めて、あかりに電話した。掌にぐっしょり汗をかいていた。もちろんムカついていたというか怒りに近い感情が原動力で、しばらく手にした受話器を睨《にら》みつけて、どうにか電話をかけた。

　菱沼さんの電話の声は枯れていて好《い》い感じですね――と開口一番あかりに囁《ささや》かれたとたん、電話に関する忌避《きひ》感が綺麗に消滅して、自身のたわいなさに呆《あき》れていた。お世辞かもしれないし、手玉にとられているような気もした。

　けれど神経症というものは、私が単純なだけなのかもしれないが、場合によってはこんなに簡単に快《かい》癒《ゆ》してしまうのかと目を開かれる思いだった。

　それどころか複合機から伸びる受話器のコードが邪魔だ。私を縛りつけるものであるという実感があった。どこでも喋れるように子機を注文しよう。スマートフォンもありだなと頷いてさえいた。

　以来、私にとって電話は割り込み割り込まれるではなく、親しい人との時間を共有する素晴らしい道具にまで格上げされて、執筆に疲れた深夜、万年床に転がってさゆりと、ときにあかりと電磁力を借りてとりとめのない、けれど胸躍るお喋りをするのだった。

「寝室は、別なんだ？」

「はい。スマゲーっていうんですか、ゲームをしている横では寝られません。してなくたって、ごめんですけれど」

「そんなにおもしろいのかな」

「一日の三分の二は、ゲームをしています」

「うーん」

「沙霧が生まれてから、紫織が沙霧を楯にして寝室を別にしたんです。沙霧の髪の香りを嗅ぎながら眠るのは心地好いです」

あかりの声から棘《とげ》がすっと抜け、和らいだものが伝わってきた。柄にもなく私も自分の娘たちの香りの記憶が鼻腔《びこう》に充《み》ちてきた。

「子供の匂いって、たまらないよな」

「はい。懐かしさと安らぎと、けれどちょっと表現のしようのない生々しさがあります」

お互いに、しばらく子供の匂いを反芻《はんすう》して黙りこむ。あかりと私の息がシンクロして、静けさが深まっていく。濃密さに恍惚《こうこつ》としていると、それを醒《さ》ますかのように、子供といえば——と、さゆりに話題を変えた。あかりはさゆりを子供扱いしているのだ。

「クラブ〈愛〉が大繁盛なんです。私に接客は無理ですから、さゆりを出しているんですけれど」

声の調子の奥に不安がにじんでいることを感じとり、なにか問題があるのかと問いかけると、深い溜息が返ってきた。

「あの子は、もてるんです。はっきり言ってしまえば、男性が勘違いしてしまうんです。さゆりは屈託がなさすぎます。誰にでも好い貌《かお》をするというか

——」

「なんとなく、わかるよ。俺だって一緒にいると、拒絶できない不思議な力がある。好意をもたざるをえないとでもいうか」

「はい。私が四角四面の堅苦しいスクエアだとすれば、あの子は誰からも好かれる角のない存在です。言葉遣いは雑でも、まろやかな要素の塊《かたまり》です。しかも適度にくだけて可愛らしい。整理整頓、清潔好きで私たちからも煙たがられるような子ですけれど、店ではあの子のついているテーブルはじつに整っていてお客様も大満足です。そのくせ、なによりも男性からは隙だらけに見えるらしいんです」

四角四面の堅苦しいスクエアに抗《あらが》いがたい魅力を感じている男もいるんだけれどね、と胸中で呟く。

「お客さんがさゆりをトイレで待ち伏せしていて、一悶着おきました。ボーイさんが恋の病に取り憑《つ》かれて錯乱しました」

「恋の病」

「嫌われて問題をおこすのではなく、好かれて問題山積です。だからこそ紫織はさゆりが戦力になると

いうことは百も承知で、あえて店で出さなかったんですね」

「早く、紫織を店にもどさないとヤバいな。ほどよく現場で対処できる人格でないとまずいよ」

「はい。じつは自宅でも夫がもうさゆりに夢中で——」

「ああ、そうか、そうだろうな」

「さゆりを出すと、もう明らかにアレなんですよ」

「アレなのか」

「はい。アレです。で、強引に行為に及ぼうとするわけで、ぎりぎりのところで私に替わったりしてしのいでいます。あの男も、さゆりから私に替わると、豹変ぶりに萎《な》えてしまうんですね」

「うーん。これは結婚した当事者にちゃんとしてもらわないとならない事柄だね」

「紫織は、なぜ離婚という選択肢をとらないのでしょうか」

「うーん。なぜだろう。明らかに嫌ってるもんな。烈《はげ》しい嫌悪を抱いている」

「沙霧のことがあるのでしょうか」


「懐《なつ》いてるの?」

「はい。あんな男でも父親なんですね」

「それは少々耳が痛い」

「菱沼先生は稼いでいるじゃないですか。ちゃんと妻子を養っているではないですか」

「いや、忸怩《じくじ》たるものがあるよ。正月も帰らなかったしね」

「——それは、私たちにも責任の一端があります」

「ま、それはおいといて、だ。現状打破のためにも、試みに紫織を呼んでみようか」

「電話口で、ですか」

「うん」

「——どうでしょうか」

あきらかにそれは無理だろうという気配が続く沈黙から伝わってきた。

「だめもとで、やってみるよ。横になって、受話器を耳に当てて気持ちを平べったくしてくれ」

「平べったく」

「気負わず、楽に」

「——はい」

「紫織。紫織。紫織」

受話器の奥からあかりの息遣いに重なって幽《かす》かなエコーのようなものが聴こえる。なにやら心霊現象に立ち会っているかのような雰囲気だ。私は声を抑えて、ただ紫織の名を連呼し続ける。

「紫織。紫織。菱沼だよ。紫織。紫織」

「――はい」

「紫織か」

「はい」

「相当ひしゃげてたらしいが、生きてたか」

「はい」

「あかりとさゆりが難儀してる」

「はい」

「わかってるよね」

「はい」

「よし。じゃあ明日から」

「はい」

「よし」

「菱沼さん」

「なんだ」


「逢ってくれますよね」

「もちろん」

息遣いが変わった。あかりにもどったと直感した。

「絶対無理だと思ってました！」

「俺は、なにも考えてなかったけど、まあ、なんとかなると思ってた」

「有り得ないことです！　菱沼先生は私たちを支配しています」

すこし得意になりはしたが、支配は大げさだ。男と女の心理は大人になっても、じつはその根底にあるのは子供のときと同様のごくシンプルなものだ。事を複雑化せずに、手管《てくだ》を排して接すれば相手も率直に応えるということだ。

「今日は温泉卵をつくってみましょう」

「温度の管理とか面倒臭そうだな。温泉卵というけれど、〈ル・マンジュ・トゥー〉のあの絶妙な透明度のあれを思い泛《うか》べれば、いかに難しい料理かって身がすくむよ」

「〈ル・マンジュ・トゥー〉、牛込神楽坂。菱沼さんは、ほんとグルメですね」

「グルメか。接待で食うときはなに食っても美味《うま》い美味いって戴くけど、自腹で食いに行くときは、厳選するよ。率直にいって好感をもたれないタイプであるという自覚はある。かなり厭味《いやみ》な人間だ」

開き直ってから、温泉卵という泥臭い名の涙滴のかたちをした純白の真珠を反芻《はんすう》する。

08

「あの素晴らしい温泉卵にナイフをいれて黄身がじわーっと流れでてきた瞬間の感動は、ちょっとしたもんだった。けど、あかりだって、あちこちちゃんと訪れて食ってるじゃないか」

「私の場合、仕事が絡んでいるから。ほとんど研究ですもの。気を張るから、素直に料理を愉《たの》しめないですよ。あそこのポシェ＝菱沼さんの言うところの温泉卵は六三・五度に保った湯温で一時間かけてつくるんです」

「六三・五度の湯温！　小数点以下の御登場かよ。しかも、一時間もかかるのか――」

「あれは抽《ぬ》んでた繊細さをもっているプロの仕事。真似しようとしても、黄身を閉じこめたままあの流線型の白身を保つのは不可能だと思います。菱沼さんのつくる温泉卵はもっと簡単で、しかも日常的っていう但《ただ》し書きがいりますけれど、美味《おい》しさからいったら〈ル・マンジュ・トゥー〉にも劣らないものです」

　あかりの笑みに、以前はみられなかったえくぼが刻まれている。だし巻き以来、卵料理を主軸に教わってきたが、オムレツをはじめほとんど網羅してしまった。最後は温泉卵でシンプルを極めることにしますとあかりが宣言して、私は微妙に二の足を踏んでいるというわけだ。

「構えないで。大切なのは沸かすお湯と足し水の量。そして厳密に時間を計ること」

　計量カップでぴたり一リッターの水を鍋に入れ、沸かす。鍋は保温性のよいル・クルーゼ等を用いること。湯が沸いたら、即座におろし、二〇〇ccの水を入れてかき混ぜ、そこに冷蔵庫から出したばかりの卵を四個投入して蓋をする。

　叮嚀《ていねい》に湯のなかに落としたつもりだが、ひとつだけ殻に罅《ひび》が入ってしまって白身がすこしだけ滲《し》みだしてしまったのを一瞥《いちべつ》して、優しい口調であかりが言う。

「たまご&スパゲッティ・スプーンだったかな。モノタロウで九十八円。茹で卵を扱うのに抜群です。通販なので送料無料になるまで金額が積みあがったときに、いっしょに買ってあげますね」

「モノタロウ。工具とかの通販だろう」

「業務用厨房機器の充実ぶりはなかなかですよ」

　マニアックなやりとりをしつつキッチンタイマーを十六分にセットした。白身まで流動的でよいなら十四分とのことだが、たぶん菱沼さんはある程度の形状を保っている温泉卵のほうが好きなはずと決めつけて、居酒屋のお通しで出てくる感じですと笑った。

　身構えていたが、見事な肩すかしだった。なにしろ湯を沸かして足し水をして温度を下げ、そこに卵を入れて蓋をし、十六分待つだけなのだから。

　その十六分間、私とあかりはひたすら見つめあっていた。冷静な眼差しは変わらないけれど、あかりは視線をそらさない。その揺らぐことのない一途さに、私のほうが照れて俯《うつむ》きそうになってしまう。ともあれ私はひとりの人の貌《かお》をこれほど長く見つめたことはなかった。

キッチンタイマーの電子音がピーピー鳴き騒いで、私とあかりは我に返った。卵を引きあげて小皿に置く。

「――すぐに食べないで、三分ほどおいてくださ い」

卵はまだしっとり濡れて温かく、艶はないがじつに清潔な風情だ。卵にそそぐ私の眼差しに、あかりの視線が重なる。

「卵一個分のちいさな器、ぐい飲みがいいですね。ごく少量の麵つゆを薄めて、わさびを添えて。私の分もつくってください」

三分ほど待って、ぐい飲みに卵を割りいれる。おお！ と感嘆の声が洩れた。たかが温泉卵。だが、殻から放たれた艶やかな純白がすばしこい生き物のようにぐい飲みの淡い薄茶色の汁のなかに飛びこむ姿は颯爽《さっそう》としていて美しい。横目であかりを一瞥する。

なんとも大仰《おおぎょう》な精神状態になってるぞ――と悪い逸郎が嘲笑《あざわら》う。颯爽としていて美しいときたもんだ。温泉卵にこの女を仮託《かたく》してやがる。お笑いか。わかってるぞ、俺には。おまえはこの女ならサディズムを発揮できると直感して、だからこそ、そうするために大切に、大切に扱ってやがるんだ。

図星だったこともあり、黙れ――と心中で怒鳴りつけた。悪い逸郎は薄笑いを泛べて背をむけた。

私はあかりが生来のマゾヒストであることを察していた。私はあかりと秘密がもちたいのだ。表現を変えれば、私はあかりをいたぶりたい。虐《いじ》めたい。とことん加虐して、最後にきつく抱き締めたい。

「食べないんですか」

「あ――」

ものを口にしないはずのあかりが、薩摩《さつま》硝子《ガラス》のぐい飲みに唇を軽く押し当て、軽く喉仏を見せ、するっと一息にねっとり柔軟な卵を飲みこんで、口の端に幽《かす》かな黄色をにじませて見つめている。

私はたまらず手をのばし、あかりの唇の右端を汚した卵黄の鮮やかな黄を中指の先でこそげとり、自分の口に運ぶ。量が少なすぎて断言は難しいが、黄身には仄《ほの》かな甘みがあった。

　あかりは私の控えめな狼藉《ろうぜき》を受け容れて、笑みを深くしている。私は慌て気味に卵に箸を突きたて、音をたてて啜《すす》りこむ。市販の麵つゆだが、若干《じゃっかん》硬めに仕上がった温泉卵にじつによくあう。温泉卵自体も比類のない滑らかさだ。

「これは、はまるな。卵料理の究極は、こいつだ。こんなに簡単にできて裏切らない。毎日、四個つるりといってしまうな。なによりも物を食わないあかりが食べた」

「なぜか食べる気になれたんです。そんなことよりも」

　私の瞳の奥を覗きこんできた。

「ほんとうに、いらっしゃるんですね」

「なにが？」

「悪い逸郎さん」

「え——」

「お話ししてるのを盗み聞きしてしまいました。悪い逸郎さんは口も悪いですけれど、ずいぶん的確な指摘をしていました。菱沼さんは黙れって怒ってましたね」

　思わず顔を背けた。これほど決まりの悪い気分になったことはない。そこに追い打ちをかけられた。

「私はマゾヒストなんですか。菱沼さんはサディストなんですか」

　背けた顔を、もどす。開き直って頷くと、あかりも納得顔で頷いた。

「やっぱり」

　同意するということは、自覚があったのだろう。私は二個目の温泉卵を割る。薄めずに麵つゆをかけ、箸先で蹂躙《じゅうりん》して白身と黄身を絡めてから、するりと飲みこむ。美味い。飲み物と食べ物の中間の絶妙な曖昧《あいまい》さが、たまらない。いかように破壊しようが従順に喉を抜けていく。

　そういえばあかりはちいさな唇を思い切り拡げ、卵をまったく崩さずにするりと一口で飲みこんでいた。いちいち箸先を突きたてる私と、崩壊を避けるあかり。

「まいったな。俺の心が読めるのか」

「普段は、なにも感じないというか、読めませんよ。たぶん――」

「たぶん？」

「たぶん、悪い逸郎さんがわざと聞かせたんじゃないかな」

「ほんとうかよ。俺の場合、おまえたちのように完全に独立した人格じゃなくて、自作自演のへたな芝居のようなもんだぜ」

「たしかに菱沼さんと完全に一体ですね。でも、菱沼さんとは似て非なるものっていうんですか。別人ですよ」

　誘いこまれるように私は内面を覗《うかが》う。漠然とした冥《くら》いものが拡がっているだけだった。

「――逸郎の野郎、シカトしてやがる」

　実際に憤《いきどお》っているのか、演じているのか自分でも判然としない荒い手つきで三個目の卵を割り、麺つゆをおとす。箸はもたず、上を向いて日本酒を呷《あお》るように一気に喉に送りこむ。なるほど、これがいちばん美味い温泉卵の食い方かもしれない。

「菱沼さん」


「なに」

「悪い逸郎さんに逢いたい」

「俺じゃなくて？」

「そう。悪い逸郎さん」

「――失恋かよ」

「私たちのように別人じゃなくて、完全に一体なんだから、失恋とはちがいますよ」

　やりとりをしながらあかりは一切の無駄のない手つきで調理の後始末をしていく。温泉卵なので洗い物も少なく、あかりは猫背気味になって流しのステンレスを液状のクレンザーで磨きはじめた。香料の似非《えせ》レモンの香りが鬱陶《うっとう》しい。

　いま磨かなくてもいいだろうに――。その細く頼りない首筋を見やりつつ雑に肩をすくめ、気を取りなおして訊《き》く。

「病院、行ってないな」

「――行ってません」

「まだ痛いんだろ？」

「痛いですね」

「行ってくれって頼んだんだけどな」

「はい。行こうとしました。でも内側から強烈なストップがかかって、病院に行こうとする私は強引に引っ込められて、誰かと替わらされてしまうんです」

「なぜ、そんなに頑《かたく》ななんだろう」

問いかけると、わかりません——と、あかりは表情をくもらせて、左の脇腹にそっと手をあてがった。病院に行くのを阻止する人格は、あかりにとって好ましい存在ではないことがじわりと伝わってきた。

スツールに腰をあずけると、あかりも隣に座った。私は電源を切ったスマートフォンを弄《もてあそ》びながら思いに沈む。まだ懐疑的ではあるが、齊藤紫織の内側にいる幾人もの子＝人格＝人々がそれぞれ超能力とでもいうべきものをもっているとしよう。

紫織は腰のケロイドを消すという治癒をみせた。あかりは私と悪い逸郎の内面のやりとりを読んだ。私が一言も発していないにもかかわらず、マゾヒスト云々を口にしたことでそれは否定しようがない。

飛躍が過ぎてしまいそうなので、遠感現象や治癒といった超越した能力に関してはいったん脇にのけておいて、解離性同一性障害について考えを進めることにしたが、超越した能力に関するJ・B・ラインやワシーリエフといった先達《せんだつ》の真摯《しんし》な研究資料が頭の一角を占めていて、なかなか離れない。

手近なところでは、ラインの論文は講談社学術文庫に収録されているが、当然ながらスピリチュアリズムやオカルトの系統に逃げこむ愚を犯さず、素っ気ないくらいに科学的である。予知の可能性など、なかなかに示唆に富んだ記述があった。

さて、私にとっても、いままで資料的なものでしか知り得なかった解離性同一性障害だが、紫織、あかり、さゆりと知り合って問答無用で実感した。肉体を共用してはいるが、彼女たちはまったくの別人である。その実感は私の肌をひりつかせるほどに強烈だ。

顰蹙《ひんしゆく》を承知で言葉にしてしまえば、肉体的構造は同一であっても、紫織とさゆりではまったく別人だ。具体的には私を迎えいれ、包みこんだ瞬間から私の充血器官に子を産んだ女と処女の違い、紫織とさゆりの違いが伝わってきたのだ。

生々しく露骨な表現をすれば、紫織とさゆりでは、内奥に刻まれた襞《ひだ》の形状も数も収斂《しゅうれん》の具合もまったく違っていた。個々の精神が肉体的構造に明確な影響と変化をもたらしていたのだ。これらは演技では不可能だ。

　私は別の女を抱いているという実感を覚えて、昂《たか》ぶりと同時に頭の芯が痺《しび》れるような不安に近い思いに囚《とら》われた。それほどに明確な差異があったのだ。これは彼女たちと性の交わりをもった者にしか理解できないことかもしれない。

　当然ながら紫織とさゆりとあかりはまったく同じ顔をしている。その一方で、まったく別人の貌であるともいえる差異を私は感じとっていた。

　それは彼女たちが自身のキャラクターに合わせた表情をつくっているというよりも、貌をかたちづくる筋肉のありさまがまったく違うと断言しても問題ないだろう。

　あかりの貌は数学的な厳密さを連想させる完璧な左右対称であり、立ち入ることのできない冷徹さがある。素っ気ないというか、あえて相手の記憶に残

らない貌を拵《こしら》えているかのような周到さも感じる。

　さゆりはよい意味でのゆるさと率直さがあり、幽かに斜視気味な瞳にえもいわれぬ魅力がある。なによりも女子高生かと錯覚をおこしてしまいかねぬほどに若やいだものが横溢《おういつ》している。実年齢なりの目尻の皺さえも淡く、ほぼ消え去っているのだ。

　紫織の貌には最大公約数的な美があり、バランスがある。それを彩っているのがやや過剰な愛想であり、愛嬌だ。えくぼもいちばん深いし、口角は常に笑んでいるように嫋《たお》やかにもちあがっている。

　あくまでも齊藤紫織の内側にいる女たちの超能力には懐疑的だが、あえて私は外見や性的な内部、肉体的な諸々を列挙してみた。彼女たちは同一の軀《からだ》を借りている別人で、私にはそれを否定しようがない。

　話を肉体ではなく精神にもどすならば、演技をしていると疑うのがまずは本筋と指摘されるだろう。けれど彼女たちには演技をしている者につきものの連続性がない。

　嘘や演技の本質は、ひたすらつながっていることにある。練りこまれた世界観から派生するすべてが

有機的に結びついていてこそ、虚構は成立する。

　嘘を重ねるときは、自分がついた嘘をしっかり記憶していなければならないし、演技者は過去から未来にむけてなにをどう演じるかを把握していなければならない。そうでないと破綻してしまう。

　解離性同一性障害は強引に区分けすれば記憶喪失である。トラウマになる強烈な出来事があって、それを完全に忘却するために新たな別人格をつくりだす。生きることを、別人に託すのだ。

　資料の受け売りではあるが、それは本来の齊藤紫織とはまったく無関係な真の別人なのだ。完全な忘却のためのサバイバルに似た精神の働きなので、新たな人格がまったく別人であるのは当然のことだ。

　齊藤紫織を知って心底から確信したのは解離性同一性障害は精神の障害というよりも、人間の精神、脳の可能性を強く示唆する事柄であるということだ。

　そのきっかけが記憶を完全に消し去ることにあるとしても、脳内にまったくの別人が出現し、その者が肉体を支配して生存を可能にするということは、自我という哲学的問題を軽々と凌駕《りょうが》してしまう。それは人間の精神および能力にとってじつに深みのある肯定的なものであると私は捉えている。人格の多様性ならぬ多重性こそが生きるということにおける必須の能力ではないか。

　私をじわりと締めつける忘れたい記憶。けれど仕事に集中しようが酒を浴びるほど飲もうが痲薬《まやく》を射とうが、集中や薬理が消え去れば気鬱な記憶がふたたび触手を伸ばしてくる。時間が解決してくれると自分に言い聞かせはするが、私もあなたも中途半端な忘却しか為《な》しえない。だが、完全なる忘却を為しとげられるならば生きることは格段に楽になるだろう。

　黙りこんで考えこんでいる私を控えめに覗きこんで、私の脳細胞の火花が弱まってきたことを直観したのだろう、あかりが秘密を打ち明けるような口調で囁《ささや》いた。

「正直に言いますと、忘却とはべつに、私たちの内側には生き抜くために、生存のために必要な人格を自在に拵えることができる子がいるようです」

「え——」

「あ、ごめんなさい」

強い困惑に呼吸が乱れた。

「またかよ。まいったな。あかりには秘密がもてないじゃないか」

——冷や汗、かいてやがる。

「あっ、悪い逸郎さんだ」

あかりの顔が輝いて、悪い逸郎は平然と私の口を使って喋りはじめた。

「あまりこいつをいじめるな。おまえたちの超越した能力を認めたくなくて、戸惑っているんだ。俺にはわかりきったことだが、グルメぶってるちょい頭の足りない噴飯物《ふんぱんもの》の作家様に、実際に声にだして説明してやることにしよう」

悪い逸郎はあかりの奥に潜んでいる者たちを覗きこむ。実際に齊藤紫織の内面に隠れている子たちが見えるはずもないが、私にはそう感じられた。悪い逸郎は断言する。

「手をかざして痛む左脇腹をなだめすかしている奴がいる。内臓に損傷があるとすれば、すこしはましにはなっている」


「はい。ケロイドを治すのに似ています。ただ、おなかの中なのでどこが悪いのかうまく特定できないので治癒は中途半端で、痛みは多少は和らいではいますが、延々と続いています。小康状態にまでは到っていません。痛みが散るっていうのかな、ほんと、どこが痛いのかわからなくなってしまうんですよ」

「俺のみたところ、問答無用で医者に行くべきだけどね。じゃまが入るって言ってたな。なぜ治療を避けるのか」

「DVの相談には行きましたよ。誰もじゃましませんでしたし」

「どうだった？」

「埒《らち》があきませんね」

「たぶん、そんなもんだろうと思ってたけどね。なんて言ってた？」

「私たちのこともあって、なかなか説明しづらいので、あちらの方ももどかしかったでしょうけれど——」

あかりは理路整然と語る。しかも遠回りせずに核心から告げていく率直さがある。私はあかりと悪い逸郎のやりとりを聞く傍観者となる。暴力に対して最も有効な即警察、即離婚という流れは会社経営者であることから、別れても一般の主婦のように姿を隠すことが不可能であることと、夫が専業主夫であるというめずらしいケースなので、問題解決はなかなかに難しいだろうと言われたという。

最初の暴力のきっかけを尋ねられたので、かなり戸惑ったが、誰かはわからないが内側からこう喋れと促す声があり、セックスのさなかに首を絞められたことが発端であるような気がすると開き直って告げたこと。

さらに道内でも実力者として知られる男とのセックスを、その取り巻きが段取りをつけて強要され、以降ほぼ無抵抗で身をまかせていたことがあって、それに夫がうっすら気付いたあたりから、絞首だけでなく殴る蹴るがはじまった――ということまで内側の誰かの声に従って告白してしまったという。

「ははは、三文小説だ。まるでこいつが書いたような代物《しろもの》だ。アホらしくなってきた。俺は消えよう。あかり、またな」

「はい。お話しできて嬉しかったです」

いきなり私にもどされた。もどされたという感覚は、いままでになかったものだ。齊藤紫織と知り合ったことにより、私の内面の悪い逸郎もなんらかの影響を受け、活性化しているのかもしれない。

それよりも、あえて紫織が隠していたであろう思いもしなかったことがあかりの口から洩れ、私は失望と憂鬱が重なったどんよりした気分になって、首を左右に振っていた。

「実力者と取り巻きに強要されてセックスってのは、うーん――」

「私も最悪だと思います。でもいまみたいに経営すべてが順調だったわけではないんです。紫織は自分の会社その他を守るために必死だったし、周囲もそう仕向けるから抗《あらが》えなかったんです。お酒を飲んだりしているうちに取り巻き連中が調子よくあの男とふたりだけにしてしまうんです。はっきりいっておこぼれにあずかろうとしている取り巻き連中の人身《ひとみ》御供《ごくう》のようなものですよ。しかも紫織のよくないところなんですけれど、自分が苦しまなくてすむから、ずるずるいってしまうんですよね」

「自分が苦しまなくてすむ?」

「――なんでもありません」

なんでもないわけがないだろうと切り返したかったが、思うところがあったのと、あかりが絶対に口をひらかないことも感じとったのであえて流した。

「その実力者ですが、僕は不感症の女が大好きなんだって口走るような男で、数年前に死にました。認知症が多少進行していたのかもしれませんが、届くメールの文面が赤ちゃん言葉というか幼児言葉で、もう薄気味悪くて――と紫織が吐き棄《す》てていました」

女であることを、あるいは肉体を武器にというと語弊《ごへい》があるが、それをする女はいくらでもいる。だが紫織の拒絶の薄さとでもいうか、主体性のなさは、先ほどの肯定的な思いと裏腹に、やはり解離性同一性障害が微妙な影を落としている気がしないでもない。

溜息を抑えられない私を、あかりがじっと凝視している。私は夫のことを考えていた。うっすらとではあっても実力者とやらの横暴と強要に気付いていたとしたら、さぞやきつかったことだろう。

紫織の行為が本意でないことは直覚できても彼は現実社会とリンクしていない。雑に言い切ってしまえば、十年以上家庭内に閉じこもっていたがゆえに金も力もないということだが、その歯がゆさは地獄ではないか。

道内という閉鎖社会にせよ、いやそれだからこそ実績も地位もある強烈な自尊と自負をもっている男。道内において精力的かつ横暴に行動することを許容され、すべては経済力に収斂するにせよ周囲もそれを認め、追従《ついしょう》も含めてその男の意に添うようにお膳立てをして、派手に持ちあげる。

愚劣な男の口臭を耐え忍ぶ妻。それによって保たれる齊藤家の経済。彼の覚えた無力感は、どれほどのものか。夫だって血を流しているのだ。それも大量出血だ。

私は拳《こぶし》を固めてテーブルを不規則に叩いていた。やや息がうわずっていた。心の中では夫の血にまみれた拳で誰彼かまわず殴りつけていた。だが、翻《ひるがえ》って紫織と関係をもってしまった自分はどうなのか。

「相談員の女性に指摘されました。『性的暴力にしろ言葉の暴力にしろ、お話を聞いているかぎり、あなたにきっかけがあります。あなたの行動が引き金になっています。彼自身にきっかけがあったり、これといったきっかけが見当たらない場合は修復は完全に無理と言っていいですけれど、あなたの行動が引き金になったということなら、修復の余地がゼロではありません。もっとも現実にはほぼゼロであるというのも私の経験値から断言することができますけれど』って」

「俺が言うのも厚かましいが、夫の流している血の量からすると、修復は無理だろう」

あかりはちいさく頷き、けれどそれについてはなにも言わずに報告にもどった。

それによると、夫は小説家志望だったが、いたずらに時を過ごしてしまったことなどを相談員に包み隠さずに話しているうちに、家事はせいぜい半々くらいで主夫をまっとうしていなかったけれど、彼がいるから娘は孤独ではないという安堵《あんど》がどこかにあったからこそ仕事に集中できていた——という強い思いが内側から迫《せ》りあがってきたという。

たぶん紫織の思いだろう。本来は紫織自身が相談に出向くべきところをあかりが代理しているので、折々に紫織の念が影響を与えているのだ。

彼は紫織一筋できたはずだ。私のようにあちこちで摘まみ食いをしている男ならば、こういったことはお互い様と作り笑いに似た薄笑いで終わらせてしまうところだが、彼はそうはいかない。私が彼だったら、意識の底で消滅を考えるかもしれない。俗な言い方をすれば、ここまで虚仮《こけ》にされて生きていけるかといったところだ。

私と性交しろと唆《そそのか》した彼の気持ちが、いまならわかる。自暴自棄に自虐、そして夫婦の交わりを避けたがる不感の妻に対して、なんとか自身の性的威光を取りもどしたいという切実な願望がにじんでいる。

偶然をよそおうところはいただけないが、彼の拳は紫織を殴りつつ、その発散の裏で自分を殴っているのだ。

「だからといって暴力が許されるわけではないというのが社会的通念だが、俺は声高にそれを主張する気になれない」

あえて口にするあたり、まったく私は厭らしい。だが、それでも彼が薄々でも命じたとおりに妻が小説家に身をまかせていることを直覚しているとしたら、あるいは妄想しているとしたら、いったいどのような気持ちなのだろう。

私という偽善は、彼とは違ったベクトルで度し難い。だが加害者は開き直るものだ。さらには被害者加害者を超えて、現実は修正がきかないものだ。流されてしまったら、もはや摑まるところはない。

「あと、暴力を受けたときに私がどんな態度をとるか、ずいぶん訊かれました。泣く。反抗する。無視する。言い返す。笑う。可哀想がる。手や軀で暴力を防ぐ。脅《おど》す。逃げる。いろいろな選択肢を提示されました。内側の声に従って選んだのは、無視する。なかったことにする。これはDVじゃないって思いこもうとする――でした」

私はちいさく頷いて、目で先を促す。


「相談員に指摘されたのは、それがDVをいちばんエスカレートさせる態度だって。次によくないのはDVだと責めたり反抗することとのことでしたが、とにかく夫は訴えたいことがあって暴力を振るっているので、打っても響かないとなると、さらにエスカレートしてしまうということでした。紫織の態度は、まさにエスカレートさせるもの、そのものでしたね」

「訴えたいことがあるから暴力を振るうか。なるほどね」

「まっとうしているかはともかく、主夫である夫からすると齊藤家は、彼と娘が主軸で、私がそこにくっついているんでしょうね、とも言われました。多くのDVは夫が妻を征服したいからこそ起こるものだけれど、あなたの家の場合は、夫自身が子供のようにあなたに甘えたいのでは？　とも言われました。さらには暴力のたびに偶然を口にするのは先々のことを考えているからで、離婚がちらつけば言葉の暴力のみに切り替えて、すっと殴る蹴るの暴力を控えて離婚時に有利になるように立ちまわるでしょうねって予言されてしまいました。人間は、狡《ずる》いんですよ――って」

私は力なく笑うしかない。

「しんどかったですよ。なにしろ私たちの多重人格を説明するわけにはいかないじゃないですか。問題は、彼と結婚した紫織はともかく、私たちの内側にいる子たち全員が彼に好感を抱いていないことなんです。いまとなっては紫織だって嫌気が差しているわけで」

「彼は、おまえたちの多重人格を知ってるのか？」

「はい。紫織が結婚後、しばらくして告白したみたいです」

「ふーん。紫織やさゆりの言うことに鑑《かんが》みると、彼はそれに対する考慮というのかな、思い遣《や》りというか対処がじつに下手というか、なんか的外れな感じがするな。小説家志望なら、相手の心理を読むのに長《た》けているはずだって俺の思い込みがあったから、よけいに感じるのかもしれないけれど」

「あの人はけっこう狡いですよ。私たちの多重人格を都合よく恣意《しい》的に扱うというか、あるときは多重人格だからおまえが悪いとなじり、あるときは多重人格なんて絵空事で、演技してるだけじゃないかと決めつける」

あかりは眉間《みけん》に深い縦皺を刻んだ。

「知り合ったばかりの菱沼さんが私たちが完全に別人であることを見抜いてくれたのに、あの人は、私たちが別人であることがよくわからないんです。あの人と結婚して娘を産んだのは紫織なんです。紫織以外はあの人となんの関係もありません。他人です。そのあたりが理解できていないというか、たまに紫織以外の子が外にでていれば、毛色の違いは感じとるんでしょうね、勝手に昂ぶってセックスしようとムチャをしますから」

「おまえたちも大変だけれど、紫織も可哀想だな」

「――そうですね」

肯定しはしたが、釈然としないといった表情はそのままだ。

たぶん内側の子たちの総意は、紫織の夫と私たちはなんの関係もないということに集約されるのだろう。精神は完全に独立しているのだ。別人なのだ。

結婚していないのだ。軀を共用しているからこそ、ある意味他人にすぎない男による絞首セックスや暴力は耐え難い。いや性交自体が耐え難い。紫織以外の子たちの反撥は至極当然だ。

　けれど、それは紫織と結婚したつもりの彼にとっては、なかなかに不条理なものでもあるだろう。ああ、とんでもない迷宮だ。

　あかりは気を取りなおして、教えてもらった具体的な対処法を語った。対面するときはスマートフォンを隠し持っておいて録音しておく。またリアルタイムで通報できれば傷害罪でその場で逮捕もできるとのことだ。

「まだまだいろいろアドバイスをもらいましたが、もう話すのに疲れました」

「うん。コーヒーでも飲みにいくか」

「いいですね。散歩したい」

　あかりに報告させるためにやってこさせたので、さゆりも紫織も出てこようとはせず、静かなものだ。

　三月中旬の札幌は雪も溶けはじめて最高気温が十度を超える日もあり、春の予兆に充《み》ちている。とはいえ最低気温は氷点下なので凍って溶けてを繰りかえす地面はたちが悪い。運動神経の衰えた書斎の人が足を滑らせかけた瞬間、あかりがすっと手をのばしてきた。


　手を引かれたまま、マンションの西側にある藻岩《もいわ》山麓道《さんろくどう》にあがるために設《しつら》えられている階段にむかう。斜面に沿って左に折れて右に曲がって——と複雑な形状をしているが、緑色に被覆されたロードヒーティングが施《ほどこ》されているので濡れた絨毯を踏んで歩いているような心許《こころもと》ない感触が足裏に伝わるが雪はない。

　斜面の陰になって周囲が見わたせない部分で、これも私の行為というのだろうか、悪い逸郎があかりを抱き締めた。あかりは動かない。悪い逸郎は強引に唇を重ねた。あかりは逆らわず、悪い逸郎の舌を受け容れた。ずいぶん長いあいだ、ふたりは密着していた。

　いきなり悪い逸郎が消えて、私は狼狽《うろた》え気味に軀を離した。あかりは伏し目がちになっていた。頬が染まっていた。——ここから先はおまえに譲るよ、と声がした。それに呼応するようにあかりが囁いた。

「ここから先は、いつか。私の心の準備ができてから」

　慌てなくていいと頷いて、妙に横柄《おうへい》な態度であると私はさらに狼狽えた。俯いているあかりに逆らうように曇天を仰ぐ。薄暗い夕刻だ。それをいまさらながらに確かめて、行こうと促す。

　私とあかりは言葉少なに向かいあって、淡い湯気越しにお互いを盗み見る。コーヒーはとても美味しかった。悪い逸郎が強引なことをしてくれたおかげで、充実した時が過ぎていく。うそ寒く暮れてきた窓外の景色が書き割りのように感じられるほどに、ぬくもりに充ちていた。

　私のよくないところなのだが、こうして安らいでいるときにかぎって疑問に思っていることが迫りあがってくる。完全に言葉のやりとりが消えて、ただただ見つめあっているさなかに、いきなり訊いてしまった。

「齊藤紫織に自分以外の子が生まれてしまったきっかけは、どんな出来事のせいなのだろう」

「——私にはわからないんですよ。私が生まれたのは比較的新しいですから」

「そうか。これからおまえたちに対処していくためにも、すごく知りたくて」

　あかりは眉間に手をやって、伏し目になってきつく唇を結んだ。

「出来事が流れこんできました。私の知らない子ですが、菱沼さんには包み隠さずっていう感じで、あの、なんといいますか、けっこうきついことが——」

　興味がないといえば嘘になる。身を乗りだし気味にしてあかりの次の言葉を待つ。

「ごめんなさい。言えません。こんな場所では言えません。私には、言えません」

　蒼白になってしまったあかりに喋るのを強要できるはずもなく、なぜ私は気持ちよく過ごしているときによけいなことを尋ねてしまったのかと自己嫌悪に陥った。

　マンションにもどって、帰宅するあかりの車を見送って、私は強烈な疲労感にがっくり首を折った。上昇するエレベーターのなかでも虚脱していたが、こういうときは執筆に限ると気持ちを切り替えた。20×20＝縦書き四百字のWZを立ちあげると、すぐに集中が訪れた。左目で拡げた資料をあたり、右目でディスプレイを見やって執筆するという状態だが、タイピングのリズムはじつに弾んだ。

どれほど時間がたったか。スマートフォンが振動した。あかりだ。執筆をじゃまされたとは感じない。左目資料、右目執筆と同様、頭の半分はあかりの声が聞きたい一心で、もう半分は蝦夷地《えぞち》に渡る前の主人公が辿り着いた津軽半島小泊岬《こどまりみさき》の色味のない景色が拡がっている。液晶に浮かぶ時刻は、午前零時をすこしまわっていた。

「今日は、いや昨日は重い一日だったよ。不思議と戸惑いの一日でもあった」

なにげなくカーテンを閉め忘れた窓外に視線を投げる。暗いので断言できないが、霙《みぞれ》が降っているようだ。

「いきなり冷えてきたな」

勢いこむ私と裏腹に、ぶれを感じさせる吐息ばかりが聞こえる。様子がおかしい。なにがあった、と

問いかけようとした瞬間だ。

――死にたい。

とっさに言葉をかえせず、間《ま》があいた。

――死に、たい。

「なにがあったんだ！　どうした」

――死にたい。

「あかりじゃないな。さゆりでも紫織でもない」

乱れた吐息だけが聞こえる。『死にたい』と訴える凍えた声に私は身じろぎもできず、耳をそばだてる。

――死にたい。

――死、にたい。

――死にたい。

――死にたい。

――死にたい。

――死に、たい。

——死にたい。

——死にたい。

——死にたい。

——死にたい。

——死、にたい。

——死にたい。

——死にたい。

——死に、たい。

——死にたい。


——死にたい。


——死にたい。

——死にたい。

——死にたい。

——死、にたい。


——死にたい。


喉仏をぎこちなく揺らせて、ようやく言葉を発することができた。

「新しい子だね」

——死にたい。

——死、にたい。

「死にたいか」

——死にたい。

「おまえの命だからな」

——死にたい。

「うん。おまえの命だ。好きにしろ」

——死に、たい。

——死、にたい。

「だから好きにしろ」

——死にたい。

「他になにか言えないのか」

——死にたい。

　私はあえて平静なふりをし、闊達《かったつ》ささえ意識してやりとりをこなしているが、内心は恐怖と不安に縮みあがっていた。オカルティズムとは無縁なはずなのに、あかりに心を読まれるという下地があったせいか、悪魔に取り憑《つ》かれたとも感じていた。

悪魔——。

カトリシズムと無関係の私には無縁であると苦笑いするところだが、唇が引き攣《つ》れてしまい、視線を落とすと血の気を喪《うしな》った下膊《かはく》を鳥肌がちりちり疾《はし》っていく。

死にたいと訴える声は舌足らずで掠《かす》れ気味で、間遠だ。規則性が一切なく、焦《じ》れるような沈黙が続いたあと、唐突に死にたいとまばらに連呼する。スマートフォンを持ち替えて掌の汗を太腿にこすりつけた。

齊藤紫織の内側にいる女たちのなかでも、実際に外界と関わるある程度バランスの取れた人格とばかり接していたから、死を希求する人格が潜んでいることなど思いもよらなかった。

私は必死で思いを巡らす。この子たちに自覚はないだろうが、名前がないということが致命的な問題を孕《はら》んでいる。あかりが私に馴染んできたのも名前が付いてからである。勢いこんで問いかける。


「おまえには、名前があるのか」

——死、にたい。

「わかったから、名前」

——ない。

「やっと死にたい以外の言葉を聞いたな。やりとりに不便だから、俺はおまえに名前を付ける」

——死にたい。

「おまえの名前は、ひかり、だ」

——ひかり。

「そう。ひかり。死は救い、死は目映《まばゆ》いばかりの光輝」

言っていることが支離滅裂だ。けれど、この子にはひかり以外ないと確信して、いや自分に言い聞かせて、念押しする。

「いいか。おまえは、ひかりだ」

——ひかり。

「名前が付いたんだから、これからも俺が呼びだしたらちゃんと姿を見せるんだぞ」

——悪魔って、誰？

スマートフォンを取り落としてしまった。慌ててひろいあげ、まだ通話が続いていることを確かめ、額の汗を拭う。

――そうだよ。私は悪魔だよ。

私は開き直った。

「悪魔には名前がなかったから、俺が付けてやったんだ。ひかり、いまどこにいる？　自宅か？　はい、いいえ、でいいから」

――いいえ。

「自宅だと万が一、やりとりをしているところを夫に見つかるとやばいだろ。自宅じゃないなら、突っこんだ話もしやすい」

ひかりの声は幼い。さゆりが高校生だとすると、小学生くらいだろうか。もっと幼いか。電話のやりとりで大人の配慮ができるだろうかとよけいな心配をしたのだ。

「あえて言うけれど、死にたいの背後には、虐待があるよね。勝手な推測だけれどね。それは性的なものだよね」

――死にたい死にたい死にたい。

「それでね、俺さ、紫織とさゆりとはセックスしてるんだ。聞きたくないかもしれないけれど、これは大切なことだから、聞け。同じことをするのでも、俺に抱かれた紫織とさゆりはすごく幸せになった。そんなことは信じられないか？　はい、いいえで答えて」

――はい。

「うん。信じなくてもいいよ。ただ、嘘を言ってるわけでもないんだ。さゆりは俺のことを初恋の人だって言ってるよ。俺は六十過ぎで、ジジイに片脚突っこんでるのにね。しかし今夜は冷える。寒くないか？」

――寒くない。死にたい。

「もう、言うな。気持ちは、わかったから。おまえが死にたいに凝《こ》り固まっちゃってるってこと、わかってる。問題はね、おまえが死んじゃうと、紫織、さゆり、あかり、そしてまだ俺が逢ったことのないたくさんの子も死んじゃうってことなんだよ。おまえのつらさ苦しさは、こうしてやりとりしていても伝わってくるよ。かわいそうに――って同情するのも図々しいけれどね。おまえ、みんなを道連れにしちゃうのか。そうしたら、俺が悲しくなる。俺が死にたくなるよ。もちろん、あれこれ言って、おまえを追い詰めるつもりはない。でも死にたいひかりの問題はね、ひかりが死んじゃうと、みんなが死んじゃうってことなんだ」

ひかりが言葉少ななので、必然的に私が捲《まく》したてることになる。焦りもあって息継ぎが不充分なので、沈黙が続くと、スマートフォンをあてがった蟀谷《こめかみ》あたりを揺らす鼓動が尋常でないことがわかる。

――助けて。

「俺は神様で、おまえは悪魔。この神様は、悪魔が大好きでね。悪魔が愛おしい。だいじょうぶ。嘘でいいから、俺のこと好きって言ってごらん」

――好き。

――菱沼さん好き。

「言えたね！　重ねて言えたじゃないか。死にたい

と、好きは、じつは同じようなものなんだ。知ってるか？　死にたい――がひっくり返ると、大好きになるんだ。これは嘘じゃない。裏と表なんだな」

――好きってなに？

失意が迫りあがる。そもそも会話の前提である好きを理解していないとなると、対処が難しい。菱沼さん好きとあっさり言ったわけだ。私は詰まってしまった。好きをどう説明したものか。鼓動を速めて思案していると耳の奥底に、ひかりの虚《うつ》ろで凍えた言葉が捻《ね》じ込まれてきた。

――死、にたい。

09

『死にたい』という幼い声の呪文を際限なく聞かされているうちに体温が著《いちじる》しく低下していた。ちいさく戦慄《おのの》き、顫《ふる》えた。幼女の救いようのない本音の反復によってもたらされた真の恐怖と不安は、そして死に対する実感は、肉体に露骨に影響していた。

　スマートフォンを保持する指先が真っ白に変色して、凍えるように冷たい。足先も血の気を喪《うしな》っている。呼吸は浅く、しかも不規則だ。あげく頰にチックが疾《はし》ってしまい、それが奇妙なほどにリズミカルなので、逆に笑いだしてしまいそうになった。

　いや、それは嘘だ。笑い飛ばしてしまえたらいいのに、という願望が迫《せ》りあがってきただけだ。

　スマートフォンをとおして自殺の実況中継を聞か

されるかもしれない。やりとりのあげく自殺されてしまったらどうしようという深刻な不安に支配されて全身が凝固してしまっている。

　自宅にいるのではないと言っていたが、どこにいるのかを訊《き》いても絶対に答えないことが直観された。

　無力感が毛細血管の先端にまで触手を伸ばしていくのがわかった。同時に、なぜ俺が相手をしなければならないんだ？　という逃避まじりの烈《はげ》しい苛立《いらだ》ちが這い昇った。ほとんど無意識のうちに無限連鎖の『死にたい』の切れめを狙い、怒鳴りつけた。

「死ぬことは許さない。絶対に許さない」

　スマートフォンの彼方《かなた》に、ひかりの幽《かす》かな吐息が混じったホワイトノイズが円天井のような球面を描いて拡がっていく。

俺にいちいち電話をかけてきたのは死にたくないからだ。死ぬなら、黙って死ね——と吐き棄《す》てたい衝動を抑えこんで、あえてやさしく落ち着き払った声を意識する。

「好きってなに？　って訊いてきただろう。好きっていうのはね、きらいの反対。たとえば俺がいなくなってしまったら、ちょっとやばいぞ、さびしいぞっていう気持ち。俺と一緒にいたいっていう気持ち。あなたとなんかいたくない、口をききたくない、という気持ちの反対。あなたがいたほうがいい、あなたと口をききたい、あなたと一緒にいたいっていう気持ち」

一呼吸おいて、重ねる。

「すこしは、わかった？　わからないとしても、ずいぶん長いあいだやりとりしてるじゃないか。ひかりはおなじことしか言わないけれど、それでも俺と話しているのは、そんないやな気分でもないんだろう？」

——うん。

ずいぶん間《ま》があいて、さらなる囁《ささや》きが届いた。

——死にたくないくらい。

背筋が張り詰め、弛緩《しかん》した。不安と恐怖は霧散し、ようやく引き出した言葉を絶対に違《たが》えぬよう約束をさせなければと素早く思案して手管《てくだ》を用いぬほうがよいと判断した瞬間、不明瞭で遠い声が訴えた。

「菱沼さん、ごめんなさい。いま、なぜか外で、家の近くです。ずぶ濡れでフードに氷水がたまってます。まいったな。凍えているだけでなく、すごくお腹が痛みます。とりあえず帰って着替えてそれから連絡します。二、三分待ってください」

あかりの声だった。死なないという確約をとれなかったことは残念だが、細く長く安堵《あんど》の吐息が洩れた。ベッドマット上に膝で立っていた。私の揺れを増幅するスプリングのせいで不安定だった。船酔いのような気持ち悪さを追い出すために勢いよく転がった。まだ霙《みぞれ》は降り続いている。

いったん投げ棄てたスマートフォンを手にとり、

時刻を確かめる。午前五時近かった。ひかりは四時間以上も死にたいと連呼して霙に打たれて立ち尽くしていたのだ。

「死ぬ気だったんだな。腹が痛いって言ってたな。iPhoneてのは防水なのかな」

気抜けして、とりとめのない独り言をしつつ、なぜこれほどまでに恐怖を覚えたのかを反芻《はんすう》していると、悪い逸郎が囁いてきた。

――自殺したい人格にすぎないのに、自殺したい奴なんてどこにでもいるのに、あえて悪魔なんぞを重ね合わせたおまえがバカなんだよ。気がちいさいにも程がある。

「身も蓋もないな」

多重人格の自死担当は、心労やら生活苦やら厭世《えんせい》観《かん》といった一般人が自殺する原因とはまったく無関係に、ただ単に、純粋に死を志向していた。

彼女は『死にたい』のだ。そこに理由はない。意味や理由のない一直線な破滅願望とでもいうべきものは、死を思いとどまらせるために理性や感情に訴えかけるというごく当たり前の方策を受け付けない。


――本気でそう思っているのか？

「ちがうのか？」

――相変わらず小賢《こざか》しいなあ。対応を誤らぬことを祈っているよ。

悪い逸郎は嘲笑して去った。あかりは二、三分待ってくれと言っていたが、スマートフォンは沈黙し続けている。たまらず私から連絡をとった。

「とりあえず着替えて少しドライヤーをあてて、布団にくるまって――。震えが止まらなくてスマホをうまく扱えないんです。手が動かない」

「ああ、まいったな、ひかりの奴」

「ひかりって？」

やりとりする声に、烈しい震えで上下の歯がぶつかる小刻みな音が重なるのだから尋常でない。

「説明はあとで。軀《からだ》、どんな状態だ？」

「不正出血。ひどいの。下半身、血塗《ちまみ》れ。ベッドが真っ赤になってしまいました。流産かもって思ったけれど、それにしても血の量がすごくて――」

「痛むんだろ？」

「はい。苦痛担当の私が耐えられないほど」

「――苦痛担当」

「七転八倒したいところだけれど、躯がまったく動かない。頑張ります」

「バカ野郎。動けないなら夫に電話しろ。とにかく夫を起こして病院に行け」

「スマホ、持つのがやっとなんです」

「持てるなら、なんとかしろ！」

「寒いの。眠いの――」

「沙霧が一緒なら、起こせ！　で、夫の部屋に行かせろ」

衣擦《きぬず》れのような音が聞こえた。布団がこすれる音だろう。

「沙霧、起きた」

「俺があれこれ言わなくても大丈夫か？」

「血塗れベッドに気付いて、慌てて出ていった」

「よし。とにかく急いでもらえ。救急車を呼んでもいい」

「――菱沼さん、もういいよ。見棄てていいから。なんとなくわかってるよ。べつの子が出たんだ。危ない子が出たんですよね。もうこんな迷惑かけたくない。私も自分のことだけど、手に負えない」

ぎこちなく喉が鳴る音がして、言葉が途切れた。寝息に似た呼吸が聞こえた。携帯でのやりとりの隔靴《かっか》搔痒《そうよう》感――。じつに、もどかしい。目を覚ませ！　声をあげようとした瞬間、あかりの意識がもどった。

「じつは、ふたり蘇《よみがえ》ってしまったんです。危ない子がふたり。だから、ずっと気を張っていたんです。危ない子が出ないようにって。私はいなくなるつもりはなかったのに、いつのまにかあの子にスライドしてしまってごめんなさい。菱沼さんに申し訳なくて。もう、見棄ててください。あの子は手に負えませんから。ああ、震えがすごくやばいよ」

「見棄てない。見棄てられない。霙の降る中でやりとりしていることを見抜けなかった俺が間抜けだった」

「本当にごめんなさい。躯のこと守りきれなくて。もうダメかも」

沙霧はちゃんと父を起こしたのか。夫はなぜ駆けつけない？　たいして時間がたったわけでもないだろうが、焦りに全身が汗ばんできた。居ても立ってもいられない。

「もう無理です」

「言葉を交わしているじゃないか！」

しばらく呼吸音だけになり、その消え入りそうな息の音《ね》をどうにか払いのけて、か細い声が重なった。

「私たちは、いらない——」

接続が切れた。スマートフォンを握りしめて放心した。脂汚れか。斜め横から見ているのでスマホの画面が汚れでずいぶんくもっているのがわかる。夫があかりを病院に運んだとしたら、もう私の出る幕はない。スマホが接続されたままではなく、切れたことに一縷《いちる》の望みをかける。あかりは夫がやってきたからスマホを切ったのだ。

あかりは、いや齊藤紫織は病院に運ばれた——そう自分に言い聞かせて、虚脱した。四時間以上ひたすら『死にたい』の繰り返しに付きあわされ、あげくひかりが屋外にいるという状況を把握できずに、齊藤紫織を生死の境にまで追い込んでしまった。

引っ越してきた当初、郵便受けに投函されていた市報に、泥酔して毎冬自宅直近で凍死する人がかなりの人数にのぼるという注意喚起があった。ちなみに昨年は六人、亡くなったそうだ。酔っ払ってタクシーを降りて自宅の門扉《もんぴ》や玄関に手をかけたとたんに安堵し、その場にへたり込んで寝込み、凍死してしまうというのだ。

三月中旬の札幌は昼間はともかく、朝方の最低気温はマイナス三度ほどになることもある。雪にならなかったから、そこまで冷え込みはしなかっただろうが、霙に全身をさらしていたのだ。フード付きであること以外どのような服装だったのかはわからないが、よく凍死せずに自宅に辿り着いたものだ。

私は天井を凝視して、虚《うつ》ろなままだ。ベッドが真っ赤に染まるほどの不正出血。ずっと続いている蹴られた内臓の痛み。あきらかに生を諦めたあかりの言葉。

見棄ててください。あの子は手に負えませんから。

本当にごめんなさい。軀のこと守りきれなくて。

私たちは、いらない——。

「俺にはいるんだよ。必要なんだ、おまえたちが」

弱々しく呟いて目頭を揉んでいると、悪い逸郎が雑な溜息とともにあらわれた。私の頭上、天井のすみに陣取って、横たわる私を黙って見おろしている。引力を無視して天井に張りついているその姿を見ていると、上下が逆転したかの錯覚にとらわれる。声にだして問いかける。

「こういうときに、なんでさゆりは出てこないのかな」

——さゆり？　また、なんで？

「だって基本人格だろう。生き死にのときだぜ。こんなときも、他人まかせなのか。とにかく齊藤紫織の本体が姿をあらわさないのは変じゃないか」

——おまえ、さゆりがほんとに基本人格だと思ってるのか。相変わらずおめでたいね。

「ちがうのか？」

——おまえは覚えてないだろうけど、はじめてさゆりが出てきたとき、朝っぱらからステーキなんぞ頬張って、名前を訊いただろ。

「名前はないって即答した」

——アホ。あの子はこう言ったんだよ『ちっちゃなころはそれぞれ名前があったらしいんだけど、いま

は手抜き。外に出てる子が、齊藤紫織を名乗るだけなんだ』。

　ちっちゃなころはそれぞれ名前があったらしい。それぞれ名前があったらしい。あったらしい。らしい。悪い逸郎が振った傍点が頭の中心に連続して楔《くさび》状に打ちこまれた。

「そうか！　あの子は齊藤紫織がちっちゃなころを知らないんだ。あかりは自ら『私が生まれたのは比較的新しい』と言っていた。さゆりも、自分の過去を知らないんだ。そういえばいかにも又聞きっぽかった」

——齊藤紫織は、迷路だよ。途轍《とてつ》もなく複雑な迷宮だよ。俺にはわかってるんだ。齊藤紫織はまだ本体のかけらも顕《あらわ》していないよ。ところがおめでたい作家様は、自分が信頼されていて、齊藤紫織という難問を解いたつもりでいるんだ。図々しいよな。よくもまあ、そこまで傲慢《ごうまん》に振る舞えるもんだ。

「迷宮か——」

——もうひとつ、おまえのバカさ加減を指摘しておくぞ。

「お手柔らかに」

――お手柔らかときたもんだ。おちゃらけてるんじゃねえ。いいか。ちゃんと自覚しろ。瀕死のあかりが言ってただろう。危ない子がふたり蘇ってしまった、と。おまえが蘇らせてしまったんだぞ。

「俺が？　俺のせいなのか」

――度し難い間抜けだな、おまえは。付き合いきれんわ。

悪い逸郎は出現したときとはまたべつの、軽蔑のニュアンスを含んだひどく投げ遣《や》りな溜息をついて消えた。鈍い朝の気配が窓外に重々しく浮かびあがったのを首をねじまげてぼんやり見つめた。雲はあがっていた。

10

あかりは、いや齊藤紫織は救急で北大病院に運ばれ、そのまま入院した。昏睡状態で私の名を連呼し、医師に誰か？　と問われたという。次に意識を喪《うしな》ったときは絶対に譫言《うわごと》を口にしないようにしないとね――と、あかりは電話口で笑った。

いちど混線するかのようにさゆりがあらわれたが一瞬で、紫織はまったく外にでてこない。ほとんどは『苦痛担当』のあかりがこなしているようだ。ひかりの気配は、鈍い私には断言する資格もないが、一切ない。

不正出血の原因、正確には遠因とでもいうべきか、脾臓《ひぞう》に大きな裂傷があったという。

出血は脾臓の怪我のせいだったと最初に私に告げたのが、あかりを押しのけてあらわれたさゆりだったので、いまひとつ要領を得なかったが――あのね血小板が、うん、よくわかんないけど、血小板。血が止まんないんだね。でね、いまは白血球がすごい多いんだってさ――とのことだった。

脾損傷による血小板の減少のことを言っているのだろうが、摘出手術をされるかもしれないと軽い口調の裏に怯《おび》えをみせた。

脾臓――。

烈《はげ》しい衝撃が加わった交通事故などで損傷する部位だ。素人には傷つけることがなかなか難しい臓器だ。いったいどれほどの力で無防備な紫織を蹴ったのか。

以前取材をしたヤクザ者が、拳《こぶし》では難しいが、得《え》物《もの》を用いて胃の左端あたりを狙い、それを的確に叩き込むと、確実に脾臓を破裂させることができる——と、つまらなそうに語っていた。

齊藤紫織の夫がしたことは家庭内暴力という言葉のニュアンスをはるかに超えている。怒りがじわりと湧いて、平衡《へいこう》感覚があやふやになった。

見舞いに出向くわけにもいかないので、スマートフォンのやりとりが延々続く。あかりが症状を要領よくSNSのメールでまとめてきた。

rain rain

白血球の数値がまだ高いらしく、つまり脾臓の炎症が治っていないということで退院はまだ先です。エコーでは出血がずいぶんおさまっているとのことで、その点はひと安心です。けれど、痛みと出血、癒着《ゆちゃく》の具合などを定期的に見ていかないと突然出血したり膿んだり、とやや大変なことになり、そうなると手術必至。それは避けたいですよねって。そりゃそうです。もちろん再度外傷がってことになると今度こそ破裂するよと脅《おど》されつつ。大量の抗生物質を投与されました。

血小板を増やす薬のおかげで不正出血はとまりました。あっけないくらいあっという間に。不正出血自体は脾臓の出血とは無関係なのでその原因、いわゆる子宮などの病気の有無は月末二十八日の検査でいいらしいとのことです。ストレス→自律神経の不調→ホルモンバランスが崩れる、という原因も考えられるとのことで、調べてもらいました。が、女性ホルモンの数値は問題ありませんでした。ただホルモンの数値は変動が激しいので何とも。ということで、不正出血の本当の原因は今日はわからず。脾臓の裂傷のせいで血小板が少なくなっていたのは事実なので、普段なら大したことのない小さな出血が大《おお》事《ごと》になってしまったのかも、とのこと。

医師は脾臓に裂傷ができたことの原因を一切尋ねてきませんでした。なにがあったのか訊《き》かれると思っていたので肩すかし。もっとも含みのある眼差しをしていたような気がしますが、私も夫のDVとか説明したくなかったのでそのままとぼけていました。知ってしまうと引き返せないから知りたくなかったいろいろが、いよいよ詳《つまび》らかになってきました。以前、喫茶店で、こんな場所では言えませんとはぐらかしてしまったこと、温泉卵をつくった日のことですが、覚えてますか。入院中に、自分の義務としてきちっとメールにして報告しようと決めました。
菱沼さんは怒るかもしれませんが、私たちは緩慢な死、大歓迎！　で生きてきたので、今回の脾臓の裂傷はある意味計画通りだったんだな、と。なのに、微妙に引き返せるところで我に返ってしまって。菱沼さんのせいだし、菱沼さんのおかげだし。
スマホで作文はものすごい面倒。読み直してませんし一度も書き直していません。

17:13

　補完しておくと文中に『医師は脾臓に裂傷ができたことの原因を一切尋ねてきませんでした』とあるが、これは医師として当然のことで、たとえば中毒者が覚醒剤を抜こうと病院に行けば、医師は絶対に警察に連絡をしない。それが許されている職業なのだ。同様に暴力が関与しているのがあきらかであるとしても、児童虐待などが疑われる未成年の怪我などでないかぎり、よけいなことは訊かないし、しないものである。

　本題にもどる。

　傷ついた脾臓を延々放置して、あげく霙《みぞれ》に四時間以上打たれ、凍死しかけて不正出血。以前、部位が特定できなかったから私たち自身による治癒も中途半端——と言っていたのはあかりだったか。それでも脾臓裂傷放置で死に到らなかったのは手かざしと記すと胡散臭《うさんくさ》いが、まさに手かざしのおかげだろう。安堵《あんど》の弛緩《しかん》と同時に、凍えきって自宅にもどったあかりが、不正出血を流産かもって思ったけれど——と言っていたことが脳裏を駆けめぐる。

　不正出血に流産が含まれていたとしたら、間違いなく私の子を流してしまったということだ。齊藤紫織の夫は紫織を殺しかけ、そして私の子供を殺した。あっちにも言い分はあるだろうが、私は紫織の夫に明確な殺意を抱いた。

——折を見てぶっ殺してやるってか。それは俺の仕事だよ。

「いや、俺がやりたいんだ」

——怯懦《きょうだ》な低俗モラリストのおまえに、できるかな？　法律なんぞ糞食《くそく》らえ。発散こそがすべて。本気で、そう思えればねえ。できたら、いいねえ。

「たぶん、できない」

——だろうね。ま、怠惰なヒモ野郎をぶっ殺して実刑なんてのは不細工だよね。割に合わねえよ。そこで提案だ。呪い殺すってのはどうだ？

「呪い殺す」

——なに苦笑してんだよ。丑《うし》の刻参《こくまい》りは、たとえ相手が実際に死んだって罰せられないだろ。

「不能犯というやつだな」

——おまえにはひかりという強力な武器があるじゃないか。

「ひかりが武器？」

——おまえのような鈍い奴と喋ってると、ほんと苛《いら》つくよ。いいか。ひかりは、おまえが心の中で悪魔と感じたことを読みとっただろう。さんざんビビってたじゃないか。あかりもおまえの心を楽々読みとるし。おまえの心を読めるということは、ひかりやあかりはおまえの心の中に這入《はい》り込める可能性があるんじゃないか？

「ひかりを夫の心に這入り込ませる！」

——ピンポーン。うまく焚きつけてみろよ。

「死にたい人格を使って、殺したい奴に厭世観《えんせいかん》を植えつける。不安を植えつける。恐怖を植えつける。死ぬしかないと誘導する」

——呑気《のんき》なツラしておっかない奴だなあ、菱沼先生は。

「おまえが俺に教えたんじゃないか」

——ま、ダメ元で試してみろよ。

悪い逸郎はなんとスキップをしながら軽やかに去っていった。最近は悪い逸郎が、つまり常に薄笑いで口許を歪《ゆが》めた私がくっきり見えてしまうので始末に負えない。

もちろん、このときは本気ではなかった。いかに不能犯として犯罪が成立しないとはいえ、呪い殺すという言葉自体が私には刺激が強すぎた。

それが一八〇度変わってしまったのは、温泉卵をつくった日に喫茶店で、こんな場所では言えません——と蒼白になって拒否したあかりが、入院中に私に対する義務として、なぜ解離性同一性障害を発症したかについて詳細なメールにして報告してきたからだ。

メールをコピーして貼りつけてもいいのだが、生真面目なあかりが率直に綴った内容は陰惨すぎる。加害者が陰険すぎる。こんなことがあったなら新たな人格を出現させる以外にないと呆然としつつも、あかりのメールをもとに自分が小説家であることを放棄せず、粟立つかの露骨な生々しさを減じて読み手に配慮し、けれど事実を脚色せずに私の文章で表現することにした。

ちなみに私は後に齊藤紫織が通学していた小中高等学校、そしてこの犯罪の舞台や犯行の直後にあかりが通院した病院、さらには水原君がいま現在暮らしている土地にまで出向き、水原君がどのような生活をしているのかといったことまで取材を重ね、また水原君にそそのかされた幾人かと実際に対面して言葉を交わし、犯罪の裏をとってある。もどかしいのは十年という時効の壁だ。

はっきりさせておく。この作品は露見しなかった犯罪事実に基づいて執筆されている。あかりのメールを加工せずに貼りつけることがもっとも衝撃的であるかもしれないが、実際に文字にしてあらわすことに対する狼狽《ろうばい》からか、あかりらしくない文章の乱れが散見されることもあって、私が再構成することにした。

率直にいえば、徹底的に抑制するつもりではあるが、私としても丹念に足で稼いだ取材の結果を多少なりとも織り込みたいという欲求がある。加えて名文云々ではなしにプロの物書きとしてあかりのメールを体裁の整った文章に仕立てあげたい。

執筆にあたり、あえて題名をつけてみた。それがじつに垢抜けないもので我ながら苦笑した。けれど、この長々しい泥臭さこそが水原君の青春の蹉跌《さてつ》から生じた血腥《ちなまぐさ》い犯罪にふさわしい。

水原君（仮名）が為《な》した狡《ずる》くて卑劣で矮小《わいしょう》で品性下劣にして無様で劣悪で愚かで身勝手で残酷で最悪な歪みきった自尊心と度し難い承認慾求および腐りきった劣等感からくる悍《おぞま》しき悪意にまみれた犯罪（虚構のかたちを借りた事実）について

水原君は母子家庭に育った。

だから性格の奥底が歪んでしまったと書けば、差別だと糾弾《きゅうだん》されるかもしれないが、両親の離婚等々が子供に与える影響が皆無であると言い張れるはずもない。私自身、父子家庭で育ったので、そのあたりの機微には敏感だ。もちろん両親が揃っていれば幸福であるといえるような単純な話でもない。

犯罪の詳細を記したあかりのメールを熟読した私は、水原君が母のみの手で大切に育てられた一人っ子であることと、齊藤紫織を殺したことに対して、細い糸でつながった、けれど強靭《きょうじん》かつ抜き難い相関関係があることを直観した。

冒頭、水原君（仮名）とあるのに違和感を覚える方もあるだろうが、じつは私はあかりのメール以降、時間をかけて探偵じみた徹底した取材と調査を重ね、四半世紀ほど前の犯罪の詳細を明らかにすることができた。

私は水原君の現在の様子も、住所も、何もかも把握している。時効ということもあって、のうのうと生きている水原君に対する怒りの感情は抑えがたいものがあり、せめて実名を曝《さら》してやりたいという衝動を抑えるのに苦労した。私がつけた精一杯の折り合いが水原君（仮名）だ。

しつこく感じられるかもしれないが、この機会に前提として解離性同一性障害について解説しておく。解離性同一性障害は解離性障害のなかでも最も重い症状である。

人格が自分自身として現実生活において一貫していることを自己同一性とあらわす。私の中にいる悪い逸郎は、あくまでも私の一部であり、私の意識と断絶して、私の与《あずか》り知らぬところで出現することはない。この同一性をはじめ過去の記憶やいま現在の直接的な感覚、さらには身体運動を部分的、あるいは完全に喪って正常に統御《とうぎょ》できなくなることを解離という。

日常生活にとりわけ不具合を感じることのないあなたにとって解離性障害は他人事かもしれないが、実際は私たちの人生は忘れたいことばかりである。屈辱や羞恥《しゅうち》、怒り、悲しみ。不条理な仕打ち。理不尽な重圧。外的要因による烈しい苛立ち。軽んじられたり、蔑《ないがし》ろにされたり、見下《みくだ》されたり、嘲《あざけ》られたり、謂《い》われのない不当な扱いを受けたり、無視されたり――。

これらは、あなたにとって他人事ではないはずだ。そのほとんどは対人から生じるのだが、現実社会はなんとかやり過ごした時点で完全に忘れ去ってしまいたい出来事であふれかえっている。

自分自身でいかに心理操作を試みても、厭《いや》な記憶ほど心に深い爪痕を刻んでいて、忘却を許さない。それどころか忘れたつもりでいたずいぶん以前の屈辱が唐突に泛《うか》びあがってくることもままあって、そんなときはやりようのない憤《いきどお》りに苛《さいな》まれて七転八

倒したくなることとさえある。

解離性同一性障害を含む解離性障害は、フロイトが解離性ヒステリーと名付けたものである。ヒステリーとは感情を抑制できずに、発作的な昂奮状態に陥ることと了解されていることが多いが、これは本義ではない。精神的葛藤や心的な歪みが知覚障害や運動障害、健忘などの身体および精神症状となってあらわれるものをいい、解離性ヒステリーにはおおまかに四つの症状がある。

本人にとって常軌を逸した虐待や苦痛などの耐え難い状況を、自身の精神および身体から遊離させ、外部の無関係な傍観者であるかのように感じることによって精神の本質的崩壊を防ぐのが離人症性障害だ。

解離性遁走《とんそう》は重圧や圧迫の耐えぬ家庭や職場を突然放棄、逃亡して放浪し、過去を思い出すことができなくなってしまう症状だ。自己同一性が損なわれて混乱するが、新たな同一性を装って別の土地で新たな生活をはじめることも多い。

解離性健忘は、そのときの絶望的な状態で生じた

感情や記憶を消去することで心的ダメージを回避しようとすることから惹起《じやっき》され、重要な個人情報とでもいうべきものが当人の中から部分的、あるいは完全に消え失《う》せてしまう。

これらは本格的に発狂してしまわないための心的メカニズムであり、苛烈な体験からくるストレスやトラウマを忘れ去るための切実な防御機能で、本質的かつ総体的に記憶喪失と称しても問題ないだろう。

当然ながら記憶喪失は記憶や時間の断裂により周囲との軋轢《あつれき》を招くことがある。離人や解離性健忘が沈潜していて社会生活に支障をきたさなければどうということもないし、うまく折り合いを付けている人もいると思われるが、問題を起こすようになってしまえば、それは精神症状とされるわけだ。

こう書くと他人事のように思われるかもしれないが、じつはこういった健忘は、たとえば映画や読書に夢中になっているときに我々にもおきる『我を忘れる』状態と同一といっていい。

前述の、私たちの人生は忘れたいことばかり——ということに重なって、私たちはひとときの忘我を映画やスポーツ観戦をはじめとする娯楽、競馬、パチンコといったギャンブル、なによりも性、さらには酒や痲薬《まやく》、場合によっては宗教などに求める。

人の心には例外なく窃《ひそ》かにして強烈な自己喪失に対する願望が眠っているのだ。

解離性同一性障害は我を忘れるための精神的技法としてはもっとも重く複雑にして完璧なものだ。単に忘れるだけでなく、ある時点で苦痛のあまり切り離した自分の感情や記憶が別個の精神として成長し、同一人物の内面において『完全な他人』として、つまりまったく別の人格として成立する精神症状だ。

忘却の究極として出現した人格は、当人とは肉体を共用しているだけのまさにまったく別の人間であり、当然ながら心的外傷をもたらす出来事からの逃避、あるいは究極のサバイバルなので、ほとんどの場合、直接的な苦痛煩悶《はんもん》の記憶をもっていない。

その一方で、多種多様の副人格がつくられるが、苦痛煩悶怒り悲しみといった負の感情と記憶を引き受けるために生まれる傷《いた》ましい存在もみられる。

あらわれる人格には多様性があり、性的には女性でありながらやたらと強靭な男の人格が出現したり、頼りない幼児の人格があらわれることもあれば、痛々しいことではあるが虐待を行った加害者を転写したかの人格が出現することもある。

　極端な場合は人格と称してよいものかは微妙だが犬や猫といった動物的人格さえ出現する。こう書くと狐憑《きつねつ》きが泛びもするが、このあたりはまだ私も調べあげていないのと解離性同一性障害よりも統合失調症との関連が疑われるので沈黙する。

　ともあれ解離性同一性障害は、齊藤紫織のように苛烈な現実を生き抜くために完全なる別人をおもてに立て、基本人格と称される本来の自分は心の奥底に沈み込んで忘却の静かなる眠りについている場合もある。

　四つの症状が知られる解離性障害のなかでも、解離性同一性障害は本質的な自身の心を護《まも》るための究極の精神作用であるのだ。

　これは解離ではないにせよ、悪い逸郎といった妄想に逃げる私には他人事ではない微妙に馴染みのある精神状態であり、私にとって齊藤紫織は精神の不可思議の極致である。

　ちなみに解離性同一性障害は、それによって著《いちじる》しい不都合が生じていないのならば治療する必要はないと断言する精神科医も多い。

　解離性同一性障害によって出現した人格のなかには常人にはありえぬ集中力をはじめとする途方もない才能をもった者も多く、じつは社会的成功者のなかにはかなりの数の解離性同一性障害をもっている者がいると推察されるのだ。

　だいたい忌避《きひ》すべきトラウマをいちいち思い出すことなく、仕事や家庭に集中して成功できる人格が主体ならば、現実に対処するためにあらわれた主人格に人生をまかせて、強烈なトラウマを抱えた寝た子——基本人格を起こす必要はないといったところか。

　ちなみに出生して最初に持つオリジナルな人格である基本人格に対して、現実社会を生き抜くために新たにつくられて常時出現して活動している人格、あかりや紫織のような存在を主人格と呼ぶのだが、その名称により主人格を本人そのものと勘違いしている記述がネットなどでは散見できる。

　間抜けでせっかちな私はさゆりの出現とその様子から、本来は眠っているはずのさゆりが私の理解力の深さに感応して出現したと傲慢《ごうまん》にも思い込み、さゆりを基本人格と勘違いして、悪い逸郎からこっぴどく揶揄《やゆ》されてしまったわけだ。

　なお、あかりの水原君告発メールだが、この犯罪が行われた時点で、あかりは生まれていなかった——存在していなかった。この犯罪直後にあかりは誕生したのだ。だからあかりはこの犯罪を薄ぼんやりとしか認識していなかった。その実態はまともに像を結んでいなかったのだ。

　ただし、犯罪の後始末のために生まれたので、犯罪以降の卑劣なあれこれに実際に対処しており、完全に隔てられているというわけでもない。

　ところが愚かな私が、なぜ解離性同一性障害を発症したのかを問いただしたことで、内側の何者かによって出来事の記憶があかりにリアルな映像のかたちで流れこんできて、あかりはそれが尋常でなかったことにより衝撃を受け、私に語ることを拒否し、

けれど入院を機に自分の義務として詳細なメールをよこしたということだ。

　だからこれから書くことは、あかりの実体験ということではない。おそらくは齊藤紫織の内面にいる実際の被害者からの記憶をあかりが共有したということだ。

　なお解離性同一性障害においては、虐待や苦痛の記憶が往々にして誇大になる傾向があるそうだが、そしてあかりを通してなされた告発メールにもそういった側面があるかもしれないが、私が加害者の立場に立つ必要も理由もないし、なによりも実際の取材で犯罪が行われたことの証拠をつかんでいることもあり、あかりが記したことを違《たが》えずに再構成することにした（以降、あかりではなく現実社会で通用している紫織という名で表記する）。

*

　水原君はとても整った顔立ちで、スポーツが得意で勉強もでき、誰からも好かれていた。母子家庭というハンデと外貌も含めた自身の能力の高さに対す

る自覚および自負から、諸々に屈することなく、不良男子たちからも一目《いちもく》置かれていた。

　とはいえ不良たちのグループに入ることはなく、優等生を全《まっと》うしていたが、過剰なる自意識と表にあらわれない歪んだ感受性から、自分が完璧なレールの上に乗っていないということを過大に意識していた。だからこそ不良たちにも親和性があり、気安く声をかけ、臆することがなかった。

　小学三年のときに紫織が転校した小学校のおなじクラスに水原君がいたのだが、紫織には水原君の明確な記憶がないという。ずいぶんたってから紫織は知ったというのだが、席も隣だったとのことだ。なお水原君は紫織に一目惚れしたと後に告白した。

　小学校時代の水原君に対する記憶はほとんどないと紫織は断言するのだが、このあたり、隣の席の男子が視野に入らないはずもないだろうと第三者である私は小首をかしげてしまう。

　だが、よけいな解釈は差し控える。実際にそうだったのかもしれないし、あえて出会いそのものを忘却の彼方《かなた》に押しやってしまったのかもしれない。

　ともあれ紫織にとってクラスの人気者である水原君は、どちらかといえば認識の埒外《らちがい》にあり、承認欲求の強い水原君はずいぶんやきもきしたことだろう。

　ただバレンタインデーに水原君がチョコまみれになっていたことは覚えているという。けれど紫織はチョコレートをわたすわけでもなく、必要最低限の会話くらいはしただろうが、まったく水原君と関わることがなかった。

　水原君は大量のチョコを雑に扱い、床に落ちたものを拾いもせずに紫織を幾度も見やって溜息をついていたというが、それに気付いた紫織は好きでもない人にチョコをプレゼントする理由もないと、淡々とその場から離れた。

　紫織自身が分析するには、どうもこのあたりから水原君の紫織に対する感情が単純な『可愛くて好き』というものから『こいつ、なんで、オレのことを好きにならないんだ？』という傲慢かつ拗《ねじ》くれたものに変化していったらしい。

　そういったことを把握しているということは、薄々ではあっても水原君の心情を紫織が悟っていたということだろうが、相思相愛ならばともかく、好きになった者は狂おしく、好かれた者は肩をすくめるような気分であるのが世の常だ。

　いかに好かれようとも、興味のない対象からの一方的な愛情は迷惑至極なものであるのは、小学生であっても変わらない。

　まったく靡《なび》くことのない紫織に対して水原君が一計を案じたのは、中学一年のときだった。担任や同級生、なぜか三年生までもが見守るなかで、公開告白され、周囲の圧迫に流され、わけもわからずにＯＫするしかなく、交際がスタートしたという。

　多数決的手順により民主主義的？　な方法でめでたく美男美女の交際がはじまったとしたいところだが、水原君にとって新たな煩悶が起きるようになった。

　水原君をしのぐ勢いで、中学生になった紫織に対して、他校の生徒までをも含む男子からの告白が集中するようになってしまったのだ。当時の写真を見せてもらったが、これなら私だって憧れるし、惚れ込むだろうという美少女ぶりだった。


　思春期の私は自意識過剰にして意気地がなかったから、告白などもってのほかで、遠くから溜息まじりに眺めているしかなかっただろうが——。

「私たちには、なぜか昔から恋愛や性的な事柄に関する強烈な忌避感みたいなものがあって、だから告白されても私は付き合う気なんてさらさらなかったけど、それを見て水原君は焦ったわけです。これは彼が自分で言ってました。強姦の現場で」

　それでも当初は水原君も嬉しそうだった。まさにラブラブといった擽《くすぐ》ったい様子だったのだ。けれど紫織が言うには、水原君の優等生的なポジションがじゃまをしたのか、私のほうが幼すぎたのか、超健全なお付き合い——とのことで、生々しさと無縁な、せいぜい手をつなぐ程度の時間が流れていたようだ。

　中二のときに波乱がおきる。水原君とおなじ野球チームの、ただし別の中学校男子から紫織に対する熱烈なアプローチがあったのだ。

　水原君に対してもそうだが、男女関係に冷淡というか淡泊な紫織はそれを完全に無視したのだが、その男子が悔しまぎれに水原君に嘘をついた。

「オレ、齊藤紫織とキスしたぜ」

裡《うち》なる性的な衝動を必死で抑え、耐えに耐えていたのだろう、水原君は正気を喪った。放課後に紫織を問い詰めた。

「信じられないあばずれだな！　山際《やまぎわ》にさせたんなら、オレにもさせろ」

「なにを言ってるの。相手にされなかった山際君が嘘をついたのよ。みんなに言い触らしてるの！」

「なんでもいいから、とにかくさせろ。キスさせろ」

昂奮状態にある男の鼻の穴が本当に拡がるのを知って紫織は啞然としつつも、抱き締めようとして唇および下半身を押しつけてきた水原君の腕からすり抜けて、全力で駆けた。

紫織は水原君と同様、勉強だけでなく運動も得意だった。とりわけバスケットボールが好きで、伸びやかな肢体と普段とはまったくちがう鋭い眼差しで、靴底をきゅっと軋《きし》ませて体育館を縦横に駆けまわる紫織の姿を見るために男女を問わず集まってくるほどだった。

全力疾走する紫織に追いつくのは、水原君であっても難しいことだ。追いつけないこともないが、なんの騒ぎだと人が集まってきてしまえば水原君は自分の無様な姿を衆目に曝すことになってしまう。紫織の逃亡は成功した。

水原君は激情に駆られてしまった自分を恥じたのか、過剰な自尊心が傷つくのを恐れたのか、それ以降紫織を求めることも強引なこともしなくなった。

それからも表面上は同級生に対する体裁などをつくろって以前と同じく普通に付き合っていたのだが、お互いに受験勉強もあり、なによりも性的な気配をあからさまにした水原君が怖かったこともあって、紫織は微妙に距離をおくようになった。

けれど水原君は執念深い。おなじ高校に行こうと迫られた。紫織の答えは、べつにそれでもいいけど——だった。教育熱心な父親に対する反撥もあり、進学自体にたいした意味を見いだせなかったのだ。

けれど担任と両親から、もっといい高校に行けるのにもったいないと油を絞られて、進路変更を余儀なくされた。このころになると紫織の学力は水原君を大きく超えていたのだ。

自負心と自尊心の塊《かたまり》である水原君は現実的な学力の差を突きつけられて理不尽な怒りを抱き、紫織に邪険に接する一方で、どんどん内向していったようだ。

　頑《かたく》なに手をつなごうともしなくなり、けれど自分よりも偏差値の高い高校に行くなんてムカつく、耐えられない、と紫織を睨《にら》みつけるばかりだった。

「この間《かん》は、ほんと、しんどかったみたいです。おなじ高校に通わないことから派生していろいろ軋轢があったみたいですが、私（あかり）はまだいなかったので、水原君の気持ちも含めて、よくわかりません」

　学校帰り、すっかり暮れた駅の駐輪場で紫織が待ち伏せされたのは、別々の高校に入って二年目のことだった。四月とはいえ、曇天になげやりな北風が吹く肌寒い土曜日だった。

「何人いたんだろう。とにかく結構大勢に強姦されたわけです。十人くらいはいたと思います」

　いきなり殴られた。斜め下から顎を捉えた拳が勢いを弱めず、紫織の眼前を抜けていった。奥歯と頬の内側が当たって擦《こす》れ、幾筋も切れた。血の味が拡がった。

「ツラはやめとけよ。女は顔を擽られると、ムチャするからよ」

「ムチャ？」

「だからツラをさすられると、隠しようがなくなるじゃん。メンツが傷つくってやつだってば。ツラ撫《な》でて、マッポにチクられた奴がいくらでもいるってこと」

「わかったよ。けど水原が、やりてえならとことん殴れって」

「なら、腹にしとけ。ツラ殴りたいなら、張るだけにしとけ。ツラにグーはダメよ」

　紫織と似たような年頃だけでなく、年長の不良高校生もいるようだ。その十人ほどの背後に、駐輪場の屋根を支える青灰色の鉄柱に背をあずけて腕組みし、醒《さ》めた目つきで紫織を見つめている水原君がいた。

　水原君は、ツラを殴るなとアドバイスしたあきらかに年上の少年に向けて横柄《おうへい》に頷いた。ひどく不可解である一方で、そういうことか——と奇妙なほどに冷静に得心させられてもいた。

だが、やはり自分の身に起こったこと、起こりつつあることに対して、なにがなにやらわからないというのが実感だった。

殴られて歪んでしまったように感じられる顎の疼《うず》きが骨格を伝播《でんぱ》して全身に拡散していき、指先などの末端に痺《しび》れが疾《はし》った。痺れはそのまま顫《ふる》えに変わった。

男たちの荒く不規則な息と獲物を狙う目つき、昂《たか》ぶりからくる薄笑いに気付いたとたんに恐怖が胃のあたりから食道を這い昇って、口中に血の味とはべつに酸っぱいものがじわりと湧いた。

十人ほどの少年たちは、皆アルコールくさかった。酔いで真っ赤っかになっている者もいる。箍《たが》が外れている。性的欲望からくる異様な熱気と集中が刺さり、紫織は殺されると身構えた。そこに先ほどとはべつの少年の拳が鳩尾《みぞおち》にめり込んだ。

紫織が苦痛に軀《からだ》をくの字に折ると、顔を殴るなと注意した少年がそれでいいと笑《え》んだ。許しを得たとでもいうのだろうか、性欲は暴力に結びつくという

実例を地でいくかのような無数の拳が、紫織の腹部に際限なく叩き込まれた。

紫織が生まれる十年ほど前に駅舎が改築され、札幌駅のような賑わいこそないが乗降客もそれなりにある白石《しろいし》駅だ。けれど土曜の夜は閑散としていた。

自転車の鍵を掌の上で舞わせながら駐輪場にやってきた中学生らしき丸刈りの少年が、一切の加減なしに女子の腹を拳で打ち据える高校生らしき男たちに気付き、ぎこちなく目をそらし、狼狽気味に自分の自転車にまたがると、あとも見ずに漕ぎだした。

「そろそろ行くべか」

「よし。車、まわせ」

車体にY本塗装と書かれたキャブオーバーの商用車が駐輪場に横付けされた。親の仕事用の車だろう、運転席と助手席しかなく、塗料や溶剤の臭いが漂う広い荷室に紫織は転がされ、少年たちに囲まれた。

律儀にも紫織の学生カバンや汚れた運動着などが入った群青《ぐんじよう》の合皮のスポーツバッグまでもが車内に抛《ほう》り込まれていた。証拠になりそうなものを残すなという水原君の指図《さしず》だった。

水原君は偉そうに助手席に座り、軽く振りかえって横目で紫織を一瞥《いちべつ》した。水原君は酔いとは無縁で素面《しらふ》だ。薄気味悪い青白さだ。

少年の一人が、横たわる紫織のセーラー服のスカートから伸びた、やや細いけれど定規をあてがってつくりあげたような白く真っ直ぐな脚を落ち着かない視線で舐《な》めまわし、うわずった声で提案した。

「なあ、水原。ちょい走らせて、適当なとこで、こんなかでやっちゃおうぜ」

「だめだ。車で行けるところは、ほかの車もくるってことだ。俺以外、全員飲酒で酔っ払い。しかも誰も免許をもってない。定員オーバーでゆさゆさ揺れてんのが見つかったら、最悪だ」

「ま、秀才の言うとおりにしてたら間違いないわな。じゃ、予定どおりということで」

尖《とが》った声で水原君が応じる。

「秀才はやめろ」

「だな。秀才ってのは、ここに転がってる道内一の偏差値の高校に通うヘッペのことだ」

別の世界の会話のようだった。烈しく痛む腹部を押さえて、紫織は胎児のように軀を丸めていた。脳裏を占めていたのは、殺されたくない、死にたくない——ということだけだった。

「しかし、あの齊藤紫織とやれるなんて」

「まだ信じられんな」

「でも、紫織ちゃん、目尻から涙が垂れてるぜ。ちゃんと、ここにいるんだよ。現実に、ここにいるんだよ!」

「お高くとまってるから、こういうことになるんだよ。股《また》なんか常時ひらいてりゃ、どーってことないのによ」

「なあ、水原。齊藤紫織は処女か?」

「決まってるだろ。処女だよ。ビッチな処女って言っただろ」

「じゃ、俺、一番な。齊藤紫織の処女を奪った男として道内に名を轟かす」

「バカ。一番でも二番でもいいけど、絶対に口外すんなよ」

「そうだよ、バカ。てめえ、調子に乗ってベシャリそうだからなあ。なんかあったら、きっちり締めるからな」

「ま、俺たちには水原という参謀がついてるんだからさ、言うとおりにしてりゃ、ばれる心配もないさ」

「水原さ、一番に乗るか」

「――俺はてめえらの好きにしていいと言ったはずだぜ」

「奥床《おくゆか》しいよな～。本来ならば権利を主張するはずじゃないですか」

まばらな笑いがおこって、なんとなく白けた気配が漂い、沈黙が拡がった。商用車は国道を避け、運転している少年は水原君に速度を落とせと叱られて、道道八九号線を周囲の流れに合わせて走行している。多少蛇行しているのは酔っ払い運転だからだ。

車は国道二三一号線に沿うかたちの東八丁目篠路《しのろ》通を北上していく。水原君の命令で徹底して取り締まりの少ないであろうルートを選んでいるのだ。

横柄にあれこれ命令する水原君に対して、不良たちは企画立案者の意向に添うしかないといった意味のことを苦笑交じりに呟いて、卑屈に迎合した。水原君は紫織といっしょに行くつもりだった高校で年

長をも含む不良たちを手なずけて、その頭脳になっていたのだ。

車内に射しこむ光がまばらになってきた。石狩市役所を避けて裏道を抜け、潮の香を凌駕《りょうが》するコンクリートの石灰の臭いに充《み》ちた石狩湾新港の北側に隣接する漁港に到った。陸揚げされて整列している漁船のシルエットが浮かびあがる。

石狩湾漁港は朝市で知られているが冬期は休業していて、今年最初の朝市が開催されるのは週明けの火曜日からだった。そうでなくとも朝は早いが、夜は無人だ。しかも日曜は漁がないので、その前日の土曜の夜を水原君が選んだということだ。

商用車から引きずりだされるように降ろされた紫織は、疼き続けている殴打の痛みをこらえながら薄闇に浮かぶ赤錆だらけの富々山水産という看板を見あげた。

富々山の『々』という踊り字が無意識のうちに脳裏に刻まれた。看板同様に錆が浮いてところどころ穴があいたシャッターが軋みながら上がった。

水産会社の倉庫は、コンクリート剝《む》きだしの床が

まだ濡れて黒々として、わずかに射しこむ光をいやらしく反射していた。小突《こづ》かれながら中に入れられた紫織は虚《うつ》ろな眼差しでシャッターのほうを見た。

——まだ、逃げられるかも。

——どうにかなるかも。

　儚《はかな》い望みを抱いてしまった瞬間、全身に鳥肌が立って唇がわなないた。追憶する紫織によれば、逆に逃げようがないことを悟ってしまった『このときが一番怖かった』とのことだ。

　逃亡の気配を察した少年が、シャッターを完全におろし、ふたたび紫織の腹部に拳を叩き込んだ。少年たちは暴力の慾求に火を付けられ、我先に紫織を殴った。耐えきれずに腰を折ると、肩口を蹴られて転がされた。よってたかって着衣を剝《は》ぎとられた。セーラー服を剝ぐときは、手荒でも服としての扱いがあった。けれど紫織の肌が露出すると、少年たちの内側で人の要素が爆《は》ぜ、消滅した。ブラジャーの留め具が飛んだ。うまくショーツをおろすことができない少年が、苛立ちにまかせて純白のショーツを裂く。太腿の付け根まわりを補強している布が力ま

かせに抗《あらが》って、つつっと細く長く伸びていく。手首の入学祝いの腕時計だけを残して、全裸にされた。紫織は濡れて凍えたコンクリートの硬さを背から臀《しり》、腿《もも》の裏に感じ、諦念に覆いつくされて虚脱した。俺が最初な——と有無を言わせぬ調子でトランクスごとジーパンをずり下ろした年長の少年は、紫織の足首を摑んで拡げ、無理やり捻《ね》じ込もうとしたが、なかなか紫織の内側に至らなかった。それでも荒《あら》けない試行錯誤の果てに強引に押し入ってきた。その瞬間、紫織は切り裂かれるような激痛に反《そ》り返って後頭部をコンクリートの床に打ちつけた。紫織の後頭部がまだ銀鱗が残っている硬くざらついた床と激突して放たれた濡れた音は、きーんという甲高《かんだか》い耳鳴りと重なって、なぜかひどく遠くから聞こえた。はじめのうちは紫織が暴れぬように水原君の指示で一人が押さえる役目を担わされ、もう一人がのしかかっていたが、もはや紫織には抵抗する気力もないことが見てとれて、押さえる担当はいなくなった。倉庫内で殴られたときに紫織は反射的に殺されると思ってしまい、そのあとはなにをされても構わない

──という心境に陥ってしまっていたのだ。だから異物が体内に侵入してきたことによる激痛に呻《うめ》く一方で、強姦自体は遥か彼方の出来事のように感じられた。ただ大量出血したので、血のぬめりと揺らめくように立ち昇る血の臭いがじつに気持ち悪かった。けれどあとであれは血の臭いではなく、魚の臭いだったと気付いた。

「おい、膝をつくと痛えからよ、ズボン、ぜんぶ下ろすなよ。俺みたいになっちまうぞ。ズボン、膝頭んとこで重ねちゃえばいい」

最初の少年が、射精後の虚脱を引きずったまま、ずるりと剝けて血がにじんだ両膝頭を情けない顔で見つめて言うと、二番目に名乗りでた少年がなぜか敬礼して応えた。

「ん、ご親切なアドバイス、感謝致します」

「まてよ、どうせやんなら自由自在がよかっぺえよ。トロ箱の蓋もってきてやるよ」

トロ箱とはトロール漁船の漁獲物を入れる箱の略で、発泡スチロール製だ。二番目の少年は下半身裸になり、魚臭いトロ箱の蓋で膝を護って紫織の血を潤滑液に、瘦せた臀を烈しく動かしはじめた。

腰を落として結合部を覗きこむ少年。悪ふざけで腰を振る少年の臀にトロ箱の中に残っていた氷片を押し当てる少年。きつく目を閉じている紫織の顔を凝視する少年──。

なんだ、三こすり半かよ～。早漏野郎！　包茎《ほうけい》野郎！　童貞だったんだろ、おまえってば！　昂揚し、うわずった声のやりとりが降りかかる。紫織は小刻みに顫えるばかりで、完全に無反応だ。

ここで私が後に知り得たことを書き加えて補足しておく。拉致、暴行、そして強姦を受けた『子』、あかりのメールによれば『元の子』は、二人目の少年が異様な昂ぶりを隠さずにのしかかってきた時点で、もう存在しなかった。

あかりのメールには『実際体験した子をいなかったことにし、体もできるだけ何もなかったことにしたかったんだと思います』とあったが、じつは幼少期よりずっと表に出ていた元の子は、これを境に精神の内面奥深くに隠れ、沈み込んでしまった──十七歳の齊藤紫織は死んだのだ。殺されてしまった。

元の子が消える直前に生まれた雪《ゆき》という子が、残りの九人を引き受けた。まだ強姦されているさなかの基本人格らしい『元の子』が自身を致命的な状態に追い込まぬために為《な》した精一杯の自己防衛だったのだと雪自身が述懐していたが、雪の献身は並みの人間からすると信じ難いものだった。

このあたりの詳細を雪から直接聞いたときに私は涙した。後に雪は、内面で絶大な威力を振るうある存在と出来事に対抗し、結末をつけるために自死した。

正直に書こう。齊藤紫織と知り合って、そして幾人もの死やサクリファイスとしか形容できぬ自己犠牲に立ち会って、私は幾度声をあげて泣いたことか。『さっき書いたとおり、まだ切り抜けられるかもと思っていたときは、かろうじて正常にものを考えられていたと思うんですが、もうダメだと思った瞬間、怖いというより、どうやったらなかったことにできるか、それもなぜか死ぬという選択肢ではなく、とにかく生きながらも、この全てをどうやったらなかったことにできるか、必死で考えていました』とあ

かりのメールにあったが、これは雪が陵辱のさなかに考えていたことである。

幾度か重ねてのしかかってきた少年もいたが、元の子から雪に代わって以降、苦痛の気配さえもまったく外にあらわさぬ無反応を貫かれたせいで、一巡したあたりから性的な熱狂は徐々に醒めていった。

「こいつ、屍体《したい》じゃねえか」

そう吐き棄《す》てて、二度目に挑戦してどうにか放ちはしたが、逃げるように軀を離した少年もいた。実際、紫織の軀は凍えるように冷たく、ふたたびことに及ぼうとした少年も、その肌に触れたとたんに怖《おぞ》気《け》がきたかのように俯《うつむ》き加減で軀を離した。

水原君に唆《そそのか》されたとはいえ、自分たちが為したことの重大さに気付いた少年たちの、紫織を見おろす眼差しには怯えにちかいものが揺れた。紫織＝雪は焦点の合わぬ瞳で濡れた床に転がっている。少年たちの想像を超えた大量出血だ。頬にもっとも怯えをにじませていた少年が腰を屈めた。虚勢を張って甲高い声をあげた。

「いっちょまえに毛なんか生やしやがって」

雪の陰毛を鷲掴みにした。毟《むし》りとった。引き裂く音と共に雪が痙攣《けいれん》した。

この瞬間、あかりが生まれた。

毟りとられた部分の毛穴からじわりと玉のような血が盛りあがった。あかりは静かに新たな苦痛を引き受けた。

あかりと雪には別人格としてほぼ完璧な断絶があり、雪が身を挺して陵辱を引き受けたことなどの一切が、あかりの記憶には存在しなかった。あかりの脳裏にあるのは現実とは完全に無縁で実態のない『強姦された』という単なる言葉だけだった。だから私がよけいなことを尋ねるまでは、あかりには実際になにをされたかに関しての具体的な記憶が一切なかったのだ。

『元の子』と称される基本人格らしき存在から雪へ、そしてあかりに人格が入れ代わっていることなど知る由《よし》もない水原君の抑揚を欠いた冷たい声の指示に従って彼らがはじめたのは、屍体と化して横たわる完全な無表情の紫織の写真を撮ることだった。

このころはようやく第二世代移動通信システムと

称される携帯電話が一般化しはじめたころで、まだ写真を撮れる携帯電話は存在しなかった。写メールと称される携帯が登場するのは、七、八年先のことだ。彼らが構えていたのはフィルムを用いるコンパクトカメラだった。

血塗《ちまみ》れの下腹めがけてフラッシュを光らせていたときは沈黙が支配していた。ワルたちではあったが、酒やタバコにケンカ、降雪のない時期だけの暴走、校内暴力、せいぜいが恐喝《カツアゲ》止まりで、ここまで徹底した悪事とは無縁だった。罪の意識に、眼差しを伏せている少年もいた。撮影が終わって微妙な間《ま》が拡がったとき、水原君がわざとらしい咳払いを彼らの背に浴びせかけた。

いっせいに少年たちは振りかえった。水原君の口許に泛んだ笑みが彼らを嘲るものであることに気付いたとたんに、少年たちは紫織を取りかこんでしゃがみ、口々にうわずった声をあげはじめた。

「ナカタ氏してやったからな」

当時十六歳だったか、サッカー選手として技術面もさることながら非凡なメンタルを見せつけて注目を浴びはじめていた同世代のサッカー選手に引っかけて避妊していないと脅したわけだが、サッカーに興味のない仲間たちはダジャレを解さず、それに照れたサッカー少年は紫織の脇腹を蹴った。

「この写真、親に見せてやるからな」

「絶対妊娠したからな」

「中絶してみろ、殺すぞ」

「もう一生結婚できねえよ」

「おまえは最悪だね」

「ま、お仕舞いってことだよ」

いわゆるウンコ座りと称される姿勢でしゃがんでタバコをふかしつつ脅しの言葉を発しているうちに、彼らは奇妙なハイテンションに覆いつくされて、虚勢がもたらす乾いた虚ろな笑いが倉庫内に響いた。

ただ水原君だけが彼らの背後に立って腕組みし、やや首を傾かせて紫織＝あかりを睨みつけていた。あかりは水原君の視線に気付き、視線をそらした。なぜか少年の一人が、紫織の頬から顎に手をかけて水原君のほうに強引に顔を向けさせた。

水原君は、結局、紫織に指一本触れなかった。

＊

商用車の排気音が遠ざかる。少年たちは立ち去った。転がったまま、ぼんやり鉄骨が張り巡らされた天井を見つめていたあかりだったが、仰向けから俯《うつぶ》せに体勢を変え、どうにか起きあがった。

寒い。乳房を覆いこみ、自分を抱き締めるようにしてしばらく顫えていた。なにをされたのか実際の記憶がないあかりは、内側にもどって、陣頭指揮をとることにした。

後片付けをして——と命じると、あかりの知らない誰かがでて、倉庫内を見まわし、トロ箱が積みあげられている壁面に直接鉛色の配管を這わせた、青いビニールホースのついた古びて銅の地金があらわになっている水道を見つけた。

こんな状態で水を浴びるのか、とあかりは身構えたが、その子——雪は蛇口を全開にしたホースを血溜まりまで引きずってきて、迸《ほとばし》る水を頭頂部に向けた。加減せずに頭から冷水をかぶり、歯をガチガチいわせながらも頭髪から顔、そして上体から下腹部を勢いよく流していった。下半身を流していくと、足許が緋色に染まっていく。

　少年たちが膝を護るために使ったトロ箱の蓋が淡い血の色にのって妙に軽やかに流されていき、入り口近くに設《しつら》えられている排水溝をふさいだ。

　凍えるような水が銀色に迸り、陵辱を受けた部分に烈しく沁みた。雪はそっと手探りした。もともと傷口のような部分だが、あきらかに裂傷ができていて、不規則に千切れた肉が指先に絡みついた。

　薄汚いという思いに突き動かされて、内奥にまで水道水を注ぎこみ、大量に放たれた白濁を徹底的に洗い流し、あらためて怪我の具合を確かめた。

　自分ではどうしようもないと諦めて、すこし離れたところに投げ出されていたスポーツバッグの中から、やや汗臭いタオルを取りだし、髪を、軀を叮嚀《ていねい》に拭き、俯き加減で衣服を整えていく。隣にあった学生カバンの底は水を吸ってすこしふやけていた。

雪は、あかりに訊いた。

「これで、いいかな」

――うん。ありがとう。


「どうしよう」

――このまま海に入る？　ここでじっとしている？

警察か親に電話する？

「取り繕《つくろ》うっていうと、よくないけれど」

――そうだね。なんとか取り繕うしかないよね。

　あかりが同意すると、雪はしばらく黙りこくっていたが、心細げに呟いた。

「幼いころから、ずっと出ていた子だと思うんだ」

――いなくなってしまった子？

「うん。私、即座に代わってあげたかったんだ。代わって！　って叫んだんだけれど、その子、諦め気味に私にむかって頬笑んだの。その子、一人目を引き受けて、二人目が迫ってくる直前に、ごめんなさい――って小声で謝って、力なく俯いて消えちゃった。私がもっと早く代わってあげられたら、その子、死なずにすんだのに」

――あなたは自分を責める必要はないよ。とにかく、生き抜こうよ。

「そうだね。生きていれば、あの子も蘇《よみがえ》るかもしれないもんね」

雪とあかり、本来は解離性同一性障害の特徴である個々の断絶のせいで言葉のやりとりができないはずの新人ふたりの必死のやりとりだった。実際この倉庫からよろけながら出て以降、あかりと雪が直接、言葉を交わすことはなくなった。

　基本人格はおろか、たぶんまだ幾人もいるはずの他の子の気配は一切なかった。今後のあれこれは、実際に犯された雪ではなく、すべてを理解しつつも現実感が一切ないがゆえに冷静に判断ができるあかりに託されたということだ。

　内側であかりが溜息をつくと、雪も切なげな吐息を洩らした。あかりは気を取りなおして、雪に囁《ささや》いた。

――どうやったら全てをなかったことにできるか、徹底的に考えてみるね。

*

　だが、すべてをなかったことにはできなかった。水原君はとことん陰湿だった。不良たちに俺は強姦してないと嘯《うそぶ》き、実際に行為に及んでしまった彼らを顎で使って、紫織を写真で脅した。

　後の取材で判明したことだが、自分は一滴も呑まずに、スナック喫茶とやらで不良たちに酒を振る舞ったのは水原君だった。水原君に煽《あお》られて限度を超えた量を呑んでしまい、嘔吐した少年もいたという。水原君は酔いで気が大きくなった彼らを巧《たく》みに操り、誘導したのだ。

　幼いころから、いや幼かったからこそ、ある程度の知能と要領のよさを持ち合わせていた水原君は、ありがちなことではあるが識閾下《しきいきか》に潜む強烈な劣等感の裏返しで、自分を中心に地球がまわっていると信じ、決めつけることで己《おのれ》を保っていた。

　水原君にいわせれば、それをズタズタにしたのだから、紫織を破壊するのは当然だというわけだ。

　唯一靡かず、あれこれ策を弄《ろう》したのに形式だけの付き合いに終始したあげく、国立大学を目指す者が集まる道内一のランクがはるか上の高校に進学して水原君との関係が終わったと思い込んで解放感を満喫しているであろう紫織に、徹底した不条理を浴びせかけることこそが水原君の歪んだ生き甲斐になってしまっていたのだ。

　幼いころから営々と築きあげてきた、父親以外は全てをもっているという自尊心が虚構であり、ごくせまい範囲にしか通用しないことをあからさまにしてしまった紫織という存在を、とことん地べたに叩きつけて、二度と立ちあがれぬまで汚し、穢《けが》さなければ己を保つことができなかったのだ。だから強姦は下卑《げび》た表現をすれば前戯に過ぎなかった。

　その顚末《てんまつ》の前に、あかりが自身の軀に加えられた損傷を、どう処理したかを記しておこう。当然ながらまともな記憶がないにせよ、軀の状態から尋常な出来事ではなかったことが察せられ、狼狽《うろた》え気味で漁港を離れ、低く唸る潮騒と干物臭い寒風に追われて、下腹や殴打されたことによる苦痛に耐えつつ街灯もまばらな片側二車線の直線路の雑草が伸び放題の歩道をとぼとぼ歩いて、国道にでたとたんに苦痛のあまり動けなくなって、二十分ほども立ちつくしていただろうか。

　ようやくやってきたタクシーをひろって自宅にもどったのだが、門限前だったのと、逃げるように自室にこもったのとで両親は紫織の異変に気付かなかった。痛みと出血はおさまらず、生理用のナプキンをあてがってしのいだ。

　翌週月曜、学校の帰りに電話帳で目星をつけておいた婦人科医院に行った。医師はずりおちるメガネを中指の先で持ちあげ、レンズ越しの上目遣いでセーラー服姿の紫織を凝視した。きっちり対処してもらうためにも、あえてセーラー服のままを選んだあかりだった。

　それでも口をひらくまでは、とことん冷静な人格であるはずのあかりでも強い逡巡があった。けれど烈しい痛みと疼きが交互に襲うこの状態を放置しておくわけにはいかない。あえて投げ遣《や》りな口調で医師に対した。

「付き合っている彼に、無理やりされてしまいました」

「んー、無理やりか」

「無理やりです。土曜日の夜です。妊娠や病気が怖いので、あと、どうも傷ついているみたいで痛みがきつくて、さんざん迷ったんですけれど、受診することにしました」

「お父さんお母さんには？」

「言いたくありませんし、言えません」

複数に強姦されたとは、どうしても口にできなかった。それを訴えれば医師が警察に連絡してしまうかもしれない。なかったことにしようと決めたのだから、それだけは避けたかった。あかりはこの時点で、すべて終わったと思い込んでいたのだ。

それに加えて被害者であるという自覚はあるのだが、解離性同一性障害によって新たに生まれ、心的動揺なしにこれからの処理をまかされたあかりには、警察官に語るべき事の顚末が見事に欠落していた。

実際、水原君の企みによって十人ほどに強姦され云々といった新聞記事のような言葉が脳裏にあるだけで、具体的な記憶はまったくなかったのだ。あかりがすべきことは、傷ついた軀を修復することだ。

看護婦は能面じみた表情のなさで、てきぱきと処置の準備をしている。医師が眼差しを伏せて、診察台にあがるように促した。あかりは医師の気持ちの動きを読むことができぬまま、細かな指示に従って

診察台にあがり、いささか屈辱的な恰好をとった。

「土曜日って言ってたよね。今日まで耐えたんだ？」

「――ひどい状態なんですか」

「麻酔して、縫うよ。それからだ、病気のチェックなんかは」

「――はい」

局所麻酔だったが、チクチクした痛みが延々続き、どれくらい経っただろうか、麻酔のせいで若干《じゃっかん》ぼんやりしているところへ処置は終わったと告げられ、ふたたび診察室にもどされた。

「病気のことだけど、検査結果は先になるからね。ただ簡易検査の結果は、問題なし」

あかりはちいさく息をついた。

「土曜日って言ってたよね。概算、四十時間くらい経過してるって感じだね。まだいけるから、妊娠を避けるためにアフターピルを処方するね」

「アフターピル？」

「プラノバールって薬。これを使って妊娠しないようにするのをヤッペ法っていうんだ。変な名前でしょう、ヤッペ法」

「ヤッペ法――」

「ノルゲストレルってホルモンが含まれていてね、ま、緊急時の経口避妊薬としては六割程度の効き目なんだけれどね、なにもしないよりはましだから。あと避妊薬としての認可はおりていないけど、だから重々しい物言いになってしまうけれど、こういう望まぬ妊娠を避けるべき状況のときは、暗黙のうちに医師の判断と責任において、本来は避妊薬として認可されていないプラノバールを転用するってわけ。ちょっと悪心《おしん》がおきて吐いちゃうかもしれないけれど、我慢するんだよ。不正出血の副作用に関しては、これだけ血が出てるからねえ。ま、気にしないというか、気付かないんじゃないかな」

　黙ってあれこれ指図する医師ではなく、よけいなことはいちいち訊かない一方で、こういう具合にわかりやすく説明してくれる。あかりはこの医院にしてよかったと心の片隅で安堵した。

「保険適用外だから、ちょっとお金かかるけど、まだ高校生だし、妊娠はいやだろ?」

「はい。お願いします」


十人もいたのだ。妊娠していたら、まさに誰の子かわからない。おぞましい。耐えられない。けれどリアリティに欠けるあかりには水原君に対する怨《うら》みの気持ちが湧かない。内面からも、怨嗟《えんさ》の気配はしない。ひたすら鎮まっている。正確にはまだ恐怖が抜けないらしく、息を潜めている。

　当初から服《の》ませるつもりだったのだろう、看護婦から白い錠剤を二錠わたされ、もう紙コップに汲んであった水で服用させられた。十二時間後にもう二錠ということで、医師が腕時計を覗きこんで、朝の四時半に服まなくちゃならないねと呟いた。絶対に十二時間後に服まないとだめだと念押しされた。

　妊娠の恐怖と不安が解消されたころ、水原君の使い走りと化した少年が黄色い巨大なタンクの四〇〇ccオートバイにまたがって、校門で待ち伏せしていた。

　あかりに気付くと、少年は派手にオートバイを空ぶかしして、乗れと命じた。黒く塗られたちっぽけな寸詰まりのマフラーからは信じ難い爆音が轟いた。どのように乗っていいかわからない。スカートでまたぐわけにもいかず、横座りした。

「そんなんじゃ、振り落としちまうぞ」

あかりは俯いて黙っていた。ほかの生徒たちが啞然とした顔でオートバイから大きく離れて下校していく。苛立たしげに少年が吐き棄てる。

「落ちて脳味噌撒き散らしたくねえなら、ちゃんと俺の腰に手をまわせ。二ケツするときの鉄則だぞ」

あかりはきつく唇を結び、右手を少年の腰にまわし、左腕でカバンを強く小脇に抱きこんだ。あかりが腕をまわしたとたんに、少年の背筋に緊張が疾った。

「——ムチャして、すまなかったな」

なにを、いまさら。

「俺たちさ、なんかに取り憑かれてたみたいだって結論に達したわけ。水原抜きで相談したんだけどさ、もう二度とおまえに手をださないから。俺たちだってしつこくして親や警察にチクられたら、致命的ってやつじゃないか。年少なんか絶対にごめんだしね」

あかりが一切反応を示さないので、少年は溜息を呑みこんでオートバイを直立させ、サイドスタンドを跳ねあげた。ガシャッと軋み音がした。ギアが一速に入ったことはあかりにはわからないが、チェーンが張り詰めた気配は感じとった。

オートバイは信じ難い加速をみせたが、少年が車体を大きく傾けぬように気配りしていたこともあり、怖くはなかった。北区の高校から手稲《ていね》方面にむかって走っていることは漠然とわかった。

手稲駅近くの裏路地のスナック喫茶風来坊という看板のでている店だった。紫織を犯した不良たちの溜まり場になっているようで、彼ら以外に客はいなかった。

店主の初老の男は、カウンター内で幽《かす》かに口をひらいてテレビの競馬中継を見あげていて、カウベルがけたたましく鳴り響いたが、あかりを見もしなかった。

隣でタバコを喫《す》っていた少年に、煙たいからあっちへ行けと水原君が横柄に命じた。年長の不良たちが虚勢まじりでニヤニヤしている。あかりは水原君の隣に座らせられた。擦り切れが目立つ焦げ茶のモヘアのシートは湿っていて、いかにもダニがいそうであかりは眉を顰《ひそ》めた。

水原君はテーブルに写真を投げだすように拡げて顎をしゃくった。あかりは静かに写真を見た。局部が写っているものは紫織の顔が不鮮明で、紫織の顔が写っているものは、局部が不鮮明だった。証拠写真にしては不充分だ。

もっともこれが全てであるというわけでもないだろう。組み写真として見れば紫織であることが一目瞭然で、こんなものをばらまかれてはたまらない。

あかりの役目は軀を張ってでも、それを阻止することだ。九人引き受けた子もいたのだから、私が頑張ればいいだけのことと冷静に腹を括《くく》り、割り切った。

「写真部の暗室を借りて苦労して焼いたんだぜ。奴ら、エロ写真を焼き増ししてばかりだから、俺が脅したら、あっさり貸してくれたよ」

あえて小首をかしげて得意げに言った水原君の顔をあかりは一瞥した。胸中では軽蔑が尖った針となっていたが、一切表情を変えなかった。

いまだかつて目《ま》の当たりにしたことのない冷静で無感情な紫織を水原君は意外そうに見やり、なんだか別人と対峙しているような気分にいきなり頰を歪めた。いよいよ水原君の内面で陵辱の焔《ほのお》が猛々《たけだけ》しく燃え盛りはじめた。

「すかしてられるのも、いまのうちだよ」

太鼓持と化した不良たちが、いっせいに同意する。

「これをばらまかれたくなかったら、俺の言うとおりにしろ」

水原君は最低限の言葉であかりに命令した。確かにすかしていられたのは、その指示を聞く前までだった。紫織の親友である女子のことは、データとしてあかりも知っていた。

「手始めに、祥子《しょうこ》の彼を誘惑しろ」

「誘惑――」

「祥子の彼とセックスしろって言ってるんだよ」

「なぜ――」

「なぜってか？　強姦された可哀想な女の子じゃなくて、親友の彼を誘惑してセックスに溺れる超ビッチで最悪な女になれっていうことだよ。おまえがあばずれだってことが札幌中に知れわたるってことだよ」

水原君は生クリームが浮いたコーヒーを啜《すす》り、続けた。

「祥子の彼だけじゃないぞ。以後、手当たり次第に、やれ。俺の命令に従って、誰とでもやれ。つまり道内一のヤリマンを目指せってことだ。チャレンジしがいがあるだろ」

不良たちの唇に迎合の笑いが泛ぶ。だが、窃かに水原君をもてあましている気配もあった。

もっともそれがあかりにとって救いになるはずもなく、ただ一人紫織とやっていない、つまり強姦に及んでいない水原君に逆らえないから、指示に従うしかないという気配が濃厚だ。

それに加えて水原君は彼らのサディズムに火を付けるのがじつに巧みだった。あかりにごく冷静な調子であれこれ指図する水原君の言葉は、じつは彼らにむけて語られていることもあり、やがて不良たちの頰に残忍な笑みが泛びはじめた。

水原君はトランプを切るような手つきで、写真を翫《もてあそ》ぶ。

冷静なはずのあかりだったが、先ほどの写真の出

来が悪いといった思いは即座に霧散してしまった。親友の彼とセックスしなければならないところに追い込まれ、さらに水原君の命令に従って無数の男とセックスしなければならなくなってしまったのだ。

狼狽するばかりのあかりは、私の手には負えない！　と内側にむけて訴えたが、返ってきたのは沈黙だけだった。そんなあかりの表情を見てとって、ようやく水原君の目に満足の気配がにじんだ。

後に述懐したあかりは苦笑まじりに、たかが写真、それをばらまけば彼らの犯罪があからさまになるだけなのに、あのときは水原君の狂気じみた執念深さに、もう錯乱してまっとうなことが考えられなくなってしまい、それこそ誰かを殺せと言われれば殺していたかもしれません——と、苦笑の気配を残したまま深く遣る瀬ない溜息をついた。

＊

命令に従うしかなかった。誘惑するのはあかりの役目で、実際にセックスするのは漁港の倉庫で九人を引き受けた子だった。

そもそも異性を誘惑するということは、真面目一辺倒のあかりには途轍《とてつ》もない難事で、実際にどのように誘惑したのかまともな記憶がない状態だった。

どう考えても上手に誘惑することなど不可能で、まともに口もきけない状態だったのだが、誘惑の現場には必ずこっそり不良の誰かが監視についていて、手をゆるめることは許されなかった。

あかりにとって不思議でならなかったのはじつに無様な誘惑にもかかわらず、男が必ず誘惑に乗ってきたことだ。男からすれば当然のことなのだが、女であり、相手をとことん選ぶであろうあかりにとっては理解不能だった。親友である祥子の彼もあかりに、正確には雪に夢中になり、以降、しつこく言い寄ってきた。

当然ながらその結果は祥子の耳に入り、友人関係は決裂し、他校にまで齊藤紫織は平気で親友の彼氏を盗む女であるという評判がたち、あかりは同級生や先輩たちの刺さる眼差しを浴び、男の子たちからはやらせろと迫られるようになった。

水原君は目的を達成してほくそえんで、さらに超

超ビッチな女になれと、気分次第で選択した、あかりがもっとも嫌うであろう男子を口説くことを強要した。

あかり自身も苦労することを厭《いと》うようになり、当初のうぶな気配は完全に消え失せて、水原君に命令されれば、いちばん手っ取り早い手口で誘惑するようになった。

けれど実際に男の相手をしなければならない雪は、限界が近づいていた。あかりが口説いて、いざその状態になったときに、雪はあかりとスイッチするのを渋るようになってきた。

実際、自分が受けるしかないとあかりが観念して脱力した瞬間、かろうじて雪があらわれるという綱渡りがはじまってしまった。あかりは陵辱をまぬがれてはいたが、代わりにでてくれる子に対する申し訳なさに鬱《うつ》気味になった。

この終わりのない地獄に、あかりは死ぬことを考えるようになった。強姦されて消えてしまった基本人格らしき子のように消え去ってしまうのではなく、実際に齊藤紫織の肉体もろとも終わりにしてしまお

うと思い詰めたのだ。

あかりは自身の切迫が生みだしてしまったと信じていたのだが、極限状態まで追いつめられた時点で、コントロールのきかない困ったふたりの人格があらわれた。

以前からいたが、男でも女でも委細構わず誘惑する超超ビッチなセックス好きの人格と、おなじくずっと潜んでいたらしい、死にたがって道理から外れたことを平然と行う人格だ。

雪を苦しめなくてすむと安堵する一方で、セックス好きの人格の奔放さをもてあましてあかりは途方に暮れ、対処に困った。

この子は水原君の意を先取りするようなところさえあって、異性は当然のこととして、レズれと命令されると一切の躊躇《ためら》いなしに同性と一緒にベッドに入るほどで、あかりが口説くという役目は形式的に続いていたが、超超ビッチな子の行動があかりの負担を大きく軽減してくれた。

彼女が性の現場でなにをどのようにしているのかは解離性同一性障害の常で、あかりには一切わからないが、行為自体を最低限ですましていた気配の雪とちがって、相手の望むままに、いくらでもという感じで、言えばなんでもしてくれる——と味をしめた男たちが群がるようになってきてしまった。女子の取り巻きも無視できない数だ。

そこに死にたがる人格が絡むと、もう収拾がつかなくなる。齊藤紫織は誘っておいていきなり機嫌が悪くなる、暴力的になるといった噂がたち、そればかりか手首にペティナイフをあてがっていることに気付いて、慌ててあかりがスイッチして事なきを得たこともあった。その腹いせか、左下膊《かはく》に縦に幾筋も深い切り傷をつけて、いきなりあかりにスイッチして、卒倒させたこともあった。

おもしろくないのは、水原君だ。齊藤紫織がいやいやながらも自分の命令に従うのが快感であり、砕け散ってしまった自尊心を取りもどすための大切な儀式だったのに、紫織が本物の超超ビッチな、しかも暴力的な女になってしまったのだから。

しかも、あかりは知る由もないが、水原君が齊藤紫織に対する蹂躙《じゅうりん》を諦めることになった出来事があった。読者諸兄はもうわかっているだろう。死にたがって常軌を逸した行動にでる人格は、ひかりだ。

これも後に知ったことだが、セックスを終えてラブホテルからでてきた超超ビッチをつかまえて、すこしは抑えろと矛盾したことを水原君が口にした瞬間、超超ビッチはひかりにスイッチした。

「おまえ、恰好悪すぎだ」

「なんだよ、いきなり」

「なんか、いろんなこと、だめなんだろ」

ひかりの笑いは、凄かった。『いろんなこと』——と、どうとでもとれる言葉を静かに投げつけられて、水原君は自身の性器に対するコンプレックスその他、他人には絶対に知られたくないことを次々に念頭に泛べてしまった。

「さ、引きかえそう。いろんなことを確かめてやるから。ホテル代はおまえが払えよ」

薄笑いを泛べつつ、水原君の手首を摑んだひかりの力は尋常でなかった。どうにか振りほどいた水原君の手首には、青痣《あおあざ》が残っていた。ひかりがごく低い声で見据える。


「おい」

「——なんだよ」

「殺すぞ」

水原君は引き攣《つ》れた笑いで対処し、逃げようとした。こんどは肩口を摑まれ、為す術《すべ》もなく引き寄せられ、囁かれた。

「横断歩道で信号待ち、ダンプがきたらその場から逃げたほうがいいぞ。ホームで電車を待つのも、もうやめたほうがいい。歩道橋もわたらないほうがいいな。高いところはヤバいよ。屋上とか、絶対避けろよ。学校の階段だって降りる前にうしろ見たほうが身のためだ。単車の免許、取ったんだって？　絶対運転しないほうがいいな。チャリも漕ぐな。あと水泳なんてもってのほかだ」

ひかりは水原君を睨みつけ、その耳朶《みみたぶ》を咬《か》むようにして、さらに囁きかけた。

「知ってるよ、おまえの愛読書。〈ムー〉って雑誌だろ。小学校のころからオカルトにはまってたこと、知ってるよ。友だちが自分ちにくると〈ムー〉を押し入れの布団のあいだに押し込んでたもんな。なんであんな必死に隠してたのかな」

水原君は鼓膜に冷たい息がかかるのを感じ、硬直した。

「うふふ。お父さんのことが絡んでるんだよね。霊魂とかね。蘇りとかね。私に隠し事はできないから覚悟しな」

「やめて、くれ」

「私、なんでも知ってるよ。おまえのお父さん、おまえとお母さんを棄てて、べつの女のところに行っちゃって、あげくの果て、自殺したんだ」

「嘘だ！」

「ふふふ。うすうす知ってて、悩んでたくせに。〈ムー〉が大好きな水原に教えてやるよ。私にはなんでも見えるんだ。おまえやお母さんの知らないことまで、わかるんだ。富士の樹海？　なんなんだろ樹海って。ま、新しい女に棄てられちゃって、とんでもない額の借金しょわされて、木の枝から首吊って、ぶーらぶら」

　水原君は顔面蒼白で喉を鳴らし、がくがく顫えはじめた。


「おまえに取り憑いてやるよ。冗談だと思ってるのか？　試しに心臓、痛くしてやる」

「あ――」

「針刺されたみたいだろ。きついだろ、痛いだろ。今夜から、おまえ、まったく眠れなくなるし、あちこち具合が悪くなる。痛いってどういうことかとことん教えてあげるから。ほんとのオカルト、教えてやるから」

　行けと顎をしゃくられて、慌てて駆けだしたけれど、足がもつれて無様に転んだ。自宅に逃げもどった水原君は、骨まで痛む不安に、風呂場の鏡にひかりに摑まれた肩口を映した。手首と同様、青黒い痣になっていて、ところどころ血がにじんでいた。

＊

　水原君はいま現在、埼玉県在住で、サラリーマンをしている。取材で垣間見《かいまみ》た彼の姿はうらぶれていて、いかにも憂鬱そうで幸福とは無縁な姿だった。ひょっとしたら、いまだに心臓に原因不明の痛みを覚えているのかもしれない。

11

脾臓《ひぞう》裂傷で入院中のあかりに話をもどす。苦痛のさなかに強姦の詳細なメールを送ってくれたあかりだが、治療が功を奏して入院三日目で痛みもずいぶん治まったようで、こんなメールが届いた。

---

rain rain

菱沼さんは絶対に謝らないで下さい。記憶から何から呼び覚ましてくれて、今は良かったと思っているんです。前回死にかけたのは基本、別の子だったので、今回は私、忘れられない体験をしたなと思っています。思ったより、死ぬかもしれないギリギリの瞬間は苦しくなく、菱沼さんがしばらく責任を感じてしまうかも、でももうこれ以上は迷惑をかけずに済むって、最後に菱沼さんと話せて良かったとか、そういうことばっかり。とても穏やかな気持ちだったところから、生き延びるためにアクションを起こすまでが、それこそ死ぬよりとてつもない気力が必要でした。どんな手段をつかってでも病院に行けと命令する菱沼さん、しつこいなって思ったくらい。生きるって大変だな、とイライラしました。あ、先生が来ました。　15:05

『死ぬかもしれないギリギリの瞬間は苦しくなく』というのは事実なのだろう。死にかけているときに、

生きることに意識をむけるのは、いかにもしんどそうだ。

それよりも『前回死にかけたのは基本、別の子だった』というのは、どういうことか。以前にも死にかけたことがあったのか。気にならないといえば嘘になるが、きちっと知ることなしにきた強姦の顚末《てんまつ》と詳細をこのような状況のときに語らせてしまったのだから、これ以上の追及は控えるべきだろう。

そんなことを思っていたら、容態が急変した。まだ脾臓の出血が止まっていないというのだ。当人は元気なつもりなのだが、眉を顰《ひそ》めた医師からひどい貧血であることを告げられ、あかり曰く『絶対飲み込めない大きさの鉄剤』を服用させられているとのことだ。ベッドにて安静を強《し》いられていて手持ち無沙汰なのだろう、続々とメールが届く。

『血が止まりますように。死にたくない、手術もしたくない。なのに沙霧は夫に連れられて、なんとカラオケだって。まあ、かえってリラックスできるとも言えるか』というメールがきたときは、不可解な非現実感に囚《とら》われて苦笑しかけ、我に返って怒りに顫《ふる》えた。

自分が蹴った相手が死にかけているのに、カラオケ——。

妻ではないが、妻の肉体をもった女の傍《かたわ》らで、恙《つつが》なきことを祈るのが加害者として当然のことではないか。夫と称する男の精神構造が、よくわからない。ただ単に鈍感で愚鈍なのか。それとも自分の為《な》したことに怯《おび》えて逃避しているのか。

追いつめられた人間が常識では考えられない行動をとることはありがちだが、それにしてもカラオケという語感は、じつに軽い。軽すぎる。加害者——夫が小指を立ててマイクを握って音痴丸出しの絶唱を娘に披露している姿が泛《うか》んだ。

夫が入院中の妻を避けているからこそメールをし、電話のやりとりができるわけだが、それにしてもこれほどまでに不細工で無様な男を知らない。

——怒るな、怒るな。

「リアルな殺意が芽生えつつあるんだよ！」

——夫は案外歌がうまいぞ。小指は立ててないし。娘も当初は戸惑っていたが、あかりにメールして安心したのか、アニソンていうのかな、愉《たの》しそうに歌ってる。

「そうか。だから、なんなんだ」

――凄むなよ。

「そもそも、おまえにカラオケの様子がわかるのか」

――わかるわけない。こんなもんだろうという創作だな。

「消えろ」

吐き棄《す》てると、悪い逸郎は大仰《おおぎょう》に首をすくめて消えた。そうこうしているあいだにも、次々にメールが届く。

『夫は鈍いけど、でも鈍いながらも今は確かに逃げてますね。馬鹿な人』

『血が止まらず、いよいよ手術かな。そうなったらカラオケから夫を呼ばねば』

『脾臓を摘出するか、はお腹を開けてみてから決めるらしい。カラオケ夫ですねら側にいて欲しい』

カラオケ夫ですねら――というのは送られてきたメールそのままだ。冷静なあかりが追いつめられて

いるのが窺《うかが》える。

『出血や何やらをきちんと見るために一時薬を止めてます。やや意識朦朧《もうろう》。ってことはやっぱり血が出てるのかな怖いな。菱沼さん』

19:36のタイムスタンプがあるこのメールが最後で、あかりからの連絡は途絶えてしまった。

やきもきしたが、いかんともしがたい。次のメールがきたのは翌日、昼近くだった。

『こんなときだから仕方がないけれど、せっかく妊娠したのに、残念だったね』

そう、きたか。どうやら出血はおさまりつつあるらしい。俺が二十歳のころに誰かに産ませていたら、おまえは俺の娘くらいの年頃だよね――と返信した。

開腹手術も避けられたらしく、あかりは安堵《あんど》から一気にしなだれかかるようなメールをよこした。以降は、甘い睦言《むつごと》のやりとりに終始したので割愛《かつあい》する。真っ暗な病室、遠いサイレンなどの描写が沁みた。内側からの声がしたのか命令されたのか、二週間ほどは私が外にでているみたいですという報告も届いた。退院後にどうすべきか思案を重ねているメ

ールの文面は以下の通りだ。

『誰がどんな理由で今の夫との結婚を決めたのか、と考え始めると、私もつい無責任になってしまいがち。そうやって逃げてきたのも事実です。昨日菱沼さんがおっしゃっていたみたいに、もし今後私が先導するなら、私が夫とちゃんと夫婦にならなきゃいけない。お見合い結婚だと思えばいい？　それよりはずっとお互いのことを知っているし娘もいるから、距離は近いですよね。暴力といういらない要素もありますが』

　誰がどんな理由で今の夫との結婚を決めたのか、と考え始めると、私もつい無責任になってしまいがち——これは解離性同一性障害ならではの悩みで、根が深い。あかりは家に居座っている男の妻ではないのだ。けれど夫は、結婚した女とは微妙に気配の違う女に欲情を催すだろう。そして暇にあかして性欲ばかり昂進させている夫と称するこの男は、ペラペラの婚姻届を楯にあかりと性交しようとするだろう。

　私が心配しているのは、齊藤紫織の肉体はともかく、あかり自身はあきらかに処女である、ということだ。睦言じみたメールのやりとりではっきりしたことであるが、彼女は性の実相をなにも知らない。加えて異様なまでの潔癖さだ。

　暴力といういらない要素もありますが——これも喫緊《きっきん》のという枕詞が必要なくらいの大問題だ。私としては夫が自重《じちょう》してくれることを祈ることしかできない。蟀谷《こめかみ》を揉みつつ思案に暮れたが、暴力にも種類がある。とりあえず殴る蹴るは控えたとしても、齊藤紫織という女の内側にすむ女たちは、かなりデリケートな存在だ。否定的な言辞や多重をなじる言葉などを際限なく浴びせかけられたとき、内側の人格はどうなってしまうのか。なにしろ幾時間も紫織を追いまわして、トイレの外からでも延々どうでもよいことを捲《まく》したてるような異常性のある男だ。

「まったく、紫織も、とんでもない男を選んでしまったもんだな」

　独白してみたが、悪い逸郎は出現しない。私自身、内面とうまく付き合っていかなければならないということを、漠然とではあるが身に沁みて感じさせられた。誰だって心の内側で自問自答する。私の悪い逸郎は、その延長線上にある存在だ。大多数の人々は内面とのやりとりに、どのように対処しているのだろう。

『沙霧が置いていったお見舞いの品。変なグラフは「自分が将来なりたいものグラフ」。作曲家・画家・建築家・モザイクアーティスト（？）で迷っているそうです。建築家とモザイクアートが競っているようですね。あとは、妙にリアルな蟬とドラえもんの絵。夢見る小学2年生です』

　こんな画像付きの頬笑ましいメールが届いたかと思うと、抑えてはいるが、にじむ呻吟《しんぎん》を隠しきれないこんなメールも届く。

『少し前に夫と話した時、やっぱり触れ合いたいんだって言ってた。もう少し曖昧《あいまい》な言い方だったような気もするけど。菱沼さんもたまに言う通り、今のままじゃ本当にただのベビーシッター。私が仕事に時間を割《さ》くほどにそう思うみたい。しかも、その子供を作るためにしたセックスを最後に断られ続けて。あげく強姦じみたことをせざるをえず。彼を認めることは、彼を父親ではなく夫、男として見ること。それが彼にとっては、理想はセックスすること。できないから暴力？　もう暴力はやめてほしい。でもセックスは今は無理。で、許されるのかな？　暴力を思い出して体がすくむって言えばいいんですよね。結局、私がもっと彼に愛情を持たないといけないのかな。うーん。夫、男として愛情を持つ。うーん。もうちょっと考えてみます』

　繰り返しになるが、なにしろあかりは夫と結婚していないのだから愛情もへったくれもないわけで、ここは夫と結婚した当人である紫織が対処すべきなのだが、まったく音沙汰がないという。内面の誰が決めているのかわからないが、紫織では流されるだけという判断なのだろうか。けれど、こういったことは処女には荷が重すぎるだろう。

　二日後に、久々にいきなりさゆりが登場した。両親のことをどう思うかとあかりに尋ねたとたんに『あ～あだよ』というメールが返ってきて、これはさゆりだなと直感した。さらに『大嫌い』という短い言葉が連続して送られてきた。両親が大嫌いというのは、解離性同一性障害になんらかの関係があるのかもしれない。そんなことを思っていると、たたみかけるようにさゆりにはめずらしい長文のメールが届いた。

『先生との難しい話は私にはわからない。私達の中がざわざわしてて、あんまり知らない子が出てきたがってる。もしかして、出てきた？　なんとなく私が呑気《のんき》にしてちゃいけないっていうことはわかってるつもり。でも、よくわからないかな。ごめんなさい。よそよそしくて怖い子が、お医者さんの話を聞いてたよ。なんか深刻そうな感じ。でもさ、みんなが仲良しだといいよねー。菱沼さんに逢いたい人がいるんだよ。私ね、皆が仲良しだと嬉しい。それがだめなら、皆でいなくなればいいだけ。どうして？どうして、あんまり菱沼さんに逢えないの？　誰のせい？　私はね、好きな時に出てこられたんだよ、今までは。最近は不自由。不自由。ちょっといや』

どういうことだろう。『私達の中がざわざわしてて、あんまり知らない子が出てきたがってる』『よそよそしくて怖い子が、お医者さんの話を聞いてたよ。なんか深刻そうな感じ』『私はね、好きな時に出てこられたんだよ、今までは』――前二段は当然のこととして、以前は好きなときに出てこられたのに、それができなくなったということは、なんらかの危難を知らせるシグナルであるような気がした。さゆりに出られては困る人格がいるのではないか。

どういうことか詳細を知らせろとメールを送ると『うん。でもさんざんだったよ』という誰が送信したのか、意味のよくわからない返信が届いた。その直後だった。

――またできるかぎり死。

私が硬直していると、すぐに次のメールが送られてきた。

――助けて助けて。

これは、誰だ？　必死でなにが起きているのかを知ろうとメールを送り続けたが、さゆりの言う『あんまり知らない、よそよそしくて怖い子』であるひかりが、助けて助けてと訴える声を押しのけて、齊藤紫織を乗っ取った気配だ。

――菱沼さんしかいないのには無理かもしれないで

すような感じるしてくれれば。

なにを言いたいのか、わかるようなわからないようなメールが届いて以降、ぴたりとメールが途絶えた。このやりとりのさなか、直接電話をしもしたが、ひかりは電話には出ようとしなかった。

*

連絡がない。ひかりがあらわれたということは、非常事態である。幾度、直接病院を訪ねようと立ちあがりかけたことか。衝動的になってはまずいと、どうにか耐えた。

ようやく連絡がとれたのは、翌日深夜だった。なにが起きたかをあかりから聞いて、喉仏がぎこちなく鳴った。なんと、あかりやさゆりを押しのけて出現したひかりが、処方された薬をありったけ服用してしまったというのだ。なかにはオピオイド系の危険な鎮痛剤もあったようだ。

——看護師さんが意識朦朧になっている私に気付いてくれて、胃洗浄したんだけれど、とにかく凄い痛みで七転八倒でした。どうやらもともと潰瘍《かいよう》があったようで、胃が荒れている状態で洗浄すると、炎症が悪化して凄く痛むんだそうです。

「なんということだ。で、薬剤大量服用の副作用は？」

——わかりません。でも、大丈夫みたい。とにかく胃の痛みが耐えられなくて、麻酔をしてもらって強制的に眠らされました。ところが、なぜか眠ってはいけないって強く思っていたので、何度も目を覚ましました。あるいは目を覚ました夢を見たのか。本当のところはよくわかりません。とにかく眠っていたのに、とても疲れました。口のなかと唇がカサカサです。

「次から次に、いやはや、なんとも」

——まったくですね。麻酔のせいでぼんやりしながら考えたんですけれど、せっかく死ななくてよくなったのに、死んじゃったらバカみたいですよね。

「もう、いい加減、勘弁してくれよ。ついていけないよ」

——でも、無理かもしれないの。

誰だ?!　と声をあげそうになった。あかりの口調ではない。舌足らずで、幼い。

「ひかりか」

——うん。無理かもしれないの。

「なにが無理なの」

——ぜんぶ。ぜんぶ無理。息すること。

「死んじゃうってことだね」

——そう。

「あかりは、死ななくてよくなったって言ってたよ」

——ぜんぶ無理だから。

私は窃《ひそ》かに呼吸を整えた。

「しかし頑張るなあ。薬をぜんぶ服《の》んじゃうなんて」

——苦いのもあった。ぺぇしたくなった。

「でも、気合いで服んじゃった？」

——うん。無理だから。

生きることは無理、という意味だろうか。当初はスマートフォンをもつ手に汗がにじんだ。狼狽《うろた》えたし、鳥肌が立ちそうだった。けれど内容はともかく、ひかりの口調は幼稚園児のようなもので、しかも死にたいを連呼したときよりも柔らかい。二度目なのでひかりのほうにも構えがないのかもしれない。

「逢いたいなあ」

——誰と？

「おまえと。ひかりと」

——名前、ほしくなかった。

「なんで？」

——だって名前が付いちゃうと。

「なんとなく、わかるよ。名前が付いちゃうと、存在してるってことになっちゃうから」

——そんざい？

「実際にいるってこと」

——ひかりは実際にいるの？

「俺と喋ってるじゃないか」

——おじさんは、どんな人？

「そろそろおじさんからお爺さんになりかかってる人だよ」

——お爺さん。おひげ、白い？

「うん。白いのと黒いのが混じってる。菱沼と言います。よろしく」

――菱沼さん、知ってる。みんなが夢中。

「照れ臭いな」

――みんなが夢中だから、困ってるの。

「そうか。よくわからないけど、ごめん」

――いいの。ぜんぶ無理だから。

沈鬱な声をさえぎるように過剰に明るい声で問う。

「クイズ。菱沼さんは、太っているでしょうか。痩せているでしょうか」

――痩せっぽち。

「外れ。デブです。お腹、ぽんぽこりん」

――お腹、ぽんぽこりんなの？

「うん。乗っかると、弾んでおもしろいよ」

――ふふふ。

「あ、笑ったね」

――笑ってないよ。

「ま、いいや。ひかりさ、俺のお腹の上に乗ってみたくない？」

――乗って、みたい。

一呼吸おいて、問いかけてきた。

――菱沼さんは、どこに住んでるの？


「わりと近く。でも、なかなか逢いにいけないんだよね」

――それが、いいよ。逢わないほうが、いいよ。逢ったらだめだよ。

「なんで？」

――逢ったら、死にたくなくなるから。

「もう、死ななくてもいいんじゃないの」

――なんで？

「なんでも。それよりも、そっと目を閉じてごらん。大きな大きな、剽軽《ひょうきん》な妖怪みたいなでぶっちょの菱沼さんが、明るい陽がさしこむ大木の洞《うろ》のなかで眠っているんだ。大きな大きなお腹を上下させて、大きな大きないびきをかいている。そこにそっとひかりが忍びこむんだ。で」

――で？

「でぶっちょ妖怪菱沼のお腹に、ジャンプしてダイブする」

――妖怪菱沼は、怒らない？

「うん。驚いて目をぱちくり。でも、ひかりをちらって見て、にっこりして、すぐにグーグーグー」

——ひかりはどうすればいいの？

「妖怪のお腹の上ですることといえば？」

——なんだろ？　ダンス？

「踊ったら、妖怪が目を覚ましちゃうよ」

——そうか。だったら、ひかりも眠る。

「正解。でぶっちょ妖怪菱沼のお腹は凄く寝心地がいいんだ。おすすめは柔らかでとても温かなお腹に腹這いで眠ること。ほっぺをお腹にきゅっと押しつけて、とても腕をまわすことはできないけれど、その大きなお腹を抱えて、でぶっちょ妖怪菱沼のいびきに合わせて、ひかりもゆったりした息をしながら目を閉じる」

——ひかり、眠ってもいいの？

「お眠り。いままで、凄く頑張ってきただろう。それはでぶっちょ妖怪菱沼がぜんぶ知ってるよ。お疲れ様って。休みなさいって」

——もう、死ななくていいの？

「そう。死ななくていい」

——なんだか眠くなってきた。凄く、眠くなってきた。


スマートフォンはつながったままだが、会話が途切れた。耳を凝らすと、穏やかな静寂だけがとどいた。

＊

医師は冗談じゃないと渋面《じゅうめん》をつくったが、あかりは仕事があるんですと訴え、毎日通院することを条件に、なかば無理やり退院してしまった。脾臓裂傷は開腹手術こそまぬがれたが、完治したわけではない。また胃洗浄の結果、ときに口から血の泡を噴くような状態でもあり、とても仕事などできる容態ではないのだが、あかりの仕事に対する責任感に医師が押し切られた恰好だった。

　退院したその夜、いや、午前零時をまわっていたから翌日だが、唐突な、しかも意味のよくわからないメールが届いた。

『シャワー浴びらって私と、01:22』

『シャワー浴びてくるっていなくなった電話 01:24』

『菱沼さん 01:25』

『菱沼さん電話して 01:26』

『菱沼さん 01:27』

『とにかく家を出ました。01:28』

『もうとりあえず大丈夫だから、菱沼さん電話して 01:29』

もちろん『シャワー浴びらって』の段階で慌てて電話したが、あかりがスマートフォンのメールに集中しているせいかどうなのかよくわからないが、狼《ろう》狽《ばい》と恐怖がにじんだ誤字がそのままのメールをもらってから話すことができるまでに十分弱ほどかかった。

「どうした！　なにがあった？　あかりだろう？」

――はい。あかりです。酔っています。ふらふらです。

「酔ってますって、おまえは紫織とちがって酒が飲めないはずだ」

――夫に無理やり飲まされました。

「飲まされましたって……退院したその日だぞ。脾臓が破裂しかかってるんだぞ」

――でも、飲めって。強いウイスキーをそのまま。


怖くて逆らえなくて。

「なにを考えてるんだ。殺人未遂に、さらに殺人を重ねる気か」

しばらく沈黙が続いた。苦しげな吐息だけが彼方《かなた》から聞こえる。

――犯されました。

「犯された。酒を飲まされて、犯された」

私は、虚《うつ》ろに復唱した。いきなり焦点が合って、怒鳴りつけるように訊《き》いた。

「犯されたのか！」

――はい。バスルームで。

「奴は？」

――私を見おろしてたけれど、私がバスルームから逃げだしたらシャワーを浴びるって怒鳴り声がしました。怖くてしかたがないので家を出ました。

「どこに、いる？　迎えに行く」

――いいです。声が聞けたから。

「そういう問題じゃないだろ」

――いいんです。どこかホテルでも探しますから。

「じれったいな。どこにいる？」

――ありがとうございます。ほんとうに、ありがとうございます。電話が通じてよかったです。私、あの、私――。

「なんだ？」

――私、菱沼さんと、こうしたかった。

　電話が切れた。私はスマートフォンを握ったまま口で息をしていた。からからに渇いてしまっていて、膝に手をついて立ちあがり、歯を磨いたばかりなのにな――と、妙な躊躇《ためら》いを覚えつつ、コーラの大きなボトルをあけた。炭酸が咽《のど》に沁みて、烈《はげ》しく噎《む》せた。それでもどうにか一息つくと、耐え難い怒りが迫《せ》りあがってきた。『菱沼さんと、こうしたかった』という涙声が、頭の中で渦巻いた。

「俺も性欲だけで生きてるような人間だが、ここまで自分を抑えられない度し難い奴もいるんだな」

――破滅的と言ったら、文豪は怒るかな？

「怒りはしないが、破滅的というよりは、なにかが大きく欠けているんじゃないのか」

――だね。現実を生きていない気配は、すっげー濃厚だよな。言いかたを変えるとな、頭が悪いんだよ。


暗記物なんかは要領よくこなすけれど、ほんとうの意味で考える能力に欠けてる受験バカみたいのに、こういう奴はよくいるよ。

「よくいるだろうけれど、ここまでバカなのはめずらしいだろう」

――自分が強姦しちまってるっていうことに気付かない感性の欠如。妻じゃない女を無理やり犯しちまったっていうことに思い至らない感受性のなさ。絶望的な洞察力のなさ。なによりも想像力のなさ。文豪よりもよほど長いあいだ一緒に暮らしているのにな。本仕込みのバカだ。そのくせ中学生みたいな理論武装をする奴な。奴の言い分は、せいぜいのところ、結婚してんだから問題ないってところさ。奴がすがるのは、ペラペラの婚姻届。

「俺はどうするべきか。紫織は頑《かたく》なに住まいを教えなかった。探偵でも雇うか」

――探偵？　文豪よ、とち狂うなよ。探偵なんておまえの安っぽい美意識からすれば、絶対に無理だろうが。

「紫織だって、あかりだって、さゆりだって住所を訊けば、口を噤《つぐ》みやがった。見境ないところのある俺が乗り込んでいって、夫と対峙するのを避けたいのが見えみえだった。金属バットを買ったことは黙っていたのにな」

──わはは。それ、ちょっといい話だ。奴の頭をかち割って場外大ホームラン。見てえなあ。ま、文豪もそれなりに滑稽だわ。

「探偵は冗談だよ。そもそも俺はクラブから自宅に帰る紫織のあとをつけるなんて器用な真似はできないよ。できたってしたくない」

──だったら静観するしかないな。恰好つけたいなら、見守るしかないよ、文豪は目の前に他人の日記があっても、絶対に覗かない変なモラルの持ち主だからな。

「静観して、無力感をたっぷり味わって、七転八倒しろってか」

──文豪って言っても怒らねえから、張り合いがねえよ。

「なんか、この世には小説家なんかが思いもつかない悪があるんだな」

──ああ、それはそうだな。バカだからこそ為せる、じつにシンプルな悪だよ。だからこそ物事を複雑化したがる別種のバカである文豪様は、ごく普通のちょいと足りない奴のちょいと寸足らずの衝動的な犯罪に目を瞠《みは》ってしまうという仕儀《しぎ》でございます。

「どこが寸足らずの犯罪だよ！　蹴って殺しかけた女に酒を無理やり飲ませて強姦。どこが寸足らずだよ！」

──俺に怒鳴るなよ。真夜中だぜ。

悪い逸郎は私に憐《あわ》れみの眼差しを投げ、あっさり消えた。私はベッドマットに倒れこんで、持ち込んだコーラのボトルに口を付け、噎せないように小心丸出しのおちょぼ口で渇ききった咽に炭酸を沁みこませた。

なんというせわしい日々だろうか。次から次にマイナスに襲われる齊藤紫織。なぜか常軌を逸した悪運ばかりを呼び込み、背負い込んでしまうと言ったら失礼だろうか。

でぶっちょ妖怪菱沼のお腹で眠っているであろうひかりに課せられた役目、死──。

死こそが齊藤紫織の救いであるということは、あながち間違いではない。そんな否定的な気持ちに覆われた。けれど、それでいいわけがない！　と勢いよく上体を起こした。

全身に力が入っていた。さりとてなにかできるわけでもない。きつく握りしめた両の拳《こぶし》を他人のもののように眺め、苦い笑いを咬《か》みしめ、ふたたび横になる。もう寝てしまえ。けれどコーラのカフェインのせいか蜂谷が控えめに、だが、しつこく脈打って、まったく眠気は訪れなかった。あかりが強姦されてしまったことが、ただただ悲しい。『私、菱沼さんと、こうしたかった』——俺はあかりが大好きなんだとつくづく思い知らされて、軀《からだ》を縮こめてだらしなく泣いた。

12

齊藤紫織の内面では箝口令《かんこうれい》が敷かれているようだ。

二週間ほどは私が外にでているみたい――とあかりは言っていたが、強姦の夜以降あかりはまったくあらわれなくなった。対夫も仕事も紫織がこなしている。あかりと同様さゆりも外に出してもらえないらしく、気配がない。

まず紫織には酒を飲むなと言い渡した。仕事柄、飲酒の誘いを無下《むげ》に断ることは難しい場合もあるだろうが、潰瘍《かいよう》が悪化して入院していたと言えば、さすがに無理強いもされないだろう。もちろん、夫からすすめられても絶対に飲むなと厳命した。

紫織から逢いたいとメールがあり、私のよけいな追及で、あかりが十七歳のときの強姦の詳細な記憶を蘇《よみがえ》らせてしまったあの喫茶店を指定され、待ち合わせをした。なにか用事があるのかと尋ねても、曖昧《あいまい》にはぐらかされた。ならば、と、こっちが知りたいあれこれを探ることにした。

会話していてわかったのは、水原君の犯罪について、薄ぼんやりとしたものはあるにせよ、ほとんど他人事であること。つい先頃の夫によるあかり強姦も、見事に知らないということだった。

問いかけは徹底的にぼかして、いま現在、わりと屈託なく夫に対している紫織を刺激しないように気配りした。実際、紫織は胃潰瘍が悪化して入院したと思い込んでいる。本筋である脾臓《ひぞう》の裂傷もずいぶん癒えてきているようで、私も胸を撫《な》でおろしている。勝手な思い込みだが、部位が特定されたことで治癒の力が発揮されているのではないか。なにしろ脾臓も潰瘍も、医師が驚愕するほどの恢復《かいふく》ぶりなのだ。

「さゆりが出てこないんだ。出してもらえないって言ってた」

私の問いかけに紫織は二度頷いて、そのまま蟀谷《こめかみ》に指先をあてて内面の声に集中した。

「どうやら、あの子はなんでも喋ってしまうからって、閉じこめられているみたい」

「俺としては、なんでも喋ってほしいんだけどね」

「変だな、あの子、いつだって勝手に出て、バッグとか覗きこんで、私たちがだらしないって癇癪《かんしやく》をおこして」

紫織は鼻の頭を掻いて、苦笑いした。

「ものを投げるのよ、あの子」

大仰《おおぎよう》に眉を顰《ひそ》め、続ける。

「加減しないから大変！　大変なんだから」

「俺にはそんなところは一切見せなかったけどな」

「とにかく出てこられないから。誰が抑えてるのかわからないけど、圧倒的な力の持ち主がいるのね」

「そうか——」

「あ、なんか、凄いがっかり感漂わせてる」

私は無視してコーヒーに少しだけ砂糖を入れてみる。

「かわりに、おもしろいものを見せてあげるから」

「おもしろいもの。超能力か？」

「そんなもの、あるわけないでしょ。あ、でも、それに近いかも」

「なんだよ、それに近いものって」

「そろそろ沙霧が、ここにくるから」

下校時であることは、なんとなくわかる。けれど学校からこの喫茶店にやってくるということが、よくわからない。どうやらタクシーを拾わせて、沙霧の子供用携帯に電話して運転手に行き先を指示したようだ。ちゃんと二階にいるからって言ってあるから——と紫織は、不安げな私を笑う。

そういうことではないのだ。理由はよくわからないが、バスなどならばともかく、タクシーという密室に小二の少女が一人で乗っているということが、私を落ち着かなくさせている。なぜか小二ということが引っかかる。**小二小二小二**——。

会ったこともない少女の移動に対する奇妙な不安といったところだが、延々とコーヒーを掻きまわしていた。けれど迫《せ》りあがる懸念を抑えられず、貧乏揺すりのかわりに抓《つま》んだスプーンをひたすら回転させる。

——だいじょうぶだよ、ちゃんと見てるし。

私は弾かれたように顔をあげた。もちろん悪い逸郎などではない。若い女の声だった。

「なんか言ったか？」

「なにも言わないよ」

「うん」

「どうしたの」

「いや、声がして」

「ついに菱沼さんも幻聴が起きるようになったか」

紫織が声をあげて笑う。とても死に損なった女には見えない。強姦された女にも見えない。まあ、当然といえば当然なのだが、解離性同一性障害の不思議に腕組みなどして紫織を見守る。紫織が目で階段のほうを示した。思わず頬がゆるんだ。

「そっくりだな」

「ね。似てるよね」

「紫織のミニチュアだ」

私は立ちあがっていた。店内を見まわしている沙霧に、お母さんはここだよと手を振った。紫織が満ち足りた表情で言った。

「自分が将来なりたいものグラフに小説家を付け加えるかどうか、実際に会ってみたいって。会って決めるんだって」

あかりが入院中に沙霧が見舞いにもってきたグラフのことだ。翅《はね》の細部まで描きこまれた見事な蝉の絵が泛《うか》ぶ。並みの子ではないと感じていたが、実際の沙霧の姿を目《ま》の当たりにして、それは確信に変わった。

「母がお世話になってます」

「うん。まあ、けっこうお世話してるよ」

「うちの母は愛嬌たっぷりだけど、粗忽《そこつ》ですから」

粗忽——と口の中で呟いて、紫織を見る。紫織は首をすくめつつも得意げだ。

「今日はお見せしたいものがあって、お時間をいただきました」

「おい」

「はい」

「もっと砕けろよ。楽にしていいよ」

「あ、わかった。じゃ、沙霧のほんとをだしちゃうね」

「うん。それがいいよ」

「母に菱沼さんに見せてって言ったらね、放課後に喫茶店に呼び出すから、自分で見せろって」

　それだけ言うと、母の隣で椅子の前端にちょこんと座ってメニューに視線を落とした。黒目がちの瞳がパフェやらなにやらを追ってせわしなく動く。やっぱ焙《ほう》じ茶かな——と呟いたので、まさかと思ったら、焙じ茶パフェがあるらしい。

　それにしてもじつに大きなランドセルだ。パンパンに膨らんでいる。私は教科書などを自分の机に抛《ほう》り込んでおいたままにしていたので、ほとんど空のランドセルで行き来していたものだ。副教材等もあまりなかった時代だ。こんなものを背負わされて、

いまの小学生は大変だ。

　私の視線に気付いた沙霧が、ランドセルに手をかけ、ファイルを抜きだした。もう見せちゃうの？　と母が問うと、もったいつけるのは嫌いだし、焙じ茶がきたら焙じ茶に専念したいから——と返した。

「以前、菱沼さんが、あなたがいつもお話ししている子は、どんな子？　絵に描いてお母さんにも紹介してよ——って頼んでみろって言ったでしょう」

「ああ、イマジナリーフレンドだな」

「そう。イマジナリーフレンド。帰ってからすぐに描いてって頼んだんだけれど、いまはそうするときじゃないって」

「断られた？」

紫織が頷くと、沙霧が首を左右に振った。

「わたし、断ってないよ。そうしろって言われたの」

「誰から？」

「まり」

「ふーん。まりちゃんか」

「うん。まりは十六歳かな。十七歳かもしれない」

コーヒーカップをもつ手が止まってしまった。十

七歳といえば、齊藤紫織が卑劣な水原君とその腰巾《こしぎん》着《ちゃく》共から強姦された年齢だ。ぎこちない空咳をして、私はやや身を乗りだして沙霧に頼んだ。

「沙霧の友だち、見せてくれるかな」

「いいよ。沙霧の取《と》り柄《え》は九九みたいな丸暗記は苦手だけれど絵がうまいこと」

「うん。蟬の絵は凄かった。女の子がなんで蟬なのか、ちょいわからなかったけど」

「そういうの、先入観て言うんだよ」

「だな。俺は先入観が強い」

「小説家は先入観が強いの？」

「いや、俺の性格。小説家にとって先入観は最低なんだけどね」

「自分でわかってるなら、いいんじゃないかな。わかってない人は、ちょいヤバいから。いるよね、自分がバカだって気付いていない人。担任の先生なんか、もろ、それだよ」

　ごく当たり前といった口調の沙霧のちいさな貌《かお》を凝視し、さらに思わず母親の顔を一瞥《いちべつ》してしまった。紫織は苦笑い気味だが、嬉しそうな気配は隠せない。

「さ、焙じ茶がくる前に、菱沼さんに友だちの絵を見せてあげて」

　母に促されて、沙霧はもったいつけずに最初の一枚をファイルから取りだし、私に差しだした。

　四歳くらいの女児と、紫織にそっくりな女の顔が並んでいる。紫織に似た女は左右対称で表情に乏しく、女児は眼差しを伏せ気味にしてやや暗く虚《うつ》ろな雰囲気だ。

「これはね」

「うん」

「ひかりとあかりさん」

　私はふたたび沙霧を凝視し、それから紫織に視線を移したが、紫織はどうかしたのかといった表情だ。思わず問いかけた。

「ひかりとあかり、知らないのか？」

「あかりは知ってる」

「だよな。さすがに知ってるよな」

「うん。だから驚いた。よく似てるしね。右の小さい子は、わからないな」

　私と母のやりとりに沙霧が割って入った。

「あかりさんは、忘れん坊なんだよ」

「忘れん坊？」

「そう。すごい忘れん坊」

「――そうかなあ」

「そうなの！」

「そうか。しっかり者とばかり思ってたよ。じゃあ、この小さい子は？」

「ひかりは、とても悲しい子。なんか信じられないことをさせられてるよね」

「――うん。そうだね。信じられないことをさせられてるね」

「でもいまは眠ってるよね。眠らせたのは、誰？」

悪戯《いたずら》っぽい眼差しで見つめられて、私は追従《ついしょう》じみた笑みを泛べ、言葉に詰まって先を促した。

「よし。次の絵を見せてくれるかな」

「いいよ。これは秋《あき》ちゃん。いちばん美人なんだ」

とても小学二年生が描いたとは思えない頰に手を添えた憂いを含んだ伏し目の女の肖像だった。当然のことながら紫織にそっくりだが、紫織の愛嬌はない。表情からは静かで深い諦念とでもいうべきものがじわりと伝わってきた。

「秋ちゃんは、喋らないんだ」

「そうか。無口なんだね？」

「うん。美人だからかな？」

「どうなんだろうね。美人だと無口になっちゃうの？」

「わたしにもわかんない。けど、この子も、とんでもないことをさせられてる」

顔を伏せ気味にした沙霧にも、その年頃とはとても思えない憂愁がにじんでいた。沙霧は秋ちゃんについてなにか知っていると確信したが、あえて問わずに、つぎの絵を見せてもらった。

「これは誰にでも好かれるまり！　最高なんだよ。わたしの最高の友だち。親友。まりを嫌う人って、いないと思うの」

紫織の面影はあるが、いまよりもずいぶん髪が長い、じつに整った顔立ちの高校生くらいの女の子だ。まりを嫌う人はいないという沙霧の言葉に暗示にかけられたわけでもあるまいが、そのくっきりした濁りのない瞳を見つめているうちに、惹きこまれて我を忘れている自分に気付いた。

「まりはね、菱沼さんが名前をつけてくれたって言ってたよ」

「え――」

「まりの名付け親は、菱沼さんだって」

　だが、私はまだこの子に会ったことがないのだ。もちろん名付けたこともない。けれど詮索は無意味だ。沙霧には説明できないことが伝わってきたからだ。私は沙霧にむかって頷いて、最後の絵を見せてもらった。

「――これは？」

「わたしにもよくわからないのよね」

「人じゃないよね。黒雲かな。雷とかの雲」

「どうなんだろ。わたしはね、蜘蛛《くも》って呼んでるの。節足《せっそく》動物の蜘蛛。クモ形綱真正《がたこうしんせい》クモ目《もく》の蜘蛛だよ」

　蟬の絵でもわかるでしょうけど図鑑が愛読書だからと紫織が脇から注釈を加えるように言った。この年頃の子供は途轍《とてつ》もない記憶力を発揮するものだ。まして沙霧である。私は威圧的にならないよう気配りして訊《き》いた。

「蜘蛛か。蜘蛛と喋るの？」

「喋らないよ。で、誰の声かわからないけどね、蜘蛛を起こすと、不幸が訪れるって」

　沙霧は目の前に置かれた焙じ茶パフェに視線が吸い寄せられている。私は最後にあらわれた不吉な絵から目が離せず、沙霧に早く食べなさいと言い、あらためて蜘蛛を手にとって、老眼をフォローするために引き気味にして凝視した。

　乱雑なモヤモヤに過ぎないようでいて、細かな曲線が折り重なったじつに緻密《ちみつ》な絵だった。八本の脚こそないが、蜘蛛であると言われれば、蜘蛛以外の何ものでもない。

　視線に気付いた。沙霧が細くて長いスプーンを手に私を見つめていた。

「蜘蛛を起こしてはダメっていう声はね、まりに似てる。でも、まりじゃないんだよね。絶対、まりじゃない。だからわたしは蜘蛛が見えたときは息をころして蜘蛛を起こさないようにして、じっと見つめているだけ」

　唇の端の薄茶色に溶けたパフェを中指の先で拭っ

て続ける。

「このあいだ、蜘蛛が出てきたの。なんか溜息ついてた」

あかりに無数の厄災が降りかかっていたころだろうか。

「——そうか。貴重な情報、ありがとう」

「どういたしまして。なんでも訊いて。言っちゃダメって言われてること以外は、ぜんぶ教えてあげる」

「頼もしいよ。頼りにしてるよ」

「うん。小説に書く?」

「もちろん」

「やった!」

ちいさな掌を突きだしてきたので、即座に私も右掌を突きだした。鈍い私にしてはうまくタイミングが合って、テーブルをはさんで控えめなパン! という心地好い音がした。私と沙霧は共犯者じみた眼差しで見つめあった。焙じ茶、食わないのかと問うと、意外に好みじゃなかったと唇をへの字形に曲げた。私は昂奮を隠せず、紫織に言った。


「これはイマジナリーフレンドなんてもんじゃないぞ!」

母は肩をすくめてパフェを口に運び、美味《おい》しいじゃない——と娘を睨《にら》んだ。

13

　四月になれば学年がひとつあがるのは当然のことだ。それなのに確認せずにはいられなかった。身を乗りだして、沙霧は小学三年生になったかと訊《き》いた。当たり前じゃないの、といった怪訝《けげん》そうな紫織の顔つきに、無事小三になったか——と、じつに奇妙な感慨を覚えた。安堵《あんど》に肌がゆるんでいく。小二ということに居たたまれぬような不安含みの感情を抱いたのは三月中旬、半月ほど前だ。

　これは私の内面の情動というよりも、私ではない誰かの乱れ気味の思念、記憶に類するものに感応していると推察された。小学二年に対する恐怖のようなものが私にまで洩れ伝わってきていたのだ。小二の齊藤紫織になにがあったのか。知りたいのはやまやまだが、拙速はすべてを崩壊させかねない。またやらかした——と悪い逸郎に嘲笑されるのは耐えがたい。流れに身をまかせることにする。紫織の声に我に返る。

「沙霧は最近、よく歳をごまかすの」

「どういうこと？」

「甘えたいときは四歳、大人とおなじことをしたいときは十八歳。それが、いくらテイストを変えても、なんとも子供っぽいんだ」

「ま、子供だし」

「うん。でも、ついちょっと前までは、ませていたというか、変に緊張していたとでもいうか」

「緊張」

「そう。理由はわからないけれど。でも小三になったとたんに年齢なりの、じゃなくて、年齢以下の屈託がない子供にかえっちゃったような。で、なにしてるの？　って聞くと、ぼ～っとしているの、って答えるの。口癖。その愛らしいこと！」

私だけでなく、当の沙霧も小二の不安を抱いていたのではないか。紫織には幼さがもどったように感じられているようだが、実際に小学二年から抜けだして、沙霧は解放されたのだ。なにしろイマジナリーフレンドを描けば、あかりやひかりが登場するほどの超越的感性の持ち主だ。

小二の不安――。

いったい、なんなのだろう。私の眼前でコーヒーを含んで目を細めている紫織は、小二のころには存在していなかったようだし、記憶も一切ないようなので、問いかけるのも躊躇《ためら》われる。

「あ、そうだ。私ね」

「なんだよ、改まった顔して」

「うん。もう菱沼さんとは、しない。人妻だから」

カップを置き、紫織はテーブルの上で指と指を複

雑に絡ませあっている。それをぼんやり眺めて、小声で訊く。

「唐突だな。どうした？」

「言ったとおり。抑制する」

「俺にとって、するのもされるのもいちばん厭《いや》なことは無理強いだ。だから、紫織がそう言うなら我慢するというか、あきらめる」

紫織の頰に不思議な、捉えどころのない笑みが拡がる。

「ありがとう。菱沼さんは稀有《けう》な人だよね」

「稀有ときたか。なんでだよーって、じつにもやもやした気分だよぉ」

「可愛い」

「うるせえ」

「さゆりとするのは問題ないから。私以外の子とするのは、ぜんぜんかまわない。私以外の子は夫と結婚したわけじゃない。でも、私はもうしない」

「――わかりました」

正直、リアリティがなかった。紫織以外の子とできるなら、まあいいや――という肉体至上主義とで

もいうべきせこい男ならではの打算と狡《ずる》さもあった。一方で、もうできないとなると、愛惜とでもいうか、貧乏揺すりしかねない感情が迫《せ》りあがる。自身の卑小な無様さを心窃《ひそ》かに嗤《わら》う。

四月も中旬になると雪融けも一気に進み、雪国ならではの、長く閉ざされていた冬からの解放感が確かにある。私のマンションの近辺では、除雪された雪が二メートルほどの薄汚れた壁をつくっていた。壁が消えただけでも、世界が明るく変貌した。よくもこれほどまでに降雪の厳しい土地を北の大地の中心部としたものだ。窓外の芽吹きに視線を投げながら漫然と春をいとおしんでいると、背後から首を絞めるように抱きつかれた。空いている後ろの席に膝で立った沙霧の笑い声が耳許を擽《くすぐ》る。直後、すとんと弾みをつけて私の隣に座った。

「やっぱオーソドックスがいちばんよ」

チョコレートソースが泥流じみた模様を描いているパフェを前に、沙霧はじつに満足そうだ。紫織も泥流に不安を覚えたのだろう、服を汚さないように拡げた紙ナプキンを沙霧の襟に差しいれる。沙霧は

鬱陶《うっとう》しそうに鼻梁《びりょう》に仔猫の皺を刻んで、それでも逆らわずに紙ナプキンの前掛けを受け容れ、パフェに取りついた。

先ほどの俺とはもうしないという宣言以前から、つまり退院以降、紫織とはこの喫茶店でしか逢わなくなっていた。私と紫織の関係をなんとなく察している沙霧は、携帯で紫織と連絡を取りあって、かなりの頻度で学校帰りにここを訪れていた。そのたびに変わり種のパフェを注文してもてあましていたが、ほぼすべてを踏破した今日は、チョコパフェだ。菱沼さんが沙霧のお父さんだったらいいのにな。仕事をしている人は恰好いいよね——と呟いたこともあったが、あえて聞き流した。パフェに夢中の沙霧を一瞥《いちべつ》する。すっと目をあげて、茶色く汚れた口でニコッと笑う。

「あのね、沙霧ね、紫織の衛兵なんだ」

意味をはかりかねて目で訊くと、母が注釈をいれた。

「ロールプレイングゲーム。お城なんかで王様を守る衛兵が出てくるでしょう」

「うん。警護役だね」

祖母とゲームの時間でケンカばかりしているらしい沙霧ならではの言葉だ。私の口許がゆるむと、沙霧は瞬《まばた》きをせずに真顔で宣言した。

「沙霧ね、絶対に紫織を守る」

「なぜかお母さんじゃなくて、紫織って呼び棄《す》てなんだよね」

母がぼやくと、紫織は紫織じゃん——と沙霧は呟いた。父の母に対する暴力に沙霧は気付いているのだろう。快活に振る舞っていても、家庭内の暴力は子供に取り返しのつかない影を落とす。私は沙霧の目の奥の子供らしくないくすみを覗きこんで、紫織に言う。

「素敵な娘だね」

「でしょ、でしょ」

弾んだ声を返したのは沙霧だった。紫織を差し措《お》いて得意げな沙霧の額を指先でくいっと押してしまいそうになったが、自重《じちょう》した。紫織の異変に気付いたからだ。沙霧が私の視線を追った。周囲をはばかって、消え入るような小声で言う。

「あのね、最近ね、紫織はいろんな子が出たり入ったりして落ち着かないの。わけわかんない子も出てくるから」

紫織はテーブルに肘《ひじ》をついて顔を隠すようにしている。バランスをくずすかもしれない。コーヒーカップを倒さないように素早く横にのける。

「わかんない子が出てきたら、やばいな。ほんと、わけわかんないから。なんかダダ漏れになっちゃって、いろんな子が次から次にあふれちゃうんだから！　なんか勝手に怒りまくったり、頭を抱えたり、泣いたり、笑ったり。原因はね、菱沼さんだよ」

「俺かよ」

「まちがいないよ」

断言された。

「動揺っていうの？　まりが動揺してるんだよね」

逢ったこともないのに、私が名付け親であるという子だ。その感情の動きが他の子に多大なる影響を与えるらしいまりは、基本人格なのだろうか。

「まりって子が、齊藤紫織の中心？」

「そうみたい。わたしには本当のところはよくわかんないけどね」

遅れればせながら、しかも、わかりきっていることでもあるのに、あえて問いかける。

「――沙霧はお母さんの中に、たくさんの子がいるの、知ってるんだね」

「うん。なんとなく」

解離性同一性障害といった仰々《ぎょうぎょう》しい言葉を用いずに、沙霧の不安を解消してあげたい。

「沙霧のお母さんは、凄いね」

「そう思う？」

「思う。人は、みんな心のなかに、別の人がいるんだよ。俺なんか、もう一人の俺をもてあまして、イライラしてるからね」

「菱沼さんにもいるんだ？」

「うん。残念ながら、お母さんほどにはくっきりしてなくて、薄ぼんやりだけどね。沙霧にもいるだろう」

「いる。お友だち」

「お母さんのなかにいる子たちは、お母さんが生き残るために必要な子たちなんだよ。サバイバルってわかるか？」

「サバゲー」

「ま、そんなもんだ。人生というゲームを生き残るための方法だね」

「人生ゲーム？」

「それとは、ちょい違うかな」

私の笑顔に、沙霧は期せずしておもしろいことを言ったことを悟って、得意げだ。サバイバルは超心理学においては、肉体が死んだあとも、しばらくのあいだは意識が存続するという仮説をあらわす言葉でもある。なぜか脳裏に、その目覚めは不幸をもたらすという沙霧が描いた蜘蛛《くも》の絵が泛《うか》んだ。

「――蜘蛛も友だちなのか？」

「うん。お喋りはしないけど、仲は悪くないの。いつも眠っているんだけど、絶対に起こさないようにそーっとわたしが撫《な》でてあげると、きゅーって伸びるんだよ。不幸が訪れたら大変だから、わたしが熟睡させてあげてるの」

「へえ。沙霧は凄いね」

「紫織のほうが、いっぱいいて凄いよ」

どうやら沙霧が描いた、蜘蛛もいれた五人以上の人格が紫織のなかには詰まっているらしい。正確には描かれなかったさゆり、そして紫織もいれれば七人以上ということだが。

「いろいろな役目の子が齊藤紫織さんを支えるために一生懸命だね」

「うん。沙霧は算数苦手なんでうまく数えられないけど、五十人くらいまで数えてギブアップしちゃった」

――五十人以上！　驚愕を隠せない私に、沙霧が得意げな眼差しを投げる。

「さゆりさんはね、いつでも出てこられるから描かなくていいって」

「あ、そういうことだったんだ」

「さゆりさんは、わたしとよく遊んでくれる。清潔にうるさくてね、わたしの頭をクンクンして、お風呂に入ってないのがばれると、グーでゴチンて殴るんだよ。最低。でも、最近出てこないんだよね～」

「さゆりさんにも、いろいろ都合があるんだよ」

「だろうけどさ、うーん。いじめられてなければいいんだけど」

きっちり見抜いているのだ。私は少々焦り気味に紫織に視線をもどす。

「お母さん、頭とか、痛くないといいんだけど」

「少し痛いかもね」

沙霧がごくさりげなく母の手首に触れている。私の一瞥を頰で感じとり、母から視線をそらさずに囁《ささや》き声で告げてきた。

「あかりさんが出てこようとしてる」

「わかるのか」

沙霧はこっくり、頷いた。

「ちょい無理やりっぽい。あかりさんは菱沼さんにとても逢いたいみたい。だからあかりさんが出てきたら、わたし、適当に帰るね」

押しとどめようとしたが、私は沙霧の色素の淡い虹彩に泛んだ大人でも難しいであろう気配りに気付き、それを無にしてはいけないと思い直した。

「タクシーを呼んであげる」

過剰な額のタクシー代を手わたすと、沙霧は儲け！　と嬉しそうな声をあげた。けれど演技であるのを私が見抜いていることを悟ってしまい、ちいさく肩をすくめた。この鋭敏な少女は、どのように育つのだろう。じっと見つめていると、ちいさく頷いた。

「わたしの家は決していい感じじゃないけど、わたしは紫織みたいにひどい目に遭ったことはないから、だいじょうぶ」

目を伏せて付け加える。

「紫織はちっちゃなときも、いまも、いつでも、ひどい目に遭ってるから。遭い続けてるから。だから紫織は、わたしがひどい目に遭わないようにってすごく気配りしてるの。わたしが大人のおじさんと会ってお喋りしていいのは、菱沼さんだけなんだよ」

「――沙霧は、いろいろわかっているのか」

「ううん、わかんない。いろいろ見えるけどね、なにも、わからない。ほんとうのところは、わからない。感じるだけ」

具体的なことはわからないということだろう。私は沙霧に触れないよう常に気配りしてきたが、たまらなくなって、そっと手をのばし、叮嚀《ていねい》に頭を撫でた。腰のない髪が静電気を帯びて、鮮やかな青い香りが立ち昇り、放電こそしないが、私の指に細く頼りなげな髪が複雑に絡みついてきた。虹彩と同様に淡い栗色の髪は生き物じみていて、自律したその動きは悪意のないメデューサだ。一本一本に生命を宿した髪が滑らかな楕円を描きつつ、協調しながら私の指にまとわりつく。幽《かす》かな怖さと不安を覚えるほどだ。あくまでも静電気の仕業にしてしまいたい私は、まるで乾燥しきった真冬だな――と地肌をなぞりながら茶化した。沙霧は真顔で答えた。

「わたしね、けっこう電気なんだ。けっこうは言いすぎか。まあまあ電気。そこそこ電気」

「電気？」

「紫織は、ほとんど電気、ないねー。まりやひかりは凄い電気なんだよ！　蜘蛛はもっと電気が強いみたいだけど、うーん、寝てばっかだから、態度を明らかにしませんな」

「明らかにしませんか」

「しませんな」

髪を千切ったり地肌から抜いてしまったりしては

ならない。私は意識を集中して知恵の輪を外《はず》すかのように、巻きつく沙霧の髪の迷路からどうにか手指を解放した。不快でない程度に、指先がぴりぴりしている。私の内面で、静かに横溢《おういつ》しているものがあった。カフェインなどの作用とはちがった威圧のない静かな昂揚があった。物の輪郭がくっきり鮮やかで、世界は光輝に充《み》ちていた。あきらかに沙霧から充電されていた。

「まりに触ってもらったら、これの一万倍くらい気持ちいいよ」

「——すごい。澄みきっている」

「菱沼さんの目は、けっこう濁ってたから」

「反論できません」

「菱沼さんは、ましなほうなんだけどね。残念だけど、紫織なんか、ちゃんと見えてるか心配になっちゃうくらい濁りまくりだもん」

外に出て日常をこなす主人格は、ひょっとしたら鈍感な私と同様、視覚に紗の薄い幕がかかっているのかもしれない。クリアに見えることはすばらしいが、それがただちに幸福をもたらすというわけでもない。現実を生きるためには、見ないこと、見えないことも重要だ。

店の者にタクシーを頼んだ。紫織は頬杖をついたまま頬笑みに似た表情を泛べているので、店の者は意識がないことに気付かない。けれど頬に拡がる柔らかな気配は擬態のようなもので、首筋や手の甲には蒼い静脈がくっきり浮きあがって、ひくひく不規則な動きを刻んでいる。どうやらあかりを外に出したくない存在と烈《はげ》しくせめぎあっているようだ。

いま齊藤紫織の脳内では、青白い電荷が微細な稲妻と化して無数の触手を伸ばし、烈しく明滅している。静止電位と活動電位が秘めやかに衝突し、正と負を素早く入れ替えてお互いの存在を消滅させようと戦っている。非論理的ではあるが、そんな絵が見えた。青い争いという言葉が泛んだ。

脳が電気で精神を作動させていることは周知の事実だが、沙霧の言う電気と、なんらかの関連があるのだろうか。私の思いは電荷から量子脳にまで至ってしまい、意識はコーヒーの香り漂う店内から大きく離れ、彼方《かなた》にあって浮遊し、思索というのも大げさだが、あれこれ脈絡のない物思いに耽《ふけ》る。私の鼻《び》腔《こう》には沙霧の髪が放った青い静電気の香りが充ちたままだ。母と同様この場から消滅してしまったがごとくの私を、沙霧が興味深そうにじっと見守っていた。

　タクシーがきたとウエイトレスが告げたとたんに、沙霧は立ちあがった。ランドセルを片方の肩にかけ、その重さに上体をかしがせて、さようならも言わずに私に背を向けた。母である紫織と肉体を共用しているあかりに対する微妙な気持ちがあるようだ。やるせない気持ちを抑えて、その背を見送った。

　頬杖をついたまま、しばらく蟀谷《こめかみ》を揉みほぐすような手つきをしていたあかりが、ゆっくり顔をあげた。

「ええと——どちら様でしょうか」

「いきなり、それかよ」

　思いもしなかったあかりの悪ふざけに口許を押さえて笑いを呑みこむ私に、あかりは怪訝そうな眼差しを注ぐ。

「入院中は、思い出したくもない厭なことを教えてくれと強要してしまい、すまなく思っているよ」

「誰もお見舞いにはきていなかったはずですから、それはメールとか、ですか」

「うん。メールや電話」

　いくらなんでも悪ふざけの度が過ぎているぞ——と、左右対称の顔を覗きこむ。

「私は入院中、あなたと電話やメールでやりとりをしたのですね？」

　健忘症か。ならば忘れようのないことをぶつけてやろうと、単刀直入に迫る。

「しかし大変だったな。きつかっただろう。厭だったろう。悍《おぞま》しかっただろう」

　深刻な口調にならぬよう気を配ったつもりだが、あかりは軽く眉間《みけん》に縦皺を刻み、小首をかしげた。

「なんのことですか？　入院中のことかな。それとも、いま、出てくるのに苦労したことですか？」

　初対面の相手に『出てくるのに苦労した』と言うはずもない。つまり私が齊藤紫織の解離性同一性障害を知っているという前提で喋っているのだ。こうなると、なにがなにやらといった不可解さだ。

「私、どうしてしまったんだろうって不安になるほど、なぜか、いま、出なければならないって必死になったんです。でも、出てみたら、なぜ出たかったのか、まったくわからないんです」

なぜ、とぼけるのか。強姦に触れてほしくない気持ちもわからないでもないが、深夜に電話をかけてきてやりとりしたのだから、いまさら知らぬふりもないだろう。あるいはほんとうに忘れてしまったのか。ならば、その身に起きたことを細大《さいだい》洩らさず語り尽くしてやろう。

「いたた――」

ふたたびあかりは蟀谷を押さえた。懐かしい声が弾けた。

「訊いちゃ、だめ。絶対にあかりさんに訊いちゃだめ。なにがあったかを教えてはだめ。追いつめちゃ、だめ！」

「――さゆりか」

「うん。私もずいぶん久しぶりだね」

「自由に出られたのに、出られなくなったって言ってた」


「私のこと、あまり心配してなかったよね」

「そんなことはないさ。入院中、容態を報告してくれて、それきりじゃないか」

「いまもね、強引に出てきたんだ。あかりさんがこじあけた隙間を狙って、軀《からだ》を細くしてすり抜けてきた。いまを逃したら、当分出てこられないだろうから」

「――とんでもなく強い力の持ち主がいるみたいだな」

さゆりは大きく頷いた。

「いるねえ。独裁者。私もひかりもあかりも紫織も誰もかもが、ただの衛兵だよ。独裁者の衛兵」

「衛兵！」

「どうしたの？」

「なんでもない」

沙霧が口にした衛兵と関連があるのか。沙霧は紫織を守り、さゆりたちは独裁者？　を守る。さゆりは私に顔を近づけ、上目遣いで覗きこんできた。

「なんか、隠してる？」

「いや」

「ふーん。ま、いいか。長居できそうにないから、言うべきことを言うね」

「なんだよ、おまえらしくない。凄い深刻な顔だ」

「あのね」

「うん」

「あかりさんね」

「うん」

「記憶を消されちゃってるの」

「記憶を、消される？」

「そう。痛いこと、苦しいこと、厭なこと、しんどいこと、地獄のようなこと、とにかく脂汗を流して耐えなければならないこと。誰もが怖くて逃げ腰になっちゃって、隠れてしまうようなことを引き受ける係だから。普通の子だったらさ、こんなに痛いのはもう厭だとか、こんなひどい目に遭うのはもうたくさん——て、ケツ捲《まく》っちゃうようなことを、あかりは一身に引き受けてるのね」

ひかりによって降りしきる霙《みぞれ》の中に立ちつくすという無謀なことをされて尋常でない不正出血をしたとき、あかりが電話口で言っていた。『苦痛担当の私が耐えられないほど』——と。あかりにも苦痛に対処する役目であるという自覚があったわけだが、さゆりが囁き声で教えてくれたことは意想外で、どうしても確かめずにはいられなかった。

「いちいち問い返すのも間抜けな気がするが、あかりは、誰かに痛いこと、苦しいこと、厭なこと、耐え難いことをされたあとに、記憶を消される？」

「そう。完全に記憶を消去されちゃうの。私たちとの関係とか仕事のこととか、最低限のただのデータじみたことは残ってるけどね、真っさらになっちゃうの。で、新たな心で痛いことに、つらいことに対処する」

「苦痛の記憶を消されてしまえば、過去を完全に真っさらにされてしまえば、苦痛に対する恐怖心もないよな」

「そう。で、次に訪れる、誰も引き受けたくない痛み苦しみ恐怖を、またもや新鮮な気持ちで一身に引き受ける」

新鮮という物言いには揶揄《やゆ》も嘲笑も含まれていないばかりか、用法が微妙に間違っているにもかかわらずぴったりで、私はひどく息苦しくなった。あかりは強姦DV夫の前で、いままでどおりに振る舞えるのだ。

「――なんという残酷な」

「だよね。最悪だぁあぁぁぁあ」

さゆりの頭部が、烈しく後方に折れ曲がった。思わず巾腰になった。

「だいじょうぶか?!」

「やばい！　凄くやばい。バラバラになっちゃいそうだ！　私、なんでも喋るから、あいつが菱沼に絶対知られたくないことだって、こうやって喋っちゃうから、だから――」

さゆりの表情が歪《ゆが》み、陰った。こんなんじゃなくて、時間を気にしないで菱沼とゆっくり逢いたいよ――という囁きが私の頭の中に響いて次の瞬間、あかりにもどっていた。

「あれ、私、物思いに耽ってしまって菱沼さんを蔑《ないがし》ろにしていたみたい」

私は目を見ひらいた。

「菱沼さん、で、いいんですよね？」

「そう。菱沼。俺の職業は？」

「小説家だったかしら」

「うん。そんなとこ」

「私、なにか失礼をしませんでしたか？」

「いや、問題ないよ」

あかりは不安のにじんだ微妙な照れ笑いを泛べた。さしあたり私が誰であるかは朧気《おぼろげ》ながらも記憶がもどった、あるいはもどされたようだが、強姦の記憶は、完全に消去されていることが直観できた。DV夫の強姦だけでなく、私にメールで詳細を送ってくれた水原君の凄《すさ》まじくも論外な犯罪も、きれいに消されているようだ。人間の記憶を、メモリーカードやハードディスクをフォーマット＝初期化するかのように扱うのだから、さゆりの言うところのあいつ＝独裁者は凄まじい力をもっている。最悪だ。

歯医者に対してどこか尻ごみする気持ちをもつのは、歯を削られたときの激烈な痛みの記憶があるからだ。なるほど。こういう具合に、つまり歯医者という存在自体を知らない状態に真っ白にリセットしてしまえば、いかなる苦痛も怖くない。齊藤紫織の内面に潜む独裁者は、あかりという人格を用いて対処不能な苦痛や恐怖を完全なる記憶喪失という方法で巧《たく》みにやり過ごしてきたのだ。そもそも解離性同一性障害は記憶喪失に分類されるわけだが、意図的にそれを悪用している存在がいるのだ。ひかりとはまたちがった怖さをもつ超越的存在が、齊藤紫織の内面を支配している。

「菱沼さん、怖い顔です。怒っているのですか？」

「――あなたに対して怒ってるんじゃない」

わけもわからず狼狽《うろた》えるあかりが、心底哀れだ。していいことと悪いことがある。けれど、さゆりが人格を崩壊させられる危険を冒して出てきて教えてくれたのだ。あえてあの晩のことを持ちだすのは、それはそれで残酷だ。私は作り笑いをあかりにむける。あかりは不安げな笑みを返す。

沙霧がイマジナリーフレンドの絵を見せてくれたときに『あかりさんは、忘れん坊なんだよ。すごい忘れん坊』と言っていた。もっとも物忘れと無縁にみえるあかりは、おそらくすべきことは優等生的に見事に記憶しているのだろうが、その一方でまさに『すごい忘れん坊』なのだ。距離を縮めるために、前から訊きたかったことを口にした。

「北大の入試は、あかりが？」

「あ、御存知ですか。驚いたな」

あかりという私がつけた名は忘却していないようだ。同時に、あかりという固有名詞から、私が齊藤紫織の解離性同一性障害を知っていることをはじめ、私との関係がそれなりに深いものであることを悟ったのだろう、あれこれ隠蔽《いんぺい》する必要がないことがわかったらしく、表情がやや和らいだ。

「私が勉強しました。もっとも東大でも楽々だって言われていましたから、力みはなかったです。でも学業担当の意地で、まちがいなく受かるってわかっていても手は、一切抜かなかったですよ」

別に得意げでもない。誇っているわけでもない。事実を口にしているだけなのだ。

「取《と》り柄《え》のない私だけれど、根気は続くんです。あのころは部活――バスケットをやりたい子がいて、とにかく熱心なんで昼間がつぶれてしまうから、ずいぶん徹夜してました。二日くらい平気でしたね」

「それで集中力がもつのか？」

「はい。まったく問題ないです。でも軀を壊されてはたまらないって、他の子が介入してくるんですよね、二日目くらいで」

「集中しきった二日の徹夜は、そりゃあ軀に負担がかかるだろうな」

「集中力もですけれど、読みも確かだって自信がありますすし。流されませんから。開き直って言ってしまえば、私は感情が薄いんです。基本、乱されません。いいんだか悪いんだかよくわかりませんけれど、感情にはまったく左右されないですから」

「じゃあ、仕事も？」

「はい。重要な局面では、必ず私が判断してきました。失敗もあったけれど、おおむね問題なくやり遂げてきたって自負はあります。失敗は紫織さんが独走して、私が止められなかったときです。なんだかんだいって、私が手がけたあれこれは、大成功です。でも、紫織さんを抑えられなかったのは、つまるところ私の失敗ですから」

　私はこんなに喋るほうではないんですけれど――


と独白して、あかりは紫織が飲み残したコーヒーを、そっと含んだ。さゆりさんほどひどくはないけれど甘すぎる――と苦笑いを泛べ、お代わりを頼んで、ふっと息をついた。一瞬の間《ま》があって、私の顔をしげしげと見つめた。

「――温泉卵！」

「うん。あれ以来、毎日温泉卵をつくって、麵つゆで食べているよ」

「だし巻き」

「だし巻きは温泉卵の簡便さに負けて、御無沙汰だ」

「いろいろな料理を教えました」

「うん。教わった」

　あかりの唇が、わなないた。泣かせたくない。仕事の話の続きをするように促す。あかりは顫《ふる》える唇をいったんきつく結んでから、落ち着いた口調で語りはじめた。

「紫織さんは東京で新しくスープカレーをやるって意気込んでいたんです。でも傲慢《ごうまん》に聞こえるかもしれないけれど、スパイス系で勝負するなら、まずは関西制覇って私が方針を変えさせたんです。スパイスカレーの本場は関西だから、まずは関西で評判をとること。ちょっと狡いんですけれど大阪は激戦区だから、京都にいくつか店をだします。競合する店舗数などからいっても、京都はけっこう穴場なんです。なによりも日本全国、そして外国からくる方たちも取り込めますからね」

「なるほど。食べた観光客はあかりのスープカレーを地元に帰って喋るばかりでなく、ネットなんかで拡散してくれるしな。北海道を前面に出さずに、京仕込みってニュアンスで売り出すのかな」

「北海道は隠しもしないけれど、前面に掲げることもしません。京都は味覚に関しては超一流の土地だから、そこできっちり結果をだしたいんです。昆布だしの淡さとぴたりと合う香辛料の調合に専念したいけれど、ここのところじゃまが多くて、なかなか。入院以来、なぜか出られないんですよね」

　そうだね――と、私は真顔で頷く。

「でも、試行錯誤すれば北海道のお店もきっと伸びると思うな。札幌の味覚のレベルは素材のよさもあって日本でも有数ですから。札幌のお客さんは、いま現在でも昆布を極めているって認めてくれていますから。だから、どこにも真似できない味を確立して、京都で一番になって、それから東京進出」

「素人考えだけれど、どこにも真似できない味といえば、コロンビアエイトのカレーは美味い不味《まず》いを超越したすごい中毒性がある味だったぞ。個性的な店が揃っている大阪で揉まれたほうがいいんじゃないのか」

「そうですね。でも必要なのは洗練。大阪の呪術系っていうのかな、麻薬じみた混沌、ひどい言いかたですけれど、カレーはゴッタ煮っていうイメージから脱却して勝負したいんです。いまさら大阪の魔法の系列に参戦しても勝ち目はありませんし」

「なるほど」

　私という存在にずいぶん慣れていたはずなのに、強姦の記憶を消されてほぼ真っさらな状態にされてしまったせいか、その言葉も全体的な風情も、じつにクールでありクレバーだ。とはいえあかりと料理について言葉を交わすのは、それが経営方面であってもじつに愉《たの》しい。なによりも過去の私との記憶をもどすことができて正直、有頂天だ。

「紫織さんには、もう、クラブを閉めてしまえって言ってあるんです。粗利は大きいけれど、じつに不安定ですから。それに菱沼さんに逢うという目的も達しましたから」

にやけた苦笑を抑えられぬまま、問う。

「紫織はなんと？」

「お酒は好きだけれど、もう酔っ払いの相手には嫌気が差しているからって」

あかりは一瞬顔を顰《しか》め、苦笑した。

「紫織さんは悪酔いすると、私にスイッチするんですよ！　私が嘔吐させられるんです。ひどいときには、吐血まで引き受けますからね。ガンガン痛む頭。ひっくり返ってしまった胃。いつまでも消えない身悶《みもだ》えするような苦痛と怠《だる》さ。じつに理不尽な話です」

二日酔いの苦しさ程度では、記憶喪失にまでは至らぬようだ。だが潰瘍《かいよう》があるにせよ吐血してまで呑むという紫織の精神状態は普通ではない。大きなお世話かもしれないが、禁酒させよう。私自身、禁酒の大先輩だから、アルコールに対する欲求は抜き難いものではあるが、じつは意志の問題に帰結することを自覚している。ほとんどの禁酒志願者は、じつは酒をやめる気がないのだ。奴らにとって禁酒をするということは、短期の罪滅ぼしのようなものにすぎない。

だいぶ陰ってきた。喫茶店をでて藻岩山麓道《もいわさんろくどう》をそぞろ歩く。三十基弱ほどだろうか、緩やかな坂の伏見稲荷の朱の鳥居をくぐり抜ける。北海道で唯一、明治に京都の伏見稲荷から分祀《ぶんし》された稲荷神社だ。京都の伏見稲荷に比べれば、ずいぶん質素だが、それはそれで風情がある。その裏手の森林の中に穿《うが》たれた小径に入りこんだ。早くも下生えの雑草が伸び放題で、思いのほか青く蒸れた匂いが立ち昇っている。草々を薙《な》ぎ倒して進む。人が立ち入っている形跡はない。あかりは私としっかり距離をとってあとをついてくる。

いきなり振り返り、あかりを引き寄せ、抱き締めた。私のマンションから藻岩山麓道にあがる人専用の階段で悪い逸郎が強引に唇を重ねたことがあったが、その記憶は残っているのだろうか。あのとき『ここから先は、いつか。私の心の準備ができてから』とあかりは言った。いま、私の腕のなかで拒絶の気配が幽かにした。けれど逆らわなかった。

私は強引にキスした。あかりは決して愉しそうではなかったが、逃げだす気配もない。悪い逸郎よ、出てくるな！　と念じているうちに自制心が壊れた。常日頃は隠している加虐の心が、ぞわりと私の肌を昂《たか》ぶらせ、委細構わずあかりの臀《しり》の膨らみに爪を立てた。硬直した私をこすりつける。だが、あかりはその硬さがなんであるか、私の動作がなにをあらわしているのか、まったく理解していないようだった。

無垢を抱き締めている私のサディズムはますます昂進し、けれどさしあたり、痛みを加えるといった方向とは無縁で、それよりも、もっと深く刻印を打ちつけてやろうという思いに突き動かされた。強烈な支配欲を意識しつつ空を仰ぐと、薄暗い雲が切れめなく覆っていて、一雨きそうな気配だ。

サディズムがもたらす薄笑いを抑制して真顔をつくり、ふわりと柔らかなキュロットパンツの腹から手を挿しいれ、ショーツのなかに指先を進める。あかりは硬直していたが、先ほどの拒絶や気のない様子は消え、それどころか私を一瞬凝視し、きつくしがみついてきた。指先が旺盛なぬめりを捉えた。さゆりが『ぬるぬるだよ、変だよ、おかしいよ！』と率直すぎる物言いの、泣きそうな声で訴えていたのが脳裏を掠《かす》める。齊藤紫織は基本的に女が強い。旺盛だ。それはあかりにも言えた。しばらく私は指の先端を用いて常識的な愛撫を加えていたが、怺《こら》えきれなくなってきた。我慢できなくなった男の常道だが、恩着せがましく迫ることにした。あかりの様子を窺《うかが》いつつ指の腹で圧迫と円運動を加え、小声で訊いた。

「痛くしてやろうか」

あかりはちいさく頷いた。サディストとマゾヒストの以心伝心——。私が加減して爪を立てると、抑えに抑えた悲鳴をあげ、膝を崩してしゃがみ込んだ。

「立て」

「——はい」

私の軀に手をかけて、必死で立ちあがる。横柄《おうへい》に頷いて、私に体重をかけるように命じて、ふたたび指先を用いた。こんどは繊細かつ叮嚀に、触れるか触れないかの力加減を意識した。すっかり薄暗くなってきたが、あかりの表情をじっくり観察し、指先に強弱をつける。ただし、先ほどのような痛みは一切与えない。あかりの目が訴える。痛くしてくださいと哀願する。私は気付かぬふりをして、いよいよ触れるか触れないかといった性的快感にもっとも奉仕する手管《てくだ》を用いた。たいしてしないうちに先ほどの悲鳴とは別の、くぐもった切ない呻《うめ》きをあげた。あかりは快の喘《あえ》ぎを咽《のど》の奥にとどめておこうと必死で、烈しく痙攣《けいれん》した。頽《くずお》れてしまわないように全力で支える。

「――ごめんなさい。なにが、なにが起きたのかよくわからないので」

「これが初歩的な性的快感だよ」

「これが初歩的――」

見下《みくだ》したかの眼差しを浴びせ、いよいよ昂ぶりを増して硬直の度合いが限界にまで達した私をあかり

に強引に握らせた。嫌悪をあらわすかとやや身構えたが、あかりは大切なものを吟味するかのような丁重《ていちょう》な手つきで、私の硬直のすべてをさぐっていく。

「中級から最上級の快楽は、これによってもたらされる」

口にしたとたんに、吹きだしそうになったが、あかりの真摯《しんし》な表情は私の間抜けさを糾弾《きゅうだん》するわけでもなく、まだ乱れている呼吸を恥じるように、なんとか規則正しい息にもどそうと努力しているのが伝わってきた。

「ごめん。強引なことをして」

「いえ――」

すっかり薄くなった額の上部に雨粒が爆《は》ぜた。まだ硬直している私を握っているあかりの手首をつかむ。あかりは目を見ひらき、やや驚いた表情で自分の掌を凝視し、申し訳ありませんと小声で謝罪した。私は冷たい眼差しを保ったまま、行こうと促した。

小径は芽吹きはじめた広葉樹に覆われているのでたいして濡れる心配はないが、藻岩山麓道に出たら濡れてしまうだろう。けれどいつまでもここにいる

わけにもいかない。あかりに風邪をひかせてしまったりしたら悔いがのこる。なんとかしなければ――そればかり考えて舗装路に出た。

　このあたりは常軌を逸した規模の邸宅が多いが、めずらしくアパートがあった。私はずらりと並んだドアを一瞥した。左端のドアノブに大ぶりのビニール傘がさがっている。さりげなく傘を盗み、小走りにあかりのところにもどる。あかりは目を丸くしていた。取っ手のボタンを押すと、ぼわん！　と居丈高かつ間抜けな音を立てて傘がひらいた。私は平然とした顔つきであかりに差しかけた。相合傘だ。

　マンションにもどる。部屋には誘わなかった。続きは、また、いつか――。来客用駐車場に紫織が乗ってきたＳＵＶが駐めてあることを囁くと、あかりは張り出しの下で雨を避けつつ、耳打ちするように言った。

「その傘、いただけますか」

「かなりボロいぞ」

「――記念にします」

　笑おうとして、打《う》たれた。私など触れてはならない純粋な宝石を目の当《ま》たりにして、咽を鳴らしそうになった。ぐいとビニール傘を突きだした。あかりは嬉しそうに頷き、傘を抱き、車上の人となった。私は例によって遠ざかるテールランプの赤をじっと見つめて佇《たたず》んだ。

＊

　電話をすると必ず紫織がでる。京都出店を自分の発案のように誇らしげに語る。あかりはどうしたと訊くと、事もなげに見当たらないという。嫉妬してあかりを出さぬようにしているのかと邪推し、いらいらしているさなかに、さゆりからメールがきた。

---

rain rain
悲しいお知らせ？　いやなお知らせ？　またもやあかりって子の記憶が消えちゃった。なぜ消したのかは、わからない。楽しいこととかいつも全部忘れちゃうあの子が実はずっと可哀想だなって思ってたの。今回、せっかく菱沼が好きっていう幸せな思い出が

できたらしいのに、それを全部忘れちゃうなんてあんまりだなって。それに菱沼が言うように、彼女は頼りになるからやっぱり全部覚えていてほしいよ。菱沼とまた相談しながら頑張ってほしいから。あかりっていう子はいなくなってはいないと思うけど、見当たらない。記憶がなくなれば、いなくなったようなものでしょ。今まではそれで仕方ないって思ってたけど、今はなんとかできないかなって思ってるよ。でもどうしたらいいかわからない。このメールもけっこう危険を冒してる。私は記憶じゃなく、存在を消されちゃうかも。スリルとサスペンスだ〜。

16:13

14

新千歳空港から羽田に飛んだ。東京では出版数社の編集者と、これからの連載開始時期等々の打ち合わせをかねて和洋中、豪華な会食が続き、夜毎、銀座の高額支払いを要求される飲み屋で接待された。

　十年以上前になるか。整形を題材にした作品の取材で、美容整形を徹底的に取材した。銀座のクラブホステス御用達の医院にもずいぶん世話になった。銀座の高級店の女の九割は、私んとこで整形してますよ。店の値段が高くなるほど整形率も高くなるって法則が成りたちますな——と院長は自慢げだった。自分の飯の種を見下《みくだ》してもいた。

　美容整形を化粧の延長と捉えている私は、当人の劣等感が解消されるなら他人がとやかく言うことではないし、なによりもそれを求め、それに金を払う男がいる以上、顔貌《がんぼう》に手を入れることは職業人として必然だろうというスタンスだった。

　けれど、困ったことに、徹底した取材のおかげで、一瞥《いちべつ》しただけで彼女らの整形部分を見抜けてしまう。これは銀座だけでなく、映画などでも無意識のうちに男女問わず構造改変部分にばかり目がいってしまい、幻想の余地がない。テレビが高精細度化してからは、じつに残酷な景色が拡がるようになった。

　すばらしい映像だな、よく撮ったな——と感心して、けれどＣＧであることに気付いた瞬間の、微妙に脱力したニュアンスに近いものを整形美女に感じてしまうのだ。

なにか塗って描いているという前提で見る化粧とちがって、美容整形はいかに自然天然に見せるかといった技術なので、逆に私の意識を侵蝕してきてしまうのだ。

貴女《あなた》の鼻、シリコンプロテーゼ、硬軟合わせたコンポジットのようだが、有り物だね。相当きつい挿入ぶりだ。鼻かむとき、痛まないか？　頬骨とか、ずいぶん金かけたね。でも突貫工事すぎるよ。二流の整形医は、技術的に楽だから左右均等に拵《こしら》えちゃうんだよね。アイシャドー、ブルーはないよ、二重で抓《つま》んだとこが目立ってしまって、なんだか貴女の顔をまともに見られないよ——。

　知るということ、その結果、否応《いやおう》なしに見抜けてしまうということは、美女に囲まれているというのに、こういう具合に愉《たの》しみを削いでしまうものだ。底意地の悪さは否定できないが、断じて悪意はない。けれど私の眼差しの奥に潜み澱《よど》んでいる悪意によく似た微妙なものに気付いてしまった彼女らは、もたなくてもよい後ろめたさを心の底に抱えているので過敏だ。保身のために妙に自信満々な表情と満面の

笑みで偽装して接してくるのを相手しているうちに、なんだかサイボーグ、いやダッチワイフの館に閉じこめられているような気分になってきて、倦《う》んだ。

　おなじ水商売でも、まったく化粧っ気のなかった齊藤紫織の貌《かお》が泛《うか》び、いまさらながらに、すっぴんで接客していた紫織の凄さに感心した。銀座でもどこでも、自分の才覚で大繁盛する店を持つような女——主人公は、顔や軀《からだ》に手を入れていないことが多い。美醜という二元的な価値を超えて個性で、能力で勝負できるからだ。これはすべてにわたって男女を問わず、真実だ。

　東京でのあれこれを終え、新幹線で京都に向かう。対人にあけくれて執筆とはちがう脳を使ったせいで、頭のなかに重い靄《もや》がかかっている。スマートフォンの半月ほど前のメールに視線を落とす。

rain rain
さゆりです。あかりっていう子はさ、よく働くしよく考えるね。考えすぎて不安になっているけれど。

記憶をなくしたまま、お仕事してます。させられてます。

菱沼さんが、18日に札幌駅の近くのホテルで講演とかってメールに書いてたから、自分で調べてホテルの前まで行ってたよ。その日はさ、季節外れの霙《みぞれ》が降って本当に本当に寒かったのに、ぼんやりずっと外で立っていて。三時間くらい、立ちつくしてた。あと小説雑誌？　の菱沼さんの写真をじっと見ながら涙ぐんでいたり。まったく見ていられません。今のあの子にご飯を食べろ、ちゃんと眠れっていっても無理だろうな。

根が真面目なのと、思い出せないのが不安だからこんなに必死に思い出そうとしているんだとは思うけど、でもなにより、菱沼さんへのかすかな想いがあるのかなって。思い出せないけど、心が切ないのかなって。

ほんとーにまったく見ていられません。しょうがないからこのわたしが（ぜんっぜん食欲ないけど）何か食べに行ってあげようかなって思うくらいだよ。

思っただけで、まだ行ってないけど。

13:38

契約などの実務に関しては、情に流されやすく愛想のよすぎる紫織では心許《こころもと》ないので、あかりが常時出されているようだ。いまは京都に滞在し、新規出店のあれこれをこなしている。京都では、あかりの記憶をもどしてやれ――と、さゆりに厳命されている。もどしてやりたいのはやまやまだが、この私にできるのだろうか。

ペットボトルのお茶を含んで、ふと気付いた。東京に行ったのに、妻とふたりの娘に会っていない。連絡さえとっていない。それどころか家族は忘却の彼方《かなた》だった。狼狽《ろうばい》が迫《せ》りあがった。いくらなんでも、これはないだろうと口を半開きにしていると、それがおまえの本質だよ――と悪い逸郎が呟いた。俺は齊藤紫織の内側に潜む何者かに支配されているのかな――と呟きかえすと、悪い逸郎はにやりと笑った。

窓枠に肘《ひじ》をつき、斜めにかしいだ体勢で溜息を重ねる。私も連絡を取らなかったが、妻と娘からも正月以降、一切連絡がない。私は彼女たちの生活を保障する沈黙のキャッシュカードにまで落ちぶれた。けれど方向転換は不可能だ。この先もどんどん疎遠になっていくのがわかりきっている。せめて生活費や教育費だけは滞りのないようにしようと沈んだ決心をした。

京都に着いた。ホームで齊藤紫織が手を振っていた。そのどこか悪戯《いたずら》っぽい眼差しに、一目でさゆりとわかった。やや蒸し暑い。鉄の細片が舞っているような味のする空気が疎《うと》ましい。私は家族のことで悄然としていた。ベッドで転がりたいと訴えた。

定宿にしている河原町《かわらまち》御池《おいけ》のホテルのコーナーツインのシャワーブースで熱いシャワーを浴びて、一息ついた。

「いいお部屋だね。大文字が見える」

「部屋のドアから通路があって、さらにもう一つドアがあっただろ。防音完璧。よく眠れるんだ。リビングと寝室が別だって？　そんな高くないんだよ。ホテルの会員になると、半額だから」

他愛のない会話だが、防音完璧のこの部屋を予約したのは、悪い逸郎のアドバイスだ。なにがあるか

わからないから、音が外に洩れない部屋にしろ――と囁《ささや》かれた。当初は齊藤紫織の宿泊しているホテルに転がり込むつもりだったが、さゆりに今日からこっちに泊まれと命じ、彼女が荷物を取りに出ているあいだ、横になった。厭《いや》な夢ばかり見た。魘《うな》されていたかもしれない。

幽《かす》かな作動音に目が覚めた。さゆりがリモコンでカーテンを開け閉めして暇つぶししていた。黄昏時《たそがれどき》だった。私が憂鬱を隠さず上体を起こすと、菱沼ーと語尾をのばして飛びついてきた。自ら全裸になった。さらに私の着衣を遠慮なく剝《は》いでいく。勢いと裏腹に脱ぎ散らしたままではなく、叮嚀《ていねい》にたたみはじめた。潔癖にして整理整頓魔の面目躍如といったところだが、全裸でスリップなどを綺麗にたたんでいるさゆりの姿は妙に色気にあふれている。すっかり私がその気になったとたんに、さゆりは私と自分の軀をブランケットで素早く覆い、囁いた。

「ここから先は、あかりさんに替わる」

さゆりは、すうっと意識を喪《うしな》った。空白そのものの無表情で身動きしない。あかりの記憶をもどす精

神科医的技巧など持ち得ない。替わってくれと悪い逸郎に懇願した。まったく反応がなかった。

「誰ですか！」

半睡状態から目覚め、出現したあかりの剣幕はなかなかだった。ミイラのような体勢のまま首だけねじまげて、睨《にら》みつけてくる。私は怯《ひる》んだ。すぐに肚《はら》が据わった。自分のこれからの行為を正当化するための合図として、咳払いした。

「ここから出ないほうがいいよ。理由は、貴女は全裸だからだ」

あかりは素早く胸のあたりに触れ、肌をなぞるように手を動かし、臆した表情をし、凝固した。私は黒眼を上に持ちあげて、なかば笑いだしそうな顔をかえした。

「理屈を言う」

「なんですか」

「もし、俺が乱暴する気なら、あかりが眠っているあいだにのしかかっているよ」

あかりはわずかに小首をかしげるようにしたが、もちろん納得していない。


「記憶がなくなってしまったんだろう」

問いかけると、眉間《みけん》にぎゅっときつい縦皺を刻んで凝視してきた。いきなりさゆりからあかりに替わってしまったので、いったん硬直した触角がじつにしょんぼりした状態にもどってしまっている。それを楯に迫る。

「俺も全裸なんだけど、幸いなことに横暴な男の軀にはなっていない」

あかりは誘いこまれるように躊躇《ためら》いなく手をのばしかけて、我に返った。なんともいえない悩ましげな表情で、瞳の動きが落ち着かない。おそらく伏見稲荷で私の硬直しきった触角に掌を添えたことが、心の奥底に残っているのではないか。

「記憶をなくすというか、記憶を消されてしまうというのは、きついことだろうな」

「——はい」

「腕枕してやるよ。セックス抜きでいくから安心しておいで」

ぐいと居丈高に左腕を伸ばすと、知らない方に腕枕なんて図々しいような——と口のなかで小声で呟きながらもそっと頭を載せてきた。私が誰であるかはわからないのだが、真の見ず知らずではないことは、直感しているることが伝わってきた。ごく控えめに、けれど如実に放たれる諸々から察するに、私に父性のようなものを感じとっているようだ。不安や緊張よりも、懐かしさのようなものがまさっている気配が濃厚だ。

「この軀の匂い――記憶にあるんです」

言ってしまってから、はっとした表情で、肘で支えて上体をなかば起こして私を見つめる。しばらく視線を這わせていたが、わからない――と落ち込み気味の声をあげて、ことんと私の腕枕にもどった。私はあかりの耳の奥に囁きつつ、そっと手をのばした。

「こういうことをされた記憶はないか?」

いきなり核心に触れられて、あかりは硬直している。ただし両脚からは完全に力が抜けていた。私は自在に指先をすすめた。あかりは私の体臭に記憶があるとのことだが、私はあかりの香りを一切感知することができなかった。物足りなくもあったが、清

浄なのだと納得した。

私が体勢をとると、あかりもぎこちなく自ら迎えいれるかたちをとった。私が控えめに動作しはじめると、その眼に涙があふれ、液体のレンズのせいで、普段は冷たく見える瞳が大きくにじんで見えた。瞳孔が開いたり閉じたりしている。矯《た》めつ眇《すが》めつするかのように私の顔を確かめ反芻《はんすう》しているのだ。いきなり私の背に手をまわし、ぎゅっと抱き締めてきた。

「菱沼さん」

うん、と頷くと、ついに決壊して涙が顔の左右に流れ落ちていく。あかりと私は揺蕩《たゆた》った。ほとんど処女のあかりだが、肉体は成熟しきっているので年齢なりの快を覚えているようだった。

さすがに私の中に潜んでいるサディズムはなりを潜めていた。そんなことよりも以降、あかりの記憶喪失を絶対に、確実に阻止したい。それにはどうすればいいのか。そのことばかり考えていた。だから射精には到らなかった。私はあかりの虚脱の深さを冷徹に観察し、そっと軀を離した。

幽かに発汗しつつ、あかりは囁き声で独白した。

——感情のないはずの私が誰かと愛し合ったりするから、基本人格の子に怒られたんですね。だからこんなに記憶がもどらなかったんですね。どうして今回はこんなに怒られているのかよくわからなかったので、すっきりしました。

満ち足りた柔らかな眼差しを私にむけ、あかりは静かに眠りにおちた。私は純白の天井をぼんやり眺め、思案し続けた。この幽かに汗ばんでいる気怠《けだる》い瞬間が消去されてしまうのは、あんまりだ。

沈思していて反応が遅れた。焦り気味にブランケットから抜けだす気配がした。張り詰めたものが伝わってきた。

さゆりでもあかりでもない。私の足許で四つん這いの体勢で泣きそうな顔をしている。私が上体を起こすと、ベッドの上を檻《おり》の中の動物のように四つん這いのまま動く。逃げだそうとしているのだが、なぜかベッドから降りることはできない。その追いつめられた表情が、いよいよ悲しげに歪《ゆが》んだ。

「怖がらなくていいよ。だいじょうぶ。おまえに危害を加える気は一切ない」

私が手招きすると、虜囚《りよしゆう》の沈鬱と奴隷の諦念を隠さずにおずおずと傍《かたわ》らにやってきた。下半身にブランケットをかけてやった。怯《おび》えに肌が収縮しているのがわかる。それだけでなく、全身が土気色をして、小刻みな顫《ふる》えに覆われている。

唐突に出現したら全裸というシチュエーションである。確かに平常ではいられないだろうが、それにしても彼女の全身を張り詰めさせている恐怖と不安、なによりも悲しみをたたえた強い諦めの気配は尋常でない。

恐怖や不安はわかるし当然だが、それを押しやって硬直しつつ私に寄り添う覚悟と諦念はどこからきているのか。逃げださないことに、なんともいえない違和感があって、私のほうが不安になってきた。ふつうの対人ならば名を問うところだが、きっかけがつかめない。ヘッドボードに背をあずけ、ふたり並んで座った。

「初めての子だよね」

問いかけたが、返事がない。脅《おど》さぬよう、ゆっくりその顔を見やる。

「答えたくなければ、答えなくていいよ」

とたんに首を強く左右に振った。口許を指差して、さらに首を振った。脳裏に沙霧が描いた憂愁に充《み》ちた貌が泛んだ。——これは秋ちゃん。いちばん美人——秋ちゃんは、喋らないんだ。

「喋れないのか」

深く頷き返してきた。私は問いかけが間違っていたことを悟り、改めて訊《き》いた。

「喋れなくされているのか」

ごく短く、知られたらまずいといったふうに二度頷いた。私は怒りに支配された。記憶を消したり、喋れなくしたり——。沙霧は五十人以上という途轍《とてつ》もない数を口にしていたが、それらの人格を背後から統《す》べている存在の残酷さに、咽《のど》が顫え、獣じみた低い唸りが洩れた。彼女が怯え、顔をそむけた。こんどは私が首を左右に振った。おまえに怒っているんじゃない。

「いいよ、もう」

私が顔をむけて言うと、怪訝《けげん》そうに見返してくる。

「いいよ、もう。喋って、いいよ。喋りなさい」


彼女は先ほどとは違ったニュアンスで、自分の口許を指差した。私は脅かさぬよう気配りして、その唇に触れた。

「——い、いんですか」

「うん。いいよ」

「——喋れ、まし、た」

「喋れたね」

「——昔は、喋れ、た、んだけれど」

「あ、そうなんだ」

「はい」

悪い逸郎が声をかけてきた。昔は喋れたと言ってるだろ。新しくつくられた子じゃないし、おまえは名を知っている。早く名前を呼んでやれ——。

そうだ。さゆりが言っていた。ちいさなころはそれぞれ名前があったと。しかも沙霧から名前を聞いていたではないか。

「秋ちゃんだね」

「秋です」

肩に頭を載せていいよと囁いて、そっと手を握る。

しばらく掌と掌のあいだに漠然とした極小の空間が

拡がっていたが、いきなりきつく握りしめてきた。遠慮しているのか怖がっているのか、肩に頭が触れることはなかった。

「信じられません！　喋れるようになった」

「なぜ喋れなくなったのか。秋の口から聞きたい」

「――富々山水産の倉庫での出来事以来、新しく出てきた子が望まない、その、あの――セックスを」

「引き受けてきた」

「はい。でも、その子に限界が来てしまったんです。で、私に白羽の矢？」

「秋は昔からいたんだね？」

「そうです。昔からです。自己主張っていうんですか、あまりしないから」

「いいようにあしらわれてきた？」

「それ、悲しいです」

「ごめん。でも、ずいぶん滑らかに喋れているよ」

「はい。――新しい子に限界がきてしまって以降、否応なしにどんどん大人になっていくじゃないですか。それで望まないセックス、厭なセックス、強引なセックス、痛くて苦しいセックス、それだけでな

く、そのとき出ている子が好きな人とのセックスだって、いざその場になると私が。とにかく、私がぜんぶ引き受けてきました」

「引き受けさせられてきた、だろ」

「――誰かが、しないと」

「そりゃそうだが、どうも他の子の中には脇が甘いというか、秋に迷惑をかけっぱなしな子がいるようだ」

「――はい。正直、またかって泣きたくなることが幾度もありました。お酒さえ飲まなければ、すごく素敵でいい子なんですけれど」

「いい子だよね」

「はい。情に篤《あつ》くて、面倒見もよくて」

「俺もそうだったんだけど、酒を飲んではいけない性格の子って、いるよね」

「わけがわからないです。だって、紫織さんはお酒を飲むとき、酔っ払ってしまう前までは凄く苦しげなんですよ」

「酔っ払いって、そんなもんだけどね」

「私をセックスの係にした子は、気が咎《とが》めたんです

ね。私のことを淫乱で、ビッチで、することが好きで好きで、だから天職みたいなものだって、内側のみんなにさりげなく伝えたんだと思います」

「最低な奴だな」

「悪い子じゃないですよ！　私は大好きなんです」

大好きにさせられているんだろう――という言葉は呑みこんだ。

「他の子が、秋はだいじょうぶかなって心配になって、私にあれこれ訊いてきたら困るから、私は喋れなくされてしまいました。セックスのときも、相手の男の人と会話すると、親しくなってしまうかもしれないから、一回限りですむように私は一切喋らない、いえ、喋れないわけです。それと喋れなければ、いやだって言えないですからね。どんな理不尽なことだって拒絶できない」

怒りに私の呼吸が乱れている。それに気付いた秋は、我知らず私の胸に手を当ててしまい、ごめんなさい！　と慌てて手を離した。しばらく私の気配を窺《うかが》っていたが、私が聞く態勢であることを悟り、裡《うち》に鬱屈したものを一気に、けれど抑制のきいた静かな口調で吐きだした。

「喋れないと、利点もあるんです。その直前まで愛想よくやりとりしていた子から私に替わると、私、喋れないから、返事もせず、無表情に言われたとおりのことをただ機械的にこなすわけです。男の人は落差に呆気《あっけ》にとられます。どんな無理なことでも、痛いことでも苦しいことでも、私はそれをちゃんと受けて、ちゃんとやるのが仕事で、男の人から命じられたことは無言のまま手を抜かずに一応きっちりやります。けれど、愛情っていうんですか？　気持ちはまったくこもっていません。本音で怖いだけですから、全身に鳥肌が立つのを怺《こら》えて、なんとかこなす。私にとっては吐き気を催すノルマにすぎませんから、要求されることをなんとかこなす。おかしなことを、ありえないことを求める人もいるから、ほんとうに厭だったし、怖かった。でもセックス自体は、ただ横になっているだけなんです。男の人だけが汗を滴《したた》らせてゼイゼイいっていて、私は無音というか、無言。無反応。たぶん体温も低くて凍えていたんでしょうね。ですから、よく屍体《したい》みたいだって言われました。屍体とやってるみたいだって。なかには不感症が好きだ――って私にのめり込んだ例外もありましたが、その人は惨《みじ》めなくらいに小さかったです。子供みたいな。露骨なことを、ごめんなさい。でも、北海道では実力者だったんです。威張ってたんです。だから落差が信じられなくて。しまいにはメールとか、赤ちゃん言葉になってましたし。もっとも当然ながら、ほとんどの男の人は興醒《きょうざ》めっていうんですか、屍体の私に異様なものを感じるんでしょうね、次から誘わなくなります。それでいいんですけれど。それと」

「それと?」

「私をこの係にした子が、気配りしてくれたんですね。相手があまりよく見えなければ、怖さも少しは減るじゃないですか。だから喋れないだけでなく凄い近眼です。目もよく見えないんです。いまも、おじさんの顔がよくわかりませんし。大人になってからはほとんどそういうときはありませんでしたけれど、セックス以外で外に出るときは、笑っちゃうくらい度の強いメガネをかけるんです。バッグ、見て

くれますか」

よく見えなくすることが気配りか? と内心新たな怒りと、底抜けというよりも、異常なほどに人の好《よ》い秋に烈《はげ》しく苛立《いらだ》ちつつも、サイドボードの下に置かれた齊藤紫織のバッグを手にして、その底をあさる。合成樹脂の古いメガネケースがでてきた。秋に手わたそうとすると、まさに目の不自由な人がするように空間をさぐった。たぶんさゆりが磨いているのだろう、流行おくれのセルフレームのメガネは清潔だ。秋は曇りひとつないレンズ越しに、しげしげと私の顔を見た。

「思っていたよりも――」

「年寄りか」

秋は顔を伏せた。その唇の端に幽かな笑みが泛んでいた。暗く沈鬱な秋が、はじめてみせた笑顔だった。下を向いたまま、秋が言葉を継いだ。

「若くはないですよね。でも、お年寄りにも見えない。北海道の実力者は特異な例でしたけれど、高価で立派な服を着て動いているときは余裕もあって素敵なんでしょうけれど、脱いだとたんに軀も心も小

さく縮んでしまう年配の方が多いです。それを隠そうと居丈高に振る舞うから、年配の方は面倒です。要求というか、そのものずばり以前の雑事が多くて、大変なんです。それからすると菱沼さんはじつに不思議な人です」

　可哀想に、無数に、男の、人間の実相を目《ま》の当たりにさせられてきたのだ。私はごく軽い調子で問う。

「俺をすごく怖がっていたよね」

「——そうかな。いつもと変わらないと思いますけれど」

「怖がってたよ。それと俺まで悲しくなってしまうような諦めの気配。だから正直、どうしていいかわからなくなっちゃった」

「——それは菱沼さんだから、気付いてくれたんです。いままでのすべての男の人は、私の恐怖や諦めや絶望的な義務感に気付きませんでしたから。やりたいだけって言ったら、行儀が悪いって叱られますか？」

　私は首をすくめる。やりたいだけ——。まさに私のことだ。


「名前、知ってるんだ？」

「みんなが菱沼さん、菱沼さんて騒いでましたから。それで、セックスしているのに、呼ばれないから、おかしいなと思って、出てきたんです」

「セックスのときは、呼ばれるのか」

「呼ばれるんです。けっこう横柄《おうへい》に『秋』ってひとこと呼ばれます。菱沼さんの言うとおり、男の人にいい顔をする脇の甘い子がいるので、またか——って憂鬱になりながらあとの処理をするわけです」

　さりげなく訊く。

「あかりのときは、間にあわなかった？」

「はい。申し訳ないことをしました。ほんとうのところは、あかりさんは生真面目で、私に押しつけるという発想がなかったんです。私を呼ぶという発想が」

「そうか。あんなことさえなければ、あかりは永遠の処女だったのにな」

　つまらないことを口走ったのは、できることならば冗談にしてしまいたいという私の裡なる慾求からだ。対外的に男にいい顔をする脇の甘いやたらと愛想のよい好かれる人格。死ぬために意を砕く人格。実務に徹して苦痛を引き受ける記憶喪失人格。そして性交専門の人格。まったく見事な分業制だ。呆《あき》れ気味に感心してしまうと、怒りは凋《しぼ》んでいった。悲しさだけが残った。さゆりは、なんの役目なのだろうと考えていると、秋の手が伸びてきた。

「いやですか」

「いやとかいいではなくて、無理するな」

「生まれてはじめて、自分から触れたくなりました。菱沼さんの軀は怖くない」

「――ずっと疑問に思っているんだ」

「なんですか」

「なぜ、この俺が齊藤紫織のなかにいるみんなからモテるのか。なんだか空恐ろしくなるくらい、都合よくみんなが俺になびく」

「それは、まずは、菱沼さんが私たちを気持ち悪がらないからです」

「おまえたちのどこが気持ち悪いんだ？」

「変ですよ、菱沼さん。いままでの男の人たちは、私たちのことに気付くと、気付かなくたって気配がおかしいと感じると、必ず逃げだそうとしましたから。この女のなかには誰かいる、齊藤紫織のなかには誰かいる――怖かったんでしょうね、警察沙汰になるような暴力を振るった男の人もいましたし」

私は雑に肩をすくめておく。秋の手指が私にまとわりついて丹念に成形していく。強《し》いられて覚えたということだろうが、なかなかの技巧だ。しばらく私に集中し、ゆっくり顔をあげて囁いた。

「あと、私たちの中心の子、その子が菱沼さんに惚れ込んでしまったんです。私たちはその子の波動というのかな？　逆らえないんです。菱沼さんはいやがるかもしれませんね。絶対いやがるな。でも、あえて言います。私たちは、菱沼さんに奉仕するしかないんですよ。菱沼さんに嫌われるようなことはできないんです。たった一人の子を除いては――」

「たった一人の子」

「菱沼さんが、ひかりって名付けましたね」

「死にたい子」

「はい。私は、やりたい子」

秋の自嘲に私は怒りと悲しみが綯《な》いまぜになった

抑制しがたい感情を暴発させた。やりたい子に押し入った。秋がちいさな悲鳴をあげた。大きく目を見ひらいた。

「セックスだよ」

「なんですか、これ——」

「あの」

「なに」

「ぜんぜん、ちがう」

「ちがうか」

「ちがいます。ちがう！　もう、もうやめてください。変になりそうです」

　私はそっと離れた。すまない。ごめん。心の中で謝罪した。私の顔色を、あるいは心を読んだ秋が、ちがうんです——と胸に這いのぼってきた。

「はしたない言いかたですけど」

「はしたない？」

「はい。その、なんていうか、凄く気持ちよくて、気持ちよすぎて変になりそうだったから。とても屍体じゃいられないから」

　秋は乱れる息を整えながら、付け加える。

「気が遠くなっちゃったら、務めを果たせないじゃないですか」

「これは務めじゃないし。お互いに気持ちよくなって、ほんのわずかの瞬間でも無になれればいいわけで」

「だめです。私にはできません」

　きりっとした眼差しで断言し、していいですかと問うと、私の腰に顔を埋めた。その巧《たく》みさに私はだらしなく呻《うめ》いた。まさに男にとって都合のよい女である。けれど、ますます悲しくなった。泣きたくなった。なかば泣きかけている私は強引に秋を拡げると、互い違いになって口唇で貪《むさぼ》った。引き絞るような声で、秋が訴える。やめてください、やめてください、うまくできなくなってしまうじゃないですか。菱沼さんを喜ばせてあげられなくなってしまいます——。哀願を無視して、顔をうずめる。いったいに齊藤紫織の肉体は清浄だが、秋は抽《ぬき》んでて清潔だった。あかりは無機質といっていいが、秋は女が横溢《おういつ》しているにもかかわらず、濁りの気配が一切ない。清灑《せいしゃ》という言葉が泛んだ。首をねじまげて窺うと、秋は与えられる電流に狼狽《うろた》えて私を含むことができず、途方に暮れながら唇をわななかせていた。幻の私を愛撫するかのように幽かに覗ける血の色彩の舌先が小刻みに揺れるが、やがて痙攣《けいれん》に変わった。その痺《しび》れが全身に伝播《でんぱ》して肌に漣《さざなみ》が立っていく。私は怺えきれなくなり、体勢をもどして秋に没した。いままでで最短といっていいだろう、脈動の波動を制禦《せいぎょ》できなくなった。避妊するかとかろうじて問うと、そのまま奥まで――とだけどうにか返して、私に四肢をきつく絡ませてきた。絶対に私を離さないという切実が伝わり、私は雄叫《おたけ》びをあげた。心の片隅で防音のしっかりした部屋でよかったと胸を撫《な》でおろす。私は萎《な》えることなく窓外に藍紫の夜が深く濃く溶けだしても秋とひとつになったままでいた。

　年甲斐もなく幾度も爆《は》ぜ、腰にたっぷり発汗して、ようやく軀を離したときは、夜が重みをともなって迫る時刻だった。薄闇のなかで、そっと秋の表情を透かし見る。比喩でなく、一瞬、息が止まった。

　美しかった。

充たされきって、幽かに色づき、弛緩《しかん》しきったそ

の貌に泛んだ柔らかな頰笑みは、私がはじめて目にした真の笑みだった。作為の一切ない、安らぎが秋の口許を柔らかくほころばせていた。すっと伸びた鼻筋が気高い。美しいとしか表現できぬもどかしさ、語彙《ごい》の乏しさを呪いたくなったが、他のどのような言葉を重ねても、いまの秋の表情をあらわすことができないことを直覚した。

　心の内側に sacrifice という言葉がにじむように拡がった。ラテン語の sacer『聖』と facere『行う』がつながって成立した言葉で原義は『聖なるものにする』ということだ。卑俗なるものを聖なるものにするためには、サクリファイス――犠牲が必要ということか。私を含めて無数の薄汚い男の性慾を自らの杯に受けて、秋は聖なる存在として眼前にある。この美しさは、自己犠牲の上に成りたっている。

　私はこの世界で最も穢《けが》れのない存在を前にして、汚れきった私が浄化されていくのを実感した。神の笑みを泛べている秋に囁いた。もう、望まぬセックスはしなくていい。みんなに言っておく。これから先、抜き差しならぬ状況に陥ったなら、その原因を

つくった子がセックスする。それだけのことだ。

秋の笑みが幽かに深くなった。そっと私に軀を寄せてきた。抱きこんでやると、密着して秘《ひそ》やかな寝息をたてはじめた。私も誘いこまれて微睡《まどろ》んだ。

スマートフォンが振動した。無視したかったが、振動が続く。すべてを解放しきった余韻のなかで、心地好い気怠さの残った指先を伸ばす。

もしもし――反応がない。無音だ。なおざりにできぬものを感じて、耳を澄ました。啜《すす》り泣く声がした。眠る秋を起こさないように、もしもしと息を潜めてもういちど声をかけると、ずいぶん間《ま》をおいて反応があった。

――ごめんなさい。

「誰かな。なにを謝っているのかわからないけど」

――ごめんなさい。

「うん。よくわからないけれど、謝る必要はないから。怒ってないよ」

――怒ってました。

「秋のこと？」

――秋やあかりやひかりのこと。


「ということは、おまえは」

――はい。まりです。勝手に名前を付けてもらって、ごめんなさい。

「勝手に名前を付けてもらって――変な日本語だな」

――ずいぶん前、菱沼さんが、もう一人子供が生まれたら、娘だったらまりって名付けるって。

曖昧《あいまい》な記憶を手繰《たぐ》る。確かにもう一人生まれたら、毬《まり》がいいなと思ったことはある。しかしいつごろか思い出せない遠い過去のことだ。実際に逢う前から私は齊藤紫織＝まりに見初められて？　いたのか。考えこんでいると、まりはごめんなさい、ごめんなさいと連呼する。

「かまわないよ。まりは俺の娘だね」

――まりは菱沼さんの娘です。私たちのなかで、いちばん最初に菱沼さんのことに気付いたのが、まりです。

「あのね」

――はい。

「じつに不思議なことが起きているんだけれど」

——不思議？

私は手のなかのスマートフォンと、静かに眠る秋を交互に見る。

「齊藤紫織は眠っている。それなのに、齊藤紫織のなかのまりは、俺に電話している」

——ごめんなさい。ごめんなさい。すごく勇気をだしたんです。みんな、菱沼さんにぎゅーってしてもらっているから。とても羨《うらや》ましくて、でも、怖くて。

「まりはスマホがなくても電話がかけられるんだね」

——電気が関わっているものは、なんとなくできるんです。電子レンジは無理だけど。

微妙なずれに、思わず吹きだしそうになった。笑っている場合ではない。要は、微弱な電力を要するものならば扱える、作動させられるということだろうか。

だが秋＝齊藤紫織は眠っている。ということは、やはり、まりが齊藤紫織の脳内から直接私のスマートフォンに声を伝えているということになる。常識的には納得できないが、現実を受け容れるしかない。


いや、はじめから受け容れていた。

「まりのことは、知ってたよ」

——沙霧ちゃんに頼んだんです。

「もう、泣くのをやめろよ」

とたんに感極まったのか、声をあげて泣きだした。泣きたいだけ、泣かせよう。私は手放しで泣くまりに気持ちを集中させる。嗚咽《おえつ》に変わったころ、ぴしりと言う。

「もう、たっぷり泣いただろ。ここまで」

——はい。ごめんなさい。

「謝るのも、ここまで」

遮断したつもりはないが、空白ができた。まりが反応しないから黙っていたままでなのだが、言葉が途切れたせいだろう、怖い——と訴え、息の顫えが伝わってきた。

「電話なんて遠回しなことをしてないで、秋と替わって、俺の前に姿を見せたらいいじゃないか」

——怖くて、決心がつかなくて。

「そうか。ま、無理するようなことじゃないよね」

——ずっと誰にも気付かれずに一人でやってきたん

です。だから——。

咽が詰まるような孤独が伝わってきた。沙霧から聞いて知っていることだが、あえて尋ねる。

「歳は？」

——十七歳って言っていいのかな。菱沼さんはどう思います？

「逢って、判断するよ。さゆりとおなじくらいの年頃だね」

——さゆりは、あの人が。

「あの人？」

——紫織さんの夫のことです。あの人が急に基本人格に会いたいって言い出して、暴力を振るいそうだったので、慌てて私がつくったんです。

そういうことだったのか。するとさゆりはまりの似姿か。それともまったくちがう性格その他を附与したのか。今日逢ったときも、さゆりは私に抱き締められる前に素早くあかりにスイッチして、あかりの記憶を呼び覚まさせた。さゆりといい、あかりといい、秋といい、信じ難い利他の心の持ち主だ。自己犠牲が当たり前なのだ。このような人格をつくるのだから、まりの本質は徹底した善良なのかもしれない。『誰にでも好かれるまり！　まりを嫌う人って、いないと思うの』——沙霧の弾んだ声が蘇《よみがえ》る。

だが秋のさせられていたことの実質を思えば、錯綜してわけがわからなくなる。気持ちを切り替えた。

実際に逢って接してみなければ判断しようがない。

「いま、ここで秋と替わったら裸ん坊だもんな。恥ずかしいよね。こういうのはどうかな。紫織さんにお願いして、明日にでもあらためてデートする」

——デート。

「動物園が愉しそうだね。でも騒がしいか。美術館は？」

考えこんでいる気配だ。

「近代美術館。常設展示は、ほとんど人がいないし、ゆったり座れるスペースもあるし。久々に河井寛次郎の皿が見たいし。おっと皿は俺の趣味。明日、まりは岡崎の近代美術館まで紫織さんに連れてきてもらえばいい。紫織さんには俺からちゃんと言っておくから、なんの心配もないよ」

——はい。逢ってくれますか。

「うん。こういうことは紫織ならそつなくこなすだろうから、あとでお願いしておくよ」

――紫織さんは私の理想の女性なんです。誰からも好かれて、お酒が飲めて。

誰からも好かれるから、秋が苦労したんじゃないかと口走りたくなったが、それは抑えこんだ。

「酒が飲めるのが理想？」

――大人の女の人は、やっぱり、お酒が飲めないと。

生真面目に訴える。その真剣さに私は現実からの大きなずれを感じて、困惑した。この信じ難い無邪気さ。飲みすぎた紫織に替わってあかりが嘔吐していること、ときには血まで吐いていることを知らないのだろうか。

――菱沼さんは、お酒を飲みますか？

「飲まないよ。やめたんだ」

――お酒の飲める女性は、素敵ですよね。私はぜんぜん飲めないはずです。

「たぶん、紫織さんも肉体的にはぜんぜん飲めないんだと思うよ。でも、欲しくてほしくてたまらないっていう奇妙な状態で、それで苦労してるんじゃないかな」

――やっぱり、大人になったらお酒を飲めないと。お酒の飲める女性に憧れます。

弾んだ声が返ってきた。通じていない。無邪気というよりも、ある種の思い込み、あるいは強迫観念かもしれない。

こういうふうにすれちがうと、会話が成りたたない。まりの気をそらさぬよう集中する努力をしたが、ぷつっと切れてしまった。倦怠《けんたい》を引き連れた徒労感が迫りあがってきた。あくびを怺える。私の心にできた空洞に気がついて、しょんぼりした、すまなそうな気配が伝わってきた。

「ちょっと疲れてるんだ」

――そうですね。秋とずーっとぎゅーしてたから。

「うん。歳だからね。編集者との打ち合わせとか新幹線とか、疲れちゃったよ。眠る前に紫織にちゃんと話を通しておくから。明日、じっくり話をしよう」

おやすみなさい――と寂しそうに言って、まりは消えた。私は紫織を呼びだし、基本人格があらわれたことを告げた。

「ここのところ、はっきり言って、ざわつきがひどかったから、なにかあるなって思ってたけど」

「内側でざわざわしてるのか」

「もう、大変。私なんかイライラしちゃって対処できないから、あかりにぜんぶまかしちゃうしかないの。あの子はすごいよね。ざわざわぐるぐるの渦中でも、やるべきことをきちっとこなすもん」

　明日の正午、岡崎の近代美術館までまりを連れてきてくれと頼んだ。紫織は俯《うつむ》き加減で沈黙し、内側にもどったまりとやりとりしている気配だ。私は紫織の乳房に手をのばす。ピシッと叩かれた。睨まれた。

「あのね、菱沼さん。私のほうが破裂しそうな気分なの。秋って新しい子に夢中だったでしょ。菱沼さんに抱かれれば、めくるめく思いができるってわかっていて耐えてるんだから。私は沙霧が言うように粗忽《そこつ》だけれど、決めたことは守る。きついけど、守る」

「すまん。なあなあで押し切ろうとした。見苦しいなあ、俺。そこで、相談だ」

「なに。しないよ。そう決めたんだから。私には夫がいるの」

「わかってる。俺をやめるついでに、酒もやめちゃえよ」

「――クラブ、チイママが引き継ぐって。パトロンがお金だしてくれるのね。だから飲む理由もなくなっちゃったかも」

「なら、いい機会だ。やめちゃえ」

「――すごく酒好きなんだよ。御飯はいらない。酒さえありゃ、それでよいのだ」

「弱いくせに」

「――そうなんだよね。なんなんだろね、私って。そんなに酔って忘れたいのかな」

「なにを？」

「わかんない。強いて言えばね、生きてること、かな」

「すごいね」

「うん。ガラじゃないけど、けっこう本音」

　私は真剣な眼差しになってしまう前に、紫織に軽い調子で念を押した。

「明日、まりを頼むよ」

「私もどんな子か、見てみたいしね。初対面ていうだけでなくてね、内側でやりとりしても、よくわかんないんだよね。照れてるみたいな、怖がってるみたいな、なんか逃げ腰だったよ。もっと、きつい子を想像してたんだけどね。弱っちいかも」

拒絶されれば燃える。私としては疲労の限界ではあったが、なんとか紫織と肌を合わせたいと機会を窺いつつのやりとりだった。が、見事に隙がない。もっといい加減な子だと決めつけていた。けれど完全に私の接触を遮断している。見直した。このぶんなら、酒もやめるだろう。私の思いを見透かしたのだろう、にこりと笑って、囁いてきた。

「いっしょに眠ってあげるから。ただし、私は服を着るよ」

「はいはい。迷える幼子に、添い寝してください」

支配人の愛想のよい笑顔に見送られてホテルを出ると、菱沼さんはこっち、私たちは市バスで行くから——と、紫織にタクシーに押しこまれた。いっしょにタクシーに乗ればいいのだが、たぶん、まりとの出逢いを演出したいのだろう。

　東京生まれの東京育ちだが、十代のころ四年ほど京都に住んでいた。東山に近づくにつれ、心のどこかに帰ってきたという錯覚に似た感傷が湧きあがる。

　岡崎のあたりは葉桜もすぎ、緑が眼球の芯を軽やかに惑乱させる。道行く人の影もくっきり鮮やかだ。タクシーを降り、車除けだろうか、近代美術館前に一ダースほども並んでいるコンクリの円柱状の突起の上に座って、昨夜を反芻《はんすう》する。

15

眠る齊藤紫織の内側の基本人格が、電話機を用いずに私のスマートフォンに直に電話をかけてきた。人間の脳とスマホのやりとりである。こうして言葉にすると、まさに超常現象だが、私はごく自然に受け容れていた。電話と電話でやりとりするのと同等、いや明瞭さにおいては別物のクリアさだった。実際に起きてしまったことに、あれこれ反論することは難しいし、スマートフォンを手にした私に違和感は一切なかった。

　その一方で、私は脳とスマホの交信を信じていない。いや、実際に起きたのだから信じざるをえないと感情レベルでは容認しているくせに、いまだになんらかの仕掛けがあるのではと思い巡らし、科学的解釈を模索する私は相当に固陋《ころう》だ。解離性同一性障害は人間ならではの精神の有り様《よう》にすぎず、そこにはなんら疑念を差しはさむ余地がない。けれど私は超能力やオカルト、スピリチュアルの感覚的かつ感情的なメッセンジャーになるつもりはない。

　あらかじめ小説家的な空想および妄想が含まれていることを断っておくが、脳科学の最先端、量子脳の書物などをひもとくと、電子や光子《こうし》といった素粒子の振る舞いからして、超能力的な事柄は当然有り得るという結論に達する。飛躍が好きな私は、ポルターガイストといった心霊現象も量子論で解明できるだろうと決めつけている。ニュートンやマクスウエル、アインシュタインの古典力学によるマクロの世界の記述から量子力学＝不確定性原理を基本としたシュレーディンガー方程式によるミクロに対する知見は、論理的破綻なく実際に時間が未来から過去に流れるということも含めて、マクロな存在である私たちの常識を逆撫《さかな》でする。脳とスマートフォンの交信を信じようとしない私の態度と、どこかで通底している。そんな私でも、ここ数年独学ではあるが暇さえあれば量子論の勉強を重ねてきたが、一つの粒子が同時に複数の場所に存在する〈状態の共存〉や『物質どころか時間や空間さえも存在しない〈無〉から宇宙が生まれる必然』あるいは『我々が属する唯一の宇宙、ユニバースという考えはもはやほころびてしまい、無限に存在する宇宙、マルチバースが物理学的には当然で、ＳＦでお馴染みのパラレルワールド＝並行世界が無数に存在するし、量子テレポーテーション実験はごく当たり前に成功している』といった人の現実的かつ常識的な感覚では受け容れがたいミクロの粒子の不可思議な振る舞いこそが精神における意識、無意識の深遠なる秘密を解く鍵になることを直観させられた。天国地獄、あるいは幽霊や神といった人間的な属性をまとわされた概念的妄想はともかく、物理学的に霊と称される存在があっても一向に不思議ではないと確信するに至っていた。難解な数式の理解はともかく、二次元平面に射影された空間図と時空図を同時に脳内で再現できるようになったし、いままでは脳裏に描けるものが三次元空間止まりだったにもかかわらず、ふとした瞬間に、三次元のX、Y、Z軸——つまり縦横高さのすべてに交わることのできる垂直な第四の軸＝W軸、つまり四次元空間をイメージできるようになった。さらに空間図と時空図を論理的概念——単なる理屈の暗記に近い理解としてではなく、洞察をともなった実感および直観のリアリズムとして脳裏に泛《うか》べられるようになったあたりから、いきなり概念図等々諸々が映像的に直覚でき理解できるようになった。いまでは電子と陽電子が対消滅《ついしょうめつ》して二つの光子を生成させるファインマン図を見れば、時間を巡航する（過去から未来に向かう）陽電子と、時間を逆行する（未来から過去に向かう）電子の姿を実際にこの世界で起きている現実として脳裏に鮮やかに描くことができるようになった。極端な演繹だが、この電子の振る舞いと重ねあわせて、脳におけるニューロンは畢竟《ひっきょう》、電位で作動するのだから、予知など当然といった気分になるのだ。J・B・ラインが量子論に詳しかったならば、きっと予知能力と量子を結びつけたのではないか。残念ながらラインは、愚直なまでに古典物理学的だった。ホーキングとの共同研究で知られる天才数学者ペンローズは量子脳に対する考察で新たな次元を現出させている。そもそも量子コンピュータの超越をもちださずとも、スマートフォンなど最たるものだが、現代人は量子力学の恩恵の上に生活を成りたたせている。だからといって私が脳内からあなたの携帯に電話することはできないが——。ともあれマクロな我々には事物の根源であるミクロの粒子の振る舞いはなかなか理解できず、私自身二年弱ほども量子論に婬《いん》しきって、ようやくファインマン図まで見透せるようになったわけだが、それで量子を理解したなどとはとてもいえない。

　という具合に、まりを待つあいだに泛んだあれこれを勢いで脳内に書き連ねてみた。読んでも退屈する方が多いだろうから、あえて読み飛ばしてもらうように延々改行なしという配慮までした。こんな具合に小説家は、まだ書いていないことまでをも頭の中で執筆してしまう。陶芸作家が脳内で轆轤《ろくろ》をまわして躊躇《ためら》わずに造形するようなものだろう。影が射して顔をあげると、紫織が頰笑んで見おろしていた。

「バスは混んでたか」

逆光に浮かぶ紫織はそれに答えず、頰笑みをより深くして軽く前傾し、私の薄い頭部に向けて囁《ささや》いた。

「まりに替わるね」

私は上目遣いで齊藤紫織を観察した。その手指が顫《ふる》えていることに気付いた。私は立ちあがった。接触しないよう気配りしつつ、寄り添う。

「外に出てきたのは、ずいぶん久しぶりなんだね」

「――はい。二十五年ぶりです」

消え入るような声だ。

「最後に外に出たのは雪ちゃんがコロを連れてきてくれたときで、それから、ずっと」

道行く人たちには中年女にしか見えないだろうが、私は眼前の十七歳に困惑した。まりは初々《ういうい》しい女子高生にしか見えない。そんな戸惑いを隠して、コロとは犬だろうとおしはかり、ごく軽い調子を意識して訊《き》く。

「どうだ、四半世紀ぶりの外は」

「――水の、水の匂いがします」

美術館のすぐ脇を疏水《そすい》が流れている。私には水の匂いは感じとれなかった。齊藤紫織の内面に籠もっていたときは、無縁だったのかもしれないが、もともと匂いに鋭敏な子だったのだろう。まりは、美術館の正面階段を上がっていくときも、幾度も、水の匂いがすると繰りかえした。まだ指先が顫えていて、これは芸術鑑賞どころではないと私のほうが不安になったが、二十五年ぶりのまりを現実に慣らすには、刺激の少ない美術館がいちばんだろうと、ざっと常設展を見て歩く。しばらくのあいだまりの指先のわななきは止まらなかったが、あまりおもしろくないねと写真の展示ブースで私が囁いたころには顫えもおさまっていた。

昼食どきだったので、美術館のカフェで私はスパゲティとコーヒー、まりは紅茶を頼んだ。二十五年ぶりにまりが口にしたのは、ミルクティーだった。コーヒーは苦くて飲めないですと眼差しを伏せて笑《え》む。なんとも愛おしいが、どうやらまりも紫織と同様、物を食べることができないらしい。驚いたのは、まりに感応したらしいカフェの女主人が、私たちの席だけ信じ難いほど叮嚀《ていねい》にあれこれ面倒を見てくれ、世話を焼き、しみじみとまりの表情に惹きこまれていたことだ。

早くホテルにもどった方がよさそうだったが、なにか記念になる物を買ってあげたい。嵩《かさ》ばるものは無粋《ぶすい》だ。高価でなく、ごくちいさくて、いつまでもかたちを保つもの。シリアスな物は避けたい。

美術館の売店で、針金でつくられた猿のクリップ――文具を買って、そっと手わたす。まりは初め、戸惑ったような表情をしていたが、すぐに満面の笑みを泛べた。

後日、なにげなくクリップが入っていたちいさな紙袋を棄《す》てようとしたら、絶対に永遠にとっておいてと、まりが大騒ぎして難儀した――と紫織が苦笑いしていた。

ホテルにもどった。室内には金色の西日が爆《は》ぜている。レースのカーテンだけ閉めた。ソファーに向かいあって座る。まりは行儀よく脚を綺麗に揃えている。緊張は隠せない。さてと――と呟いて、言っておかなければならないことを口にする。

「絶対に約束してほしい。まずは、これから先、あかりの記憶を消さないこと。記憶をなくせばいいだろうという浅知恵を発揮して、痛いこと、つらいこと、苦しいことをあかりに押しつけない」

息を継いで、続ける。

「もうひとつは、秋にセックスを担当させないこと。これから先、もしセックスをしなければならないことが起きたら、その原因をつくった子がセックスをする。このふたつだ。まりに頼むのは、まりに約束させるのはお門《かど》違いか？」

「いえ、はい。そうします」

幽《かす》かに躊躇いの気配を感じさせたが、私が見つめると、深く頷いた。私は頷き返して、さらにお願いがある――と真っ直ぐまりを見つめた。

「俺とまりは、こうしてコミュニケーションをとっているよね」

「はい。とってます」

「だったら、齊藤紫織の内側にいるみんなもコミュニケーションをとるべきというか、自由にやりとりするべきじゃないかな」

まりは返事をしない。私の提案は、記憶を遮断して自己を保つ解離性同一性障害にとって本質的に相容れないことであるからだ。もちろん人格によってはほとんどすべてを知っていて、司令塔の役目をする子もいるらしい。

けれど齊藤紫織においては、おそらくはまりの指《さし》図《ず》で恣《し》意《い》的な意思の疎通がごく稀《まれ》にある場合をのぞき、それぞれの子のあいだにコミュニケーションはない。彼女たちは、日常生活に齟齬《そご》をきたさぬよう、そのときに外に出ていた子が次に出る子のために詳細な日記を付けているのだ。

紫織から日記を見せてもらったことがあるが、長年のあいだに紫織にもあかりにもさゆりにも書式とでもいうべきものが確立してしまっていて、それこそ分単位で一日の出来事を記した、いささか神経症気味な記述に圧倒された。それは際限なく私にむかって繰りだされるメールにもあらわれている。

「すべてとは言わない。必要なことのみでもいい。せめて選択的に情報を共有する。いままでも重要なことは共有してきたんじゃないかな。もちろん、こんなことは知らない方が当人のためだといったこともあるよね。だから、すべての情報を細大《さいだい》洩らさずといった無理強いをする気はさらさらないけれどね。どうだろう」

幽かに頷いたように見えたが、私の錯覚かもしれない。押しつけがましくならぬよう、静かに続ける。

「いっそのこと、垣根を取っ払ってしまったら、ずいぶん効率的な人生になるよ。昨日誰それに会って何日何時に会う約束をしたといったことは、別段隠すようなことじゃないだろう。それに加えて、あかりや秋にみんなが同情心をもたなかったのは、やはりそれぞれが遮断されていることにあったと思うんだ。甘いって笑われるかもしれないけれど、俺はみんなが記憶を共有したらいいと強く思う」

まりは、真摯《しんし》な眼差しで黙って聞いていたが、それにはまったく答えず、やや身を乗りだして言った。

「菱沼さんはあかりさんの記憶を呼びもどしたし、秋を喋れるようにしてしまった。まりたちの心は、他人にはさわれないはずなんですよ。信じられない」

私が言っているのは記憶の共有化だ。すり替えているつもりはないのだろうが、ちがう方向にずれている。記憶の共有化。じつに難しい問題だ。深追いは禁物だ。

表情を変えて、あかりの記憶が蘇り、秋が喋るようになったことに対して私自身いささか驚いているといったふうを装って答える。

「偶然というか、絶対できると信じて接すると、なんとかなってしまうものだね。つくづく思い知った。精神に関することは精妙な読みに加えて、躊躇いをもってはだめなんだ。俺に取り柄《とりえ》があるとしたら、この裏付けのない確信的態度と普通の人間よりは多少優れているらしい精神に対する感受性だな」

少し得意げに腕組みして頷くと、探る上目遣いで訊いてきた。

「まりたち、気持ち悪くないですか」

「その質問は、さゆりからも秋からも受けたよ。答えは、気持ち悪くない。それよりも、いつも感動をもって、おまえたちに接しているよ」

「だって、まりなんて、二十五年も心の底に隠れてたんですよ。信じられますか」

「うん。はっきり感じられることがある」

「はっきり感じられること？」

「うん。おまえはまりで、他の誰でもない」

まりは顫えた息をついた。

「あの人は、紫織さんが私たちのことを説明したから、知識っていうんですか？　情報かな？　とにかく知識としては私たちの状態を知ってるんです。でも、現実には、誰もがおなじにしか見えないらしいの。ずっと観察してたんですけど、私たちがあの人の気にいらないことをすると、他の人格なんていない、演技してるだけだって決めつけます」

あの人とは紫織の夫のことだ。あの人は齊藤紫織の内側の子を際限なく殺してきたが、後に愚かにもその場の感情の暴発により妻である紫織を殺してしまうのだ。紫織はたった一人の、あの人の理解者だった。あの人はそれにさえ気付かずに、もういない妻とおなじ外貌をしているだけの、亡き紫織の娘に対して責任をもって育てようと頑張る他人に対して、相も変わらず言葉を含むドメスティックバイオレンスに邁進《まいしん》し、強姦を重ねるのだ。

「菱沼さんと、あの人だけなんです。私たちのことを知っている人は。でも、あの人は、じつは私たちのことがわかっていない。まりたちは、別に悪ふざけしているわけではないんですけどね」

瞳をあげて私を見つめる。くっきりした二重が隠れて綺麗な弓なりの一重に変わる。ぞくっとした。この瞳に抗《あらが》える男はいないのではないか。

「これから先も紫織さんが、あの人と暮らしていくとするなら、どうしたらいいんでしょうか」

難題すぎる。齊藤紫織に対して、あの人も含めて私たちがすべきいちばん重要で大切なことは、見極めることだ。そもそも見極めるということは、知と情の複合したかなり難易度の高い事柄だ。私自身、齊藤紫織を見極めているなどと思うこと自体おこがましい。

「話を聞いているかぎり、あの人は、すごく鈍いよね。過敏にして、鈍い。自尊心や承認欲求に関することにはじつに過敏だけれど、他人に対しては想像力がはたらかない。つまり齊藤紫織に対してはまったくイマジネーションがはたらかない。自分のことだけ。嫉妬とかの妄想は凄《すさ》まじいけれど、そこにあるのは自分の主観だけ。自己愛の権化《ごんげ》。こういうのがいちばん始末に負えないんだよね」

鈍感。自尊心。自己愛の権化——私のことではないか。錆びた金属が軋《きし》むような気分に襲われた。まりは俯《うつむ》いてしまった。はっきり言いすぎたか。だが薄布に包んだ御意見を遠回しにまりの視線の彼方《かなた》に安置しても、なにも見えないから意味がない。

「あの人と結婚する前に、紫織さんは×××の男の人と大恋愛をしたんです」

まりは具体的な企業名をあげた。私も漠然と知っている冷凍食品関連のメーカーだ。記す必要もないので伏せ字にしておく。

「その人はとても敏感な人でした。だんだん紫織さんのなかに他の子がいることに気付いたみたいなんです」

「敏感だから、直感しちゃったんだね」

「はい。で、あるとき、あの、セックスのときに、いきなり紫織さんを怖がって、暴力を振るいはじめたんです」

「なんとなくわかってきたぞ。過敏な人と恋愛して修羅場がおきてしまった。だから紫織は、こういってはあの人には失礼だが、あえて結婚相手には鈍感な人を選んだ」

「あ、そういうことでしたか。まりは、紫織さんが敏感な人と恋愛して、それはそれで大変なことがおきたって菱沼さんに伝えたかっただけなんですけれど、なるほど！　納得しました」

「ところで、紫織じゃないだろう、暴力を振るわれたのは」

「わかるんですか！　そうです。暴力を振るわれたのは、秋ちゃんです」

目を見ひらいて、感嘆符を隠さない。そんな素直で率直な表情に、年甲斐もなく胸がきゅっとなる。それを圧《お》し隠して、抑えた声で言う。

「あまりにも烈《はげ》しい暴力で、警察沙汰になったんだろう」

「秋ちゃんが話しましたか？」

「いや、あの子は事件については語ったけれど、自分がやられたとは言わなかったよ」


若干《じゃっかん》、咎《とが》める眼差しで、まりを見つめる。

「ま、そのときはたぶん顔がお岩さんになった程度で、脾臓《ひぞう》は傷つかなかったよね」

「はい。惨状だったけど、入院するようなことにはならなかった。それよりもあの人の薄ら笑いと共に繰りだされる執拗な暴力には、どう対処すればいいんでしょうか」

過去は過去といった割り切りをにじませ、まりは現在の最重要問題点の解決法を知りたがる。けれど、問題は齊藤紫織がそれを自分自身で解決しようと足《あ》掻《が》くことではなく、つまり内面の人格を用いて解決しようとするのではなく、利害関係のない第三者にまかせることにある。自分の会社の顧問弁護士に、私との関係も含めてすべてを隠さず率直に相談すべき事柄だ。せっかく、あかりが意を決してＤＶ相談に出向いたのに、他人の力を借りるという第一歩を踏みだしたのに、記憶を消去されて、以来うやむやになってしまっている。解離性同一性障害であることを第三者に知られたくないのは痛いほどわかるが、あかりをあえてＤＶ相談から遠ざけた気配を私は感じとっていた。

「解決するには、根本的な態度をあらためないとね。――なかったことにする。これが、いちばんの問題点だよ」

「はい」

　返事はくっきり鮮やかだが、実際にはなにも通じていないことがじわりと伝わった。なかったことにする――記憶喪失の一形態である解離性同一性障害の最重要問題点だ。あかりのように忘れ（させられ）てしまう。あるいは、それをまったく知らない新しい人格をつくって、問題を先送りする。

「問題にちゃんと向きあって解決の努力をしないとね。でも、まりがどんな采配《さいはい》を振っているのかわからないけれど、交代要員は幾人でもいるって構えているとするなら、これは制御《せいぎょ》のきかないミサイルをたくさんもっているようなものだから、まずいね。なんか五十人以上いるらしいけど、それはほんとうなのか？」

「なぜ、知ってるんです！」

「沙霧から聞いた」


「――いるんです。正確にはまりにもわからないくらい」

　まりは溜息をつき、しばらく黙りこんでいたが、いかにも空想が好きな少女の面影のまま、語りはじめた。

「ここに電車があって、がたんごとん目的地がわからない旅を続けています。終点は、目的地は、死かな」

　死。眉が動いたのだろう。まりが私の眉間《みけん》のあたりを凝視した。見つめかえすとまりは視線をはずして続けた。

「夜汽車です。客車はとても長くて、ずうっと座席が続いていて、人が点々と座っています。でも明るいのは前のほうの幾つかの席だけで、そこから先というか、奥は急に暗くなります。真っ暗です。その暗がりにたくさんの子が息を潜めています。ほとんどの子は眠っているんです」

「その子たち、まりが生みだした？」

「まりには、わからない。まりも記憶がなくなることがよくあるのでわからないんです。でも困ったこと、つらいことのあとに人数が増えてるから、まりがつくっちゃったんだと思います。とくに、いっぱいつくっちゃったのは、まだ小学校に上がる前です」

　小学校に上がる前——。

　いったいなにがあったのか。だが性急な追及は悪い逸郎にきつく戒められている。まりが上目遣いで付け加える。

「まりはいろんな子をつくれるけど、消すことはできないんです」

　つくるだけつくって、ところが消すことができない子がまりに逆らって、ずいぶん苦労したことがあるような口ぶりだった。消せない子をまりはいったいどうしたのだろう。

「いまはちゃんと役に立つ子をつくれます」

　誇らしげだった。あかりや秋はたまったものではない。他にもひどい目に遭った子がたくさんいるのが直感できた。だが問い詰めてはならない。私は質問を変えた。解離性同一性障害について、系統だった勉強をしたことがないという自覚がある。万が一、

私の手に負えない場合の安全弁をつくっておかなければならない。

「あえて訊くけど、自分たちのことを医者に相談した？」

「紫織さんが。でも——」

　じっと見つめて促すと、とんでもない答えが返ってきた。

「お医者さんが紫織さんとセックスしようとして——。どんどん軀《からだ》を近づけてくるんですよ。抱き寄せて頬擦りして、股間に手が伸びて。紫織さんは、どうにか逃げだしました。解離性同一性障害に関してはとても有名なお医者さんでしたけど、まりたちは、もう、お医者さんには近づきません。絶対に」

　私は顎を拇指《おやゆび》と人差指ではさんで小刻みに圧迫していた。そういうことか——と、あまりの愚劣さに、怒りにさえ至らない失望が、胃のあたりを収縮させる。いざとなったら相談できる精神科医を見つけておこうと考えていたのだが、齊藤紫織は精神科医に対する信頼を完全に喪《うしな》ってしまっている。忌避《きひ》すべき存在と捉えている。もはや精神科医に頼ることは

できないし、私自身おぞましさに悄然としてしまっていた。

「ま、俺もおまえたちとセックスしているからね」

「それは、みんなが菱沼さんのことを好きになったからで、いまだって、ぎゅーされるのをいまかいまかって待ってますよ」

「それは、まりが俺を好きになってしまったから皆そうしなければならないって、仕方がないんだって秋が言ってたよ」

「ちがいます。なによりも私たちひとりひとりを、それぞれちゃんとした独立した人であるって菱沼さんが認めてくれたからです。みんな、認めてほしかったんです。ところが認めてくれたどころか、菱沼さんは私たちが誰であるか、ちゃんとわかるじゃないですか。見抜くじゃないですか。あと――はっきり言います。紫織さんがドアを開いてしまったんですけど、セックスが悪いことではないってことを、みんなが知ってしまったんです」

強引に私に迫った紫織は、まりの意向に添って動いただけで逆らいようがなかったことが直覚された

が、とぼけて訊く。

「まりは？」

「ぎゅーはいいけど、まりは、そこから先はちょっと苦手かな」

「わかった。俺の唯一の取り柄は、無理強いと無縁だってことなんだ」

「なんで無縁なんですか」

「わからない。勝手気儘《きまま》に生きてきたからね。義務教育さえまともに受けてないし。無理強い。自分がされたら、絶対にいやだからじゃないかな」

「まりたちは無理強いばかりされてきましたから。いまも、昔も、ひどい無理強いばかりです」

顫えた声で呟いたまりの全身を覆いつくした無力感の強さに私は息苦しさを覚え、無意識のうちにソファーに深く座りなおして姿勢を正した。

モラルのない医師の姿は、そのまま私に重なる。私は無理強い＝強姦はしたことはないが、サディズムを隠しもっている。けれどそれを許容する相手がいなければ一切発現しない。まったくじつに都合よ

く作動する私というメカニズム。せわしなく手指を絡ませ、自分自身を糾弾《きゅうだん》する。

——俺が齊藤紫織に対して影響力を発揮し、記憶をもどしたり、喋れないのを喋れるようにしたのは、セックスという行為があったからこそではないか。

　かりそめにも齊藤紫織が私に心を許したのは、性が介在しているからだ。それ抜きに齊藤紫織と、その内面の子たちとの関係を語ることはできない。無理強いがどうこうと、じつに厭《いや》らしく話をそらすものだ。もっとも唾棄《だき》すべきインテリならではの処世である。

　柔らかい熱を感じた。俯いている私を、まりの視線がそっと撫でていた。ぎこちなく顔をあげる。まりは真っ直ぐ、私は微妙にそらしていたが、抗しがたい引力に惹きよせられた。目と目が合った。

　愛くるしい。いとおしい。可愛らしい。似たような意味の言葉が脳裏で渦巻く。端整なのに、冷たさがない。憂いを含んだ眼差しに濁りはない。頼りなげな笑みに、守ってあげたいという勝手な衝動が迫《せ》りあがる。しかも真に親しくなれば、きっと程よく

やんちゃなのだ。悧発《りはつ》だが、要領はよくない。甘えん坊で思い込みが強すぎる気配はあるが、絶対にこの子は裏切らない。これは誰からも好かれるわけだ。とりわけ男にとって、ある種の理想が結実した存在が、まりだ。

　じつはホテルにおいても、ドアボーイから支配人まで、行きと帰りではまったくちがった応対だった。行きだって蔑《ないがし》ろにされていたわけではないが、まりといっしょだと皆がにこやかに近づいてくる。声をかけてくる。あれこれ世話を焼いてくれる。冷静に判断すれば、まりに惹きつけられて接触したくてたまらないのだ。私だって例外ではないが、こうしてふたりだけで向きあっていると、逆に神妙になってしまい、触れるなどもってのほかという気分だ。

「まずいな」

「まり、なにかよくないこと、しましたか」

「いやね、まりはなにも悪くないんだ。でもね、こうして人を、男を惹きつけてしまう魅力が、必ずしもいいほうに作用するとはかぎらないって感じたから」

まりにとっては、じつに理不尽というか、不条理な言葉だろう。実際、俯き加減で沈み込んでしまった。夫の求めに従ってまりが自身の代理としてさゆりをつくったのは、期せずして大正解といったところだ。さゆりもじつに魅力的だが、まりのような得体の知れない引力はない。それどころかイエス、ノーがはっきりした反力《はんりょく》さえもっている。それはともかく私は悪い逸郎に叱られる前に強く自分を責めた。意外な言葉がかえってきた。

――いいとこ、突いたぜ。ずれた文豪にはめずらしいことだ。

悪い逸郎の囁きに、私は小首をかしげた。まりは私の内面のやりとりに気付かないようだ。あかりはあっさり私の心を読んだが、まりは抑制しているのだ。

――いいとこ突いたとは？

――その前に言っておく。あのな、俺はな、まりを遮断してるんだ。それくらいのことはできるんだ。俺を侮《あなど》るなよ。どうせおまえは骨抜きにされる。俺はおまえの理性だ。

――そうか。よろしく頼む。

――人にものを頼むときは頭をさげろ。ま、いいか。俺とおまえの仲だ。サービスで予知してやる。おまえはこれから先、抜き差しならないところに追い込まれる。のっぴきならないってやつだ。

――お手柔らかに。

――文豪は俺が相手だと、じつに陳腐なことを口走るな。

返す言葉がない。苦笑を呑みこんで、無視して問う。

――いいとこを突いたとは？

――まさにそのとおり。すべての厄災の根源は、まりにある。

――この子が、か？　まりが、か？

――なぜ、この子に惹かれる？

――わからない。

――文豪は、ほんと、アホだな。いい加減わかれよ。善悪について、だ。てめえでじっくり考えてみな。たいして難しいことじゃないし、文豪は、さっき答えを口にしてたじゃないか。まりは善か？　悪か？

——どう見ても悪には見えないよ。

——そうだ。そのとおりだ。

——悪くないのは、悪いのか？

——も少し、小説家らしい言葉で喋れよ。抽《ぬき》んでた無様さだぜ。バカな文豪の相手をするのは面倒だし、とりあえず俺は去るが、どのみち逃げだすことは不可能だから、一応念を押しといてやる。いいか。おまえは、もう引きかえせないんだよ。ゆるい文豪が文学趣味でどうこうできる地平は、とうに過ぎちまってるってことだ。御愁傷様。けれど文豪が息してないと、俺も生きていられないからな。鬱陶《うっとう》しいけど、折々に手助けしなければ、俺が死んじまうというわけだ。まったく因果だよ。ま、うまく乗り越えれば、バカも多少矯正されるだろう。せいぜい文豪のチープな文学的御発展、それを願ってるよ。

口調と裏腹に、俺が心配でならないといった眼差しを隠せない悪い逸郎だ。私には現実感の欠片《かけら》もないが、齊藤紫織に対峙することで、私の心臓が止まりかねないといった気配だった。けれど自分のことよりも、まりの様子が気になって仕方がない。


「疲れたか？」

「はい、ちょっと」

「二十五年ぶりで声帯を使って喋ったんだもんな。足を使って歩いたんだもんな」

弱々しい頰笑みが返ってきた。私は性的なことをしない約束をして、まりをベッドに誘った。腕枕してやると、縋《すが》りついてきた。

「きつく、きつくぎゅーしてください」

やりすぎか、というくらい力を込めると、まりは私の腕のなかですっと眠りに落ち、そのあまりの静かさに呼吸が止まったのではないかという不安を覚え、軀を離すと、腕のなかの存在が十七歳から四十二歳にかわった。あかりだった。

「どうしたのかな。意思の疎通？　他の子の考えていることが伝わってきます。もちろんプライベートな気持ちは抜きですけれど、これならもう引き継ぎ日記はいりません。菱沼さん、なにかしましたか」

「しない。知らないよ」

とぼけると、お歳を召した魔法使いと囁いて、あかり自ら接吻してきた。行為のさなかに微《かす》かな不正出血をみた。だいじょうぶです——となんら裏付けのない、あかりらしくない言葉を発した。だが控えたほうがいい。私はほとんど静的に接したが、肌と肌が触れあうことに満足している気配の直後、一気に極め、充《み》たされた表情で微睡《まどろ》みに落ちていく。

軀を離そうとした瞬間、秋が目覚めた。しんどくないかと逆に問われた。この調子で幾人もこなしていくとしたら、年齢的にハードだ。けれど、たぶん見えざる力が働いて、私は恙《つつが》なくお仕えすることができるのだ。

秋は私に負担をかけたくないと囁くと、すっと私の軀から抜けだした。齊藤紫織のなかでも最上の美貌、満ち足りたあとの、あの表情を見たい。そんな気になったのは不可解なことに不正出血が止まっていたからだ。

私の慾望を悟ると、首を左右に振って諫《いさ》め私の上にきた。あくまでも私に負担をかけないという体勢だ。物足りなくはあったが、秋の動作にまかせた。秋の手をきつく握って、その姿を見守っているうちに、一気に迫りあがってきた。秋は特別なことをしていない。けれど私は齊藤紫織のなかでもいちばん美しい女に帰依《きえ》してしまったのだ。声さえ洩れぬ強烈な私の終局と虚脱を自らの軀で知り、利他の輝きに充ちた瞳で私を見おろしてくる。引き寄せて、密着した。

「セックスさせられるのは、つらかった。いやだったです」

頷くと、秋は涙で私の胸を濡らした。

「紫織さん、あの人とセックスしたのは、妊娠目当てのときだけです。あとは、ぜんぶ私が引き受けました」

唐突に、以前、さゆりがぼやくような口調で言っていたことが脳裏を掠《かす》めた。——菱沼も知ってるだろうけれど、紫織って感じないじゃん。ま、紫織が感じないってわけじゃないんだけれどね——夫は屍《し》体《たい》の秋を抱いていた。妻の凍えきった軀。絶望的な不感症。それは耐え難いことだったろう。

「これからは、死ぬまで菱沼さんだけです。死んでも、菱沼さんです」

またもや、うんと頷いたが、その瞬間にかえってきた秋の瞳に、複雑な綾が流れた。単純にくくれない深い精神が仄見《ほのみ》えた。ただの奴隷じみた境遇の子ではないのだ。私は秋の内面に人間の、女の孕《はら》む本質的な悪とでもいうべきものを見た。この悪は、類い稀なる優しさを包含していて、よくない言い方をすれば、取り憑《つ》く。思いもよらぬ素顔を垣間見《かいまみ》せた秋に私は本音で取り憑かれたいと希《ねが》った。聖性には悪が必然であるという逆説じみた思いに支配され、純粋な悪であるがゆえの聖性をおびたサクリファイスの実体をきつく抱き締める。秋は私に動かないでと囁いて、そっと唇を合わせてきた。思いのほか尖《とが》った舌が挿しいれられた瞬間に、私は秋の内面でふたたび爆ぜた。秋に嘉《よみ》されたという喜悦と共に抑えがたい恋情が迫りあがる。秋は顫えた吐息をついて抜け殻となり、私のうえに頽《くずお》れ、動かなくなった。極めたあとのあの美貌を見せる間もなく、弾んだ声が届いた。

「ひっしぬま」

「必死の沼。なんだか底なし沼だ」

「つまんね～」

「おまえは、やさしいな」

「なんのことかしら。わたくしには、とんとわかりませんのことよ」

「似合わねえー」

「菱沼に言われたくねえよ」

めまぐるしいが、すべてを受け容れる。私はさゆりの内側に居座ったまま、そっと体勢を入れ替えた。見おろすと、さゆりは照れて視線を宙に彷徨《さまよ》わせた。菱沼、気持ちよくして――と率直に訴えてきた。もちろん吝《やぶさ》かでないと囁きかえすと、古くせ～　と笑いだした。もちろんやや強めの男の動作で笑いを消滅させた。きつく、しがみついてくる。私にとってさゆりはまりの代理などではない。共通しているのは十七歳というだけで、あくまでも、さゆりというすばらしい個性だ。とことん気持ちよくさせてあげたい。その健気さに意をつくしていると、異変がおきた。

「ごめんなさい、ごめんなさい」

「まり！」

あわてて外そうとすると、また、顔つきが変わった。

「さゆりだよ」

「あ、すまん」

「いいの。まりが割り込んできたのは確かだし。引っ込むよ。まりに替わる」

いいのかと声をかける前に入れ替わった。

「――ごめんなさい、ごめんなさい」

「さゆりは優しいから、まりが割り込むのをじゃましないよ。だから、もう、謝るな」

ご――と声をあげかけて、まりは決まり悪そうに私から顔を背けた。私はそれに気付かぬふりをして、ゆったり揺蕩《たゆた》った。ところが驚いたことに防音の確かな部屋でよかったと胸を撫でおろすほどに、まりは烈しく反応した。こんなこと、こんなこと――と譫言《うわごと》のように繰りかえして、必死に腕を、脚をからませてくる。その激情に私は息を呑む。

「怖いよ、怖い、菱沼さん、怖い」

喘《あえ》ぐあいまに訴える。なにが怖いんだと問いかけても、要領を得ない。が、性そのものが怖いというニュアンスだけは感じとれた。けれど、それならば、

なぜ、これほど強く快に囚《とら》われて、抑制を喪うのか。

「なんだ、これ。菱沼、おかしいぞ。また私が出された」

「うん。なんか混線してるみたいだ」

「私はいいけどさ、まりが普通じゃない」

「どんな様子だ？」

「まり、沈みこんでる。消えてしまいそう」

出現した直後に死んでしまうというのか。私は叱った。さゆりの耳朶《みみたぶ》に顔を押しつけるようにして声を注ぎこむ。まりは、まだ、俺になにも明かしてないんだぞ！　これから先も、幾度もこうする運命なんだぞ！　おまえは俺の奴隷だ。命じる。死ぬな！

「菱沼さん」

「よし。もどったな。でも、声が薄い」

私は素早く思案した。

「よし。俺のこと、菱沼さんなんて他人行儀に呼ばず、逸郎って呼び棄てろ」

「――逸郎」

「そうだ。繰りかえせ」

「逸郎――逸郎、逸郎、逸郎」

「もっと！」

「逸郎、逸郎、逸郎、逸郎、逸郎」

「まり、まり、まり、まり、まり」

「逸郎、逸郎、逸郎、逸郎」

「まり、まり、まり、まり、まり」

「逸郎、逸郎、逸郎、逸郎、逸郎、逸郎」

　自己存在があやふやな者たちが唯一すがることのできる呪文、自身に与えられた固有名詞が交差し、時間が大きく引き延ばされて、私とまりは死にほぼ近い快に終わりのない痙攣《けいれん》を続けた。ところがきつくつながったままの放心は、汗に濡れた私のくしゃみで現実に取ってかわられた。

「肝心なときにハックション——ごめん」

「ううん、逸郎」

「なに」

「まりね、逸郎と逢ったら、死ぬつもりだったの」

「——もう、死ねないぞ」

「死んだら、だめ？」

「だから、もう、まりは死ねない」

「はい。まりは死ねません」

　しおらしく呟いたまりを見おろす。淡く静かな頬笑みが血の色の唇に泛んでいる。そっと私の手をとった。首に誘《いざな》った。私はまりの首を絞めていた。まりの笑みが深くなった。私に殺してもらうことこそが望みという気配で、柔らかな頬笑みを泛べて苦痛の気配はまったくない。私も絞首の昂《たか》ぶりも不安も感じていない。首は絞めても、喉笛を潰さないように気配りしている。我に返った。慌てて手をはずす。まりは私を見あげて小さな溜息をついた。あと少しだったのに——。

　私はまりの上から降り、まりを腹這いにして、その少年じみた臀《しり》を加減せずに叩いた。私を殺人者に仕立てあげようとしたことが許せず、狼狽《ろうばい》と怒りと悲しさ、さらには他人の心を操る能力に対する恐怖が綯《な》いまぜになって、折檻《せっかん》せずにはいられなかった。爆ぜる音に、まりが身悶《みもだ》え気味の上下動をする。お仕置きですか！　お仕置きですか！

「お仕置きだ」

　掌が熱をもち、精も根も尽き果てて私はまりの隣に転がった。

「まり、また死のうとしたら、お仕置きされますか」

「されない。もう、してあげない」

「――だったら、まりが生きてたら、ときどきお仕置きしてくれますか」

「生きてたら、ね」

「死なない。まり、死なない」

脇に抱きこみ、強くぎゅーしてやった。私という主語ではなく、まりという固有名詞を必ずといっていいほど自らの会話に挿入するのは、自己存在の不確かさからきているのではないか。そんなことを考えながら、まりのさらさらな髪を撫でていると、すうっと墜落していく。深く静謐《せいひつ》な眠りにある。死の気配はない。純粋な眠りだ。見守っていると、目蓋《まぶた》が幽かに痙攣した。

「なんか、相当烈しかったみたいだね」

「うん。かなり」

「私って健気だよね。いまも必死で耐えてるよ。たまらない」

「紫織の意志には、ちょっと感嘆してるよ」

「ちょっと？」


「たくさん」

「よろしい」

紫織は蟀谷《こめかみ》に指先をあてがって薄く目を閉じ、内面を覗き、囁いた。

「まりね、だいじょうぶだよ。じつに幸せそうに眠ってる」

そうか――と私は大きく息をついた。拡張し、収縮する私の胸を紫織がじっと見つめている。

「すまんが、秋を性の係から外《はず》したよ」

「えー」

「えーじゃないだろう。おまえが結婚したんだ。おまえがすべきことだ」

「意趣返し？」

私と性の交わりをもたないと宣言したことに対してのひと言だった。もちろん紫織は本気で言っているのではない。

「私、たぶん、秋とおなじくらい感じないんだよね。困ったな。夫はとにかく感じてほしいからね。なんで不感症に仕立てあげられちゃったんだろ。なんで菱沼さんとのセックスは、あんなに気持ちよかったのかな。参考にして、安い演技でもしろっていうのかな」

　まりの精神全体を蝕《むしば》んでいる性に対する忌避感が、秋にも紫織にも及んでいるということだろう。そのまり自身は、さゆりと入れちがいであらわれて、齊藤紫織のなかのどの子よりも烈しい性的快感を得ていた。性——。錯綜してしまって、考えこむと脳髄が罅割《ひびわ》れそうだ。

　いきなり紫織が弓なりにバウンドした。ベッドが烈しく不規則に揺れる。

「だめだ！　これは耐えられない」

「どうした」

「痛い！」

「脾臓か！」

「ちがう！　頭！」

　数分後、口許に両手をやり、掻きむしるような仕種をした。呼吸が止まっている。狼狽《うろた》えた私が膝で躙《にじ》り寄ると、こんどは軀を丸めて腹部を押さえた。腹痛か？　と問うと、かろうじて頷いた。

　おおむね頭痛が一分。呼吸停止が三分に、腹痛が

一分。この無限の繰りかえしだ。いったいなにが起きたのか判断がつかず、途方に暮れた。紫織は全身に脂汗を浮かべて、土気色に変わってしまった軀を伸ばしたり縮めたりして痙攣し、ベッドを軋ませている。

「だめだ、私、痛みに弱いから！」

　叫ぶように言って、別の子にスイッチしてしまった。顔中に苦痛の皺が刻まれているせいで、誰だかよくわからない。頭を、胸を、腹をさすってやりながら観察し、ようやくあかりであることを悟った。痛み苦しみは、あかりか。だが、この規則正しい五分一単位の頭痛、呼吸停止、腹痛は、いったいなんなのだ。あきらかに病気の類いではない。けれどその理由は一切不明だ。私は狼狽するばかりだ。

——部屋の防音が確かで、よかったな。間違っても救急車なんか呼ぶなよ。

「俺もなんとなく、救急車では解決しないって感じていたよ」

「菱沼さん、悪い逸郎さん、苦しいよ」

　すっと私と入れ替わり、悪い逸郎があかりを胸中

に抱きこんだ。けれど苦痛の輪廻《りんね》は止まる気配がない。

あかりは悪い逸郎の腕のなかで、激烈な苦痛によ
る収縮と弛緩《しかん》を繰りかえしている。どうしたらいい
のだろう。悪い逸郎に問いかけたが、首を左右に振
るばかりだ。齊藤紫織の内側の問題だから、関与で
きないということらしい。悪い逸郎は脂汗の浮かん
だあかりの額を撫でつづける。

「苦しいとき、唱える呪文があるんです」

「うん。教えて」

「青い空、白い雲」

あかりの息が止まった。ぐったり軀が伸びていく。
三分待った。深呼吸しながら腹部を押さえると、苦
笑いの表情で呟いた。

「青い空、白い雲――あまりに単純で、気恥ずかし
いんだけれど。紫織さんが出産のときにひどく苦し
がっていたので、この呪文を教えてあげたら、バカ
にしないでって叱られました」

「青い空、白い雲。見えるか」

「必死で想像するんです。青い空と白い雲。あとは、

なーんにもありません。それだけでいいんです。そ
れだけが、苦痛に耐えるための――」

悪い逸郎がやさしい声でやりとりしつつ鳩尾《みぞおち》あた
りをさすってやっていると、痛みが頭に移った。あ
らためて計ってみた。齊藤紫織の内面にはほぼ正確
な時計が仕込まれている。頭痛、呼吸停止、腹痛の
無限ループの苦痛は、多少のズレはあるにせよ五分
ワンセットで進行していく。いつまで続くのだろう。
途方に暮れる。いきなりあかりが目を見ひらいた。

「いま、何時ですか」

「六時半」

「まずい。七時半に会食がてら、新規出店の打ち合
わせがあるんです」

「あるんですって、これでは無理だろう」

「お願いしてみます。仕事だから、頭痛だけにして
くださいって」

ぎこちなく悪い逸郎の手から抜けだすと、あかり
は座りこんで蟀谷のあたりに人差指と中指をあてが
ってじっとしている。一分過ぎたが、呼吸停止は起
きなかった。あかりは顔中を皺くちゃにして大きく

頷き、顎から汗を滴《したた》らせてシャワーブースに転がり込む。ざっと軀を流すと、閉じた目尻に相変わらず苦痛の皺を無数に刻んだままドライヤーの冷風をあて、半乾きの髪のまま身支度していく。

いってきます――と苦しげな笑みを泛べて出ていったあかりを、ドアを開いて見送る。私が子供のころ、公害で背骨が畸《き》形《けい》化して折れ曲がった魚が新聞に載っていた。フロアを行くあかりは、あの魚だった。痛みに背骨を垂直に保てないのだ。腰から上がぎこちなく左に傾《かし》いで、それでも床の状態を確かめるかのように、いや昏倒しないように気配りしながら、ゆるゆると、ふらふらと歩を進めていく。エレベーターホールの方向にあかりの姿が消え、虚《うつ》ろな気分でドアを閉めた。

「付いていくべきだったかな」

――あかりは、それを絶対に受け容れない。

「妙に硬い物言いだ」

――あの子のアイデンティティが、ああすることにあるとしたら？

「齊藤紫織という人格共同体において、自己同一性を他の人格にも認証されるためには、苦痛に耐えることに因《よ》るしかないというならば、あまりに残酷すぎる」

――まったくだ。が、文豪も妙に硬いというか、悪文と言われかねない物言いだぞ。

「なにが起きたんだ？」

――相変わらず、鈍いな。一目瞭然だろ。あかりが帰ってきたら訊いてみな。あかりは答えないか。まりがいいな。まりに訊け。覚悟しておけよ。おまえが深く関与している。今回ばかりは責めるわけにもいかんが、おまえが寝た子を起こしてしまった。

「俺が――」

悪い逸郎は諭《さと》すように私を指し示し、消えた。私が関与。いったいどのように。まったくわからない。私は考えることを放棄して、ベッドに転がる。凄まじい疲労感だ。いまごろあかりはどうしているだろうか。思いを巡らせてはいたのだが、情の薄い私は、昏倒するように眠りに墜《お》ちた。

夢を見た。

某誌編集長と編集者が、我が家に遊びにきていた。

なぜか妻子はいない。どこか靄《もや》がかかっているのは、足許に転がっているビール瓶と、卓上のウイスキーのせいだ。

禁酒？　なんですか、それ——といった調子で私は氷も入れぬロックグラスのウイスキーを呷《あお》る。編集長と編集者は加減して飲みながらも、四方山《よもやま》話で盛りあがっている。

そろそろお暇《いとま》しますと編集長が立ちあがった。まだいいじゃないか、とは言わない。私は顔もあげずにアルコールに耽溺《たんでき》している。

去り際に編集長が小声で言った——こんどの作品ですが、菱沼さんにしては導入がおとなしめですね。スープカレーの蘊蓄《うんちく》ばかりか、卵料理ばかりしてる。いつ炸裂するのか、ドキドキして待っています。

私は編集長に見おろされて、前戯が長いのが俺のいいところなんだよ——と応じようとしたが、あっさり背を向けられてしまい、なにやらもやもやしたものが残った。もやもやはすぐに気落ちに変わり、逆に酒を飲む気も失《う》せた。

編集長は別に私の作品がよくないと言ったわけではない。そのニュアンスはちゃんと伝わっていた。けれど、なぜかしょんぼりしてしまっていた。

飼い猫が、私の足許にそっと身を寄せてきた。素足の甲に仔猫が額を、冷たい鼻先を擦りつけてくる。和毛《にこげ》が酒で澱《よど》んで熱をもった肌を擽《くすぐ》る。ありがと——と囁き声で言い、白と黒の軀をそっと抱きあげて、気付く。この猫は私の猫だが、私の猫ではない！

私が猫を飼っていたのは二十数年前だ。牧場で働いていたので交配には詳しく、あちこちブリーダーを当たり、近親交配と無縁なところでソマリ種の雷《らい》蔵《ぞう》を手に入れた。さらに数年後、幼いにもかかわらず雷蔵よりも大きなメインクーンの毬子《まりこ》を飼いはじめた。

雷蔵はじつにおとなしかった。毬子はやんちゃを絵に描いたような性格だけでなく、ドアノブにぶらさがってロックを解除し、入りたい部屋に入ってしまう頭の良さで、トイレも子供用便座を設置してそこで排尿排便してくれた。

けれど私は、姿かたちは美しさの極致でありながらも非活動的で、なんとなくパッとしない雷蔵を猫可愛がりした。結果、よく毬子に嫉妬されて、ごく控えめに引っ搔かれたりしたものだ。

雷蔵と毬子は、私の最初の妻が離婚時に、かわいがってくれる誰か——に譲ってしまった。離婚して妻が出ていった翌日、三鷹のがらんとした家にもどると人の気配はおろか、猫たちの気配もない。漠然と拡がる二階のリビングの異様なまでに艶やかなフローリングに息を吞み、置き手紙に視線を落とした。

——気まぐれにしか家に帰らないあなたですから、雷蔵と毬子の面倒を見るのは無理だと思うのです。雷蔵と毬子、それぞれかわいがってくださる方を見つけました。ですから心置きなく独身生活を楽しんでください。

私は彼女が大好きだった。絵を描くんだ、小説を書くんだと大義名分を捻《ひね》りだしては遊び暮らすヒモにすぎない二十代の私を支えてくれた大恩人でもあった。母親と無縁という生い立ちもあり、年上の彼女に徹底的に甘えていた。依存してもいた。

彼女は某劇団の女優だったが、私の放蕩《ほうとう》を支える

ために銀座でホステスをし、家事全般をこなしてくれた。

私はじつに居丈高なヒモで、家のことなど一切せず、彼女の稼ぎを根こそぎ奪ってたびたび一ヶ月以上にわたる旅行に——遊びに出たりしていた。

幸いというべきか、三十を過ぎて若干の焦りとともに、なにか金を稼ぐ手段を見つけなければと応募した音楽小説が某新人賞を受賞し、次から次に舞い込む仕事をこなしていくうちに初年度から千万近い収入を得るようになり、当時の担当編集者が嬉しそうに倍々ゲームと口にするほどに年収が増えていき、それに従って妻と疎遠になっていった。

身近な編集者を七、八人引き連れて会員制の高級ソープランドに出向いたりと、私は持ち慣れない金を散財するのに必死だったが、稼げば稼ぐほど得体の知れない空隙《くうげき》が拡がっていく。やがて致命的なことが起きた。

妻が入院した。プライバシーもあるので、病状についてはあれこれ書かないが、妻は独りで入院先の病院に出向き、入院していた半月ほど、私は一度も

見舞いに行かず、家にも立ち寄らず、友人の作家とまたもやソープをはじめとする風俗で遊び、そして銀座の飲み屋で散財に耽《ふけ》っていた。

私は電話恐怖症だったから携帯電話など所持するわけもなく、常日頃、俺の浮気がばれないのは携帯を持っていないせいだなどと公言してはばからぬ始末で、入院中一度も連絡しなかった。彼女は退院のあれこれもすべて自分でこなし、家にもどっていた。

無頼とさえもいえぬ粗末な放蕩からもどった絶望的な夫を迎えた病後の妻は、すこし瘦せてしまって静脈の目立つ手を静かに組み、諦念のにじんだ疲れ切った弱々しい笑みを頰に刻んでいた。

だいじょうぶか？　とかたちばかりの声をかけ、入院中の様子や手術の成否、そして退院時の様子を一応、訊いた。

『退院して、外に出て、なんか所在なくて、真っ直ぐ家に帰る気もしなくて、映画を見た」

『どんな？』

『トイレの花子さん』

『え――』


私は絶句した。新劇女優である。エイゼンシュテインからタルコフスキーまで、俺に映画の神髄を教えてくれた女が所在なく、真っ直ぐ帰る気になれずに〈トイレの花子さん〉である。邦画が悪いわけではないが、小学校のトイレにあらわれる少女の幽霊を題材にした子供向けの映画である。たぶん、平日の映画館はガラガラだっただろう。その黴臭《かびくさ》い闇の中で彼女はどのような気持ちでスクリーンを見あげていたのか。

『トイレの花子さん』と幽かに巻いた柔らかで恥ずかしげな囁きに近い口調から、彼女の孤独と絶望を感じとった私は、罪悪感からさらに際限なく暴走することとなる。

その結果の離婚だった。絵に描いたような自業自得だ。だが、猫たちの不在はじつに応えた。たかが猫。されど、猫。

主義として子孫は残さないと公言し、あえて子をなさずに生きてきた私の密かな拠《よ》り所が猫たちだった。私にとって愛玩対象の究極が、猫だった。口から魂が洩れ落ちたかのようだった。

蛇足だが、齊藤紫織の夫に対する遣《や》る瀬ない軽侮《けいぶ》と抜き難い親愛は、私のこの過去に由来する。彼は、他人ではないのだ。愚劣さにおいて私は、まるで彼を弟のように感じている。ただし私はどんなに荒れたときでも女に手をあげたことはない。薬物や酒に逃げ、自己憐憫《れんびん》にまみれた人生を送ってきた私が偉そうに言えた義理ではないが、伴侶に対する暴力という解消だけは必死で避けてきた。もっとも商売柄、悪口《あっこう》や皮肉の類いは際限ないところがあり、それも暴力だと指摘されるならば、そのとおりですと頭《こうべ》を垂れるしかない。

　話をもどす。もともと人嫌いだ。私と雷蔵と毬子だけの生活ならば、夜遊びなどするはずもない。酒も風俗も薬物も、愉《たの》しくないからしなければならない。下劣で惨《みじ》めで矮小《わいしょう》だからこそ必死で貫徹すべき事柄だったのだ。

　だが二匹の猫の面倒を見なければならないとなれば、胸中のスイッチがすっと切り替わって、ひたすら引きこもってひたすら猫可愛がりし、原稿執筆に集中したはずだ。

けれど彼女は、善意と、おそらくは淡く仄《ほの》かで無自覚な強烈な復讐の毒を私に盛った。もちろん私は毒を盛られて当然だ。だが、現実は、きつかった。以来、空洞と化したリビングに転がって身悶えした。猫は飼わない。飼えない。

　それ以降、デパート屋上等のペット売り場に近づくのさえ避けているのに、夢のなかで私の足に身をすり寄せて私を慰めてくれる仔猫は、絶対に私の飼い猫で、その愛おしさときたら、年甲斐もなく身悶えしてしまいそうだ。そう。リビングに転がって身悶えするのとはまた別の、幸福な身悶えだ。

　夢のなかで最初の妻に対する不実と、愛猫の消失の顚末《てんまつ》まで回想させられて、いよいよしょんぼりの極致の私に、体毛も柔らかなちいさなちいさな仔猫がじわりと沁みる。大女だった毬子を縮小して、そこに愛くるしさをたっぷり含ませたかの凝縮した美しさのある仔猫で、鼻の頭と肉球は淡い桃色に輝いている。全身純白といっていいのだが、つんと立った耳から額にかけて鮮やかに黒く、その黒い飾りはくっきりした目の周囲で淡く暈《ぼ》けて絶妙の化粧ぶりにして愛嬌たっぷりで、しかもそのぱっちりした黒く大きな瞳の深みときたら、丹念に叮嚀に磨きあげた透き徹《とお》った紫水晶で、若干デフォルメされた私の間抜け面《づら》が映じている。牙は銀の細工物のように鋭いが、いかにも脆《もろ》くて、また艶やかに濡れて仄かに燦《きら》めく緋色をまとった舌は、ざらつきの気配さえも穏やかで、口中の血の色は直視できない滑らかさにして、早くも雌猫ならではの色香の萌芽さえみられる。白い体毛というものは往々にして黄ばんでしまい、見窄《みすぼ》らしく見えることも多いが、この仔猫は別格だ。幼いせいもあるのだろうが、とにかく際だって白く、くすみと無縁な純白が周囲の光を惜しげもなく反射して、その全身が滑らかな真珠と化す。

　仔猫が膝の上でくるりと仰向けになった。ねだる眼差しに誘われて、私は桃色の鼠径《そけい》部をそっと撫でる。熱のたっぷりこもった幼い肉。しっとり張りのある柔軟に、ああ――と吐息が洩れる。肩から、軀から、すべてから力が抜ける。私は時間の静止をともなった深い恍惚《こうこつ》をまとって、ただただ仔猫の腹を撫でてやる。ちいさな白っぽい乳首は指先の動きを阻害することもなく、私の愛撫をただ単に滑らかなものにしてしまわぬよう配慮してくれているほどよいアクセントだ。

　うっとりしていた仔猫が、くいと顎を引いて山胡桃《くるみ》のかたちをした紫水晶の瞳で私を見つめる。どうした？　小声で訊く。仔猫の視線は私が柔らかく撫でている腹部から鼠径部にかけてをなぞるように動く。かゆいところでもあるのか。私は笑みを泛べながら仔猫の腹をさぐる。鼠径部近くの薄桃色の幼い皮膚と肉をとおして、うっすらと、銀色に発光しているものがあることに気付く。

　鈍い私も、ようやく悟った。仔猫の腹部、いや胎内といったほうがいいだろう、なにやら仕込まれている。

　仔猫が哀願の眼差しを投げる。その軀を斜めにして、そっと尻尾《しっぽ》を持ちあげる。肛門から出血していた。さらに――。

「なんだ、これは」

　彼女の性器は目を凝《こ》らさねばならないほど極小で、眼球の芯に刺さるかの淡紅色をしている。そこからなにやら幽かにはみだしているものがある。私は拇指と中指を用いてそっと抓《つま》み、息を詰めて引っ張りだす。

「木の枝？」

なぜ、こんなものが。

詰めていた息が、荒い不規則なものにとって代わる。仔猫はやや大儀そうに仰向けの体勢にもどり、ふたたび顎を引いて下腹を見つめる。まだ薄皮をとおして銀色に光るなにものかがある。私は鼠径部から性器にかけて細心の力加減で揉みほぐし、まだ胎内に隠されている銀の端緒をその幼い性器から露出させようと心を砕く。紐状と思われるくびれのあるなにかを静かに外界に向けて押しだしていく。リング状の金属の端が覗けた。仔猫は苦しげに目を閉じ、私に処置をまかせている。

「鎖――」

傷つけぬよう細心の注意を払って引き出したのは、長さが三十センチほどのネックレスにもならない安物の銀メッキのチェーンだった。ホームセンターなどで、大きな糸巻きから任意の長さを店員に切断し

てもらって購入したものだと思われる。

仔猫の両目尻から、涙がつつっと落ちた。軀を丸めると、私の腹部にきつく密着してきた。私は彼女の背を撫でることしかできず、テーブル上に安置した、まだ濡れた木の枝と銀メッキもあざといチェーンを呆然と見つめる。脳裏に白桃色に閉じた肛門を汚していた鮮やかな血が泛んだ。

肛交――。

もっとも忌避すべきいやな言葉が鋭い頭痛をともなって刺さった。こんな小さな仔猫を誰が犯す？　なんのために？　道を外れまくりの私だって、一連の処置には一切性的なものが含まれていなかった。早く取りのぞいてと仔猫が無言のうちにもせがんだのだ。助けてくださいと物静かな裡《うち》にも必死な思いを込めて、私を頼ったのだ。だが、現実に仔猫に異物を仕込んだ者がいる。変質者だ。

「もう、だいじょうぶだよ。だいじょうぶだからね毬子。俺はちゃんとおまえを守るからね。毬子。守るよ。二度とこんなことをさせない。おまえを穢《けが》した奴を見つけだして、殺してやる」

うわずった泣き声で仔猫の全身をさするように撫で、じわりと迫りあがる怒りに奥歯を咬《か》みしめて――目が覚めた。

私に背を向けて、齊藤紫織が横になっていた。物静かだ。カーテンの隙間から夜明けの控えめな気配がにじみだしている。

「まだ痛むか？　打ち合わせは、うまくいったのか」

問いかけると、齊藤紫織は背を向けたままごく抑えた声で答えた。

「まりです。あかりさん、少し風邪気味でって相手に断って、痛いのに耐えて、ちゃんとお仕事をこなしてくれました」

「そうか。凄い精神力だ。信じ難いよ。俺は薄情にも眠りこけてしまった」

「夢。見ましたか」

なんで知っている？　とは問わない。そうか。まりが見せたのか。私の頷く気配に、まりの背中が微妙に動いた。

「なんで背を向けている？」

「見ないで！」

心臓を下にして横たわるまりを乗り越えるかたちで覗きこむ。焦り気味に照明のスイッチを手探りする。その白い光に浮かびあがったのは、手首から肘《ひじ》にかけて無数に刻まれた抓《つね》った痕だった。青黒くなっているのは当然として、あちこちに血がにじんでいる。

「なんだ、これは！」

「逸郎を起こさないように、痛いのがまんするために、まり、自分を抓ってたの」

「バカ野郎！　わけがわからねえよ！」

「あかりさんが、息とお腹は許してもらえたから、頭痛さえ耐えればいいんだって。だから自分を抓って、そっちに気持ちをやって。自分で痛くしてると、頭痛とちがう痛みだから騒がずにすむの。――まり、なに言ってるかわかんなくなっちゃった」

泣き笑いの顔を向け、夢の仔猫と同様、小さく軀を縮こめると、きつく私に密着してきた。私は夢の仔猫にしたようにその背を叮嚀に撫でる。まりの耳朶に顔を寄せ、息を整える。息とお腹は許してもらえた——と言っていた。やはり齊藤紫織の内面には、痛みを与えている存在が潜んでいるのだ。私は哀願の口調にならぬよう意識して、落ち着いた調子を意識して囁く。

「きつい夢を見た。怖い夢を見た。仔猫のお腹に木の枝とチェーンが入れられていて、その、言いづらいんだが、お尻から血が出ていた——。これは齊藤紫織にとってきっと重要な夢だと思うんだ。だから、あなたにお願いする。この夢がなにを示すのか、はっきりさせなくてはならない。俺はこの夢の正体を知る義務がある。それは結局、あなたも含めた齊藤紫織の傷ついた心を治癒することになる。痛みを止めてくれ。残りの痛みは俺が引き受ける。だから、まりがちゃんと喋れるように、どうか痛みを——」

「とまった」

「とまったか！」

「とまった。凄い！　逸郎、凄い。罰はね、二十四時間続くんだよ。決まりだから。それがとまっちゃった。まり、びっくり！」

　罰——。


なんの？

　私はまりに寄り添って、このめまぐるしいベッド上の出来事に大きく息をつく。一方でさりげなくまりの左下膊《かはく》に視線を巡らす。私の視線に気付いているのかいないのか、まりは肘と手首のあいだを雑な手つきでさすっている。抓った痕は、出血も含めて綺麗に消えた。やはり、と、もはや驚きもしない私であるが、それでも気配を感じとったまりが、傷とかは消せるけど、傷でできた痛みそのものは、まりには消せないの、と呟いた。

——おい、文豪。まりが見せた夢がどのような事柄を象徴しているか、おおよそのところはわかっているだろう。これから、おまえはしんどいことを立て続けに行わなければならない。まりから夢についてを細大洩らさず聞いたら、感想はさておいて、即座にコンビニに駆け込んで、食い物を用意しておけ。いいな。食い物、飲み物。ルームサービスみたいなぬるいことは一切考えるな。三日三晩くらいかな。見当もつかんが、部屋に籠もり続けることができるようにしろ。文豪が念頭におくべきはエクソシスト

――悪魔祓いだ。ホラーじゃないぞ。現実だ。心してくれ。

私はまりに気付かれぬよう、ちいさく頷いた。腕のなかの、まりのさらっとした髪を手ぐしで整えるようにしてやりながら、静かに問う。

「まずは、罰について聞かせてもらおう」

「うん。あとから生まれた紫織さんとかは別だけど、小学二年のころにいっしょだった姉妹のような子たちと、約束したの。まりたちは、将来、絶対にセックスをしないって」

私は黙って先を促す。

「そのころは、正直なところ、セックスっていう言葉は知っていても、まり、具体的なことは、よくわからなかったけれど――」

まりはいったん黙りこんだ。

「嘘ついちゃいけないね。否応《いやおう》なしにわからされてたから。なんて言ったらいいんだろ、痛いこと？ 苦しいこと？ 怖いこと？ わかってるような、わかってないような」

「それについては、あとでじっくり聞く」

とたんにまりの頰に怯《おび》えの引き攣《つ》れが疾《はし》った。私はまりの耳の奥に息を吹きこむようにして囁く。

「喋りたくないことなのは、わかってる。でも、まりは俺に夢でそれを見せたね。切実な訴えを、仔猫の姿に託して俺に見せた。こんどはまりが自分の言葉で喋る番だ」

いったん息を継ぐ。

「なぜ、喋らなければならないか。俺という第三者に語ることによって、おまえの中に澱んでしまって、おまえを苛《さいな》む、おまえを虐《いじ》めるとてもいやな毒を、解毒することができるからだ。言語化って言うんだ。胸の裡にためておかずに、言葉にすると、解き放たれる。俺が小説を書いて言葉を並べていくのも、リハビリみたいなもんなんだよ」

「まりたち、楽になる？」

「わかっているだろう。そのために俺が選ばれたんだ」

「ごめんなさい」

「謝らない。おまえはなにも悪くない。さ、罰について」

「はい。逸郎がせっかくお腹のうえで静かに眠らせてあげたんだけど」

「――ひかりか！」

「はい。目覚めてしまいました。まりが逸郎とセックスしてしまったからです。ひかりには罰を与える義務があるから」

私は顎の先を翫《もてあそ》びつつ、思案を巡らす。エクソシストという悪い逸郎の言葉が脳裏を掠める。

「死ぬための存在。加えて罰する存在。なんだか悪魔だよな」

「まりたちが、いえ、まりがつくったんだと思います。まりが物心ついたときは、ひかりがぴったり、まりにくっついていたんです」

ということは、まりとひかりは表裏であるということか。ひとつの人格の善と悪が分離したのか。軽くむずかるように腕のなかで動いたあとに、私の思いを上書きするかのように、まりが躊躇いを振り棄てて呟く。

「まりはひかりで、ひかりはまりなんです」

私はきつくまりを抱き締めた。私は同時にまりの内面で瞳を光らせているであろうひかりを抱き締めていた。またもや悪魔呼ばわりされて、ひかりは、どのような感情を抱いているのだろう。正直なところ恐怖はある。けれどそれに重ね合わさるように愛おしさだろうか、相反する思いが迫りあがる。私はひかりが嫌いではない。いや、私の腹で眠りについたひかりに不思議な慈愛の感情がある。思いが錯綜して、頭が割れそうだ。悪魔祓い。悪い逸郎の言うとおりだとしたら、私はひかりを殺さなければならないのだろうか。

「もとはといえばまりたちが、いえ、まりがひかりに命令というか、頼んだんです。私たちがセックスしたら、罰を与えてって。二十四時間、頭痛くして息できなくして、おなか痛くしてって――」

幼かったとはいえ、なんとバカなことを。だがまりはどこか得意そうだ。よけいな指摘は控えて、訊く。

「ひかりは、四歳くらいだろう？」

「――だまされてます。逸郎は、だまされてる。ひかりは嘘の天才です。だますのが天才的に上手なんです。ひかりはまりといっしょに成長していたから、すくなくとも十七歳です。まりが引きこもっていたあいだもみんなを監視して、死なせるために頑張っていたから、きっと四十過ぎです」

「死なせるために頑張っていた——」

「まりが悪いんです。ひかりに命令したんです。齊藤紫織を終わりにするのが、殺すのがあなたの役目って。ひかりはまりの暗い心をなぞって、そのとおりにしようとするんです。あと、よくわからないけれど、まりの他にも死にたい子がいて、だからひかりは力負けっていうのかな、いやでいやで仕方がないんだろうけど、まり以外の子からも叱られるから、必死で頑張ってきたんだと思います」

「まりの他にも死にたい子って、俺が知ってる子か？」

「知らないです。まりも知らないの」

「おまえたちは重層的というか、なんというか、単純な俺には複雑すぎるよ」

「紫織さんは、いつも内側から聞こえる死にたい、死にたいって声に苛まれていて、だから必死の思い

で子供を、沙霧を——命を産んだんです。紫織さん自身が私たちに挑むように訴えていました。これで、もう死にたいなんて言わせないって。齊藤紫織が死ぬということは、沙霧が母を亡くすってことだって。沙霧の心が死ぬってことだって」

　内面からの死を促す声に、酒を飲まずにはいられなかった紫織。その心の欠片さえも理解できなかった私という愚鈍。

「ごめんなさい、それでも、まりたち、死にたくて、死にたくて——。まりなんて逃げだしちゃって引きこもってたくせに、癇癪《かんしゃく》おこして、ひかりに怒るんです。早く死なせてって。まり、息するのいやって。そのたびにひかりは俯き加減で、真っ青な顔色で頑張ったんです」

　生きようとする人格と、死にたい人格。そして死ぬ役目を負わされた人格の相剋《そうこく》。ひかりが哀れで胃が痛む。だが——。

「でも、昔のことを知らない紫織さんたちはそれに逆らいます。生きようとします。けっきょく紫織さんは生きようとする気持ちと死にたいっていう声の

板挟みになって、一時期すごい鬱《うつ》状態になっちゃって、そのあたりから紫織さんの夫の暴力も――」

哀れさとは裏腹に、ひかりの力がもたらす諸々の不幸をなんとかしなければならない。私のみたところ、ひかりは原理主義に凝り固まっている。

「夫だって紫織さんの鬱をなんとかしてあげたくて、いろいろ心を砕いてくれたところもあったんです。けど、どこかピントが外れてたんです。夫には知識しかないんです。ものを見ることができないんです。それに加えて鬱で最悪な状態の紫織さんに付け込んで、まわりの会社の悪い人たちが強引に人身御供《ひとみごくう》というか、非道《ひど》いことをしました」

いや、齊藤紫織の内面にいる無数の子たちは、たぶん皆、原理主義的なのだ。あかりや秋を持ちだすまでもなく、決められた役目をきっちりこなし、逸脱しない。

「仕事を餌に、会社の取り巻きに段取りさせて、紫織さんを無理やり犯した、あの人だけは許せません。鬱で落ち込んでた紫織さんを完全に壊してしまったんですよ。生きようと沙霧を産んだのに、死ぬことばかり考えるようになってしまったんです。逸郎だって名前を聞けば、知ってるはずです。北海道では超有名人ですから。まり、おっきな軀にちっちゃなおちんちんのあの男の人が許せなくて、ひかりに――」

あかりは背筋を折って苦痛に呻《うめ》きつつも商談をこなしに外出した。だが、あれが無限に持続するはずもない。外圧、あるいは内面からの圧迫により限界がくれば、その子は消えるだろう。精神の死。肉体の死とどう違うのか。精神の死は、絶対的な死だ。

「ひかりに、頭おかしくしちゃってって頼みました。後悔していません」

まりの話を聞きつつ自身の思いに耽っていたが、我に返った。以前、DV相談に出向いたあかりからの報告で、北海道の実力者とやらは、認知症と診断されたあげく死んだと聞いた。

「お金だけは持ってたから、暇にあかして文筆家を気取ったりしてた人で、でも最後のほうは寄稿した文章がむちゃくちゃで、編集者っていうんですか？上司の人に命令されて途方に暮れながら手を入れてました。悲惨でしたよ。脳味噌、ぼろぼろのふにゃふにゃになっちゃって死んじゃった」

「ひかりは、そういうことができるんだ？」

はい！　と、顔を輝かせて返事をしたまりに不安に似た怖さを覚え、それを隠蔽《いんぺい》するために抱えこんだ腕に力を込めた。

「罰の話から、すごいところにまで行っちゃったね。脳味噌ぼろぼろのふにゃふにゃも、罰か」

「うん。罰。そうそう簡単に他の人に罰はくださないけど。まりたち、たくさん決まりがあるんです。絶対の掟《おきて》です。セックスしないとか嫉妬しないとか。ほんとうだったら逸郎との関係を巡って大戦争が起きてるとこだけど、みんな静かにしてるでしょう」

「罰が怖いから？」

　これまた、はい！　と瞳を燦めかせて答えたまりに奇妙な逸脱というべきか、常軌を逸した自罰傾向を見てとって、しかもその自罰はよいことであり、必然であると信じ込んでいる気配に、悪い逸郎の言うとおり、これは難物だと頭を抱えたくなった。

　しかも、現実の結婚生活において齊藤紫織は、幼児的自己中心性を四十過ぎても克服できぬ他罰的依存の見本のような男にＤＶを受けているのだ。罰罰罰罰罰罰罰罰——。齊藤紫織の周辺は、罰に覆いつくされている！

　他罰依存の男と自罰依存の女が引き寄せられてペアになることは、ありふれたことだ。だが齊藤家の夫婦は、絶望的にこじれ、もつれている。齊藤紫織自身がもつれにもつれている。私の最初の妻は、他罰というよりも自分にしか興味のない私を見棄てて、姿を消した。これは私にとってはじつにきついことだったが、最良の選択だった。齊藤紫織は私の妻がくだしたような的確な判断ができるだろうか？

　この場で結論などでるはずもないが、難しいだろう。いくら時間をかけても、無理だろう。早くも徒労の萌芽に気付いてしまい、私は沈んだ。まりがじっと見つめていた。そうだ。不可抗力とはいえ、せっかく眠りについたひかりを起こしてしまったのは私だ。責任を取らなくてはならない。

「まり。俺はね、じつは最低最悪な人間なんだ」

「知ってる。トイレの花子さん」

「うん。それが、こうして、必死になってよけいなお節介をしてる。なぜだろう？」

「わかんない」

「子供なんていらないなんて威張っていたくせに、避妊を一切しない我儘《わがまま》な生き物が俺なんだが、いざとなると金で処置した。けど、いまの妻が妊娠したとき、なぜかそれができなかったんだ。長女が生まれたという知らせを受けて、俺はチャリ漕いで、病院に向かったんだ。蒸し暑い夜でね。俺を迎えた俺の娘は、俺にあることをしたんだ」

「どんな」

「うん。俺がなんとなく差しだした人差指をね」

「うん」

「まだ真っ赤な娘が、まるで作り物みたいなちっちゃな娘が、俺の人差指をね、ぎゅって握ったんだ」

「ぎゅっ——」

「そう。話は、それだけ」

「逸郎、それで人間が変わったんだね」

「そういうこと。俺、大人になっちゃった。大人の男に、ようやくなれた」


「まりは子供のままだな」

「いいんだよ。俺は子供のまりをぜんぶ受けとめるから。だから、話して。なにが、あったか」

まりの逡巡は長かった。部屋に籠もりきりだというのに得体の知れない疲労感が抜けないこともあり、意識と無関係にあくびが迫りあがって、それを呑みこむ。

「小学二年の担任の鈴木先生」

「が、まりに非道いことをした？」

「放課後とか。パンツおろされて最初は木の枝とか入れられた」

話せと迫《せま》っておいて、私は顔をそむけていた。まりは私の腕枕で中空に虚ろな眼差しを投げ、続ける。

「鉛筆とかビー玉とか、いろんなもの」

「鈴木先生は、若い？」

「うん。先生のなかでは、若かった」

「——他に、なにをされた？　包み隠さずに話しなさい」

「口にはおちんちんを入れられた。変なものが噴きだした」

「いやだったろうな」

「涙ぽろぽろだった。でも」

「でも？」

「でも、泣くと先生、嬉しがるから」

「嬉しがる。それ、頭がおかしいからだ」

　私の思念を感じとったのだろう、まりは顔を覆った。

「そうなの。お尻に先生、口に入れたものを無理やり入れたの。それが、しばらく続いたの」

「痛かっただろう。苦しかっただろう」

「痛かった。すごく痛かった。木の枝とかも痛かったけど、なにがなんだかわけがわからなかった。先生は、これがセックスだよって言ってた」

「それ、セックスじゃないから」

「うん。あかりさんとかさゆりとか、ほんの一時期の紫織さんもそうだけど、逸郎にすごく愉しそうにしがみついて、夢中になっていて、秋ちゃんまでもが逸郎で気持ちよくなったばかりか、すごく和《なご》んでいて、なんかちがうぞ――って」

「――鈴木先生は、口とお尻には入れても、チェーンを入れたところには」

「入れなかった。おかしなものばかり入れたけど、入れなかった」

「なぜだ？」

「わかんない。あのね」

「うん」

「まり、さゆりが逸郎とぎゅーしてるとき、試しに替わってみたの」

「罰を覚悟で」

「そう。で、悟った」

「なにを」

「鈴木先生、変な皮をかむってたの。で、とても小さかった。紫織さんをだめにした大きな人もかむってて、ああ、とても小さかったんだなってわかった」

　小学二年生のまり。不感症の紫織。性的コンプレックスがねじまがった男たちならではの鋭敏な嗅覚に引っかかってしまう美しい獲物。楽天的な私だが、鬱に墜ちこみそうだ。あえて茶化す。

「それは、俺が大きかったってこと？」

「そう」

「嬉しいけど、俺はごく平均的だよ」

「ちがう。とても大きい。大きくて硬い」

「ま、いいや。水掛け論というやつだ」

「逸郎、嬉しそう」

「頭悪いからね。恰好悪いね。さ、続けて」

「うん。鈴木先生ね、いつもまりたちのあとをつけてたの。まりね、交番に行こうとしたの。おまわりさんに訴えてやろうって」

「じゃまされた？」

「うん。まさか真後ろに立ってるとは思わなかったよ。まり、交番に辿り着けなかった。怖かった。あとね、家にもよくきたの」

「お父さんお母さんに、いい先生に見せかけるためだろ」

「そうなの。で、さりげなくまりをすごく怖い目つきで見るの。喋ったら、大変なことになるよって。でもお母さんなんか、熱心でいい先生だって」

「小賢《こざか》しい」

「それだけじゃないの。すごく怖い人なの。鈴木先

生ね、まりに死ねって」

「自殺しろって？」

「そう。学校の屋上から飛び降りろって言うの。そうしたら、まりの軀におきた恥ずかしいことは綺麗に消えるよって」

私は俯き加減で目頭を揉みつつ言う。妙に明るい声が洩れた。

「よりによって、最悪の先生に出会っちゃったな。よく、飛ばなかったね」

「でもね――」

「でも？」

「すごく、しつこかった。屋上からの飛び方も、じっくり教えてくれたの。靴を揃えてとかだけど、あのね、飛ぶときにね、舌をべろんて出して前歯でつくはさんで飛べって」

私の喉仏がぎこちなく鳴った。まりは私の喉の尖りにそっと指を這わせ、抑揚を欠いた早口で続けた。

「下に落ちたら、衝撃で舌が千切れて、完全に死ねるからって。こういうの、韻を踏むっていうんだよ、下に落ちたら、舌落ちた――得意そうだった」

顫え声で吐き棄てた。

「なにが韻だよ」

「そのときに――」

「どうした」

「ひかり。ひかりが活性化っていうのかな、ほとんど表にでてこなかったのに、まりの背中にぴったりくっつくようになって。まりも死にたかったから、ひかりがくっついてくれて、すこしホッとしたの。まり、弱いから。自分では死ねないから。ひかりが助けてくれるって頼るようになった」

校庭に落下して、首の骨が折れ、小砂利《こじゃり》まじりの地面に血溜まりをつくって動かない小学二年のまりの姿が泛んだ。その青紫に変色した顔のごく間近に、千切れた舌――。

私の顫えが止まらなくなった。まりが心配そうに背をさすってくれ、立場が入れ違っているかのような錯覚がおきた。

教師の変質行為は枚挙に遑《いとま》がない。キリスト教カトリックの聖職者による男児に対するレイプも際限ない様相を呈している。教師。聖職者。これらは変

質者の隠れ蓑《みの》になってしまっているのだ。

どのように変質していても、それが自己の内面および肉体にとどまっているならば、他人がどうこう言うことではない。けれど変質者は、常に弱者を狙う。善い人になりすまして世間を欺き、獲物を貪《むさぼ》る。

私は悪い逸郎に助けを求める。

――なあ、俺はひかりに対して悪魔祓いなんてできないよ。悪魔祓いってのは要はひかりを消滅させること、殺すことだろう。でも、ひかりが悪いんじゃない。教師鈴木がおぞましくも最悪で、すべての禍根を仕込んだんだぜ。死ぬべきは、鈴木だ。

――ごもっともだが、とにかく食料調達。フロントには引きこもり正当化で、勝負作を書くとでも言って、ベッドメイクその他、一切不要と伝えておけ。

私が両手にずしりと重いコンビニのレジ袋をさげてホテルにもどると、例によって支配人が、私一人であることに若干の失望を瞳の奥に見せつつも、それでも執筆に集中するということを伝え聞いていたのだろう、いかにも理解を示すかのように頷き、頑張ってくれといった意味の言葉をかけてきた。

部屋にもどると、まりがベッドの上でのたうち、その軀がバウンドしていた。まりは必死に左腕を抓る。だが、呼吸が止まり、抓っていた指先から弱々しく力が抜け、二分もすると呼吸停止の限界がきて激しい身悶えがおき、さらに腹部を苛む痛みに軀をちいさく丸めて呻く。

——二十四時間荒行の再開だ。これを目《ま》の当たりにしても、文豪は、ひかりを放置できるか？

まりは憑かれたように左腕を抓っている。息が止まると痙攣がおき、さらに腹部を貫く痛みに嗚咽《おえつ》する。

「ひかり！　やめろ！　もう杓子定規《しゃくしじょうぎ》に罰するのをやめろ！　俺はてっきり終わったと思ってたんだよ。なんなんだよ、おまえの絶望的な原理主義は。頼むから、頼むからやめてくれ。なあ、ひかり。おまえはきっと痛みが中断していた時間をきっちりカウントしていたんだ。で、これから、それをも含めてぴたり、二十四時間、まりを傷めつける。そうだろう。俺が替わる。俺を痛くしろ」

錯綜してなにを言っているのかわからなくなった

私の声は徐々に沈んでいき、血のにじむ痼《しこり》と虚脱だけが残った。罰が私に移行するはずもなく、まりは苦痛の喘ぎを洩らさぬようブランケットの端を咬んで、烈しく痙攣している。

夕方五時過ぎに、悪い逸郎の言う二十四時間荒行＝罰が終わった。まりは小さく口をひらいたまま、虚脱して中空に視線を投げている。なにげなく傍《かたわ》らに手をついた。苦痛の汗でひどく湿っていた。そっと顔色を覗《うかが》う。罰のさなかは蒼白から充血気味な紅潮、そして土気色を繰りかえしていたが、いまは案外顔色がいい。

罰による苦痛は激烈なものではあるが、器質的なものではないようだ。つまり病や肉体の故障がもたらしたものではないから、罰が終われば後を引かないのだろう。もっとも頭痛腹痛はともかく、呼吸停止はいずれ酸欠による重大な結果をもたらすのではないか。この一点だけでも、幼いころに決めた掟《おきて》を破棄させなければならない。だが原理主義に凝《こ》り固まった杓子定規なひかりを説得できるか。絶対に無理だ、と直観が告げる。

私は悪魔祓いをしたくない。ひかりを殺したくない。人はきっかけさえあれば簡単に人を殺すと思い込んできたが、私に関していえば、ひかりを殺しても現実に殺人で裁かれることがないのはわかっていても、ひかりが四歳児に化けて私をだましたのがわかっても、ひかりが私の腹のうえで一度は眠りについたのは事実で、できるならば死と罰を強制されて苦悩したであろうひかりを、私の腹という抽象のうえで安らかに眠らせてあげたいという思いが強い。もっと暴力的な方法でひかりを葬るなど、耐え難い。もっとも、どうしたらひかりを排除できるのかは五里霧中だが。

ひかりという独立した精神を殺す。どうやって？

「ひかりは、俺とお喋りするかな」

「しない」

まりは断言し、わずかな躊躇《ためら》いをみせて続けた。

「ひかりは、怒ってる。逸郎が悪いんじゃないにせよ、まりを犯した逸郎をなんとかしなければばって冷たく凍えてる。ひかりが凍えちゃうと、もう、なにもできない。ごめんなさい。ほんとにごめんなさい」

まりは泣きそうだ。私は口を尖《とが》らせ気味にして息をついた。理不尽なような、当然であるような、気持ちの定めようがない不安定さだ。私も北海道の実力者のように認知症に陥れられて、息を止められるのか。

「ま、それはそれで、悪くないな。俺にふさわしい」

なに？　といった眼差しで、まりが顎を引いて見あげる。私は照れ笑いに似た雑な笑みではぐらかして、わずかに腰をかがめて声をかける。


「もし動けるなら、夕暮れの京都をデートしようか」

まりが跳ね起きた。弾む足取りでシャワーブースに駆ける。私はベッドに視線を投げ、客室係に連絡する。これからどうなるにせよまりを、他の子をパリッと糊のきいたシーツに横たわらせてあげたい。そのためのデートの誘いだった。大切な作品を書きあげるために籠もると宣言して、早くも外出だ。支配人のおやおやといった貌《かお》が泛《うか》ぶ。

シャワーブースで髪まで洗っているまりをぼんやり眺め、湿ったベッドの端にどさりと腰をおろす。いやというほどしんどいことが待ってるからな。リフレッシュにはデートもいいかもな——と、悪い逸郎の遠い声を聞きながら、二階でエレベーターを降りて、階段でタクシー乗り場に抜けて——と支配人に会わずにすますための経路を脳裏で組み立て、そのまま背後に寝転がる。ホテル業には顧客データの他に芸能人や政治家や文化人データとでもいうべきものがあるようだ。予約時に姓名がそのデータベースにヒットすれば、支配人がいちいち挨拶という成り行きになる。これが、じつに鬱陶《うっとう》しい。ホテルのよさは放置にあるはずだ。それが出入りのたびに声をかけられてはたまらない。話は若干《じゃっかん》違うが帝国ホテルなどはごく当たり前のシングルを予約しても、いつもスイートに格上げになり、内側がどうなっているかは窺《うかが》い知ることもできぬが、フランク・ロイド・ライト スイートの格子で構成された巨大なドアを横目に、二間続きの落ち着きという言葉を具現化したかの見事な部屋に案内される。はじめのうちは専用階に控えているふたりの和服姿の美女に会釈などして得意だったが、見合う金額を支払っていないことに、だんだん気詰まりになってきた。いまではすっかり御無沙汰だ。このホテルだって会員半額で泊まっているにもかかわらず東山が一望できる最良の部屋をあてがわれている。が、以前ならば支配人の挨拶は一度きりだったのだが、まりのせいだろう、なんだか網を張られているかの気配だ。

企んだルートは正解で、私とまりはホテルを出ると御池《おいけ》から麩屋町《ふやちょう》通にはいった。まりがそっと手を握ってきた。私はぎゅっと握りかえした。まったく

眠っていないだろうに、とても元気だ。それを囁《ささや》くと、帰ったら高いびきだぜ――とやんちゃな声で反《そ》りかえった。

「俵屋《たわらや》。旅館」

「いいお宿？」

「うん。昼ぐらいに着くだろ、で、部屋に案内される。風呂が沸いてる。それがね、すっげー熱いんだ！」

「熱湯風呂」

「そこまでいかないけど、近い。水でうめなきゃ、とても入れない」

「なんでだろ」

「なんなんだよ、これは〜って、派手に水でうめてるうちに気付いた。風呂の温度なんて好みだろ」

「うん」

「ホテルのように自分で湯を張るんじゃないから。到着時刻に合わせて、最初から湯が張ってある。で、ぬるいのを一気に熱くするのは無理じゃないか。ならば好きな温度にまで水で下げてくれって」

「そっかー」

「特別室だって、ちっちゃな、ちっちゃな木の風呂でね、膝を抱えて入るような風呂。でもね、それがすっげー落ち着く。明かりとりの窓からの光が湯面にキラキラ爆《は》ぜてね」

まりは上体をねじまげるようにして、薄茶色に沈む俵屋を振りかえる。

「とにかく食事がすばらしい。宿代と合わせて考えると、すごく安い。へたな京料理の料亭に行くなら、俵屋に泊まったほうが絶対まし。魯山人《ろさんじん》はともかく器も見事でな。朝飯の若狭ぐじの焼き物が美味《うま》いんだよな〜」

ちらとまりが見あげてくる。私は得意げに続ける。

「強羅花壇《ごうらかだん》もいいなあ。露天風呂付きの部屋が最高。料理もね、マグロの刺身なんてださないから。俺が食った春竹の子でいちばん美味かったのが、強羅花壇。京都のものよりも美味いんだからね。まいっちゃうよ」

腕をまわして、まりをぎゅっと引き寄せ、囁く。

「こんど、ふたりで泊まろうな」

まりの鼓動が乱れる。俺は続ける。

「贅沢ばかりしてるみたいじゃないか。でもね、小説家はこういうところに金をケチっちゃダメなんだ。ピンキリを知っておかないとね。はっきりいって、俺なんて若いころから旅行といえばオートバイで野宿専門だから。地面にごろり。噎《む》せかえるような枯れ葉や土の匂い。頬を這う蟻んこ。いまだって雨に濡れて風に嬲《なぶ》られて眠るために出かけるんだよ」

「まりも行く。まりも野宿する」

「いいねえ。でもまりを雨にさらすには忍びないから、オートバイじゃなくて、自動車で行こう。車中泊。俺の愛車はレガシィのBLって十五年以上前のワゴン。リアシートを倒すと、ちょうど眠れるんだよ。俺はレガシィホテルって名付けてる」

まりはレガシィホテルと口のなかで呟き、ますますきつく身を寄せてきた。

ものを食べられないまりだが、トマトだけは食べられることがわかった。偶然入ったイタリア料理店で、輪切りのトマトにモッツァレラとオリーブ油のドレッシングを絡ませたものを、美味《おい》しそうにおちょぼ口で食べた。トマトだけでは栄養がたりない。

さゆりを呼んだ。が、さゆりは、まりが一緒にいたがってるから――とドングリ豚の焼き物その他あえてカロリーの高いものばかりを頬張って、片目を瞑《つむ》ってすぐに引っ込んでしまった。

食事中にまりとさゆりから情報を仕入れたが、ひかりの死に対する意志は強迫観念に近いものがあり、また幼いころに構築されてしまった罰は細則に縛られ、とてもひとつひとつ潰していけるような余地はないようだ。一人の肉体の中に共存する幼く不安定な彼女たちには、それぞれを縛り、統一する決まりが必須だったのだ。私は肚《はら》を決めた。具体的にどうしていいかはわからないが、ひかりの排除に取りかかる。

夜八時過ぎに、掃除やベッドメイクをすませた部屋にもどった。サービスでフルーツの大皿がリビングのテーブルに置かれていた。銀のフォークとナイフを横目で見つつ、脹らんだ腹を押さえる。せっかくの心遣いだ。夜半にでも戴こう。

ドアチェーンを確かめ、水のペットボトルを枕許に用意する。ベッドサイドのテーブルに液晶表示の

時計が仕込まれているホテルが多いが、この部屋の時計はアナログの置時計だ。時間を気にせずゆったり過ごしたい客のために、サイドボードの引き出しにでも入れてしまえば、時計自体を隠すことができる。前出の俵屋など時計自体が見当たらない。ぴたり閉じられた引き戸の奥に、エルメスの置時計が安置されてはいるのだが、時計の存在自体を気付かせぬ心遣いだ。なぜか、ステップモーターで時を刻むアナログ時計に意識がいく。悪い逸郎が囁いてきた。

――この時計が鍵になるぞ。原理主義は、時間にも正確だ。

――それは罰の荒行で思い知らされてるよ。

――うん。原理主義は、それを破られてしまうと、じつに弱い。機転をきかせろ。頓知《とんち》を働かせろ。

――頓知？　一休さんだな。

――ははは。余裕があるじゃないか。

――ない。余裕はない。なにをしていいか皆目《かいもく》見当もつかない。不安だ。俺の心は、ひかりに読まれてしまうだろうから。

――おいおい、まりの読心だって遮断した俺だぜ。

まりとひかりは表裏だろ。だいじょうぶだよ、読ませない。そもそも俺が心を読ませてやるのは、あかりだけ。あいつは美人だよなあ〜。

——頼って、いいんだな?

——まかせろ。心を読まれるってのは、じつは、大概が自ら心を差しだしてるんだよ。

——あ、俺は差しだしがちだ。

——正直でよろしい。俺がいれば心は読まれないけど、思いを言葉にしてしまえば、つまり喋っちゃうと聞こえちゃうよ。さりげなく筆談の用意も。メモ用紙その他のありかをちゃんと確かめておけ。

頼みもしないのに備え付け以外にも執筆用にLEDのデスクライトが用意されているライティングデスクを、さりげなく一瞥《いちべつ》する。メモ用紙。私の持ち込んだ二百字詰め原稿用紙。ノートパソコンでWZを起動して、それでやりとりしてもいいだろう。

——んー、文豪。電気関係は、やめとけ。

——そうか、まりはスマホがなくても電話がかけられるわけだしな。電子レンジは無理だけど電気が関わってるものは、なんとなくできるって言ってたもんな。

——量子を考えれば、デジタルは絶対にヤバいよ。量子脳を超えるのは、今回にかぎっていえば紙に鉛筆。徹底したアナログだ。

アナログのように連続しない、つまりとびとびの不連続な整数倍の単位量限定の最小物理単位＝量子を脳裏に泛べて私が頷くと、怪訝《けげん》そうにまりが見つめていた。私は愛想笑いではぐらかす。量子脳の最上最強の見本のような少女が、性の絡んだ生き死にという人間ならではの生臭い領域で悪戦苦闘しているという不可思議。

「さてと。まりの背後で息を詰めているみんなに言っておくね。当分、セックスはなし。ぎゅーしてもらいたい気持ちはわかるよ。俺だってぎゅーしたいし。でも、事態が好転するまでは、ダメ。もういちど、あんな罰に付き合わされて、ただ見守ることしかできないなんてことになったら、俺の精神のほうが崩壊しちゃうからね。俺がなにをするのかは、もう理解してるだろうから、協力を頼む。本音は、ひかり。ちゃんとおまえと話したい。その気になったら、俺に言葉をくれ」

　神妙な顔で見あげているのは、あくまでもまりで、ひかりの気配は一切しない。腹で眠らせるといったことは、掟と罰がある以上無力なので、意識から追い出した。長丁場に備えてイタリア料理をたらふく詰め込んだこともあり、転がっていると目蓋《まぶた》が重い。私とまりは屍体《したい》のように並んで横たわり、直線で構成された純白の天井を見あげている。

「まり。俺がなにを考えているか、わかってるよな」

「わからない。なぜか逸郎の心は読めない。逸郎はまりを受け容れてくれるけど、まりを拒絶するの。とんでもない人だ」

　悪い逸郎のおかげなのだが、それでも私は自尊心を充《み》たされて、得意げに笑《え》んでしまった。その笑みを崩さぬまま、そっと腕を伸ばしてまりを抱きこむ。直接顔を見ないようにして、あえてひかりに聞こえるように囁く。

「俺、人殺しになる」

「――やっぱり」

「これから先、まりはどう生きていく？　また、心の奥底に引きこもるか」

「引きこもらない。逸郎といっしょ。逸郎と生きてく」

「ならば、ひかりは排除しないとね。掟と罰に縛られていたら、まりは現実社会で、なにもできないよ」

　うん――と心細く頷くまりを横目で見る。まりは私を凝視していた。私に向けられた感情には、一点の曇りもない。

　純粋ということは恐ろしいことだ。齊藤紫織の内側にいる子のなかでも、まりやひかりといった絶対的な力をもっている子は、異様なまでに純粋だ。白か黒。灰色部分が見当たらない。

　あかりの得意な料理ではないが、昆布のだしはグルタミン酸が主体であるにせよ、アラニンやマンニットの甘み等々が複合した複雑なものだ。私たちはそれをまろやかな旨味として舌で転がし、目を細める。

　ところが、まりやひかりは、純白で純粋なグルタミン酸の結晶だ。誰だって旨味調味料をそのまま口に抛《ほう》りこめば、度の過ぎた直接的な旨味の激烈さに、目を細めるどころか、目眩《めまい》を催すのではないか。純粋ということは、雑味と無縁なのだ。原理主義。純粋教条主義。硬直。頑《かたく》な。始末に負えない無垢。純粋から派生した言葉を脳裏に泛べ、ファンダメンタリズム的な相手に説得は無理だとあらためて結論する。が、不純の塊《かたまり》の私は純粋にどう対処するのか。私は所詮《しょせん》は海岸に打ち上げられて腐りはじめた傷だらけの昆布。ひかりの輝かしき純白結晶を打ち壊す方策などない。見当もつかない。せいぜいできることはといえば、挑発して様子を見ることだ。

　空調のせいで乾燥しているのだろう、まりの細く頼りない髪が静電気のせいで幽《かす》かに揺れている。まりが頬擦りしてきた。

「ねえ、逸郎。逸郎の中に入っていい？」

「入る？」

「逸郎の心の中」

　どうしたものか。私の唇には苦笑い気味の歪《ゆが》みがあらわれていて、表層では真に受けていないのだが、底の底では若干の怖さをともないつつも、心を読まれるということは、じつは大概が自ら心を差しだしているという悪い逸郎の指摘と重ねあわせて、まりなら私の中に入ってこられると確信していた。

「絶対じゃましないから」

「いいよ。おいで」

　まりは柔らかく笑んで、全身から力を抜いた。私は所在なく天井を眺めていたが、バカらしくなって目を閉じた。

　白銀――。

　目蓋の裏側で自ら発光する密な雪を想わせる粒子が放射状に爆ぜ、無限に散っていく。超大な真冬の花火だ。無理やり視神経の迷走であると自身に言い聞かせたが、まりをかたちづくっている光輝であることが直観された。宗教美術などで描かれる光背や後光は、この目眩《めくるめ》く白銀の燦《きら》めきと較べれば、じつに地味で類型的だ。白銀の粒は際限なく集合してもつれた波になり、だがその動きには規則性など一切ない。あるいは私ごときには法則性など見出すことのできない超越的確率世界＝量子の領域が拡がっている。自発光する億兆京の、いや、計測不能な無限の微細な粒子が私を包みこむ。これがオーラというものだ。私は中空に浮遊し、完全に脱力して静かな精神的恍惚《こうこつ》のさなかにある。

「ごめんなさい！」

まりの声に、私はベッドの上に落下した。

「鰐《わに》に叱られちゃった」

「なんのこと」

「あのね、普通の人は当たり前だけど、一人しかいないの。けど、逸郎のなかには二人いた。びっくり！」

笑おうとしたが、笑えなかった。

「逸郎のなかにはね、鰐と蛸《たこ》がいたの。蛸はすごく大きくて薄桃色で、とても優しいの。まりが小説ってどう書くんですかって訊《き》いたら、現実を棄《す》てて、現実を書くんだよ――って教えてくれた。でも、鰐はまりには見向きもしないの。蛸は知慧の塊だったけど、鰐はよくわからない。褐色？　黒いけど真っ黒じゃなくて、鱗に不思議な艶があった。まりがちょんちょんてつついたら『早くもどれ。おまえが我慢できずに這入《はい》りこんできたから、おまえに乗っかってひかりがいっしょに潜りこんできた』って怒られた。『ひかりの奴、素早く傷つけてった。ＤＮＡ。いますぐ不都合がでるってわけでもないだろうが、いずれ癌化するんじゃないか。やれやれ。文豪も先が見えたな。寿命か』って呟いてた。ごめんなさい。まり、バカだった。ほんとうに、ごめんなさい」

文豪も寿命――。俺は死ぬのか。悪い逸郎に文豪と揶揄《やゆ》されることもなくなるのか。リアリティがない。あるいは、どうでもいい。私の宣戦布告にひかりが応えた。先手を取ってきた。殺しあいだ。受けて立つ。これで心置きなく戦える。

尿意を覚え、武者震いしつつ立ちあがる。腰が砕けた。分厚いカーペットのおかげで衝撃は少なかったが、即死の恐怖に覆われながらも、そのまま透明になった。頰がカーペットに触れてちりちりするが、まったく動けない。薄れゆく意識に、ひかりの凄《すさ》まじい力を実感する。四肢が複雑によじれたまま、まったく動けない。異変に気付いたまりがベッドから飛び降りるようにして、私の額に掌をあてた。

すぅっと世界がもどった。私は照れ笑いのようなものを泛べ、まりを無視して膝に手をついてかろうじて立ちあがり、寝室のトイレではなく、リビングのトイレまで行き、ゆっくり排尿した。洩らさなくてよかったと息をつく。背後に気配がした。俺はいま自分の身に起きたことを整理し、反芻《はんすう》するために、あえて一人になったんだと前を向いたまま解説口調で呟いたが、まりと異質な無数の触手を伸ばす冷気を背筋に感じ、凝固する。

――ひかり!

　私の排尿を静かに見守っている。ぎこちなく背後を振りかえる。ひかりは笑顔を向けてきた。けれど、どう見ても笑っているようには見えない。顔全体の筋肉は巧《たく》みに笑みを拵《こしら》えているのだが、瞬《まばた》きしない目の奥は青褪めて冷たく、感情の焔《ほむら》のかけらもない。

「ひかり」

「はい」

「せっかく俺のお腹で寝たのにね」

「はい」

「俺が起こしちゃったね」

「はい」

「死にたいか?」

「はい」

「罰したいか?」

「はい」

「ごめんな。ほんとうに、ごめんな」

「いいです。私は死にたいから」

「さっきは俺も死ぬかと思ったよ。カーペットがほっぺたに当たって、それだけが気に食わなかったけど、ああいうふうに痛みと無縁に静かに死ねるなら、悪くないなって思ったよ。それどころか、内緒だけど、恵みのようにも感じられた。だから、生きかえっちゃって、ちょっとだけがっかり」

「ごめんなさい。気持ちを抑えられなくて独走してしまったの。私、菱沼さんには楽に死んでもらいたいの。苦しませたくないから。だって、おなかで寝かせてくれたから。でも、決まりを守れって叱られました」

「決まりか。怖いね。しかし誰がひかりを焚きつけてるのかな。ま、いいや。俺、その気になっちゃってるよ。おまえと戦う気になってる」

「いいです。私、死にたいから」

「簡単に死なないだろ」

　ひかりは姿勢よく立っている。眼差しを伏せた。

「そうですね。難しいところなんです。私たちの誰かが選んだあげく、それで非道《ひど》い目に遭ったなら、私は私たちが選んだ人を罰することはしません」

「そういうことか。まがりなりにも水原君はまりが選んだ？　っていうことで、罰は与えてないんだね」

「はい。あの人、すごく不幸せな毎日を送ってますけど。いまの夫も、紫織さんが選んだので」

「北海道の実力者とやらや、鈴木先生は」

「ノーコメントということにしておいてください」

「わかった。しかし、はじめてちゃんと喋ったね。俺、見事にだまされてたよ。ひかりのことを四歳くらいかなって」

「実質、四歳です。私、なにも成長してませんから。命令されるがままなんです」

「ごめんな。ずっと安らかに眠らせてあげたかった」

「いいんです。菱沼さんのお腹で眠ったせいで、力がとても強くなりました。安らぎって効くんですね」

　もう精神戦がはじまっている。私は、おどけて応える。

「そうか。それは、よかった――じゃねえ、よくねえよ」

　ここまでまるで私を見おろすかのように語っていたひかりだが、急に頬に影が射した。

「困ってるんです。菱沼さんを選んだのはまりですだから罰に該当しない。でも菱沼さんは私を殺そうとしてるじゃないですか。私は殺されてもいいんですけど、放置して黙って死のうとすると、叱られるから。ちゃんとやれって。絶対に死なせてあげないって。菱沼さんを苦しめるのは本意ではないし。私、菱沼さんに苦労をかけないように、すうっと死なせてあげたくて、魂を抜いたんです。でも、決まりを守れって。ちゃんとやれって耳許で烈《はげ》しく叱られました」

　ひかりに対する憎しみは一切ない。だが、自分の手を汚さず、背後で指図《さしず》し叱るだけの存在に対しては、抑えがたい怒りの感情を覚えた。それを外に出さぬよう気配りして、ごく軽い調子で言った。

「罰。やめてくれないかな。それだけのことなんだよ」

「だって私が決めたんじゃないですよ。鈴木先生がしてはいけないこと、罪になること、そして、それをしてしまったときの自分に対する罰を教えてくれたんです」

　鈴木先生。ありふれた姓の、ありえない教師。おぞましい腐敗物。

「それにのって、まりとか他の子たちが掟と罰を決めて、私に押しつけたんです。躊躇うと、すごく叱られた。叱られてひしゃげているうちに、選択肢っていうんですか、もう他の選択肢がないところまで追いこまれて追い詰められてしまいました」

「そうか。追い詰められたか」

「私、ドジだから、すごく叱られるんです。だから罰は必死でこなしてます。確実に罰してます。でも、死ぬのってけっこうむずかしいんですよ。失敗ばかりです。だから、やるべきことをちゃんとやってないって死にたい子たちから叱られる。とても怖いんです」

　純粋で臆病で異様なまでに思い込みの強い幼い子たちからの圧迫。私の目に泛んでしまった憐憫《れんびん》の気配から、ひかりはぎこちなく目をそらした。

「菱沼さんは私たちにとって、とても危険な人だからって。ちゃんとやりなさいって。だから菱沼さんを殺します」

「わかった。俺も全力で戦う」

　この様子だと、ひかりを殺しても、こんどはひかりに命令していた子たちが私に牙《きば》を剝《む》くかもしれない。考えないことにする。

　ひかりが私を見つめていた。はじめて、真正面から私を見つめていた。

「私って、悪魔ですか」

「うん。悪魔。ただし、俺にとって悪魔は神様よりも大切な存在。神様なんていてもいなくても関係ないけれど、悪魔は——」

　私はひかりを抱き締めた。低体温などというものではない。信じ難い冷たさだった。私は屍体のひかりをきつくぎゅーした。ひかりは逆らわず、けれど私の腕のなかでどんどん体温が低下していく。この子をあたためることはできない。諦めの感情とともに、私の腕から力が抜けていく。逸郎――と見あげているのはまりだった。

＊

何事も起きぬまま、午前零時をまわった。日付が変わったところ、私も頑張る――と、まりが強く頷いた。ひかりを殺す私に協力するということだ。とたんにまりの軀《からだ》が反った。

「頭の後ろが痛い！　なんか変」

状態を見ようと俯《うつぶ》せにして、目を剝いた。苦痛に身悶《みもだ》えするまりの首筋に瘤《こぶ》の類いだろうか、ゴルフボール大の異様な突起が浮かびあがっている。それが生き物じみた動きで左右に移動し、微振動している。

「へえ、こういうこともできるんだね」

平静な声をつくって、そっと手をあてがう。掌の

中でぐりぐりが顫《ふる》えながら不規則に左右に移動して、とても擽《くすぐ》ったい。皮下に埋めこまれた巨大なカエルの卵を押さえこんでいるかのようだ。シーツに顔を埋めて耐えるまりの動きが、ぴたりとやんだ。

「ん？　もう痛くないぞ」

怪訝そうに呟いて、私を見つめる。髪を持ちあげて首筋を確かめる。ぐりぐりも消えていた。逸郎が治してくれたんだねとしがみついてきた。首を左右に振って、囁く。

「たぶん鰐がね」

まりの唇が鰐と動いたとたんに、室内の照明がいっせいに明滅しはじめた。私とまりはヘッドボードに背をあずけて、幽霊屋敷と化した室内のあちこちに視線を投げた。

「なんか虚仮威《こけおど》しだな。電気が関わっているものは、なんとなくできるんだろ？」

「百ワットとかは無理だけど、ここの照明はＬＥＤ？」

「だろうね。省エネだ」

「だったらできる。ＬＥＤだと、点けたり消したり

できる」

「まりにもできるし、ひかりにもできる？」

「うん。でも、ひかりのほうが強烈。ものも動かせるんだよ」

「そりゃ、すげえな」

強がりだ。実際は雷光の内側に抛りこまれたかの光の明滅に、恐怖を覚えていた。影が伸び縮みし、烈しく踊る。ベッドに正対するかたちで据えられたテレビの液晶画面も明滅し、不明瞭な渦巻き模様が回転し、それを見つめていると催眠術にかかったかのように全身から力が抜けていく。まりに寄りかかる。まりは私の肩に力をかけてきた。逆らわずにまりの膝枕で、横になる。

「秋です。なぜか私が出されました」

「秋か！　太腿の感触が、すごく優しかったから、なんていえばいいんだ？　まりの太腿は最高だって思ったけど、じつは秋か」

「はい。秋です。頭、痛いです」

「そのわりに落ち着いてる」

「たぶん、ひかりの力が分散してるんです」


「明かりの明滅と、痛みとに？」

「そんな感じですね」

「だったら、ずっとピカピカギラギラしてたほうがいいね」

とたんに照明も液晶画面も、もとにもどった。秋の頭痛が酷くなったらたまらない。跳ね起きた。秋は人差指と中指を重ねあわせるようにして蟀谷《こめかみ》に当て、呟いた。

「誰かが、ひかりの念を遮断してるような」

「ほんとに？」

「はい。まりが私に替えたのは、実験かな」

まりも遮断を感じて、秋で確認したということか。私の与《あずか》り知らぬところで、私の内面の鰐が配慮してくれている。さしあたりひかりは、効果を喪《うしな》った頭痛などの痛みの攻撃を控えるのではないか。秋ならかまわない。私は声にだして悪い逸郎に問いかける。

「二十四時間荒行んときも、とっとと苦痛を止めてくれればよかったのに」

——いや、まりが文豪の内面に這入りこんで俺にコンタクトしてきたからだよ。突き放したつもりだが、触られたときになにやら流れこんできたものがあってな。結果、このように痛み止めとして服用すれば、効能抜群。

「ともあれひかりは、肉体的苦痛を与えるという手段を喪失した?」

――うん。その件については、安心召され。ぐりぐりのときは、あまりに面白いんで、ちょっと鑑賞しちまった。

「あれには、驚いた。巨大な虫が蠢いているかのようなな」

――すごいなあ、人の脳の可能性。齊藤紫織は、それをまったく有効に使っていない。

「どう使っていいか、わからないんじゃないかな」

――先達《せんだつ》の苦悩? 大仰《おおぎよう》な。アホか、文豪。

「俺、なにも言ってねえよ」

――秋ちゃんが怪訝そうに見てるよ。この子もいいなあ。

「最高だよな、綺麗だよ!」

秋は自分のことが話題になっているのを悟って、俯《うつむ》き加減で幽かに頰を染めている。

――当分、攻撃はないんじゃないかな。俺には疲弊しきってるひかりが見える。

「そうか。俺たち、眠っていいかな」

――微妙だな。こんどは物理的な攻撃でくる予感。ま、秋ちゃんなら、ひかりは手出しできないんじゃないかな。

「秋には力がある?」

――ちがう。決まり。掟。秋ちゃんはさ、充分に苦痛を受けてるからな。

「よくわからん。いや、掟があるってのはわかったし、秋がいままでに与えられてきた性的苦痛にも思いが至ったが、頭痛とかは物理的攻撃じゃないのか?」

――心しろ、文豪。おまえに多少でも脳味噌があるなら、即座に処置しろ。

なんのことだ? 問い返そうとしたが、悪い逸郎は慌ただしく姿を消してしまった。怪訝そうな秋に、俺ん中の人は、痛み止めとかにそれなりに忙しいみたいだと囁く。

「菱沼さんにも、誰かいる?」

「うん。悪い逸郎」

目の悪い秋は前屈みになって、私の目の奥を覗きこんだ。その頬が安堵《あんど》でゆるむ。納得したらしい。

「二年二組は早朝登校です。朝の五時に東萩村小学校西校舎に集合してください。ちいさいほうの校舎です。時間厳守です」

「なんのこと？」

「遅れた子は厳罰に処します。取り返しのつかないことになります。必ず五時ぴったりに集合してください」

声は秋だが、喋っているのはひかりだ！

「東萩村小学校西校舎って、どこだ？」

ひかりは去り、秋は虚《うつ》ろになって、問いかけに答えない。途方に暮れながらも置時計を一瞥する。午前三時十分、あと二時間弱だ。東萩村小学校はたぶん札幌だ。いまから京都を発ったとしても東萩村小学校に行けるはずもない。やきもきしていると、秋の軀が揺れた。目頭に手をやって、まりに替わりますと呟いた。まりが小さく息をつく。

「西校舎って、生徒が減って使われてなくて幽霊がでるって言われてた。鈴木先生に、いつも連れ込まれてた。最悪だ」

「いやな記憶をアレして揺さぶりか」

「けど、東萩村小学校は統合されちゃって、もうないよ」

「どのみち、不可能なことを持ちかけてるわけか」

私は悪い逸郎がひかりを遮断してくれていることに賭けることにした。

「まり。これから慌ただしくなる。ちゃんとオシッコ、しておけ」

「えー」

でないよ――と続けようとして、私の眼差しに気付き、あえてまりは寝室のトイレではなくリビングのほうに向かった。小用にしては長い時間をかけてもどり、口を尖らせたおどけ顔で言う。

「けっこうでたぞ～。まりたち、我慢してるうちに忘れちゃうんだよね」

「あまりいいことじゃないな」

「だよね」

私は立ちあがり、ノートパソコンに挿入したままになっているDVDを取りだし、寝室のプレーヤーにセットする。映画鑑賞だ！　と、まりがはしゃぐ。液晶画面に茶色がかった沈んだモノクロの画面が映じ、まりが私の顔を覗う。

「俺が小説家になるきっかけになった〈ストーカー〉ってソ連の映画。ストーカーって、いま言われているような付きまといのことじゃなくて、密猟者とか秘かに追跡する者っていう意味。タルコフスキーの作品。いちばん最初の妻が億劫《おっくう》がる三十になったばかりの俺を無理やり吉祥寺のミニシアターに連れていってね、いやがったわりに前のめりになって夢中になって、最後の小さな奇蹟があからさまになる場面で、昂《たか》ぶっちゃって、感動で滲《にじ》む涙を抑えきれなかった。で、俺はいまのままでいいのか？　って思うようになって、なにか創作をはじめないとって真剣に考えるようになって、現在に至る」

　ふーん、ともっともらしく頷いて、けれど登場人物がゾーンに入って画面がカラーになるころには、まりは私に上体をあずけて静かな寝息をたてはじめた。タルコフスキーの映画は超強力睡眠薬と称されているし、二十四時間の荒行で眠っていないのだから当然だ。私は画面を追いつつ、ときどき横目で置時計に視線をやる。〈ストーカー〉は三時間近い映画だから、東萩村小学校西校舎集合のタイムリミットである五時には、終わらない。私はストーカーと称される案内人が流れの上の苔むした小島のようなところに身を横たえ、つかの間の睡眠をとる画面を凝視し、象徴的にあらわれる痩せた犬の姿を追う。

　置時計が四時四十五分を指したころ、そっとまりを揺りおこす。まりの鼻梁《びりょう》に、仔猫の皺が刻まれる。目尻の涙を中指の先でそっと拭ってやり、囁く。そろそろ、だよ――。

　まりは寝惚《ねぼ》け眼《まなこ》をすっと引き締め、私の手をとって首筋にあてがった。ちいさな喉仏が上下するのが伝わった。生唾飲んでます――と囁きかえしてきた。ふざけているようでいて、置時計に投げた視線には強い緊張がにじんでいた。

　四時五十九分。ヘッドボードに背をあずけたまりの軀が烈しく痙攣《けいれん》しだした。口から沫《あわ》を噴きつつ、前に倒れこむ。と思いきや、ぐいっと上体が起きてヘッドボード上部に後頭部を打ちつける。私は狼狽《ろうばい》しつつ、必死でまりの上体を押さえつける。

がくっと首が折れて真下を向いたまま、まりは動かなくなった。顎に手を添えて顔をおこす。

「時間どおりに東萩村小学校西校舎に集合しなかったね」

やや甲高《かんだか》い男の口調だった。鈴木先生？　思わずまりの顔を凝視する。

「二年二組齊藤紫織は東萩村小学校早朝登校西校舎午前五時集合に間にあわなかったので罰します」

もはや、まりかどうかも判然としない。男の声の齊藤紫織はベッドから跳ね起きると、寝室からリビングに駆け込んだ。私は慌てふためいて齊藤紫織を追った。

忘れていた！　ホテルがサービスで置いてくれたフルーツの大皿から銀のナイフを摑みあげて、齊藤紫織は自らの喉に向けて突き立てた。

「待て！　ひかり。おまえは失敗した」

切先が喉仏に消える直前だった。ナイフは喉に触れているが、そこで見えない力に引っ張られ、微振

動するかのように顫えて、凝固した。

齊藤紫織の黒眼がじわり動いて、私を見据える。

「失敗——」

「そうだ。タイムリミットは、五時のはず。だが、もうとっくに五時をまわってる。これを見ろ。五時二十三分」

私は齊藤紫織の眼前に腕時計の文字盤を突きだす。

「遅れたのは、ひかり、おまえだよ」

原理主義の少女の唇はわななき、瞬きを忘れたその目は烈しく充血して血の色に染まっている。

「時計——置時計」

「まりがオシッコをしに寝室から出ていったときに、時間を遅らせておいたんだよ」

ひかりの手からナイフが落ち、銀の残像を残して床に落ちた。

「可哀想に。また叱られるか」

ひかりは私を睨《にら》みつけている。が、その瞳の奥には臆する気配が揺れている。死者を出さずにすんだ。私はぢんぢん痺《しび》れる目頭に手をやりかけたが、腰をかがめて床のナイフをひろいあげ、ついでにフォー

クもいっしょに貴重品を入れる金庫に入れ、暗証番号をひかりに見られぬよう掌で覆ってロックした。あらためて目頭を揉み、完全に乾いて唾の気配さえない口中を潤すためにオレンジにむしゃぶりつく。瑞々《みずみず》しいが、どこか人工甘味料じみた甘さだ。

　ひかりと私は、じっと見つめあっている。オレンジの種を吐きだすと、いきなりひかりの上体が反った。

　反った上体がもどると、反動とともに左下膊《かはく》に咬《か》みついた。前歯を剝きだしにして、蟀谷をぐりぐりいわせて、腕を咬む。一切の加減なしに、咬む。肉を引き千切る勢いで、咬む。呆然としていたが、我に返り、怒鳴りつける。

「ひかり！　いい加減にしろ」

「ひかりじゃないよ、紫織です！　助けて、痛い！」

　苦痛に弱い紫織を操って、自ら腕を咬ませているのだ。骨に達する勢いで腕の肉を咬み千切ろうとするのを、紫織は止められないのだ。私は深呼吸し、紫織の頰を平手で打ち据えた。

「汚いぞ、ひかり。おまえは油断して、だまされた

んだよ。自分で決めた時間を間違えたんだよ。負けたんだよ！」

　下膊を咬んだまま、紫織が、いや、ひかりが目をあげた。私は静かに首を左右に振る。腕から口が離れた。それでもしばらくカチカチ歯と歯がぶつかる音がしていたが、ひかりは、いや紫織は虚脱してゆるゆると床に膝をついた。転倒する前に両脇に手を挿しいれて抱き起こした。

　全身から力が抜けたせいで、異様な重さの紫織を支えながら、幾度も息をついた。いままで生きてきて、最大最悪の疲労が脊椎を迷走し、後頭部に凝固した。未使用のハンドタオルを手に、ふたたび紫織を支えてベッドにもどる。

　咬傷《こうしょう》の様子を見る。出血はそれほどでもないが、皮膚を裂いて肉の奥にまで上下の歯形が達し、見るみるうちに青黒く変色していく咬み傷が三箇所ほど。もう一箇所は力を込める前に歯が離れたようで、肉を突き抜くまでには到っていない。

「菱沼さん、疼《うず》くよ。痛いよ」

「とりあえず、これで押さえてろ」

タオルを渡し、冷蔵庫の氷をレジ袋に入れて咬傷にあてがう。目をあげると〈ストーカー〉の登場人物たちが、願い事が叶うという部屋の前で緊張状態も露わに佇《たたず》んでいる。男たちは誰もなにも願わない。それどころか唯物論に凝り固まった男が部屋を爆破しようとさえする。私は紫織を膝枕して、虚ろな映画鑑賞だ。

——逸郎はね、私たちを忌《い》まわしい過去の記憶から救ってくれようとしてるんだよ。

——やってることは、同じだから。

そんなやりとりが彼方《かなた》から聞こえた気がした。

反撃だ。だが、すべては心の、精神世界の現象だ。齊藤紫織の内面に手を挿しいれて、ひかりの首を絞めるといった物理的手段をとれるはずもない。まりがあらわれた。

「あえて訊《き》く。まりは、ひかりを消せないのか？」

「まりはね、つくるだけ。ひかりは、消せるだけ」

「消せるって、まりやあかりや紫織や秋を消せるってことか？」

「――その気になれば」

「まりは生みだし、ひかりは殺す」

「そうだけど――」

まりは両手で頬を覆って、考え深げだ。ひかりに負けない子をつくるか――と呟いた。

17

「ひかりを殺せる子をつくれるのか？」

「――たぶん、無理」

「そんな気がしたよ。それに、それをしてしまったら、戦争が終わらない気がする」

「ごめんなさい。どうしたらいいんだろ」

「まりが頑張ってひかりを殺さなければならないと思う」

「まり、できるかな」

烈《はげ》しい逡巡が伝わった。超越的に純粋な良い子なのだ。ひかりを殺したくないのだ。けれど、やらなければならないことだ。まりに決心してもらわなければ、いかんともしがたい。小一時間も沈黙が続いた。まりはあくびして、目尻の涙をこする。

「眠いか」

「まり、だいじょうぶだよ」

裏腹に、私という存在がなければ、これ幸いとばかり眠ってしまいそうだ。

「齊藤紫織の精神の内側のことじゃないか。俺には、なにもできないよ。ただ、まりとひかりが表裏ならば、まり以外にはできないというか、まりがするしかないというか——」

まりは上体を倒しこんで私の膝に頭をあずけ、腰をきつく抱いてきた。やる。やってみる——と、くぐもった声がした。

サイドテーブルに移したフルーツの皿から苺を抓《つま》みあげ、まりの顎に手をかけ、そっと口に入れてやると、しばらくなにを口にしたのかわからなかったようで、けれどうっとり咀嚼《そしゃく》しはじめ、私を見あげてきた。

「甘い」

「トマトとか果物は食べられるようだね」

「うん。まり、トマトがいちばん好きかも」

残念ながらトマトは盛り付けられてないなあ——


と私がぼやき声で言い、終わったら買いにいこうね——と囁《ささや》きつつ髪を撫《な》でてやると、まりは薄く目を閉じ、抑揚を排した声で言った。

「やってみる。できるかどうかわからないけど、気持ちを集中してみる」

そっと付け加える。

「たぶん、暴れる。そのときは逸郎がまりを押さえ込んで。そのときはまりなのか、ひかりなのか、わかんないかもしれないけど、とにかく動かないようにきつく押さえて。ひかり、なにをするかわからないから」

まりは私の腰を抱いたまま、身動きしなくなった。集中を乱さぬために髪を撫でるのをやめて呼吸を合わせる。まりの吐く息で腰が湿り気を帯び、熱をもってきた。見た目は静的だが、実際はまりも私も烈しい緊張の渦中にあって唾を飲むのも躊躇《ためら》われるほどだ。

私は眼前の液晶画面にあらわれたストーカーの足の不自由な娘が顕《あらわ》す秘めやかな奇蹟、それにかぶさるごく控えめなベートーベンの第九を聴く。足の不自由な娘は、それと引き替えに、常人には有り得ない超越した能力をもっている。その片鱗が抑えに抑えた映像で提示され、映画は終わり、液晶が暗黒に沈み込む。私は娘が読む、綿毛舞う光景から続く詩の最後の一節を脳裏で反芻《はんすう》する。

そして私は目にする
君のまつげの下に
憂いを含んだ　ほの暗い激情の炎を……

ひかりの瞳の奥に、ほの暗い激情の炎は揺れていたか。私はそれを見取ることができなかった。切に願う。齊藤紫織の内面のすべての子が歓喜の歌を聴く日がくればいい。

まりが私の腰にまわした腕にきつく力を込めてきた。骨盤が軋《きし》んだ。女の力ではない。異物の力だ。

うぉぉぉおぉぉぉ――。

呻《うめ》き声をあげながら、さも薄汚いものから逃げるかのように齊藤紫織が私の腰から離れた。ひかりだ。とにかく押さえてとまりは言っていた。私はベッド

に顔を埋めているひかりを仰向けにし、馬乗りになり、左右の腕をそれぞれ膝で押さえつけた。

ベッドが波打つ。カーテンの隙間から射す朝の光がのたうつひかりを浮かびあがらせ、その胸郭が大きく動く。叫び声をあげようとしていることを察知して、私はひかりの口を押さえ、さらに左手で顎を押しあげる。

ぎゃっ、ぎゃっ、ぎゃあぁあああぁぁ――。

化鳥《けちょう》が哭《な》き叫ぶ。間一髪で抑えこむことができた。

ひかりの軀《からだ》は反《そ》り返り、私を持ちあげんばかりだ。皮膚が青白くなってきた。チアノーゼを起こさせたくない。私は逡巡を振り棄《す》てて、ひかりの口から手をはずした。

「もう、いなくなって！」

まりの叫びだった。直後、齊藤紫織の筋肉や骨格を張り詰めさせていたものが霧散し、その肉体は極限といっていいほどに弛緩《しかん》していった。思い描いていたよりも、あっけなかった。やや肩すかしだったが、私の両膝は、まだきつく齊藤紫織の両腕を押さえ込んでいた。それに気付き、力を抜いた。

「ばーか」

「え？」

「ばーか」

「ひかりか！」

「——ちがうよ」

「誰だ」

「知らない。ひかりがいなくなったから、でてきた。やっちゃったね、ばーか」

「危険な子？」

　我ながら間の抜けた、あるいは思慮に欠ける問いかけだった。だが限界にまで至ってしまっていた私に、まともな思考力は残っていなかった。

「危険。とても」

　女の子は、じっと私を見あげている。

「最悪、危険。だって、ひかりみたいに他の子の命令で死のうとしてるんじゃないもん。私の怨《うら》みで必ず死ぬんだもん」

　女の子は薄笑いを泛《うか》べる。

「ためしに呼んでごらん。まり——って。他の子でもいいけど」


　絶望的な予感がした。

「まり」

　一切反応がない。女の子は薄笑いを泛べたまま、眼差しを私からそらした。

「降りてくれない？」

　私は力なく女の子から離れた。軀を起こしている力も失《う》せ、女の子の傍《かたわ》らに頽《くずお》れるように横たわった。

「誰もいなくなったよ」

「みんな、消したのか？」

「うん。消した。死にたい子も、生きたい子もぜんぶ消した。もう誰もいない。私だけだよ。あのね、私は怨霊《おんりょう》みたいなもの。怨霊を抑えることができるのは、ひかりだけだったの。そのひかりをまりは消しちゃった」

「おまえの目的は、齊藤紫織を終わらせること？　殺すこと？」

「そう。こんな子、生きてても仕方がないから。最悪だから、この子。不幸を呼び寄せるだけじゃない。なんか、わざとやってるみたい。じつは、不幸が好きなのよ。私はこの軀を始末するんだ。完璧に終わらせる」

ふっと嘲笑するかの息をつき、続ける。

「私自身、つらい思いから解放されたいし」

私は痼《しこ》る筋肉をなだめつつ、そっと腕を差しだして怨霊を腕枕した。怨霊は横目でちらっと私の腕に視線を投げはしたが、逆らわなかった。悪い逸郎にすがりたいところだが、一切気配がない。悪い逸郎もこの子に殺されたのか。

「聞かせてくれよ。なぜ、死ぬのか」

「聞いて、どうなるの」

「どうにも。聞きたいだけ」

「——まりって、いい子ぶってたよね」

「そうかな。いい子じゃないか」

「信じてる？」

「いい子だってこと？」

「そう」

「信じてるよ」

「だまされてる」

「そうかな。ひかりは嘘が上手らしかったけど、まりや他の子は嘘つきって感じじゃなかったけど」


「——夜になるといいな」

カーテンから射していた黄金色の光がすっと陰った。驚愕して目を瞠《みは》ると、この部屋だけと、つまらなそうに呟いた。

「明るいの、嫌いなの」

「俺も、どっちかというと夜になると調子がでるけどね」

「そういうのとちがう」

「ごめん。灯《あか》りも消すか？」

「消して」

「真っ暗になったよ」

「ずっと真っ暗だった」

「そうか」

「閉じこめられてた」

「小学生のころからか？」

「そう。小三の夏休みの終わりから」

「それって、鈴木先生の虐待が本当の意味で終わったときってことかな」

「そう。終わった。死んじゃったから——。鈴木先生のほうが屋上から飛んじゃったから。ちゃんと舌、咬《か》んでたよ。千切れてたよ。顔のそばに血の気がなくなって真っ白になったベロが転がってた」

「とっとと飛ばしちゃえばよかったのに。小三の夏休みの終わりまでかかったのか」

「うん。なんか決まりがあって、いやなことはどれくらいまで我慢するって期限があったみたいだよ」

「決まり。ああ、胃が痛くなりそうだよ」

「あいつら、さんざん私に痛いこと、つらいこと、きついこと、嫌なことを押しつけといて、鈴木先生がいなくなったら、私を閉じこめた」

「それだけで怨んでるってわけでもなさそうだけれど」

「なんで、わかるの？」

「なんとなく」

「小説家だっけ。相手の心を覗く？」

「覗けない。感じるだけ。推理するだけ」

「ふーん。菱沼さん。私はね、あいつらが許せないの」

「あいつら——。誰？」

「春、夏、秋、冬」


「春夏秋冬《しゅんかしゅうとう》か」

「夏《なつ》がまり。私たちの中心。春《はる》は無謀な性格の子。なんでも怖がらずにやっちゃう。春、夏、秋、冬って名前は、春がつけた。秋は物静かで、いやって言えない子。私はべつに秋を怨んでないけど、ついでだから消した。冬《ふゆ》は、教祖様みたいな性格で、みんなが崇《あが》めるって。実際は、どうだか」

「四姉妹。おまえはその中に入っていないんだな？」

「最低な子たち」

「どう最低？　教えて」

「私を虐《いじ》めたの」

「どんなふうに」

「痛いこと、いやなこと、ぜんぶ私に押しつけた」

「たとえば、まりが——夏か。夏が痛いことから逃げて、おまえにやらせた？」

「まりでいいよ。あの子、夏って名前よりぜんぜん気に入ってたから」

「まりが、ぜんぶおまえに？」

「うん。でも、いちばん最初は、まり。まりが鈴木先生にやられるんだけど、これは無理ってなると、ぜんぶ無理なんだけどね、私に替わっちゃうの」

「で、鈴木先生の非道《ひど》いことを受ける」

「そう。信じられないことばかり」

「だいたい知ってるけどね」

「痛かったよ。怖かったよ。苦しかったよ」

「可哀想に。なあ、おまえに名前をつけていいか」

「名前」

「そう。死ぬ気のおまえだけど、それでも俺はおまえに幸せになってほしいから。だからおまえは、幸《さち》」

「幸――」

「さ、話を続けて、幸」

「痛いことや苦しいこと、怖いことは最初の一回だけだけど、いつだって、とりあえず、ちゃんとまりが受けたけど」

「以降、幸が受けた。いや、受けさせられたってことだね。それ、十七歳のころの出来事でも、雪って子がまりに替わったね」

「私、そんなこと、怨んでないから。いちばん最初がいちばん怖いのはわかってる。まりはそれをちゃんと受けたから」

「うん。どうも、そんなことじゃないって気配だね」

「――先生にね」

「うん」

「腿《もも》に鉛筆刺せって」

「鉛筆」

「先生の指図《さしず》でまりが削らされて、すごく尖《とが》らせたやつ」

「なぜ――」

「わかんない。まりは削り終えたら、素早く私に替わっちゃった。先生は幸が苦しむのを見たかったんだろうね」

「刺した？」

「刺した。だって刺さなければ許してもらえないよって、まりが言うから。そしたらね」

「そうしたら？」

「刺さった鉛筆の芯が折れて、肉のなかに残っちゃったの」

「先生は」

「すこし笑った。それでおしまい。先生、いつだって終わっちゃうと、つまらなそうだった」

「痛かっただろうな。たまらないよ」

「ううん、もっと痛いこと、いっぱいされたから。ただ、自分で刺すのは、いやだった。すごく怖かった。まりが逃げちゃったから、幸ね、頑張ったんだよ」

「うん。やられるんじゃなくて、自分でやらされるんだもんな。あまりにひどくて、残酷で、涙、でそうだ」

「――幸ね、泣いちゃった。先生が見てるとこで泣くとね、先生が喜ぶのがわかってるから、もういいですかって言って、平気な顔して学校を出て、でも、校門出たら怺《こら》えられなくなって、泣きながら家に帰ったの」

「太腿、痛かっただろうな」

「うん。それよりも、芯、どうやって抜くかわからないから、まりたちに訊いたの。春がそんなの目じゃないよ～って笑った。まりは私が役立たずだって怒った。芯が残らないように抜くなんて当たり前でしょってずっと怒ってた。秋は目を伏せて黙ってた。


ひかりは全部見てるけど、いつもなにも言わない。冬は、あなたのせいなんだから、自分でなんとかしろって」

「肉んなかに潜っちゃってるんだもんな。どうしようもないよな」

「――菱沼さん、泣き声だ」

「必死で怺えてんだよ」

「あのね」

「うん」

「幸、みんなから突き放されちゃって、もう悲しくて、悲しくて。スカートの足見て、にじんでる血をこするとねばっとしてね、肉のなかに鉛筆の黒い芯がいるのが見えるの。でも周りを押しても出てこないし、どうしていいかわからないから怖くて。黴菌《ばいきん》入ったらどうしようって。だから幸、お母さんに相談することにしたの」

「お母さんは、なんて？」

「あのね――」

「どうしたの？」

「あのね、まりたちがじゃまをしたの」

「じゃま。なぜ」

「泣いててね、涙だけじゃなくて、鼻水も出てて、サイテーだって。汚らしいって。おまえみたいのは、お母さんには絶対に逢わせないって、意地悪されたの」

「意地悪――」

「だって、まりたち、幸を指差して笑ってるんだよ。大笑いしてバカにして、汚い汚いってはやしたてて、大はしゃぎしてた。それでね、どう頑張っても家に入れなかったの。まりがね、私の足を動けなくして、じゃましたの。動けなくなった私を指差して、泣き虫鼻水汚いーって大笑い」

「最悪だ」

「幸ね、公園に行って、鉄棒に飛びついて、逆上がりして、鉄棒のうえで植え込みの方を向いて誰にも見られないようにして、泣いたの。すごい独りな感じがして、悲しくて、悲しくて。寂しくて寂しくて。地面にポタポタ涙が落ちたよ。お母さんの胸に飛びこみたかったんだよ。でもね、まりたちは笑い続けてた。鼻水、鼻水ーって。汚いおまえは絶対にお母さんに逢わせないって」

「もう、いいよ」

「なにが」

「もう、いい。もう、いいよ。終わりにしよう。幸、おまえ、死んでいいよ。齊藤紫織の軀を殺していい」

「いいの？」

「いいよ。そうしたいんだろ」

「うん。ずっと終わらせることだけ祈って生きてきた。閉じこめられてたときもね」

「ひかりに暗いところで身動きできなくされてたときだね」

「鼻水、鼻水、汚いおまえは絶対にお母さんに逢わせない――って声が耳鳴りみたいに響いててね、私ね、ずっと泣いてた。八歳のときからいままでだよ。長かった。とても長かった。苦しかった。私、怨霊だよ。怨霊みたくなっちゃった」

私はもう声を出せなくなった。もって行きどころのない怒りと失望に、胸中で嘔吐するように吐き棄てる。

――なんなんだ、まりたちは。虐待されている者が自分より弱い生贄《いけにえ》を必要とするのはなんとなくわかるが、まりの身代わりになった幸を、なぜ笑う？　なぜ、はやしたてる？　なぜ、お母さんに逢うのをじゃまする？　幸が泣きながらお母さんに訴えたら、鈴木の本性が露わになって、虐待は終わったかもしれないじゃないか。なんなんだ？　この、顚倒《てんとう》した幸に対する虐めは。まりたちは、幸、だいじょうぶ？　痛い？　つらい？　なにもできなくって、ごめんね——って、謝って、幸を慰めなければならないところじゃないか。それを、鼻水だ？　汚いだ？　お母さんに逢わせないだ?!　徒労だ。齊藤紫織のなかにいる人格たちは、自ら不幸を欲している。どこで、こんな歪《ゆが》みが起きてしまったんだ？　俺の手に負えない。まりたちの幸に対する仕打ちが信じられない。

それだけはしてほしくない、ということをしてしまったまりたちに、絶望的な嫌悪が迫《せ》りあがってきた。まりたちの加虐の根底に教師鈴木の虐待があったのはわかる。悪意は伝播《でんぱ》し、伝染するものだ。まりたちも毒されていたのだ。それでも、まりたちはなぜ幸を慰めなかったのか。いたわることをしなかったのか。幸は、身を挺して苦痛を引き受けてくれた大切な仲間ではなかったのか。人間というものは、愚劣なものだ。限界がきた。私は必死で涙をこらえた。

「もういいよ、幸。死ぬなら、手伝う。なんでもする。おまえの絶望を思うと、俺はもう息をしているのがつらい。ひかりも哀れだった。たまらなかった。俺がひかりを殺させたんだが、ひかりはみんなから叱られるから、必死でやってただけだもんな。あのとき、もう俺は限界だったようだ。死ななければならないのはひかりか？　って、ずっと自問自答していたよ。ああ、齊藤紫織という仕組みそのものが哀れだ。終わらせよう。齊藤紫織の命を、終わらせよう」

「ほんとうに手伝ってくれるの！」

「うん。失望した。ひかりに対する不条理を感じつつも、まりは優しい子で、絶対にそんなことをしないって勝手に思い込んでたからね。がっかりしちゃったよ。絶望しちゃったよ」

＊

菱沼さんに迷惑をかけたくないから、独りで水に入って死ぬと幸は言った。レンタカーで琵琶湖に向かう。

自殺はいけないなどという正論は、この子が受けた仕打ちと絶望の前では、まったく意味をなさない。幸は、いわば身内から嘲笑され、突き放されたのだから。奈落に突き落とされたのだから。

幼かったにせよ、まりたちは絶対にしてはいけないことをしてしまったのだ。教師鈴木という第三者からの加虐ならば、その最悪の不条理に耐え抜くという選択肢もあっただろう。だが、自ら尖った鉛筆を太腿に刺すという痛み苦しみ恐怖を強制されて打ちひしがれている幸を嘲笑《あざわら》ったのだ。母に逢わせなかったのだ。幸には齊藤紫織を終わらせる権利がある。私も小説家の端くれだ。高みから正論をこねまわすほど落ちぶれてはいない。それでも生きて――などと口走りかねない安全圏から見おろす良識ある方々など糞食《くそく》らえだ。

北白川から山中越《やまなかごえ》だ。許多《あまた》のカーブを抜けて田ノ谷峠から琵琶湖に向けて下っていく。眼下に陽射しに燦《きら》めく琵琶湖の湖面が拡がった。海みたい――と幸が呟いた。目を瞠っていた。この子は小三からいままで、ずっと暗闇の中に閉じこめられて、まりたちの突き放し、はやしたてる声に苛《さいな》まれて膝を抱えていたのだ。これほどの孤独があろうか。

湖岸緑地唐崎苑《からさきえん》の無料駐車場にレンタカーを駐《と》めた。ブラックバス狙いだろうか、湖岸には釣り人が一人、飽いた顔で所在なげだ。幸は食い入るように湖面を見つめている。私はなにが起ころうとも、すべて見守るつもりだ。波の一切立たぬ平板な鏡面を凝視している幸の肩を軽く叩き、唐崎苑の入り口近くにあったコンビニに行く。飲料やケーキを買って車内にもどる。シートをすこし倒す。

「菱沼さん。まだ鉛筆の痕があるはずです。はしたないけど、まくります」

あらわになった左太腿にはやや大きめの、くっきりしたほくろがあった。私は上体をよじって、そっと触れた。

「膨らんでるね、すこし」

「芯、そのまま閉じこめちゃったからかな」

「みたいだね」

幸は叮嚀《ていねい》にスカートをもどした。食べられるか？と目で苺のショートケーキを示す。

「食べるのは、私か春の役目だったから」

「よかった」

幸は美味《おい》しそうにケーキを食べた。まだ子供なので、唇がクリームでつやつやだ。私は紙ナプキンで幸の唇を拭いてやった。とたんに幸が凝固した。

「ごめん、怖かった？」

「ちがうの」

幸の双眸から涙がぽろぽろこぼれおちる。

「こんなに優しくされたこと、なかったし」

「――泣いていいよ。たくさん泣いていいから。俺は泣いてもバカにしないから」

幸は前屈みになって、小刻みに顫《ふる》えながら泣いた。うぇーん、うぇーんと手放しで泣いた。私は貰い泣きしそうになり、それを必死で抑えこんで、西陽が射しはじめた湖面を睨《にら》みつけた。釣り人も去っていた。

すっかり陰ってきた。湖面を見つめる幸の眼差しから、真っ暗になったら湖に入ることが伝わってきていた。私は幸に触れるのを遠慮していたが、そっと手を握った。冷たい手だったが、すこしずつ私の体温が移って同化し、溶けた。幸はヘッドレストに頭を斜めにしてあずけていたが、徐々に緊張し、呼吸を乱した。そろそろか――と、私も呼吸が不規則になるのを意識した。

「死ぬ前に」

「うん」

「どうしても知りたいことがあるの」

「俺の知ってることなら、なんでも教えてあげるよ」

「とても訊きづらいことなんだけど」

「そうか」

「あのね、セックスのこと」

「確かに訊きづらいね」

「菱沼さんとみんながぎゅーって抱きあってたよね。あれがセックス？」

「うん。俺も調子に乗ってたな」

「それで、なんかちがうって」

「変だった？」

「うん。あの、ほんと訊きづらいんだけど、セックスってお尻のほうに、その――」

「肛門」

「――そう」

「ちがうよ」

「そうなんですか！」

「うん。ちがう」

「ちゃんと、ちゃんと教えてくれますか」

「どうしたらいいかな。口で言うのも、なんか気恥ずかしいな。だいいち、さんざんお尻に悪戯《いたずら》されたんだもんな。口であれこれ言っても納得できない気がする。触るぞ。直接は控える。下着の上からそっと場所を示す。それならいいよね」

「はい。お願いします」

「すこしだけ腰あげて」

「――やっぱ、こっちだったのか」

「うん。鈴木先生は変態だから」


私は下着に触れていた指をはずした。

「私、ずっとお尻だって思ってた。とても恥ずかしい」

「疑問、解けたか？」

「解けた。菱沼さんに、幸ってほんと頭悪い子だって思われちゃうかもしれないけど、ずっと引っかかってて、みんなが菱沼さんとぎゅーしてるのが伝わってきて、なんか私は大きな思いちがいしてるんじゃないかって、とても心配になっちゃったんです。もう思い残すことはありません」

性交はどこでするのかという疑問が心残りだったというのだから、居たたまれない。教師鈴木が幼い幸に犯した最悪の罪。あんまりだ。私は夜が侵蝕しはじめた真正面を睨みつけたまま、声をあげずに泣いた。

幸が見つめていた。私は奥歯を咬みしめ、どうにか嗚咽《おえつ》を怺える。幸を見つめ返す。

「私のために泣いてくれる人がいるなんて」

「泣くなんて、冴えない大人だ」

「私のために泣いてくれた」

「ごめん。俺はちゃんと役目を果たすから。なんでも言ってくれ。ちゃんとやるから」

「もう、いいです」

「もういい？」

「はい。菱沼さんは私のために泣いてくれました。笑われてばかりの私のために、泣いてくれました」

幸の面差しに静かな笑みが拡がった。

「もう思い残すこともないから。怨霊が離れてった気分だから。菱沼さんに名前もつけてもらったし、菱沼さんは幸が泣いても笑わなかったし、幸のために泣いてくれたし、幸はもう、いいです」

幸は深く長く息をついた。

「菱沼さん。幸をぎゅーしてくれますか」

幸の気持ちを悟った私は、幸、幸と連呼しながら上体をぎこちなくねじ曲げ、傾けて助手席の幸をきつく、きつく抱き締めた。ぎゅーしてやった。幸も不自由な体勢のまま私にすべての力を込めてしがみついてきた。触れあった頰で幸と私の涙が溶けあった。

腕のなかの幸が無になった。実体を喪《うしな》った。幸は

齊藤紫織を巻きぞえにせず、独りで死んでいった。幸は私にぎゅーされて、自ら死を選んだ。私は慟哭《どうこく》した。

「おじさん、誰？　なんで泣いてるの？」

「――幸って知ってるか？」

「知らない。ひかりがいなくなったから、もどってきた」

「名前は」

「春」

「無謀なんだって？」

「ちょっとだけ」

私はティッシュで鼻をかみ、手の甲で涙をこすった。春は興味津々といった眼差しで私を見あげている。

「私だと行き過ぎて失敗しちゃうかもしれないから冬に替わるね。私ね、冬と親友なの」

落ち着いて見えるが、緊張しきっていることを隠せない冬が上目遣いで私を見ている。

「なぜ、鉛筆の芯が抜けなくなった幸を笑った？」

「ああ、あの子ですか。なんか虐めたくなる感じ」

「その虐めたくなる感じを、ぐっと抑えることができなかったか？」

「しょせん、小学三年生ですから」

「それは、正当化か？」

「わかりません。小三なんて、そんなものですよ」

私の頬に泛んだ軽蔑に気付いたのだろう、臆して眼差しをそらした。

「あの」

「なに」

「まり、怖がって出てこようとしません」

「いいよ、べつに。出てこなくて。もう、俺はおまえたちと関わりたくない」

「なぜ！」

「失望したからだよ」

私はレンタカーのエンジンをかけ、掌に浮かぶ汗を弾くウレタンのハンドルを疎《うと》ましく思いつつ、駐車場から出て、山中越のカーブを助手席の冬が左右に烈しく揺すられる荒い運転で走り抜け、ホテルにもどった。無言だった。ときおり冬がさりげなく私の様子を窺《うかが》うのが苛立《いらだ》たしかった。


大量に買い込んである食料の中から足の早いサンドイッチなどを選んだ。冬には勧めなかった。冬が逃げて、秋に替わった。

「ずるいな。私だったら、菱沼さんをなだめることができるかも——って」

卵サンドを示す。

「おまえは、食えないんだっけ」

「はい。食べられません」

「幸、秋のことは怨んでないって言ってた」

「傷《いた》ましかったけれど、止められませんでしたから、罪はいっしょ」

「そうだな」

「そうです」

「大人げないって言われるかもしれないけれど、本音で、春夏秋冬には逢いたくない」

「でしょうね。せめて御飯が食べられる他の子に替わりますね」

秋は額に手をやり、次の瞬間、いままで逢ったことのない子が首を左右に振りながら苦笑気味に呟いた。

「お疲れでしょう。めまぐるしすぎます」

「まったくだ。登場人物が多すぎるよ。筋書きの変転が烈しすぎる。読解力の低い読者なら、わけがわからなくなっちゃうぜ」

「でも、これが私たちの現実ですから」

「人間て、残酷なものだね」

「はい。それは身に沁みています。痛いことや苦しいこと、耐え難いこと、幼いときは幸で、そしてずっと秋。ひかりもそうですね。で、いまはあかりさん。菱沼さんが言ってることとは微妙にちがうのかもしれないですけれど、残酷ですよ。不条理ですよ。いつだって生贄が必要なんです」

「すまん。俺とは初対面だよね」

「あ、ごめんなさい。雪です」

人の気をそらさない柔らかな子だった。癒やしという言葉は薄気味悪いが、ほんのわずかのやりとりで確かに癒やされていた。

雪は私の背後にまわった。ベッドに膝で立ち、加減して肩を揉みはじめた。鉄板が仕込んであるみたいにカチコチですと苦笑気味に笑う。私は心地好さにちいさく呻く。

「紫織さんが、泣きはらしてます。幸のことが、あんまりだって」

母性の強い紫織には、たまらない出来事だったろう。まさか小学校低学年で、このような性的虐待を受けていたということも、沙霧と重ねあわせて耐え難いだろう。だが私は記憶している。小学校に上がる前にたくさんの子をつくってしまったと、まりが告白したことを。小学校に上がる前に、なにがあったのか。まだまだ闇は深い。揉まれる心地好さと裏腹に、私は限界を感じていた。これほどまでに重層的に積み重なり、絡みあい、もつれにもつれた人格と出来事に対処するのは、至難だ。私は深く関わりすぎてしまったことを悔いていた。私の気配を察した雪が小声で囁いてきた。

「見棄てないでください。まりが可哀想だから」

「雪ちゃんはまりが大好きなんだね」

「はい。純粋ですから」

それが怖いんだ、とは言わなかった。純粋というのも、幸に対する仕打ちを考えれば、もはや当てはまらない気もする。あまり食慾をそそられない卵サンドを一瞥《いちべつ》する。

「雪ちゃんは御飯、食べられるのか」

「はい。なんでも美味しく戴きます」

「蕎麦屋のカレー弁当と焼き肉弁当、半分こしよう」

「いいですね。チンしてきます。食べ終えたら、また肩を揉みますね」

すっと離れて、弁当を二つ重ねてベッドから離れた。隣室に行くとき扉のカットガラスに貌《かお》が映った。雪は立ちつくし、自分の貌をしげしげと見た。聞いたところでは大学時代にまりが出てこないのを儚《はかな》んで姿を消したという。二十年はたっているのではないか。年齢なりの顔貌《がんぼう》の変化が信じられないようだ。背中に私の視線を感じたのだろう、すっとドアを開いた。

私と雪は窓側のソファーに並んで座って弁当を食べた。雪は、さゆりとはまたちがった気をそらさない食べ方をした。いかにも美味しそうだが、その表情には私に対する気遣いが幽《かす》かに感じられた。美味しいかと囁くと、とろみのあるカレーが載ったプラスティックのスプーンを掲げて、満面の笑みを返してきた。いい子だ。さらに私がもてあまし気味の焼き肉にもそっと手をのばし、とても優雅に、けれどそう感じさせない気遣いで、口に運ぶ。たぶん何を食べても美味しいと笑みを泛べるのだ。相手の気をそらさないのだ。

「無理して、頑張らなくていい」

「はい。でも、とても美味しいから」

私は肩をすくめて茶のペットボトルを勧める。雪はじつに美味しそうに飲む。満腹の私がベッドに転がると、雪も控えめに傍らに転がったが、歯を磨いてない！　と声をあげるとバスルームに飛びこみ、私を誘った。大きめの浴槽なのでふたりで入ってもそれほど窮屈ではない。すぐにお湯は一杯になり、雪は行儀悪いですねと笑いながら私にも歯磨きペーストをつけた歯ブラシを手わたした。私たちは黙りこくって浴槽のなかで歯を磨き、磨き終えるとそっと抱きあった。

雪に全身を拭いてもらってベッドにもどった。ふたたび雪に肩を、全身を揉んでもらいながら生い立ちを訊いた。脾臓《ひぞう》裂傷で北大病院に入院していたときのあかりのメールでおおよそは知っていたが、やはり当事者から聞くと衝撃的だった。水原君にそそのかされた連中に強姦されたとき、まりの替わりになるために生まれたというあたりで、私の胸がぎしりと軋んだ。さすがに雪もそれを語るときは、柔らかな肌がやや強《こわ》ばっていた。それでも雪は率直になにがあったかを語った。事後処理に対応するためにあかりが生まれたことも、あらためて詳細に知った。この事件でまりが引っ込んでしまって、それ以降は雪がまりの替わりをしてきたという。

　雪はまりが秘かに心を寄せていたサックスを吹く先輩と恋仲になればまりがでてくるだろうと考え、いっしょうけんめいにアプローチして恋仲になった。サックスを吹くというのだから吹奏楽部に所属していたのだろう。あかりに頼んで先輩が進学した北大を目指してもらい、まりがもどったら雪は身を引くつもりで一生懸命先輩に尽くしたという。

「とてもラブラブでした。——いまではラブラブなんて死語ですか」

「微妙だな。先輩とは性的な体験も、もったって言ってたけど、いやじゃなかったの？」

「はい。とんでもない処女喪失を経ていますから、求められても抵抗はなかったです。なにも感じないので先輩が気持ちよくなるのに合わせて演技をしていましたけど、先輩が満足そうなときは心の喜びは得ていました」

　いまも私のカチカチの肩を力みながら揉んで、その指先からいかにも嬉しそうな気配が伝わってくる。すべてに対して正直で素直、率直な子だ。

「いくら呼んでも、まりは出てきませんでした。事件というのも大げさですけど、大学一年の終わりごろ、思い詰めた顔の先輩に出ていってくれって迫られて、深夜にいきなり部屋から追い出されてしまいました。先輩、真っ青でした。先輩との関係はそれっきりになってしまったので、ショックでした。なにか落ち度があったのかと悩みましたけど、まったくわからなくて、まりの役に立てなかった自分に失望して姿を隠したんです」

先輩も齊藤紫織の内側に別の人格が潜んでいることに気付いたのだろう。だがそれには触れずに、すこし意地悪な問いかけをする。

「で、雪の献身に対して、あるいは幸や秋やひかりやあかりの献身に対して、まりはどんな反応を示したか。率直に答えてごらん」

「私は怨んでませんけれど、客観的に見たなら、仲間という意識はないみたいですね。すこし悲しいけれど、オチコボレみたいに扱われてきた気がします」

　雪は小声で付け加えた。

「まり、他人《ひと》に嫌われないってことがすべてなんです」

　なるほど、と思った。純粋というよりも単能だ。齊藤紫織の内側の無数の人格は基本的に単能だが、まりとひかりは単能の極致だ。たぶん背後で他人によい顔をする＝誰にでも好かれる人格をつくった者がいるのではないか。まだ正体を現していない、誰かだ。

　それにしても、雪のようなバランスのとれた子がオチコボレというのは納得できない。私から見れば、ただただ相手に好かれることに特化された人格であるまりのほうがオチコボレている。

「もう、いいよ。ずいぶんほぐれた」

「――はい。もっと揉んであげたいけれど。じつは紫織さんに揉み方を教わりながら、揉んだんです」

「紫織は揉むのが上手なのか？」

「夫の肩をよく揉んであげてたみたいです」

　意外だ。私は肩をすくめた。疲労の極限にあったのだが、窃《ひそ》かに雪に発情していた。しっとりした色香には、抗《あらが》いがたいものがあった。だが自制した。安易に性の交わりをもつべきでない。解離性同一性障害の治療において患者との性の交わりは禁忌であると医学書はきつく戒めていた。とりわけ過去に性的虐待があった者は、それが逆転して性に対する拘《こだわ》りが強い。また自分を個として認めてくれた者に対して一気に依存してしまうこともあり、だからこそ一線を越えてはならない。医師と患者は距離を保たねば、治癒など有り得ないということだ。

　私は医師ではないし、齊藤紫織を治癒する気もない。それどころか、いまでも齊藤紫織は人間の精神の新しい段階、新たな可能性を示唆するものであると信じている。素人考えだが、齊藤紫織の内面にある人格が超常現象的な事柄を為《な》しえるのは、単能であることが大きな要素となっているのではないか。単能は決して忌避《きひ》するものではない。我々は中途半端にあれこれこなせるが、それはまさに中途半端なのだ。彼女たちは私とは集中力の質と度合いが違う。私は劣る者だ。

「むずかしいことを考えてる」

「俺はおまえたちの奉仕者を自任していたけれど、僭越《せんえつ》だった」

「菱沼さんは、私たちのなかに澱《よど》んでいた性に対する絶対的な恐怖を取り払ってくれました。私、悟りました。すべては相手との合意があればいいってことを。私たちは合意のない性を強《し》いられて、暴力に曝《さら》され、壊されてきました。菱沼さんは私たちの救い主です」

「だが、俺だってやりたいだけの醜いオヤジに過ぎないんだ」

「胸に手を当てて、よく思いかえしてみてください。菱沼さんは、私たちがいやがることを一切せずに、私たちに寄り添ってくれたのです」

「面映《おもは》ゆいよ。勘違いもはなはだしい」

「私にも性の悦びを教えてくださいますか」

手を引かれ、私は抑制を喪い、雪ともつれた。雪は齊藤紫織の内側の誰よりも強く深く際限なく極めて、私はその超越した女の性に没入し、いまだかつてない極限の性的快感を覚え、限界を迎えた。

が——。

雪がわななきを怺えて苦笑いした。

「まりが嫉妬して、菱沼さんの射精を止めてしまいました」

「まいったな。雪を充《み》たしてあげたかったのに」

「まりって、可愛いですよね」

私は憮然として雪から離れた。これはないだろうと苛立った。荒けない声でまりを呼んだ。

上目遣いのまりを叱った。射精をじゃまされて私は熱《いき》りたっていた。おまえたちには嫉妬しないっていう決まりがあったはずだろうと、声を荒らげて迫った。雪の献身にもかかわらず、まりが姿をあらわさなかったのは、先輩とあまりにも仲がよい雪に嫉妬したのではないかと邪推する。終局を堰《せ》きとめられてしまった男は、理性など欠片《かけら》もなくしてまりをなじる。

「幸を虐《いじ》め、雪に嫉妬して、率先して決まりを破って、おまえは自分に尽くしてくれる子をなんだと思ってるんだ！」

支離滅裂だが、おそらくいままで知り得なかった超越的射精を強引に止められてしまった私は、もはや加虐の心を抑えられず、まりに対して悪罵の限りを尽くした。

まりの瞳が虚《うつ》ろになった。まったく動かなくなった。私が揺すると、爆《は》ぜるように上体を起こし、両腕で自分の軀《からだ》をきつく抱き締めて、唇を顫《ふる》わせた。

「ごめんなさい。ごめんなさい。許してください、おじちゃん、許してください。紫織が悪かったです。おじちゃん、ごめんなさい、ごめんなさい、ごめんなさい」

おじちゃん？　紫織？　ひどく舌足らずなまりの様子に異様なものを感じ、凝視しつつ声をかける。

「いま、幾つ？」

「紫織は四月で五歳になりました。ごめんなさい」

「おじちゃんが誰だかわかる？」

「わかりません。紫織、わかりません。ごめんなさい」

幼児期に退行してしまったようだ。途方に暮れつつ、まりの替わりに誰か出てくるように命じたが、まったく気配がしない。眼前の怯《おび》えた眼差しの五歳の娘に胸が引き裂かれるような不憫《ふびん》さを覚えた。原因は、私の叱責《しっせき》である。射精できなかったから、怒りまくった。まったくたいした人物だ、私は。

雪との情事のままだから、私もまりも全裸である。繰りかえしになるが精神医学では、対象との性的接触は禁忌だ。だが、私は医師ではない。そんなものは糞食《くそく》らえだ。私はまりを脅《おど》かさぬよう、そっと軀を合わせた。肌と肌を溶けあわせた。俺が誰かわかるかと問いかける。まりの顎ががくがく痙攣《けいれん》する。してはいけないことをしてしまったのか。だが、もう、止められない。私は雪で極限まで運ばれていたこともあって、一気に昇りつめ、まりの奥底をいっぱいにした。

「逸郎！」

「――もどったか」

まりはわんわん泣きながら私にしがみついてきた。ごめんなさい、ごめんなさいと連呼する。単なる口癖だけでなく、幼いころからずっと謝ってきたのだ。幸も切ないが、まりも切ない。私はきつく抱き締め、力が尽きると、優しくその頭を撫《な》でた。

スマートフォンが鳴った。紫織さんにだ――と呟いて、もしもし――と声を発する途中から、まりは紫織に替わった。紫織は涙でぐしゃぐしゃの顔に面食らいつつ、私に軽く黙礼してスマートフォンに集中し、私は異様なまでに緊迫したものを感じとって身動きするのを抑えた。数分のやりとりだったが、紫織は取り落とすようにスマートフォンをベッドに置くと、唇をわななかせるばかりで、焦点の合わぬ虚ろな眼差しで動かない。私の問う眼差しに、ようやく口をひらく。

「×××の彼が死にました。飛び降り自殺です。私と彼の関係を知っている神戸の友人からでした」

紫織は冷凍食品関連のメーカーの男と大恋愛をした。けれど紫織はセックスのときは完全に不感の秋にすべてを任せていた。あるとき彼は紫織ではない別人を抱いていることを感じとって、秋に暴力を振るった。そんな紫織の恋人のアウトラインが頭の中を駆けめぐるばかりで、飛び降り自殺という言葉にまったく具体性を感じることのできない私に発する言葉はない。紫織が報告義務を果たすかのように、機械的な口調で呟く。

「自殺だったけど、舌をはさんで飛んだんでしょう。千切れた舌が転がってて、指先は死にたくないって地面を——」

千切れた舌。教師鈴木と同じ死に様。完全に血の気を喪《うしな》って放心してしまった紫織を茫然と見つめる。偶然ではない。いま、この瞬間を狙い澄ましたのだ。誰かの力が働いたのだ。誰の？

いまさらながらに、私のキャパシティを超えている——と、途方に暮れた。齊藤紫織の内面の複合した人格は休むことを知らず、次から次に入れ替わって、あまりにめまぐるしい。悪い逸郎しか持たない私にはもはや思考力が追いつかない。紫織は崩壊寸前だが、私も破綻が間近に迫りきている予感に体温が下がっていく。

確かに×××の男は秋に烈《はげ》しい暴力を振るった。だが、ひかりは、私は私たちが選んだ人を罰することはしませんと言っていた。水原君に罰が与えられなかったのは、まりが選んだからだ。その決まりからいくと、紫織の彼が自殺したのは、おかしい。

「警告だと思う」

ぽつりと紫織が言った。鈍い私も悟った。××××の男のように飛ばされたくなかったら齊藤紫織から手を引けということだ。禁を破ってまで私に警告しているのだ。それをしているのは、誰か？ ひかりは死んだ。それを引き継いだまだ見ぬ子か。その子を殺しても、こういう具合に際限なく続くとしたら、とても太刀打ちできない。対処不能だ。

「菱沼さんまで死んじゃったら——」

「人は、自分だけはだいじょうぶっていう得体の知れない確信をもってる。俺も、もってた。でも、正直、少し怖くなってきたよ」

「——だめだ。誰がなにをしているのか、まったくわからない」

紫織は顔色をなくしたまま蟀谷《こめかみ》に指先をあてて内面を覗きこんだが、どうやらシャッターが下りてしまっているようだ。

「そうか。もう、いい。流れにまかせよう」

「だって菱沼さんが死んじゃうんだよ！　菱沼さんが死んじゃったら、私、もう死んじゃうよ。いまだって必死に息してるんだから」

私は手を差しのべて紫織の頰を濡らしているまりの涙をぬぐい、そっと抱き寄せた。私以上に体温を喪っていて、ほとんど屍体《したい》だ。私はいちど、ひかりの手によって死にかけているのだ。だから恐怖を覚えてはいるが、取り乱すほどではない。紫織は私の腕のなかで不規則で間遠な息をしていたが、いきなり腕を振りほどいた。

「いけない。これ以上ぎゅってされてると、自制できなくなっちゃう。私、菱沼さんと肌を合わせないって決めたから。でも、きついなあ、もう、なんであんな奴に義理立てしてるのかな。嫌気が差してきちゃったよ」

紫織は決まりに従っているのではない。自らの意志で、私との性の交わりを断ったのだ。私は紫織の内面の崇高さに打たれて、紫織と距離をおき、それでもぎこちなく手をのばし、そっとその腰のない細い髪を撫でた。

その後は、ずっと紫織がでていて、他の子の気配は一切なかった。暮れてから寿司なら食べられるというので、以前はよく通っていた清水五条の寿司屋を久々に訪ねた。白身の薄造りの握りなど、はさみこまれた山椒の葉の緑が透けて見える、いかにも京都の寿司をだす店だが、老いた店主の目がかなり悪くなっているのだろう、以前の仕事からするとずいぶん雑になっていて、跡を継ぐべき息子はじつに頼りない。私は職人に忍び寄る老いの残酷さに他人事ではないものを覚えて悄然とした。紫織は気を張ってひととおり食べ、私が注文したビールを無表情に飲んだ。禁酒してたから酔いがまわるかと思ったけど、冷たくなっていくばかり――と苦笑した。

ベッドに並んで寝たが、私は遠慮して軀を離した。夜半、紫織がそっと手をのばしてきた。私と紫織は朝まで手をつないで眠った。目覚めはスマートフォンの着信音だった。夫だ――と沈んだ声で呟き、短くやりとりしていたが、添付されているらしい画像を静かに見つめて、深く長く息をついた。スマートフォンの彼方《かなた》から怒鳴り声が聞こえた。大声で捲《まく》したてているので私にまで筒抜けだ。不倫の証拠の画像、探偵、離婚してやるが親権と全財産という言葉が聞きとれた。

あかりがこの男に無理やり酒を飲まされてバスルームで強姦されて切れぎれに連絡してきたとき、私は齊藤紫織の住まいを知らず、烈しく苛立《いらだ》ち、気を揉み、探偵を雇って云々と口走ったことがある。もちろん思いあまってしまったその場だけで、私は探偵など雇いはしない。が、実際に妻に探偵を貼りつかせて証拠集めに勤《いそ》しむ夫がいた。噴飯物《ふんぱんもの》なのは、探偵を雇う費用が、妻の稼いだ金であるということだ。この男には真の意味での自尊心と美意識というものが欠片もないのだ。

「あのね、札幌の私の部屋に盗聴器を仕掛けてたんだって」

「すげえな。まいったな。おぞましいな。俺との電

話のやりとり、すべて盗み聞きか」

「でね、スマホのGPSで、私の居場所、四六時中監視してたみたい」

私はスマートフォン初心者なので、スマホのGPSというものが、よくわからない。

「私がここに移る前、最初に泊まってたホテルね、ここが評判いいよって、夫が予約してくれたの」

「探偵込みで、か」

「ははは。もう、いやになったよ」

よく晴れ渡って、朝の陽射しが眩しい。紫織も私もヘッドボードに背をあずけ、目を細めている。

「菱沼さん、ほんとうに嫌気がさしたよ」

「いろんな奴がいるもんだ。俺なんか恰好つけだから、妻が自分から離れても見て見ぬふりだな。で、窃《ひそ》かに泣く」

「そんな夫なら、同情心も湧くけどね」

「そうでない夫だから、どうせ、法律を楯にあれこれ言ってきたんだろ？　こういう奴にかぎって正義や権利を主張するもんだ」

「そうなの。弁護士雇ってあーだこーだって捲した

ててた。非はおまえにあるから、一切合切俺のものにしてやるって」

「沙霧もとられるのかな」

「うん。お金なんてくれてやるけど、まいったな。嫌がらせで、絶対に私と沙霧を引き裂くな」

「ごめんな」

「菱沼さんが悪いんじゃないよ。気持ちを抑えきれなかった私が悪いんだ」

紫織の頰から張りが、力が失《う》せた。

「菱沼さん、ぎゅってして」

私は紫織を横抱きに抱き締めた。力なく私を見あげる。

「もう、いやだ。もう、だめだ――」

紫織は眼差しを伏せた。

「私ね、内側から聴こえる死にたいって声に逆らって、必死で頑張ってきたんだよ。なんとか生き抜こうって。沙霧は私の命だし、菱沼さんにすがったのも、生き抜くためだったんだよ」

私は奥歯を嚙《か》み締める。

「すっごい迷惑かけちゃったね。でも、菱沼さんに救われた子が幾人もいるよ。ありがとうね、菱沼さん。ほんとうに、ありがとう」

必死で涙をこらえる。

「もう、いやだ。もう、だめだ。菱沼さん、私、だめだ」

嗚咽《おえつ》が洩れかけて、必死で抑える。

「ごめんね、菱沼さん。もう、だめ、だ」

「沙霧はどうする！」

「菱沼さんの子になる」

「お母さんが必要だ！」

「ごめんなさい。ありがとう」

紫織が、死んだ。

私の腕のなかで紫織が死んだ。

私は紫織の亡骸《なきがら》を抱いて、嗚咽した。咽《むせ》び泣いた。

そっと、心臓に掌をあてがう。止まっていた。齊藤紫織は死んでいた。安らかに、とはいかなかったにせよ、これでもう苦しまずにすむ。齊藤紫織の死から派生する現実的な面倒など、いままでの怒濤のような変転からすれば、瑣事《さじ》に過ぎない。しばらくはこうして横抱きにして弔おう。私は端整な死に顔の齊藤紫織の目尻の小皺をそっとなぞる。愛おしい。たまらない。この皺は、齊藤紫織が必死に生きてきた証《あか》しだ。

目蓋《まぶた》が揺れた。

想定外でもあり、想定内でもあった。誰が出てくるのか。少しずつ血の色がもどってきた頰を凝視して、じっと待つ。

19

「まりだよ」

「うん。お帰り」

「なにがあったの？」

「紫織、死んじゃった」

「嘘だ！」

まりは内面をさぐる。だんだん首から力が抜けていく。がっくり俯《うつむ》いた。××××の彼の自殺で追い込まれ、夫からの電話でとどめを刺されたことをかいつまんで語る。さんざん涙を流したせいか、私は奇妙なまでに淡々とした口調だ。

「京都に来てからの出来事の密度は尋常でないな。なんだか仕組まれていたかのような気分だ」

私はぼやき、まりは怒りに顫《ふる》える。

「あの人は、最低だ」

「うん。でも、当人は正しいつもりだよ」

「まりは、あの人が大嫌いだ」

「うん。でも、あの人はまりがあらわれたら大好きになっちゃうんだろうな」

「絶対に、でないから。まり、あんな奴の前にでないから。以前だって、さゆりに頼んだんだから。絶対に、いやだ」

唇をわななかせていたまりの顔が怪訝《けげん》そうに歪《ゆが》んだ。

「誰の声だ？　まりのなかで声がしたよ。息を止めるのは命に関わるって悪い人が言ったけど、死ぬんじゃなくて罰だから、それもそうだって思ったから、頭痛だけって——」

まりは軀《からだ》を縮めて頭を抱え、呻《うめ》く。ベッドを小刻みに揺らすまりの姿を茫然と見おろしはしたが、あまりに常軌を逸した出来事の連続にやや不感症に陥っている自分に気付く。腑抜けている場合ではない、と活を入れなおす。確かに昨日、幼児期に退行してしまったまりを元にもどすために交わった。罰を受けねばならない行為ではある。どうやら罰を与える者は、紫織がでているあいだは罰を猶予していたようだ。基本、罰を受けるのは春、夏、冬の三人なのだ。また二十四時間の苦行か。だが、ひかりは死んだのだ。誰がこれをしているのか。どうやったら呼び出せるのか。私は悪い逸郎に頼った。痛みを止めてくれと哀願した。

——せっかく文豪が自立するチャンスだからと思ってな、じっと見守ってたわけだ。しかし、ほんとにおまえは情けないなあ。自分で考えるってことができねえのか？

「できねえよ！　どうなってんだ、教えてくれよ！」

——居丈高だなあ。まりがひかりを消したとき、なんて言った？　胸に手を当ててよく揉んでみろ。

「はあ？」

——冗談の通じねえ奴だな。火急の時こそ余裕を持ちやがれ。いいか、まりがひかりを消したとき！　なんて言った？

私は苦痛に甲羅のなかに手足を引っ込めた亀のようになっているまりの背を見おろし、あのときの様子を反芻《はんすう》した。

「もう、いなくなって――だ」

――ピンポーン。つまり、いなくなっただけなんだよ。死んじゃいない。で、狼狽《うろた》えた文豪がまりを元にもどすためにセックスしちまったから、律儀に罰を加える。ひかりの奴、人の感情を喪《うしな》って純化しきっちまった。すまんが俺にはもう抑えられない。以上。

私は頭を抱えた。呼吸停止は『悪い人』が命の危険を指摘したのでやめることにしたというが、頭痛一本槍になって、ますます苦痛に磨きがかかったかのように感じられる。狼狽《ろうばい》し必死でまりの背をさする。

「――秋です」

「痛いか、苦しいか？」

「凄いですね、気を喪いそうです」

顔をあげた秋の額には脂汗が光っていた。

「雪ちゃんから伝言が」

秋の目の色が複雑な光を帯びていることに気付き、私は唇の前に人差指を立て、素早くライティングデスクのメモ用紙とボールペンを手にしてもどる。苦痛にもめげず、秋は端正な文字で記す。

『まちがいなく、ひかりの仕業です。ひかりは一瞬いなくなったときのせいで錯乱ていうんですか、いろんなことがぐしゃぐしゃになっています。菱沼さんをとても危ない人だと思っています。逸脱しています。菱沼さんを脅《おど》すために、紫織さんの元彼を自殺に追い込みました。絶対にしてはいけないことですけど、もう歯止めがききません。そのくせ、なぜか菱沼さんには、直接手を出そうとしません。おなかで眠ったから？　とかぶつぶつ呟いてます。あと、息を止めるのは、死んでしまうかもしれないからと、やめてしまいました。いまのひかりは、ただ罰するためだけに活動しています』

『やはり、死んでなかったのか』

『はい。消されて彷徨《さまよ》っていたけれど、雪ちゃんが蘇《よみがえ》るときにまぎれこんだようです』

『得意技だな。まりにまぎれこんで、俺のなかを壊していったそうだし』

『それは、まりが治したって言ってましたけど。自信がないから、なにかあるかもしれないって、不安そうでしたけど』

『耄碌《もうろく》ジジイのことはどうでもいい。雪に憑依《ひょうい》しているってことだな』

『そうです。で、それを知った雪ちゃんが、それならひかりを離さないようにしてるからって』

『取り憑《つ》いたなら、取りこんでやる、か。凄い状況だな。雪に替われるか』

『——無理です。だめです。雪ちゃんに替わると、筆談も意味がなくなります』

『だめか。しかたがないか』

『諦めてください。私、ずっと観察してきたんです。夫の暴力がはじまってから、紫織さんは痛いのに弱いでしょう、だからすぐに誰かに替わってしまうんですよね。まりは紫織さんが大好きだから、DVを受ける係の子をけっこう拵《こしら》えたんです。でも、ほとんどの子は、それに耐えきれずに自殺するか、限界がきて死んでしまいました。弱い子は言葉の暴力だけで——』

『あの野郎、自分が大量殺人を犯したあげくに、妻を殺してしまったことに気付いてもいないんだろうな』

『はい。根っこのところで私たちのこと、信じていないというか、わからないというか』

『おっと。いまは奴を糾弾《きゅうだん》している場合じゃない。なにか策があるような気配だけど』

『はい。ずっと観察していてわかったことなんですけれど、誰かから消された子やいろいろなことが居たたまれなくなっていなくなってしまった子は機会があれば蘇るんですけれど、自殺してしまった子は、死んでしまった子は蘇っていないんです。だから、雪ちゃんはひかりに取り憑かれたまま自殺することにしますって』

『自殺』

『雪ちゃんの思いを伝えます。ひかりに伝わらないようにぼかした伝言です。——私、死んでもいいって思うんです。でも、死ねません。理由は、死ぬってどういうことか、わからないんです。まりならわかるかな？　わからないか。やはり頑張って生きろってことですね。生きるって、大変ですね』

『そうか。それしかないのか。ごめん。筆談だと感情が丸められて抑えられて、俺は凄く冷たい奴だ』

筆談にもどかしさを覚えた瞬間に、秋から雪に替わった。顔を寄せると、しっとり柔らかな口調で囁《ささや》いた。

「菱沼さん、逢えてよかった。ほんとうによかった。雪のこと、忘れないでくださいね」

雪は背後にふわりと倒れこんだ。ブランケットがふわりと雪を包みこむように揺れた。その口許には、死にゆく者とは思えない頬笑みが泛《うか》んでいた。雪は錯乱したひかりを柔らかな声でなだめつつ、けれど、きつく摑んでいることだろう。雪の頬笑みに集中していると、表情が変わった。

「――まりです」

私はまりの顔の上にメモ用紙を突きだし、黙って筆談のやりとりを見せた。

「雪の気持ち、わかったよね」

「はい。まり、雪ちゃんに嫉妬したりして、ほんとにバカでした」

「反省はあとでしろ。雪の気持ちを大切に」


まりは倒れこんだままの姿勢で、目を閉じた。その頬が歪む。まりらしくない苦悶の表情だ。

あ――

まりの口から、まりのものではない声が洩れた。雪の最後の声というよりも、ひかりのあげた声かもしれない。あきらかに驚愕しているニュアンスがあったからだ。

私はまったく動かなくなったまりに添い寝して、これほどの苦渋の決断をしたことは自分の人生で初めてであるという実感に鼓動を速めていた。多情と軽蔑されるかもしれないが、私は雪に惚れ込んでいた。いっしょにコンビニの弁当を食べただけだが、女という性の最良の部分が結実した存在だった。利他の極限を、ごく柔らかに貫徹するという稀有《けう》な女だった。

「逸郎」

「――きつかったね。よく頑張った」

「あのね、早く殺してって。まり、ためらってたんだけど、促された。早く殺してってって。それがね」

「うん」

「すごく優しい声だったの。まり、早く殺して――って囁くの。殺していいんだよって。まりが痛くなるなら、本望だよって」

「こんな悲しいことは、ないね」

まりはベッドに仰向けになったまま、手放しで泣きだした。声をあげて幼児のように泣くまりは、鼻水を垂らしていた。私はそっとそれに触れた。幸の面影が泛んだ。泣くということは、首の上から分泌されるありとあらゆる液体を垂らすことなのだ。涙を流すだけではない。ほんとうに泣けば、涙に鼻水、涎《よだれ》が流れることだってあるだろう。また俺は泣くのか――と嘆息した。貰い泣きして、天井を見つめたまま静かに涙を流した。心のなかでは悲しみに集中が続かず、よけいなことを考えていた。

映画などにおける泣く場面は綺麗すぎる。泣くということの象徴にすぎず、まさに演技にすぎない。真に泣いている俳優など見たことがない。ヒーロー、ヒロインが鼻水を垂らしたら絵にならないということか。でも琵琶湖での幸も、いまのまりも泣いていた。ほんとうに泣いていた。心の底から泣いていた。まりが顔をごしごしこすった。

「もう泣くなって叱られた」

「誰に」

「あかりさん」

意外だった。あかり？　と目で訊《き》く。私がまりに、齊藤紫織の内側にいるみんなも自由にコミュニケーションをとるべきだと提案してやりとりができるようになってから、あかりはまるでまりの姉のように声をかけてくるという。

「親身だけど、すっげーうるさい。まり、苦手だな。お説教臭いし。――あ、いまも叱られた。よけいなことを言うなって」

「よかったね」

「よくないよ。まりのやることなすこと、いちいち口出しだもん。口うるさすぎる」

口調と裏腹に、まりはあかりが大好きなのがじわりと伝わってきた。親身に声がけしてくれる姉ができたのだ。もちろん堅苦しいところがあるあかりだから、なかなかに煙たいだろうが。

「しかし変転極まりない。めまぐるしくて、目眩《めまい》が起きそうだ。おまえたちのことを書くときは、最初のうちはのんびりと料理のことばかり書いてやる。で、後半はナイアガラの滝だ」

「小説家っていうのは、やはり普通の人間じゃないんだな。こんなときに、そんなことを考えてるなんて」

私は目を見ひらいた。まりではない。

「ナイアガラの滝っていうのは、比喩としてどうかな。小説家は、あまり喋らないほうがいいな」

喋っているのは齊藤紫織だが、声音は低く口調が男のもので、なんとも奇妙な錯綜した気配だ。

「あ、察しのとおり、僕は男です。吾輩は男である。名前はまだ無い――。名前、付けてくれますか」

絶対に名を付けるなと悪い逸郎が囁いた。侮《あなど》るな、とも付け加えた。

「キミは、むかしから齊藤紫織のなかにいたの？」

「はい。鈴木の件で懲りたまりが、いざというときのためにケンカが強くて口も達者で、超越的能力をもった僕をつくりました。まりは強くて誰にも負けないお兄さんがほしかったんです。はっきり言いましょうか。あんたなんかメじゃないって感じですよ」

「勇ましいな。じゃあ、なぜ、いままで隠れてたの？」

「隠れてたんじゃなくて、ひかりに抑えこまれてたんですよ。まりの奴、僕をあまりにも強くつくったから、安全弁にひかりにだけは頭があがらないようにしたんです。で、ひかりは死んじまったから、こうして大復活だ」

「そうか。ひかりが消えただけじゃ、大復活とはならなかったってわけだ」

「死なねえと、ね。呑気《のんき》な小説家の先生には感謝しかありませんよ。ひかりは誰にも手が出せない存在だったから。いやあ、特攻隊って遣《や》り口があったんだなあ。雪がひかりを抱き寄せてにっこり頰笑んだんですよ。ひかりは自分から雪に入っちゃってたから戸惑ってたなあ。で、次の瞬間、死んでた。ひかりも雪も影もかたちもなくなった。まりも間抜けだよな。ひかりを殺せば、僕が蘇るってことに思い至らなかったのかなあ。古今《ここん》、力を持つ者は、持たざる者を支配する。定理でしょ。いや真理か。笑うなよ。小説家の大先生」

いつも悪い逸郎から文豪呼ばわりされている私である。笑わずにはいられない。

「なにがおかしいんだよ。そんな遣り口で僕は心を乱されないから。僕の特性として厚顔無恥ってことがあるんだ。なーんにも気にしない。強いよ。自己申告だけど」

「偉そうに言ってるが、水原のあの件に関しては、まったく無力だったじゃないか」

「ひかりに嫌われててね。あのときだって、僕は完全に抑えこまれてたから。早く出せって喚《わめ》いたんだけど、伝わらなかった」

「なるほど。で、僕はなにがしたいの？」

「僕って言うな！」

「自分で言ってるんじゃないか。僕」

「あ、そうか。そうでした。俺とか言うの、うざいよね。突っ張りって文字通り突っ張ってるから弱い

よね。僕は柳に風です。あ、なにがしたいのかって質問か。お答えします。僕は齊藤紫織を支配することにします。もともと支配者として生まれてきたんだしね。女の軀を利用して、男の願望を充《み》たす。こたえられねえよな、ある種の男の夢でしょう。僕なら実現できる」

「女風呂に入るとかか？」

「やだなあ、爺さん。底意地が悪いなあ。ひょっとして僕に発情してる？　もしそうなら同性愛かな？　どうなんだろ？　うーん、これは難問だ。僕、ひかりに閉じこめられてたときにずーっと考えてたんです。究極の支配について。究極の支配って、やっぱ内側からでしょ？　僕は女の肉体の中で、無数の女を従えて、王として君臨する。齊藤紫織の肉体は、僕の王国です。僕は暴君たることを誓います。気に食わなかったら、どんどん殺しますから。で、まりを脅して新しい女をつくらせればいいんだから。楽勝です。ただ、大先生、あんたがじゃまです。年寄りが調子に乗りやがって。いっぺんに複数の愛人を持ったようなもんだもんね、老いてから春がきたっ

てやつだ。でも、諦めてもらいます。男は僕一人でいい。いろいろ妄想しちゃうんですよね。僕を女だと思って乗っかってくる男も絶対いるわけで。するとと、僕は男として気持ちいいのだろうか。こればかりは試してみないとわからないよね。あ、ちんちんも付いてないくせにって思ってるでしょ。逆なんだよ。僕はこの女体を使って、いろいろなことをするんだ。ただの男には絶対にできないことができるよ。可能性、大。うふふ。ちょっと羨望の眼差しじゃない？」

「よく喋るなあ」

「あ、呆《あき》れてるね。僕ね、学んだんだ。死んじゃった紫織のダンナからね、学んだんだ。喋り倒すんだよ。言葉の暴力だよ。言葉の雪崩《なだれ》で圧倒してやるんだよ。これがけっこう効くんだよね。僕はまだまだあの気が狂ったような喋りには到達してないけどね」

「なるほどね。じゃ、俺は去るよ」

「ほんとかよ！」

「ああ。心底からバカらしくなった。こんなオチだ

とはね。いったい俺はなにをしてきたんだ？　まったくよく泣いたよ。アホらしくて、また泣きそうだよ。あ～あ」

「だめ！　行っちゃだめ！」

「お、まりか。まりが出てこられるんだからお兄ちゃん、口ほどにもないな」

「そうでもないの。まり、必死。なんか壊れてしまいそう。でも、あかりさんが外に出る用事があるからなんとかしろって、怖い顔で命令するの。お兄ちゃんを抑えておけって。たぶん十分くらいしかもたないよ。あかりさんに替わるね」

まりの貌《かお》がいきなり引きしまり、整った。あかりは、にこやかだった。

「慌ただしくてごめんなさい。菱沼さん、ノートパソコン、貸してください」

返事を待たずにあかりはライティングデスクに座り、起動した。暗証は？　と問うと、いつも横から見ていたから知っていますと笑う。あかりは私に背を向けて、なにやらキーを叩いている。集中しているので、私は黙ってベッドに腰を下ろした。

あかりの上体が揺れはじめた。お兄さんを抑えるまりに、限界がきたようだ。あかりはノートパソコンを閉じ、メモ用紙に走り書きした。

『この男は、ひかりよりもたちが悪いです。もともと超越的に強い力をもっている上に、鈴木のような人間に対抗するために性格も最悪でひかりに抑えられているあいだに鋭い悪意を抱き、発酵させてしまいました』

あかりは私の横にそっと腰を下ろし、軀を寄せてきた。自らきつく抱きつこうとして手をのばしかけ、それをぐっと抑制し、じっと私の目の奥を凝視し、悲しげな笑みを泛べながら離れ、そのままベッドに上体を倒した。

静かな終局だった。

放心した顔は、まりだった。

「あかりさん、やり方は雪ちゃんで学んだからって。あかりさん、お兄ちゃんに迫って、なにか囁いて優しく抱き締めて、お兄ちゃんは偉そうに言ってても、女の子に触れるのは初めてだからカチコチになっちゃった」

ということは、あかりはあの軽薄な男を抱きこんで、自死したのか!

——おい文豪。

——なんと言ったらいいのか。

——おまえ、あの軽薄なガキと俺を重ねやがったな。

——なんだか似てたんでな。

——ふん。俺は傷ついたぜ。

——らしくない。

——あかりだよ。俺を無視して、自殺しやがった。

——いや、俺に抱きつこうとしていたよ。あれはたぶん、おまえに抱きつこうとしてたんだよ。

——だめだ。もう、いやだ。

——紫織の真似か。おまえらしくない。

——もう、文豪の面倒は見たくない。

——言ってる意味がわからん。

——俺は限界だってことだよ。

——限界って、おまえに限界があるのか?

——俺だって一つの精神だぜ。傷ついて死ぬこともある。

——死ぬ。

――そうだ。おまえの中の精神が、一つ、死ぬ。あかりのいないこの世に未練はない。

――あの世に追っかけてくってことか？

――そういうことだ。

――あの世って、あるのか？

――おまえの好きな量子論。多世界解釈。マルチバース。なんでもいいや。あの世は、あるよ。神懸かりとは無関係にな。誰だって、心の底では、それを感じとってるけれど、デカルト的な間抜けさ際だつ二元論やスピノザやユング的なる並行論に毒され、見て見ぬふりだ。終わってるよ。西洋哲学は。それを打開できる唯一の鍵は文豪が大好きな、おっと俺も好きだから演説しちまったが、量子論だろう。俺はあかりを探す。あかりにはあのバカが貼りついてるから、絶対に助けだす。あの軽薄なバカを消す。

――そうか。止めるわけにはいかないな。

――ガキのころから世話になったな、文豪。

――ああ。俺も世話になったよ。世話になりっぱなしだ。ところで消え去る前に質問だ。

――面倒臭えよ。

――頼む。教えてくれ。まりが、俺のなかには蛸《たこ》と鰐《わに》がいると言っていた。

――ああ。おまえは蛸だ。

――そうか。やっぱり蛸か。ちっ。

――おまえは蛸っぽいよな。

――笑うんじゃねえ。

――まりは、蛸がピンクで綺麗って言ってたぜ。とても頭がいいって。

――皮肉かよ。

――ははは。

――不安だが潮時なんだろうな。長い付き合いだったな。鰐よ、さらば。

――鰐は残してくよ。ただし、もう俺のようにおまえに語りかけることはない。

――鰐を残す。意味がわからない。

――おまえから鰐をなくすと、ただのスノッブを気取るアホに堕落する。小説が悪の側面から成りたっていることくらい、おまえのような俗物でも自覚しているよな？

――ああ。自覚している。

——自覚してるなら、だいじょうぶ。さ、もう俺を解放してくれ。俺はあかりを追わなければならない。

——意外な純愛だ。

——揶揄《やゆ》を、ありがとう。

悪い逸郎はニヤッと笑って、消えた。

まりが放心していた。あかりさん、死んじゃった——そう唇が動いたが、声は発せられなかった。

私は立ちあがり、ノートパソコンを手にした。まりに背を向けたまま、自分の内面を覗いた。私は私でしかなく、私のなかにはただただ私が拡がっていた。この喪失感は、時間がたつにつれて私を苛《さいな》むことが直感されて、溜息が洩れそうになった。

溜息はつかない。大きく深呼吸してまりの隣に座り、パソコンを立ちあげる。暗証はいつも横から見ていたから知っていますと笑ったあかりだったが、たぶん悪い逸郎と寄り添って、私の執筆などを見守っていたのだ。

私は黙って、あかりが最後にタイピングした遺書をまりに示した。

まりへ

あかりです。本当は手書きでって思ったのですが、時間がないので。

わたしが自分で何とかしようと思ったのは、ひとつには菱沼さんにこれ以上迷惑をかけたくないから。もうひとつは、まりにしっかりしてほしいから。まりがぐずぐずしていたら、こうやって誰かが一人ずついなくなるよ。脅しじゃないよ。

悪いひかりや今回のお兄ちゃんですら、消したくないと思う気持ちがあるのはわかります。まりは優しいからね。でも、選ばなきゃいけないことも、生きていればあるの。その決断を怖がっていたら、ダメ。雪って子のことで、分かったんじゃないの？　お願いだから、これからはまりが強い心で立ち向かってください。それがつまり、菱沼さんの負担を軽くすることにもつながるはずです。

まりはひかりを消す前、すごく眠かったかもしれないし、そんな中大きな決断をするのも実行するのも億劫《おっくう》だったかもしれません。昔みたいに見ないふりをしたくなる気持ちもわかります。でも、菱沼さんとのやりとりや菱沼さんの様子をよく思いかえして。菱沼さんだって、疲れていたし眠かったし、何より締め切りが迫るなか、すべてをなげうってどれだけ心配していたか。自分で決めたり選んだりするのが難しいなら、菱沼さんが楽なことは？　菱沼さんが喜ぶことは？　って、考えて行動してみて。もしそれもわからないなら、とにかく菱沼さんの言う通りにしなさい。

あまりにも際限ないので、菱沼さん同様、わたしももう飽きちゃった。でも、今後もし同じことがあっても、もう他の子や菱沼さんに迷惑かけず、まりがきちんと対処できると思うので、大丈夫だよね。

最後に、まりの心や体を守るためなら、今回のこともへっちゃらだからね、わたし。こんなことで、ぐすぐす泣いたりしたら怒るよ。守らなきゃいけない仲間が、まりにはたくさんいるでしょ。

菱沼さんへ。記憶を戻すのとはわけが違うから無理だとは思うけれど、逢ったときに、一度でいいから私の名前を呼んでください。戻ってこられなくても、というか、余計なものも一緒についてくるなら、絶対戻っちゃいけないんだけれども、名前を呼んでもらえるととても嬉しいです。菱沼さんがつけてくれた名前。あと、木洩れ日、気が付かなくて本当にごめんなさい。

　まりはあかりの遺書を繰りかえし繰りかえし読んでいる。私は傍《かたわ》らで、激動の日々を反芻した。これが真の最後ならば――という注釈が必要だが、最後にお兄さんという意想外の存在があらわれて面食らったが、相手が男だと案外楽に対処できた。いや、私はなにもしていない。雪の機転で、あかりの機転で、言い方を変えれば二人の命を犠牲に、難しい対象を消去できたのだ。精神とはなにかを考えさせられ、思い知らされた怒濤の日々だった。

　私はあえてあかりの遺書から意識をそらしていた。

最後の段落は、ラブレターではないか。いや、全体的に私に迷惑をかけたくないという気遣いに充ちていた。底意地の悪い見方をすれば、もう現世で苦痛を引き受ける係から解放されたいという思いも垣間《かいま》見《み》えるような気もするが、よく考えてみれば、あのお兄さんを抱きこんで違う世界にダイブしたのだ。とことん苦痛を引き受けることを自分に課したあかりだった。

『あと、木洩れ日、気が付かなくて本当にごめんなさい』――という最後の一文はなにを意味するのだろう。いくら考えても、わからない。たぶん私ではなく、悪い逸郎とのやりとりでおきたことなのではないか。不可解なのは、あきらかに悪い逸郎の存在を悟り、言葉を重ね、深く交わっていたくせに、遺書の文面では悪い逸郎のことが綺麗に欠けていることだ。あかりは悪い逸郎が私と不離の関係であると思いこんでいたのだろうか。

――でもね、あかり。悪い逸郎はおまえを追いかけて、すごい勢いで、そっちの世界へ旅立っていったよ。すぐに追いつくよ。そして齊藤紫織から生まれたとは思えない下劣なお兄さんを処理してくれる。おまえは悪い逸郎と二人だけになれる。永遠に。

まりは声をあげずに手放しで泣いていた。そっとまりを抱きこみ、囁き声で言う。

「泣けば流れるのは涙だけじゃない。鼻水だって垂れるだろ」

まりは鼻の下に手をのばし、私がなにを言っているのか悟り、幸っちゃんごめんね、ごめんね――と、さらに泣いた。

たくさん泣いて、涙で洗い流せばいい。すべてを洗い流してしまえ。まりは泣き疲れ、私の膝枕で眠ってしまった。まりを撫《な》でながら、自分の頬に触れた。脂気どころか水気も失《う》せてカサカサになっていた。多少は痩せたという実感があった。肥満気味だったから、悪いことではない。どうやら雪崩のように迫りきた齊藤紫織の内面の子たちの煩悶《はんもん》も、ここに到って出尽くしたようだ。そうでなければ、困る。悪い逸郎も去ってしまったし、もはや私には余力がない。

膝からの視線を感じた。思いに耽《ふけ》っている私を、静かに見つめている。まりではない。私の背筋が一気に張り詰める。迫《せ》りあがる不安にぎこちなく生唾を飲む。

「誰？」

「誰にでもなれる子です」

問いかけに答えながら、私の膝枕からゆっくり軀を起こす。私はさらに問う。

「誰にでもなれる？」

「そう。誰にでもなれます」

「基本人格？」

「齊藤紫織そのものです」

「そうか――」

やっと、辿り着いた。張り詰めた背筋から力が抜けていく。

「長い眠りでした」

「いつから？」

「まりをつくってから、ずっと」

基本人格は生真面目そうで、やや暗い面差しだ。とっつきにくい感じもある。まりのような引力はない。私の思いを悟ってしまったのだろう、基本人格は俯いた。

「名前、どうしようか。両親に紫織と名付けられているんだから、あえて付ける必要もないか」

「――夫に殺されてしまった紫織とかぶりますよね」

「うん。いやか」

「確かに私は紫織だけれど、再出発したいです。まりのように、私にも新しい名前を付けてください」

「愛《あい》。愛情の、愛」

「嬉しい。愛です。よろしくお願いします」

あまり嬉しそうでもない。かといって無感情でもない。感情を外にだすことが苦手、あるいは抑えている。そんな気配だ。

「なぜ、長い眠りについてしまったの？　なぜ、まりをつくったの？」

「私には妹がいました」

「自らがつくった別人格？　それとも――」

「ほんとうの妹で、とても可愛い子でした」

「妹が生まれたときは、どんな気持ち？」

「嬉しかったですよ。ほんとに可愛い子だったから。

でも、可哀想に、心臓に穴があいていたんです」

「俺の娘もあいてたよ。でも、数年で自然にふさがって、いまではなんの問題もない」

「はい。妹も——」

問題なくなったというのだろうが、とにかく暗い。眼差しを伏せたまま語る。ときどきちらっと私に視線をはしらせる。あきらかに様子を窺《うかが》っているのだ。なんともいえない気詰まりなものが漂う。

「まりの誕生と妹には、なんらかの関係があるんだね」

「はい。あるとき、お母さんが妹を優しく抱きながら、私に言いました。——おまえは、ほんとうに可愛げがないねえ」

もう喋らなくていいと愛の眼前に手を掲げた。娘が誕生する前の私だったら、論理的な安い解釈はできたにせよ、愛がなにを言っているのか真の理解には到らなかっただろう。けれど、母の心ないひと言が幼く感受性豊かな愛の心に突き刺さり、切り裂いたことがいやというほど伝わってきていた。人によっては、なにをたわいないことを——と苦笑するだろう。取るに足らないことだと首をかしげるだろう。そんなことで別人格が生じるのかと怪訝な思いを抱くだろう。


子というものは、愛玩動物に似て、けれどまったく異質な存在だ。ひと言で言ってしまえば、代替がきかない。蛇足だが、最初の妻と別れて以来、猫は飼えなくなっていた。二番目の妻と結婚する前の空白期間、居候していた某女優が欲しがったので犬を買い与えた。結局この女は犬の面倒を見ず、私がかわりに散歩やら食事やらと手をかけるようになった。その愛犬が十二歳で死んだとき、周囲は申し合わせたように新しい犬を飼えと善意で迫った。ペットロスにはそれがいちばんというわけだ。長女が生まれてしばらくしたころに入れ替わるようにして愛犬は死んだのだが、そのとき私は、娘とちがって愛犬とは血がつながっていないということを悲哀に絶望を重ねあわせて悟らされた。譬《たと》えを地べたにまで引きずりおろす。たとえば私の娘が死んだとき、新しい娘をもらってこいとか、新しい娘を入手しろとアドバイスする人がいるだろうか。子供がいなかったときの私は、血に対する意識も拘《こだわ》りも呪縛もなく、犬も猫も人間の子供も完全に等価だった。

血――。

自らの血を分けた存在の喪失は、愛玩動物の死とは、まったく次元が違う。ただし私は子供をもたぬ愛玩動物愛好家と議論するつもりはない。血の問題は、愛玩動物愛好家だって薄々気付きはしているだろうが、その本質は絶対に伝わらないからだ。愛玩動物愛好家は、自分の飼い犬飼い猫は実の子供以上だと眦《まなじり》決して言うだろう。まさに、そのとおりだ。全面的に肯定して私は退場するが、愛玩動物愛好家と愛犬のあいだに血のつながりは、ない。それだけは指摘しておきたい。

血の問題、血縁にはある種の忌《い》まわしさがついてまわる。血がつながっているからこそ起きる根深い齟齬《そご》は、親子の関係においてもっとも顕著に出現する。子は親に依存する存在であり、自立できるまでは母にできうる限り密着して、母から愛を注がれることを至上とする。これは子供のいない愛玩動物愛好家であっても、自身の生い立ちを冷静に振り返れば父母との関係で了解されることだろう。

犬猫が可愛いのは、まさに飼い主を母として純粋に慕い、懐《なつ》いてくるからだ。尻尾《しっぽ》を振って、甘い声をあげてすりよってくるからだ。あるいは飼い主を父として、じっと信頼の上目遣いで見つめて命令を待つからだ。

人間の世界でつらいのは、父母の真の愛情を過不足なく受けて育った子がほとんどいないことだ。親は子供の自立を妨げる過剰にして過保護な愛を注ぐ一方で、自身の期待に応えられない子供に否定的な言辞を無自覚に放つ。場合によっては苛立《いらだ》って手を出す。自身の願望を子にのせて、習い事、受験勉強、ありとあらゆる強制をする。あなたのためだから――と。

断言するのも憚《はばか》られるが、周囲を見わたすと、良家であろうがなかろうが、おおむね父母に傷つけられて育ったと推察できる者ばかりである。ごく普通に、つまり社会的逸脱なしに日常生活を営んではいるが、ふとした瞬間、私は彼や彼女に抜き難い不幸を帯びた決して癒えることのない傷を垣間見てしまう。しかも当人は言動に傷が露呈していることに気付かない。

　いっしょに散歩していた次女が、なにげなく口にした。お姉ちゃんは、父をすごく怖がってる——。いきなり脹脛《ふくらはぎ》が重くなって、私は歩くのがつらくなった。

　長女が四、五歳だったころ、ぐずったり聞き分けが悪く、それが度を越したときに、私は幾度か頭を平手でピシッと叩いた。長女は即座にぐずるのをやめた。以来、私が手をあげるふりをするだけで、長女は首をすくめておとなしくなった。

　私は小学生時分、父に烈《はげ》しく頬を張られることがかなりの頻度であった。怖かったが、案外平気だった。父の平手には愛情が詰まっていたと悟る余裕もあった。親は子供を自分に重ねて対処しがちだ。だが長女と私は別人格だ。もちろん長女の顔を叩きはしない。かわりに頭だ。それも数度だ。長女に対する暴力に婬《いん》したことはない。躾《しつけ》であって、傷つけたつもりなど欠片《かけら》もない。

　現実は、小学四年になっても長女は恐怖の記憶を心の底に抱えていて、私の目の前ではじつに迎合的な良い子だ。だが他の場所では——。やめておこう。幼いころの傷は、生傷のまま心の奥底で窃《ひそ》かに膿んで血を流す。

　ただでさえ自分に対する両親の関心が、生まれたばかりの妹に向かってしまって寂しくてしかたがないときだ。心細くもあっただろう。妹は、とても可愛らしかった。しかも妹は心臓に障害があった。父も母も妹に付きっきりだ。愛は幼いながらに自分の感情をあまり外に出さないようにしていた。それは防御のためのバリアだったのだ。あふれんばかりに豊かな感受性と感情を漏出させてはいけないという、幼いなりの必死の自己抑制だった。妹が生まれ、しかも心臓が悪いと聞いて、愛はどれほど自我の発露を怺《こら》えたことか。抑えに抑え抜いたあげく、妹を愛おしげに抱く母から言われた。

「おまえは、ほんとうに可愛げがないねえ、か——」

　私の呟きに、愛の軀が一瞬強張《こわば》り、その指先が細かく顫えだした。私は委細構わず、幼い愛とおなじ年頃の長女の頭を後先考えぬ感情で幾度か叩き、それを長女がいまでも傷として隠しもっていること、その傷はまったく癒えていないことを語った。

「はっきり言う。俺が長女に対して問答無用で悪いように、お母さんが悪い。そりゃあ、まりをつくっちゃうよね」

　愛は、中空を睨《にら》むようにして、落涙を怺えた。愛は、泣かなかった。誰よりも繊細な感受性をもつ愛は、涙を抑えこんだ。泣けばストレス発散になるんだけどね――と、心の中で取るに足らぬことを呟く。愛は泣かないのではない。泣けないのだ。障害のある妹が生まれ、愛は長女としての自覚を否応《いやおう》なしに持たされ、母の胸にぎゅっと抱き締められたいという思いを、父の膝の上で甘えたいという思いを心の底に押し込め、封印した。

「それを、可愛げがないっていうのは、あんまりだよな。口が滑ったにしても、絶対に言ってはいけないことだ」

　あえて自負と自戒を込めて続けよう。私は小説家だ。言葉というものが、ときに拳《こぶし》よりも人の心を深く傷つけるものであることを熟知している。言葉の暴力とはよく言ったものだ。もちろん叩いてはいけない。私は長女に対して一生罪の意識を持って接しなければならない。けれど、よい家のよい母は、案外ものを考えずに、投げてはいけない言葉を娘にぶつけてしまっているのではないか。

　悪気はない？　その自覚のなさが悪、最悪なのだ。

「お母さんは、愛がまりを生んでしまったこと、まりが次から次に新しい子を生んでしまったことに気付いていないよね」

「はい。母は気付いていません。私たちが子供なりに必死で隠してきたということもありますが、気付いてほしかったです。母だけでなく、父も、誰も、ほんとうの意味で気付いていないと思います。菱沼さんだけです」

　結果、無数の子に関わって、私は六十もなかばになって、途方もない精神の深みを改めて教えられ――疲弊した。救いは、齊藤愛の内面の人格たちが引きおこす争乱が、完全に終熄したという直観があることだ。

「確認のために、あえて訊いておこう。誰にでもなれる子です——という愛は、言い方を変えれば誰でもつくれるし、誰でも消せるってことだよね」

「はい。私がもっと早く出ていれば、菱沼さんは苦労しなくてすんだと思います」

「まさに息をつく暇もなかったから大変だったけれど、過ぎたことをあれこれ言ってもしようがない。話を逸《そ》らせてごめん。続けて」

「私が引っ込んで、まりが替わりをするようになって、母は掌を返したように、まりを可愛がりました。まりは、可愛いですよね」

「うん。抗《あらが》いがたい魅力がある」

「幼いなりに、こうありたいという自分を必死で投影したのが、まりです。愛情いっぱいの眼差しの母がまりに頬擦りするのを内側から見ているうちに私はいらないと悟り、意識をなくしました。あのとき、私は死んだんです。でも、どうやら私は眠っていただけだったんですね。とんでもない話です。いくらなんでも長く眠りすぎだ」

「今回の人格発現の釣瓶《つるべ》打ちで、どうやら目覚めたみたいだね」


「はい。驚きました。私が長いこと留守にしていたあいだに生きることと死ぬことが争うような状態になってしまって、しかも、正視に堪えないような最悪の出来事が幾度もあったということに、茫然としました。誰にでも好かれる子をつくってしまったことが、こんな結果をもたらすなんて——」

「まりに、ひかりが重なっていたことには気付かなかった?」

「——どうでしょう。本音をいえば、私がひかりを仕込んじゃったのかもしれません」

「それでよかったんだよ」

「いいんですか!」

「うん。人には表と裏がある。お兄ちゃんにはなんの感慨も湧かないけれど、ひかりにはなんともいえない感情をもっている。はっきり言おうか。俺はひかりを自分の腹で眠らせたほどだ。つまり、ひかりが好きなんだ」

「ひかりが好き——」

「うん。ひかり、あかり、雪、そして幸。齊藤紫織を支えるために散っていった俺が知らない無数の子たち。みんな大好きだ」

　私は、感慨の息をつく。

「凄《すさ》まじいサバイバルだったね。でも」

「でも」

「うん。でも、どうやら齊藤紫織は精神のサバイバルに成功したようだ。四十年近い眠りだったけれど、目覚めたから、もうだいじょうぶ。これからもつらいことはあるだろう。でも誰もが傷を負って必死で生きている。負けないでくれ」

「負けません。すべては、菱沼さんのおかげです」

「俺も小説家として、じつに貴重な体験をさせてもらったから、イーブン」

「これから、どうしたらいいんでしょうか」

「とりあえず、京都にスープカレーの店をだす。そのための仕事がたっぷり残ってる。残念ながらもうあかりはいない。愛、おまえがやらなければ。基本人格なんだから諸々、記憶は受け継いでるよね」

「はい。目覚めた瞬間、一気にみんなの記憶が雪崩《なだ》れこんできました。あかりって子は、私に似てるような気がしました。ただ――」


　なにか心配事があるのか。じっとその目の奥を覗く。気弱な気配が隠せない愛だ。

「私、ちゃんと仕事をするタイプだと思います。でも暗いから、対人に自信がないです」

「俺が思うに、おまえとまりを足して二で割れば、ちょうどよい感じになるんじゃないかな。いつもあかりとまりがひとつになったら理想の女ができあがる、なんて思ってた」

　元気づけるための冗談だった。愛は真剣になった。

「私とまり、統合できますか」

　解離性同一性障害によりあらわれた別人格をひとつにする技法は知っている。だが、私は素人だ。実際に統合を行ったこともない。だが愛は私の目の動きを素早く読んだ。

「できるんですね！」

「保証はできない」

「お願いします」

「まりが統合したいって思わなければ、無理なんだよ。双方の合意がなければ、できないんだ」

「――まりに替わります」

じつにスムーズな移行だった。瞬時にまりに替わっていた。

「話は聞いていたよね」

「聞いてた。まり、あの人とひとつになりたい。ほんとうの紫織さん。愛ちゃんか。まりのお母さん。まり、ろくでなしだから消えてしまいたい」

「ろくでなしか。ろくでなしにしては可愛すぎるけどね。統合というのはね、まりがいなくなるということじゃないんだよ。統合した人はみんな言う。自分のなかにごく自然にひとつになった人が溶けていて、足りなかったものが充たされたって」

「まりは、まりのままなの？」

「うん。統合した人格は、まりで愛。ただし分裂してない。完全に溶けている。俺と悪い逸郎との関係よりも、もっと密なものであるような気がする」

「ん？」

「悪い逸郎ってのが、いたんだよ。俺のなかに」

「えー。まじか！　いなくなっちゃった？」

「あかりを追って、あっちの世界へ行った」

「あかりさんが好きだった？」


「そうなんだ。悪い逸郎なのに、純愛なんでびっくりだ」

「逸郎、そんなこと、ぜんぜんまりに教えてくれなかった」

「悪い逸郎が、まりを遮断してたんだ」

「まり、合点がいかんぞ」

「合点がいかんか」

「いかん。でも、あかりさんは不幸せじゃなかったんだね」

「うん。相思相愛だったしね」

「あかりさん、そんなこと、まりにひと言も言わなかったぞ」

「照れ臭かったんだよ」

「まり、合点がいかんけど、すこし気が楽になった」

私とみんなのやりとりから、自分が不幸の根源であると思い詰めてしまっているまりだったが、いつも強張って見える首筋がゆるんでいることに気付いた。

「統合の前に、知っておかなければならないことがある。愛がまりをつくった経緯は教えてもらった。

で、まりが愛の替わりに生きるようになってからのことだけど、以前、まりは小学校に上がる前にたくさんの子をつくっちゃったって言ってたよね」

「あのね、妹の具合がなかなかよくならないのと、お父さんのムチャのせいで家が貧乏になっちゃって、まり、親戚のおじちゃんの家にあずけられたの」

　親戚のおじちゃん——嘆息こそしなかったが思わず額に手をやった。まりは虚《うつ》ろな口調で言った。

「須磨の親戚にあずけられた」

　紫織の彼が自殺したという連絡は神戸からだった。なんらかの繋がりがあるのだろう。

「また北海道からずいぶん離れちゃったね」

「そう。すごく寂しかった。つらかった。まり、御飯を食べるとゲーしちゃうようになったの。そしたらね、おばちゃんが怒るんだ。うちの御飯が食べられへんなら、食べんでもええわ——って。お世話になってるのに、ゲーはないよなって。まり、なんとか食べなくちゃって」

「うん。御飯、食べられる子が必要だね」

「そうなの。でもね」

「食べられない？」

「ちがうの。それはなんとか。まりはだめでも他の子が頑張ってくれたから。でもね、お風呂、おじちゃんと入るの」

　いよいよ厭《いや》な予感が的中し、私は相槌を打てなくなった。まりは憑かれたように喋る。

「とても優しいの。おじちゃん、まりを可愛がってくれたの。いつも、お風呂で軀を洗ってくれるの。ここはとりわけ綺麗にせなあかんて優しく言いながら、まりのお股《また》を洗ってくれるの。いっしょうけんめい、洗ってくれるの。しつこく洗ってくれるの。まりをお風呂の縁に座らせて、すごく大きくお股を拡げるように言うの。まりがためらうと、すごく怖いおじちゃんになるの。洗ってるのか、いじってるのかわけがわからなくなっちゃうの。まり必死で我慢したんだけど、そのとき——」

「いっぱい、つくっちゃった？」

「そうなの。まり怺えきれなかったの。泣くこともできないし、いやって言えないし、おじちゃん、お股ばかり洗うんだ」

「——それ以上のこと、されたか？」

「ううん、それだけ。でも、怖くて怖くて。帰りたかった。札幌に帰りたかった。お父さんとお母さんのところに帰りたかった。お布団に入って、泣いてばかりいた。そうしたらね、御飯を食べてずいぶんたってるのに、ゲーするようになっちゃった。お布団を汚しちゃったりして、もう、最悪だぁって感じ。おばちゃんが鬼になった。おじちゃんはお股をひらくかぎり、優しかった」

まりはすっかり顔色をなくしていた。不憫《ふびん》さと怒りに私も頬から血の気が引いていた。

「でも頑張って御飯を食べるのとちがって、みんな、おじちゃんをいやがって逃げちゃうんだ。仕方ないから、まりはずいぶん頑張ったんだ。でも、頑張りきれなくて、また新しい子ができちゃって——。それの繰り返し。まりはだめな子だ」

「だめじゃない。すごく頑張った。よく、打ち明けたね。口にするのは、つらかっただろうな。でも、もういやな思い出は、口からでて、俺に吸いとられちゃったから」


「うん。ずっと隠してた。逸郎に話したら、すこし楽になった」

可愛いことは、悪なのか。まりは、悪くない。抑制がきかぬ大人が悪なのだ。生活が立ちゆかなくなった親戚の子をあずかって、無理やり食事を押しこみ、猫撫で声で風呂に一緒に入る世間的には良識あるよい人が、悪なのだ。家庭不和の原因がなんであったかは知らぬが、まりに不安をたっぷり与えたあげく、娘を親戚とやらに投げだした父と母が悪なのだ。幼い弱者を蹂躙《じゅうりん》する最低な大人たち。まりを糾弾するのはお門《かど》違いだ。

「まりみたいな子はね、一人じゃないほうが絶対にいいの。誰かしっかりした人とひとつにならなければいけない。お願い、逸郎。いますぐ愛ちゃんとひとつにして」

大きく頷いて、いま聞いたことを破壊するために、まりの頭に手を突っこみ、髪をくしゃくしゃにする勢いで撫でる。まりは勢いよく私に軀をぶつけてきた。統合の結果、この愛おしさがどう変化するかはわからない。だが誰にでも気に入られようとする強迫観念と無防備さは消えるだろう。それは、これから先、齊藤紫織が生きていくのに絶対必要なことだ。しかも愛はまりの可愛さを得るのだ。対人が苦手という劣等感など、即座に解消されるだろう。思慮深い愛くるしさ。そんな個性を想像して、私はふたたび大きく頷いた。

「ならば、統合の手順を話す。まりに語りかけるが、愛もちゃんと耳を澄まして。他の子も、いつか統合する日がくるかもしれないから、ちゃんと聞いておいて。ただし、統合するしないはあくまで各々の問題。統合することが正しいというわけでもないからね。私はあくまでも私でいたいという気持ちがあるならば、統合は不要だ」

「まりね、まりから逃げだしたいの。そういうのは、だめなのかな」

「まりはまりだからね。さっきも言ったとおり、愛とひとつになったって、まりは消えないから。心と心が溶けて、まりであり愛である子が、新たに息をするようになる。そんな感じかな。いまから話すのは、アメリカのリチャード・ベアって医師の方法な

んだけど、必要なのは心の底から統合を受け容れたいふたり。そして信頼できるナビゲーター。俺が信頼に足るかどうかはアレだが、信じてもらわないことには始まらない」

私には奇妙な自信があった。それがどこからきているのかは判然としない。万が一、統合に失敗したら、あー、だめだったね——と笑ってすませばいいという無責任な思いもあった。ここしばらくで、私は並みの精神科医など足許にも及ばぬほどに経験を積み、鍛えられたという自負がある。許多《あまた》の死に付き合ってきた。完全に肚《はら》が据わっている。

「統合を終えたときの注意。視覚や嗅覚、触覚に音。さらには舌。五感が冴えわたるというか、過敏になる。一週間くらいたてば普通の状態におさまるそうだけれど、それは常人が体験する感覚鋭敏などとは比較にならないものだ。でも、もとにもどるから。だからパニックを起こさないように。ホテルの宿泊を延長してあげるから、ここでゆっくりふたりがひとつになった状態を慣らしていこう」

もちろん、これは私が考案した心理的テクニック

だ。統合後の五感の過敏を囁いておいて、統合が絶対にうまくいくという思いを愛とまりに抱かせる。つまり先に統合後に起きる結果を刷り込ませることによって、統合自体に対する疑念と不安を消滅させるのだ。

「さて、愛とまり、部屋をもっているか」

「部屋？　もっていません」

いつのまにか愛に替わっていた。

「まりはもってるよ。まりの部屋は真っ白で落ち着かないの。ベッドは二段ベッド」

こんどはまりだ。二段ベッドという発想はどこからか？　たまらない可愛さだ。

「よし。じゃあ、まりは部屋で待っていて。愛を迎える準備をしよう。白すぎて落ち着かない部屋は、光を落としてすこし暗くしようか。ベッドは何段でもいいけれど、一番下の段に座って楽にして愛を待って」

解離性同一性障害の子たちは、求められれば脳内に出現している自分たちの生活空間を描くことができる。地図をつくりあげられるのだ。それはミクロからマクロまで、つまり自室から宇宙までをも包含する。私はここに量子論の多世界解釈を見るのだが、それを開陳《かいちん》するのは控える。誰もが部屋をもっているわけではないが、まりのように自分の居住空間をつくりあげている子も多い。外に出ていないときは、そこで暮らしているのだ。脳内にある、もうひとつの現実世界だ。愛はいわば無意識、死んでいたので、部屋もなにもなかった。

躯を締めつけぬよう下着等を一切身につけさせず、バスローブを羽織らせ、心臓が下になるように愛をベッドに横たわらせた。カーテンを完全に閉じる。間接照明で室内は薄ぼんやりしている。愛とまりの心が乱されないことが、すべてだ。完全な無音が保証されたこの部屋でよかったと胸中で頷く。愛をとおして語りかけることもあるから、まりはちゃんと聞くんだよと愛の耳許で囁いて、横たわる愛の背後に合わさるように私も横たわり、密着した。そっと首に腕をまわす。

「怖い？　俺の腕」

「ぜんぜん。安らぎます」

「首って急所だろ。親しくない人に首に手をかけられれば、不安を覚えて当然だから。でも初対面にもかかわらず、愛は俺を受け容れてくれたようだね。もし不安そうだったら、まりに替わろうかって思ってたんだ。つまり信頼を試したってことだ」

「あの」

「ん？」

「そうされることが、嬉しい」

「そうか。俺も受け容れてもらって嬉しい。俺と愛の体温が溶けるまで、じっとしていようね」

「幸せです。私、お母さんとお父さんの体温を感じたことがなかったし」

「いくらなんでも、それはないだろ」

「ううん、幼かったから理由はよくわからなかったけれど、妹が生まれるまでは、お父さんとお母さんの仲が悪くて――」

「まりは須磨の親戚にあずけられていたときのことをちゃんと告白した。愛も俺に、なぜまりをつくってしまったかを教えてくれた。言葉にするということは、嘔吐することなんだ。ゲーしちゃったんだから、もう吐き気を催す悪いものは軀の外にでてしまった。だから、気持ちを楽に」

「はい。とても安らいでいます。あの」

「なに？」

「こうしてくっついているのに、菱沼さんから、まったく性的っていうんですか、いやらしい気配がしないので、愛は物足りないくらいです」

「言うじゃないか。でも、いまは、性的な意識は不要。さ、リラックスして。いっしょに軽く深呼吸しよう」

すー、はー。すー、はー。すー、はー。

あえて声をだして促す。息を合わせていると、心拍までもが同期して、愛と私はひとつになっていく。

「さ、ごく軽く目を閉じて。愛は頭の中にあるもうひとつの現実の世界を、落ち着いた足取りで歩いて、真っ直ぐまりの部屋に向かっているよ。みんなが、見ているだろ」

「はい。注目されています。自分たちも好きな子とひとつになれるのかなって、瞬《まばた》きもしないで私を見ています」

「愛は先達《せんだつ》だね。愛はみんなに見本を見せてあげないとね。さ、まりの部屋の前まできたね。ドアが見えるか？」

「真っ白いドアです。飾りは一切ありませんね。素っ気ないくらいですけれど、なんだか光り輝いています。これは――」

「これは？」

「室内もこんなに輝いていたら、逆に耐え難いかも」

「受け容れてあげて。これが、まりの過剰なんだって。この光を和らげてあげるって」

「はい。もうノックしていいですか」

「もちろん。愛には躊躇《ためら》いがないね」

「だって、私がつくってしまった子だし、私が生んでしまった子だから」

「うん。いいかい、愛。まりをちゃんとリードしてあげるんだよ」

「はい。頑張ります。だから菱沼さん、私をリードしてください」

「もちろん。でも、実際にするのは愛だからね。必要なのは、まりに対するいたわり」

「はい。いたわります。優しくします」

「そうだね。まりのすべてを受け容れてあげようね。さあ、部屋の中に入ろう。どんな様子だ？」

「二段ベッドがあるだけで、窓もない。純白の部屋です。眩しすぎます。光源のわからない不思議な光を浴びて、まりがやや前屈みになって、両膝のあいだに手を挿しいれて、心細げにベッドの下段に座っています。私にすがるような笑顔を向けています」

「なら、まりの隣にそっと座って。まずは、まりの目を光から守ってあげようね。まりは愛に軀をあずけて。愛はまりの目をそっと覆いなさい」

「はい。私とまりのやりとりを、そのまま菱沼さんに伝えていいですか」

「もちろん。もうあれこれ指図《さしず》しなくても、愛はまりとひとつになる方法を知っているよね」

「はい。じつは菱沼さんの思いが私に流れこんできているので」

「じゃあ、まりをそっと抱きこんで。あとはまかせるから。少しでも不安が起きたら、即座に俺に教えるんだよ」

「はい。さ、まり。軀から力を抜いて。私にもたれかかって軀と心をあずけて」

「愛ちゃん、あったかいよ。まり、ほんわかだ」

「よかった。私、体温、低いんじゃないかって心配してたんだ」

「愛ちゃん、あったかだよ。まり、うっとりだよ」

「もっと早く、こうしてぎゅーしてあげられたらよかったんだけれど」

「まりもしんどかったけど、愛ちゃんだってきつかったよね」

「おあいこだね」

「おあいこだ」

「私とほんとうにひとつになりたい?」

「まり、なりたい。なりたいよ」

「ちゃんと菱沼さんに教わってきたから。まりは静かな息をして、私に溶けることを想って。想像して」

「どろどろと?」

「まさか。さらさらと」


「まり、バカだ~」

「いいの。可愛い妹。たまらない。食べちゃいたい」

「食べちゃって。まりを食べちゃって」

「あ──」

「すごい! まり、すこし愛ちゃんに溶けたぞ」

「うん。まりが私の中に入ってきた。静かに入ってきた。遠慮気味に、入ってきた」

「まり、もうすこし愛ちゃんの心におじゃましていいかな?」

「うん。遠慮しないで、おいで。私はもうまりを離さないよ」

「ぎゅーして」

「わかってる。きつくぎゅーしてる」

「愛ちゃん、まり、溶けてくよ」

「うん。まり、私もまりに溶けてくよ」

「ひとつになってくね!」

「ひとつだね」

「──ああ」

声がしなくなった。ああ──という声はひとりの声だったが、あきらかに愛とまりが複合したもので、深みと魅力にあふれたものだった。私の腕を首にまわしたまま愛は穏やかな呼吸と拍動で、眠っている。私は愛を起こさないように気配りし、そっと腕を抜いた。

＊

統合された愛とまりは十二時間ほど身動きもせずに熟睡していた。私は隣室に移ってパソコンを立ちあげ、〈対になる人〉という新しい作品を書きはじめた。齊藤紫織との出逢いから始まって、スープカレーのことをあえて過剰に記していると、背にぬくもりが触れた。私は画面を向いたまま、問う。

「五感の過敏は、どんな具合?」

「光が眩しすぎるのと、上下左右の部屋の音が聞こえて、ちょっとしんどいです」

「俺にはなーんにも聞こえないけどね。そうか。うるさいか」

「はい。はっきり言って、菱沼さんがいなかったら落ち着いていられるかどうか」

「五感の過敏がおさまるまでは、じっとしていないとね。感情の乱れは禁物だ。いまはミルクとココアが溶けはじめたって感じだからね。まだ、まだらなところがある。できたら他の子にまかせて外にでないで、ゆっくりしていなさい」

「はい。あの、ひとつになる直前、まりが囁きました。ひとつになったら、愛と呼ばれたいって」

「優しい子だね」

「はい。なんていうのかな、私は、もともと私の中にいたまりを抑えつけていたような気がしています」

「たぶん、そのとおりだよ。必死で抑えていたんだ」

「逸郎、ぎゅーしてください」

私は目をしばたたいた。もちろんわざとぱちくりしたのだが、『逸郎、ぎゅーしてください』という口調がまりの甘えるようなものに加えて、しっとり落ち着いた複雑な綾のある女の感情が凝縮したものであったからだ。

どちらともなく絡みあった。加減せずにぎゅーした。積極的ではないにせよ、愛が自ら主導して私をおさめた。これはあきらかにまりの要素だ。

愛は物静かだった。ひっそりしているといっていい。けれど、私が抱いた齊藤紫織の誰よりも深く強く透明に女を極めていることが伝わってきた。私はほとんど動作する前に終局の気配を迎えてしまい、じっとしていたのだが、愛は私の首に腕をまわして促した。いっぱいにしてください――。

雄叫《おたけ》びをあげる私を愛は柔らかな笑みを泛べて見守って、すっと目を閉じた。私はしばらく愛に重みをかけていたが、休ませてやらなくてはと軀を離した。

「菱沼さん、汗まみれだぞ」

「ん。たいして動いてないんだけどね」

「春だよ。もう怒ってない？」

「うん。怒ってない」

「もう夏《な》っちゃん、いないいんだよね」

「いないんじゃない。愛とひとつになったんだ」

「そっか。いつか夏っちゃん、じゃない、まりを追いかけて愛ちゃんといっしょになっていいかな？

冬ちゃんが訊け訊けってうるさいんだ」

「もちろん、いっしょになりたいなら、遠慮するな。


でも、相当に精神に負担がかかってるから当分は無理だよ」

「それくらいは、待つ――って冬ちゃんが言ってる」

「春に喋らせないで、ちゃんと出てこいよ」

「冬ちゃん、菱沼に叱られて、びびってるから」

「ま、無理することもないけど。それに俺は素っ裸だからな」

「冬ちゃん、ガン見してたよ。愛ちゃんと逸郎さんが重なってるとこ」

「恥ずかしいな。見られてたのか。俺、凄い声をあげちゃったからな」

この様子だと、冬も春も、いずれは愛とひとつになるだろう。秋はどうするのか。ひとりで生きていくのではないか。そんな気がした。私は春の頭をやさしく撫でた。さゆりに逢いたいと呟いた。

「やったね、菱沼」

「うん。やった。できちゃった」

「すっげーよ、おっちゃん」

「じいちゃんて言わないとこが、優しさだ」

「フフ。御飯、食べに行こうぜ」

「あ、忘れてたよ。飯、忘れてた。腹ぺこだぜ。ベッドもちゃんとしてもらわないとな。あと、宿泊の延長もだ」

風が柔らかく頬を撫でていく夜だった。イタリアとフランス料理が合体した〈さか〉という宮川町の割烹《かっぽう》にするか、祇園北側の懐石〈味舌《ました》〉にするか、清水五条の〈はり清《せ》〉で京料理を堪能するか。とにかくちょっと奮発する気で、それぞれの店の特徴をさゆりに囁く。

「懐石」

「へえ、意外だな」

「侮るな、菱沼」

「〈味舌〉は、椀物がすばらしい。あと、高い値段をだせば、すばらしい魚が食える」

「高いのか？」

「うん。こういう店でケチるとろくなことがない。値段相応の手の込んだ、でもこれ見よがしではないすばらしい料理が食えるよ」

野生の鴨、青首を昆布だしの汁に浸して食べたときの感動が蘇る。

「血の味。たまらん。ああ、涎がでてきた。残念ながら十二月にならんと食えん」

四条通からの入り口のアプローチ、打ち水も清々《すがすが》しい踏み石の上を歩くさゆりの昂《たか》ぶりがじかに伝わってくる。久々だったが、店主は矍鑠《かくしゃく》たるもので、若い職人も無言ながら笑みを絶やさずに相変わらずじつに叮嚀《ていねい》な仕事だ。さゆりは椀物に口をつけた瞬間、その瞳に恍惚《こうこつ》をあらわし、とことん手の込んだ、けれど押しつけがましさの一切ない懐石の神髄を心底から愉《たの》しんだようだ。

「まいった、まいったぞ。菱沼と食べた天ぷらも美味《お》しかったけど、そういうのと違う味だった。すっげーよ。あんな凄い料理をだすのに、店の人がまったく偉ぶってないのな。訊かれなければ能書きもたれないしね」

一流の店は、そういうものなのだ。能書きがうるさいのは、当然ながら料理人に自信がないからだ。

すっかり満足した私とさゆりは鴨川に下りて、川端を漫《そぞ》ろ歩きながらホテルにもどった。私は執筆欲とでもいうものが滾《たぎ》るように湧きあがっていて、仕事がしたいとさゆりに告げた。私の率直な口調に、さゆりはなんとも嬉しそうに頷いた。

「やっぱ小説家だ」

「まあね。腐っても物書きだ」

「なんで卑下《ひげ》するかなあ。菱沼は、なかなかだぞ」

「まあね。でも、威張ったらお仕舞いだ」

「なんとなくわかる」

「今夜は徹夜になりそうだ。内側を覗いて。愛はどんな様子？」

「半分寝て、半分起きてる」

「しんどそう？」

「ううん、頰笑んでる」

「よかった。幸せそうか？」

「すごく」

さゆりは軽く首をかたむけ、さらに深く内面を見つめる。

「あー、まりの部屋、窓がついてる。私、真っ白すぎたから避けてたんだけど、なんかログハウスみたいな木の家になってるぞ。ありがちー」


「大改装だな」

「うん。まりと愛、じゃない、愛ちゃん、二段ベッドの下で横になってのんびりだ。あ」

「どうした？」

「誘われた。二段ベッドの上で寝てもいいよって。たくさん食べて、眠そうだからって。いい？　ねえ、菱沼、誘いに乗っていい？」

「もちろん。ただ、どんな感じとか、あれこれ話しかけちゃだめだよ」

「わかった。私も眠いし」

「眠る前に、他の子たちの様子は」

「私が生まれて史上、最高に安らいでる」

「生まれて史上、最高か」

「最高だ。安らいでるけど、昂奮してる。自分たちにもそういう日がくるのかなって」

「さゆりは、いつか、統合したいか？」

「べつに。私は今夜みたいに菱沼と美味しいものを食べ歩くのが望みだ」

「いいねえ。おまえと食べるのは、誰と食べるよりも愉しいからな」

「――統合しなくていいの？」

「いいよ。おまえはもともとひとりでやってけるタイプだし」

「そうかな」

「うん。もちろん、統合してもいいんだよ。すべては自分の心が決めること」

「じゃ、あせらなくていいね」

「うん。あせったら、いけない」

「じゃ、おいらは寝るよ。なんか久々に熟睡できそうだ」

「おやすみ。俺は隣に移って、書く」

　ベッドに横たわったさゆりの頬に軽く唇をあて、私は愛用の携帯版国語辞典〈デイリーコンサイス国語辞典〉を手に、リビングに移った。小説なんて、この小さな国語辞典だけで書けてしまうのだ。ただ老眼が進んで、さすがにこの小さな活字はつらくなってきた。ときおり目をしばたたき、辞典を近づけたり遠ざけたりして焦点を合わせる努力をし、ピント調節機能の衰えに苛立つ以外は、じつに順調に齊藤紫織の物語を紡いでいく。


　明け方だった。悲鳴に執筆を中断された。悲鳴は切れぎれで、複数の子があげているようだった。なにごとか。あわててベッドルームに駆け込んだ。ベッドに俯《うつぶ》せになって軀を縮め、顫えている。背中しか見えないので、誰だかわからない。傍らにスマートフォンが投げだされていて、その青白い光が痙攣《けいれん》気味に顫える誰かを浮かびあがらせていた。

惨状だった。俯《うつぶ》せの齊藤紫織を抱き起こすと、白目を剝《む》いていた。青黒く変色した唇がわなないて、なにごとか間断なく口走っている。無数のトーンや口調で、まともに聞きとれない。

　頭を抱えた。愛とまりの統合が失敗したのではないか。素人が手を出すべきではなかった。私は怯《おび》えた。私のせいで齊藤紫織の精神が崩壊してしまったのだとしたら——。

　気を取りなおして、注視した。一瞬の悲鳴は烈《はげ》しいものだったが、暴れまわるわけではない。多少の強弱はあるが、顔を覆って際限なく言葉を発している。私に引きつけて考えれば、衝撃的な事柄が起きて、あまりの心の乱れに独り言をするという情況がいちばん近いが、それはまさに独りでするものだ。ところがストッパーが外れてしまい、内面で息を潜めていた無数の人格が無作為に出現し、次々に入れ替わる。私は耳を近づけた。

　こわい。顎です。長崎さんいやだな。ちょっと暑いんですけれど。大嫌い。私ですってば。死にたい。食虫植物って知ってますか。モデラートな生き地獄。望みのままに。お父さんが。木彫の蛇。いやだって言ってるだろが。焼き肉は食べられません。いつだっていつだって。なんで。卑屈じゃないもん。あなた誰。悲しいことは当たり前。陽射しが陰った。コーラは缶をあけるのがいや。つらい。空気が濁ってる。乗り遅れるよ。また笑われた。小さじ一杯すりきり。すぐに帰ってこいって。殺すって。息んでる。誰。殺す。殺してやるって。寝穢《いぎたな》い。殺す。許さない。あの人が殺すって。すぐに帰ってこい。許さない。殺してやるって。殺してやるって。

「殺してやるって！」

「どうしたっていうんだ！」

「殺してやるって！」

「――一人にもどったよね？」

「はい。冬です」

「なにが起きた？」

冬は傍《かたわ》らに転がっているスマートフォンを目で示し、顔を覆った。顫《ふる》えるばかりだ。埒《らち》があかない。質問を変える。

「統合した愛とまりは？」

「起き抜けにスマホを見て、ショックでバラバラになりました。吹き飛んでしまった」

統合直後は、とにかく脆《もろ》い。最悪の情況まで予測していたといえば嘘になるが、過剰な刺激を浴びれば有りうることであると、わりと冷静に受けとめた。問題は二人の生存だ。

「愛とまりは生きている？」

「わかりません。わかりませんが、生きている気がします。心のすごい奥まで逃げこんでしまっているようです。でも、かわりにたくさんの子がわけもわからず飛びだしてきて、恐怖で死んでしまいました」

「原因は？」

「あの人が殺すって」

「あの人とは」

「齊藤紫織さんの夫です」

スマートフォンに視線をやる。ディスプレイは純白のベッドシーツに投げだされたままスリープになっていて、そこだけ四角く黒い深い穴があいているようだ。よりによってあの男は、まりと愛がひとつになった瞬間を狙い澄ましたように脅迫メールを大量に送りつけてきたのだ。あるいは統合された愛が直接電話に出てしまい、言葉の遣《や》り取りをしてしまったのかもしれない。冬の手をとり、指紋認証してロックを解除する。

5月19日木曜日
即座にもどれ。今日中にもどれ。殺す。殺してやる。今日中にもどれ。すべては露見している。殺してやる。殺してやる。殺す。今日中にもどれ。殺してやる。殺してやる。
04:29

午前零時過ぎから、ひたすら『今日中にもどれ』、『殺してやる』と書き連ねたメールが大量に送附されていた。

「もう、おまえの妻はいないんだけどね。おまえの妻は、おまえが殺してしまったんだけどね。で、今日また、大量殺人か」

冬の視線に、独白していたことに気付き、短い溜息をついた。いまは亡き紫織の夫のメールは単純だが狂気が充《み》ちていた。執念と執着で粘っこく尖《とが》って腐っていた。ほとんど同じ呪いの文言を延々送信しているが、コピーして貼りつけるといった手間を省いたやり方ではなく、一通一通ひたすら入念に入力している。深夜から、明け方まで。

いまも着信して、冬が硬直した。私はスマートフォンを引っ繰り返してベッドに密着させた。バイブで小刻みに揺れる姿は、寄生虫の痙攣《けいれん》に見える。無言の強圧的な顫えによる自己主張だ。夫は病んでいる。精神に異常をきたしている。精神の抑制が外れた者の触角の鋭さは尋常でない。病んで過敏になった彼は、愛とまりの統合により、いよいよ齊藤紫織が離れていってしまうことを直覚したのかもしれない。

それにしても、次から次に――。

こんどは内患ではなく外患である。

なぜ、諸々、ここまでこじれるのだろう。もう付き合いきれないというのが正直なところだ。小説家とはじつに身勝手な生き物で、執筆を中断されたことに苛《いら》立《だ》ってもいた。投げ遣りな気分が、抑えようもなく這い昇る。

「菱沼さん、どうしよう」

「スマホ、棄《す》てちゃえば。いらんメールがくるだけでなく、ＧＰＳで居場所を突き止められてしまうんだろう。だったら破壊して、無視。もどらない、帰らない」

「よく、そんなことが言えますね」

私は上目遣いで冬の目の奥を覗きこむ。

「沙霧か――」

「あの男の人質になってるんですよ。私たちは帰らないわけにはいきません」

齊藤紫織の内面の無数の人格にほぼ共通しているのは、過剰なまでの責任感だ。それが徹底した罰の行使にまでつながっていたわけだ。それはさておき私もあの痩せっぽち、沙霧のことが心配だ。

「帰るなら、即座にここを引き払う」

「――菱沼さんもいっしょに？」

「見るからに不安定なおまえたちを抛《ほう》ってはおけないだろ」

呼び出し音が鳴った。メールではない。無視しろと制止したが、冬は顫える手つきでスマートフォンを耳にあてがった。

――誰もいません。

――だから、私一人だから。えっ？　動画で送信？　動画で送信しながら、室内をくまなく写せ？　なんですか、それ！

開ききった瞳孔で私を凝視する。常軌を逸した脅迫を受けて、蟀谷《こめかみ》が烈しく乱れて脈動しているのが目視できた。

私は笑《え》んだ。いままで用いるのを必死で抑えてきた鋭い楔《くさび》が、上《うわ》っ面《つら》の常識的な精神と非現実に隠れていた強烈な殺意を接合した。それを諌《いさ》める悪い逸郎はもういない。悪い逸郎の不存在は、私を損得勘定から解放した。いままで築きあげてきたもの――そんなものなど、ない。あったとしても、いらない。私は卑しき売文の輩《やから》である。賤業《せんぎょう》に就いているという自覚だけはたっぷりある。いつのまにか文化人ヅラする物乞いに成りさがっていたが、栄えある殺人者になる。

撮ってやれ。私の侮蔑の笑みを、大写しにして見せてやれ。

――帰ります。もどります。謝ります。

――許してください。もう許して。

――許して。

――凄惨な日々。擬態だから。いい気になってる。やれるかな。咲いた。倒置法です。青いミミズと赤いヘビ。凄く厭《いや》な臭い。一気呵成《いっきかせい》。怖い。ミミズクの棘《とげ》。怖い。蛙の解剖。解剖。解剖。解剖。解剖。死ぬの。死にたい。死んじゃう。死ぬ。いつだって死ぬ。だいじょうぶ死ねるよ。怖いよ。死ぬよ。

　黙ってスマートフォンを奪い、夫を罵倒したい衝動を、徹底して嘲笑してやりたい思いをどうにか抑えこんで電源を切った。

　理由は激情による殺人を貫徹するためだ。怒りを発散してしまわないためだ。もはや殺意しかない。だから私の軀《からだ》は体温を喪失して澄みわたっている。眼に曇りはない。清澄《せいちょう》といっていい。

　この無数の声を聞いても、あの男は齊藤紫織が演技をしているというのだろうか。世の中には自分の意識や概念を超えた事柄を絶対に認められない器の小さい、受容力のせまい人間がいるものだ。自らの利己的狂気を差し措《お》いて、境界があやふやで定まらぬ事柄に対して異常だ正常だ演技だと無理やり型枠に押し込めて、それ以上考えることをせずに、自分の都合のよい方にしか判断しない固陋《ころう》が存在するのだ。理解できないことは、有り得ないこと――それで終わらせてしまうのは、頭の悪さを誇っているだけなのだが。

　いったい、幾人いるのだろう。青褪めた氷に閉じこめられていた人格がその軀をわずかに露出させて、断片的な言葉＝悲鳴を投げつけてくる。そして、死んでいく。ベッドに仰向けに倒れこんでひたすら脈絡のない無限の言葉を吐き続けている齊藤紫織に、冬――とそっと囁《ささや》きかける。

　腰に危うい撥条《ばね》でも仕込まれているかのように跳ね起きた。そのあまりの勢いに私はベッドに座ったまま呆気《あっけ》にとられて見あげた。冬は私の前に直立し、見おろした。

「菱沼さん。もう、いやだ」

　まずい！　紫織が死ぬときも、こんな言葉を口にした。私は狼狽《ろうばい》気味に立ちあがった。冬は左右に揺れている。

　いきなり顚倒《てんとう》した。飛びつくようにして冬を支えた。意識喪失した冬をどうにか支えることができたが、右足親指に激痛が疾《はし》った。死した冬をベッドにもどし、傍らに座りこんで、きつく目を閉じた。熱をともなった痛みに脂汗がにじんだ。そっと慥《たし》かめる。見るみるうちに腫《は》れあがっていく。直感した。折れた。冬に飛びついたときにベッドの脚に強打してしまったのだ。額に手をやって気力を振り絞り、どうする？　と声にならない声で問いかけると、帰ります——と妙に機械的な声が返ってきた。眉間《みけん》に指先をあてがったまま苦痛に耐え、おまえは誰？　と問うと『総意です』と答えた。

そうですか。総意ですか。

激痛を怺《こら》えながら苦笑いを泛《うか》べつつ、溜息交じりに自分のスマートフォンで札幌にもどる最短の時間と経路を調べた。

伊丹《いたみ》空港に向かうタクシーの車中でも、無数の人格が入り乱れて言葉の断片を投げつけてくる。運転手が不審げにルームミラーを動かして齊藤紫織を窺《うかが》う。伊丹のターミナルでも脈絡のない言葉は止まらない。ぶつけた足指はひどく痛む。気持ちが荒《すさ》ん

でいく。耳許で囁く。

「もう少し、静かにできないか」

「菱沼さんが怒った！」

頰が引き攣《つ》れる。認識しているのだ。私を認識している。けれどその者は表に出てこようとしない。それでも齊藤紫織は鎮まった。虚《うつ》ろな顔をあげる。

「失礼ですが、あなたはどなたですか？」

「——さあね」

「あの、私はどこに行けばいいんでしょう」

俄《にわか》作りといっては哀れだが、まさに急場凌ぎで拵《こしら》えられた人格だった。私は黙って二人分の航空券を示した。まだ統合したまりと愛がどのような状態に陥ったか判然としない。私はまりをはじめ、関わりの深かった子たちを喪《うしな》うことを恐れていたが、それよりも無数の人格出現以来、意思の疎通が一切できないことに烈しく苛立っていた。新しい人格は、チケットの新千歳空港の文字に視線を据えている。

「俺のことが不安なら、別々に行動してもいいよ」

「はい。そうしてもらえますか」

なんだ、この女は。しれっと吐《ぬ》かしやがって。勝

手にしろ。もうたくさんだ。チケットを渡し、足指の痛みに耐えて腰を浮かせかけた瞬間だ。恐るおそるといった手つきでジャケットの裾を引かれた。

「あの——飛行機の乗り方がわかりません」

もう笑うしかない。腰をもどした。

機中で彼女は緊張しきっていて、ほとんど瞬《まばた》きをせずに両手を固く握りしめていた。さすがに哀れになってきた。私の親指はいよいよ痛みが増して脂汗が流れた。俺たちは哀れでみじめだ。そんな思いを込めて彼女を一瞥《いちべつ》する。

「あの」

「なに」

「——どこに行けばいいんでしょう」

「家に帰るんだよ。場所がわからない？」

「はい。なにがあったのか、なにをすべきなのか、皆目《かいもく》、見当が付きません。私は誰なのか。すべてが、わかりません」

見事にして完璧なる記憶喪失だ。彼女にあるのは、突き詰めれば『自分が誰であるか』という不安のみだ。解離性同一性障害の真骨頂だ。これなら、これ

から向かう場所に待ちうけているであろう恐怖も、一切感じないだろう。

けれど——。

「いくらなんでも、いい加減すぎるな」

「ごめんなさい」

「おまえじゃない。『総意』とやらの遣り口だ。俺がわかっていて俺とコミュニケーションを取ろうとしない。なにを怖がっているのか。なにを避けようとしているのか」

もちろん彼女は私の言っていることがまったく理解できない。いよいよ、その瞳に波立つ不安がにじみだす。

「なにかないか。自宅住所を記したもの。前任者は、同じ札幌に住んでいながら、頑《かたく》なに住所を教えようとしなかったんだ」

「申し訳ございません。わかりません」

いざとなったらこの子の手首を摑んで強引に指紋認証し、齊藤紫織のスマートフォンから夫に電話するつもりだ。挑発し、逆上させておく。そこに醒《さ》めきった私が乗り込む。発散したい。破壊したい。金

属バット。簡単に手に入るが、なんとなく心許《こころもと》ない。オートバイのフロントフォークのような強固な棒状の金属の武器が欲しい。

「なんなら千歳に着いたら俺がおまえの夫に電話をかけてやろうか」

「電話。かけてもらえますか」

「夫に所番地を訊《き》いて、いっしょに家まで送ってあげるよ」

薄笑いを泛べて頷いた瞬間だ。

「だめだ！　菱沼。ぶっ殺すつもりだ！」

「なんだよ、さゆりじゃねえか。はじめからおまえなら話が早いのに」

「出してもらえないんだよ、なぜか。無理やり出てきた。菱沼、あの人、殺すでしょ」

「声を抑えろよ。物騒な。やるわけないじゃないか」

「だめ。絶対にだめだぞ。小説家はおとなしい書斎の人だと思ってたけど、菱沼はちがうから。頭、変だから。冷静なまま、平気で滅多打ちにするから」

「まあな。悪い逸郎というストッパーもなくなってしまったしな」

「ヤバい。なんか引っ張られてる。もう、出てられない。菱沼――。あのね、私が、私が必ず家まで帰り着かせるから。菱沼は絶対に夫に会ってはだめ。わかったか！」

「――わかったよ」

「菱沼、大好きだぞ！」

本当にさゆりは可愛い。私に殺人を犯させないために必死だった。『総意』とやらも私のこの危うい感情を悟っていて、あえて前後を一切知らない完全な無垢を私にあてがったようだ。親しい子だったら、私と同調しかねないからだ。

「――私、眠ってましたか？」

「うん。ほんの一瞬ね。だいじょうぶ、必ず家に帰り着くようにしておいたから」

＊

新千歳空港の駐車場に駐《と》めてあった齊藤紫織の巨大な四駆を運転し、西陽が夕陽に変わるころ、無駄に広い旭ヶ丘のマンションに帰り着いた。運転席に収まった新人は運転ができるのだろうか。そっと見あげると、異様なまでに冷たい眼差しが返ってきた。

どうやら私の役目は終わったらしい。鼻白みながらあらためて彼女を見あげて、なにかあったら即連絡をよこせ——と声をかけようとしたが、私のことなど一切眼中にないことが伝わって、奇妙なまでに端正に走り去るのを苦々しく見送った。

「殺意を抱いたのが失敗だったな。それを隠せなかったのがさらなる失敗だ。完全に突き放されちまったよ」

あの女は拷問にかけても夫の居所を教えないだろう。理由は、知らないからだ。それでも『総意』によって、無事、自宅に帰り着くだろう。私の殺意を置き去りにして。

愚か者はどのような顔をつくっていいか判断が付かず、とりあえず笑顔を泛べた。痴鈍《ちどん》にして頑愚《がんぐ》かつ寡薄《かはく》。職業柄、脳内辞典だけは多彩な、無機質かつ陳腐な抽象的語彙《ごい》に充ちて、いよいよ自分に対する嫌悪を強めつつ、ラブホじみた外装のマンションに入る。部屋番号を忘れていたが、オートロックの

前に立ったら指が勝手に動いた。

書籍をはじめ大量の郵便物にまじって妻からの大判の薄っぺらい封筒が目に入った。書籍は放置し、エレベーター内で、千切るようにして封を開いた。

離婚届だった。驚きはなかった。仕事場で苦痛に顔を歪《ゆが》めて天を仰いでから足指を凝視する。赤黒く、三倍ほどに膨れあがっていた。妻は私がスマートフォンを所有していることを知らない。複合機の留守録を示すボタンが赤く明滅しているのを一瞥し、よそを向いて再生する。

——どこに出かけているのやら。幾度電話しても留守ですね。居留守ですか。もう限界です。離婚届を送附します。署名捺印《なついん》、お願いします。三鷹のお家は戴きます。八ヶ岳や沖縄の別荘は固定資産税をはじめ維持費がかかりすぎますので、いりません。権利書などは折を見てそちらに送ります。私には、いまだに今回の札幌も含めて、なぜ、あんなほとんど使わない物件をあなたが買ってしまったのか、理解ができません。他にも、いろいろ。でも、もう、無縁となりますので、気持ちがすっきりしました。あ

なたの金銭感覚はむちゃくちゃですが、へそくりに類することは一切しない、隠し立てと完全に無縁なあからさまなところが取《と》り柄《え》というか、異常です。預金通帳の残高を見ても苦笑しか湧きません。あなたの性格ですから、養育費だけは、しっかり払っていただけるものと信じています。このあたりは離婚届が私の許に届いてから弁護士さんから連絡がいきます。長いような短いような、とにかくお世話になりました。鬱陶《うっとう》しいというと語弊《ごへい》があるけれど、電話その他連絡一切お断りします。離婚届だけもどしてください。

「さようなら――もないのかよ」

ぼやいて離婚届に署名捺印する。あらためて離婚届を見なおす。離婚の種別には、協議離婚にチェックが入っていた。妻が親権を行う子の欄に、二人の娘の名があった。一瞬、胃が縮みあがった。これは応えた。弁護士と相談して、せめてときどきは会えるようにしよう。

「いや、ずっと放置しておいて、いまさらだよな」

他人事のように呟くと、魂が抜け落ちた。罪と罰。当然の報いだ。きついのは悪い逸郎がいないことだ。私は親指の苦痛に顔を歪めているが、その顔の皺の幾許《いくばく》かは悪い逸郎の不存在によって刻まれたものだ。

気落ちしたまま、ほとんど意識せずにタクシーを呼んだ。まだひらいている整形外科に連れていってもらった。

レントゲンには斜め鋭角に折れて離れてしまった親指の骨がくっきり写っていた。関節部分が完全に崩壊して、破片がランダムに散っていた。青いプラスティックの小さなギプスをはめられた。足を引きずって仕事部屋にもどり、万年床に転がってもらった痛み止めをすべて服《の》んだ。齊藤紫織だけでなく私自身の家庭も崩壊してしまった。この変転極まりない日々。もうなにも考えたくない。もう眠ってしまいたい。そのための大量服用だ。

けれど齊藤紫織の誰かから連絡があるかもしれないという思いが後頭部に触手を伸ばしているせいで、冷たく冴えわたってしまい、まったく眠れない。うとうとしているのだろうが、熟睡とは程遠い。そのくせトイレに立てば折れた指の痛みだけでなく、痛み止めのもたらした朦朧《もうろう》のせいで壁に額を打ちつける始末だ。開け放った窓から流れこむ鋭く遠慮のない東からの風を浴びて転がっているうちに、夜が明けた。

心配でたまらない。

齊藤紫織はあの粘着質の夫をどう遣《や》り過ごしたのだろうか。

私の実の娘たちは、放蕩《ほうとう》から帰らぬまま別れることになった父のことを、どう思っているだろうか。

齊藤紫織から連絡はない。妻だった女からも離婚届が届いたという連絡さえない。悶々としているうちに日付の観念など完全に消失してしまった。

十日ほども放置されたか。執筆どころではなくなり、万年床で七転八倒だ。それでも、私から電話するわけにはいかない。齊藤紫織のところにも、妻だった女のところにも。

首に縄をかけられたかのきつい自制が働くのだ。

21

ここでおまえを心配しているという言い訳のもと、齊藤紫織や妻だった女に泣き言を並べれば私は終わってしまう。

けれど意地を通すのは、つらい。

自業自得とはいえ、還暦を過ぎて、これほどまでに孤独に苛《さいな》まれるとは。

足指の腫《は》れは抗生物質のせいでだいぶ引いて、プラの小さなギプスがゆるゆるになってきた。足を引きずり引きずりしながらリビングを動いているうちに外れてしまい、一瞥《いちべつ》しただけで拾いあげる気もおきず、そのまま床のゴミと化した。

食欲など欠片《かけら》もないが、近所のチェーンの豚丼屋にふらふら入ったとたんに特盛り千八十円也を注文し、洗面器のような丼からはみ出すほどに盛られた炭焼き豚を、そして大量の米を無表情に食べ尽くし、店を出たとたんに豚肉の上に山なしていた白髪葱《しらがねぎ》の匂いが口中に充《み》ちて嘔吐しそうになり、電柱に手をかけて前屈み、どうにか怺《こら》え、齊藤紫織から借りているジムニーの車中でゴミ袋にしているレジ袋に食べたものをすべて吐いた。

　ストックしていた眠剤その他も服《の》み尽くしてしまった。薬局に寄ってロキソニンを大量買いし、近場の慈啓会病院の精神科でひと月分の眠剤＝ルネスタと抗不安薬＝ソラナックスを処方してもらった。なぜか医師は私に一切口を差しはさませずにパニック障害の治療薬であるソラナックスを勝手に処方した。さらに医師の指示で、看護師が眉を顰《ひそ》めながらも吐いて無精髭を汚した豚丼の成れの果てを不織布《ふしょくふ》で拭ってくれた。

　自分の嘔吐物の臭いが充満している車中に逃げこんで、眠剤と鎮痛剤と抗不安薬をちゃんぽんで呑みこむ。尋常な量ではないので、数分後に胃がすこしだけ痛んだ。

　病院の駐車場でシートを倒して、そのまま取り留めのない薬物の微睡《まどろ》みに落ち込む。唇の端から、つつっと涎《よだれ》が垂れ落ちる。同じ敷地の特養老人ホームからだろうか、炊飯の匂いが漂ってくる。米の炊ける匂いにまで吐き気を催し、朦朧《もうろう》とした頭と軀《からだ》でジムニーのエンジンに火を入れる。

　気付いたら首をがっくり折って控えめなコーヒーの湯気を浴びていた。あかりと、紫織と、そして学校帰りの沙霧とよく逢っていた藻岩山麓道《もいわさんろくどう》の喫茶店だ。なにものかに導かれている。そんな妄想が湧き、うーむ、と薬物の支配下にある者ならではの澱《よど》んだ息むような声をあげ、そっとコーヒーを啜《すす》る。

「旨《うめ》えな、これは——」

　味などとんとわからぬくせに、以前の記憶からそう呟いたきり、時間が止まり、目はひらいているが意識は混濁し、それでも座席から頽《くずお》れるようなこともなくテーブルに正対している。いや、それは私の勝手な思い込みかもしれない。筋弛緩《きんしかん》作用のある薬物ばかりだ。加えて着衣に染みた嘔吐物の臭いを漂わせているかもしれない。店内の誰もが違和感をもっているのかもしれない。もっとも薬理で世間体その他、一切気にならない。

「ん」

スマートフォンが微振動していた。覚束《おぼつか》ない手つきでスクロールして耳にあてがう。

──沙霧です。

「お、沙霧。焙《ほう》じ、焙じ茶パフェおごるぞ。早くこい」

間延びしきった声を発しているだろうに、はっきりくっきりした声を放っていると錯覚している。朦朧としつつも、過去のあれこれが脳裏に流れ、孤独に虚《うつ》ろになっていた私は小学三年生の声に歓喜していた。

──お母さんが死にました。

「ん。焙じ茶は、あれか。チョコパフェでもいいぞ」

──紫織が、死んじゃった。

「誰が死んだって?」

──紫織。

私は胡乱《うろん》な眼差しでコーヒーを飲み、いかがわしい笑みを泛《うか》べて、スマートフォンを取り落とした。


慌てて拾いあげようとしたが、指先は顫《ふる》えがひどく、動きは鈍い。沙霧は母親を名前で、まるで友人のように紫織と呼んでいた。どうにかスマートフォンを手に、前後に揺れる軀を保持するためにテーブル上に両肘《ひじ》をついた。

まだ沙霧がなにを言っているのか理解できない。いや、頭の中にかかっている靄《もや》が沙霧の言葉を、事実を遠ざけてしまう。いまだに半笑いで沙霧に向けて訊《き》く。

「お母さんが?」

──お父さんに殺された。

「お父さんに?」

──菱沼さん、逢ってもらえますか。

「いま、どこだ? 俺は、あれ、あの、あの喫茶店にいる。お父さんに殺された。いま、どこだ? お母さん! 葬式は!」

私は錯綜している。動揺は激烈だが、焦点がぼけている。頭の靄がもどかしい。紫織が殺された衝撃が薬物で構築された途方もない緩衝帯で堰《せ》きとめられて、私の心の核心に至らない。沙霧が縋《すが》る声をあげた。

——事件だから、内輪でお葬式とか終えた。いま校庭。いまからすぐに行くから。いなくならないでね、絶対にいてね。約束だよ！

「わかった。早くおいで、早く」

トイレに駆け込んで、無理やり吐いた。半溶解した眠剤や安定剤が便器の水に中途半端に沈んでいる。怠《だる》さはひどいが朦朧が抜けていき、それなりに覚醒した。いや、覚醒したと自分に言い聞かせた。席にもどって入り口に忙《せわ》しない視線を投げ続け、コーヒーが波立つほど烈《はげ》しく貧乏揺すりした。

沙霧が駆け込んできた。テーブルの向かいのソファーにランドセルを投げだすと、私に飛びついてきた。

「——変な臭いがする」

「ごめん。吐いたんだ」

「病気？」

「うん。冴えない病気」

「だいじょうぶなの？」

「うん。沙霧の顔を見たからね」


腕のなかの小さな熱にじわりと溶けつつ、沙霧の瞳孔が複雑に散ってしまっていることに気付く。ごく幽《かす》かだが、斜視気味になってしまっている。小学三年の瞳の乱れに齊藤紫織がもうこの世に存在しないことを静かに受け容れた。もちろんこの静的な無感情は、まだ薬物の影響下にあるからだ。

「紫織ね」

「うん」

「帰ってきて、すぐに殺された」

「うん」

「紫織が殺されたときは怖くて泣いちゃったけど」

「うん」

「お葬式は、泣かなかったんだよ」

「うん」

「そしたらね、親戚の伯母ちゃんが、情の強《こわ》い子だって」

「情が強い。ちょい誤用だね」

「お父さんは、警察。お祖母《ばあ》ちゃんが一一〇番。もう帰ってこない」

「そうか」

「お父さんね、笑ってた。転がった紫織のおなかを踏んづけて、笑ってた」

「そうか」

「なにがおかしいのか、まったくわからん」

「わからんか」

「わからん」

「見ちゃったんだ？」

「見た。ていうか沙霧に見せるんだって大声出して腕摑まれて連れ込まれた。悪いお母さんに対する罰だって。紫織ね、それだけはやめてくださいって、沙霧にだけはこんな姿を見せないでくださいって、泣いてお願いしてた。沙霧の心に傷を付けないでって。そしたらね、お父さん、よけいに嬉しそうな顔をした。大笑いした。おまえがなにをしたか、ぜんぶ沙霧に教え込んで、そして、終わりにしてやるって」

「沙霧は俺とお母さんのこと、とっくに知ってたよね」

「そうなの。お父さんが甘ったれでのろまでサボりやだからって、よほど言ってやろうかと思ったけど、お父さんを刺激したらだめだって思い直したから」

「でも、温和《おとな》しくしてても関係なかった？」

「なかったね。お父さん、おまえのお母さんは菱沼のちんちん舐《な》めてたとかひどいこと、半笑いで言うんだ。沙霧に向けて言う。唇尖《とが》らせて舌舐めずりだよ。すっげー気持ち悪かった。怖かった。お父さん、おなかばかりしつこく蹴ってたけど顔も頭も殴って、止まらなくなった。笑いながら顔を踏んづけたりして紫織を虐《いじ》めてた。耳から血が出てるぞぉとか嬉しそうに叫んでた。嬉しそうだったけど声顫えてた。途中から沙霧のことなんか忘れて、なんか凄い勢いで喋りまくってた。なんか紫織を指差して、顫えた大声。ビブラートな大声だよ。蹴ったり殴ったり怒鳴ったりに夢中になってる隙に逃げだして、ぼんやり廊下に座って顫えてるお祖母ちゃんに一一〇番してって頼んで、沙霧は救急車」

店内の視線が集中している。私は沙霧を視線から守るために窓際に移して、大きく軀を捻《ね》じ曲げて楯になった。

「お巡りさんがきたときは、もう――」

「そうか」

「紫織、顔が真っ黒けになって、まん丸に膨らんでた。折れた歯がたくさん散らばって、腕とかよじれて、まったく動かないの」

私はもう受け答えができなくなっていた。

「わけが、わかんないの」

「だよな」

「わけがわかんないの」

「だよな」

「わけがね、わかんないの！」

沙霧は私の胸ぐらを摑むようにして、泣き崩れた。烈しく胸を上下させたが、すぐに絞りだすかのような切れぎれの嗚咽《おえつ》にかわり、急に体温が上昇し、私にまで汗の湿り気が伝わった。女児ならではの、噎《む》せ返るような髪の匂いが痛々しい。私の胸部に顔を押しつけながら、なにか呟いている。顔を斜めに俯《うつむ》き加減にして耳を澄ます。

「救急車に救急車に救急車に救急車に電話してるとき、蜘蛛《くも》、蜘蛛、蜘蛛があらわれた」

「蜘蛛」


「沙霧に蜘蛛が言った」

私が腕に力を入れると、押しだされるような言葉が洩れた。

「もう、終わりにしたからって」

直感した。まりと愛が分裂してしまったあの朝、もう終わりにする気だったのだ。別れ別れになっていた人格がひとつに溶けて、齊藤紫織は、いまだかつてない充実した生を実感した。

すべてがうまくいく端緒を摑んだ瞬間に、外から、そのすべてを破壊された。『もう、いやだ』——だから生を終える。殺人なのか自死なのか。すべては『総意』だ。私など立ち入ることのできぬ齊藤紫織という精神集合体の意思だ。

沙霧は私の腕のなかで意識を喪《うしな》っていた。朦朧とした頭で店の者に救急車を呼んでもらおうとしたが、涙に濡れた頰に、笑みに似たなにかが泛びあがっているることに気付いた。思い直して見つめると、半眼のまま沙霧が語りはじめた。

「侮《あなど》ってたってわけじゃないけど、小説家って隠れ蓑《みの》みたいなものだったね。菱沼さん、本気であの男を殺そうとしていたから。はっきりいって頭、変だよ、菱沼さん。人間的にヤバいよ。もう少し、先のことを考えても罰は当たらないよ。でも、そんな人だから、私たちを受け容れてくれたんだよね。私たちがちゃんと見えたんだよね。でも、菱沼さんに人殺しさせるわけにはいかないよ。代わりに私がもう終わりにしたから。私の役目は終わりにすること。あのね、今回の私たちの死は菱沼さんのせいじゃないから。菱沼さんと知り合わなかったら、とっくに死んでたよ。あのころの紫織かなりヤバかったんだよ。どうやって死ぬかばかり考えてた。ひかりを呼び寄せて、死ぬ相談ばかりしてた。ひかりは一本気な子供だから、怯《おび》えながらもちゃんと死のうと頑張った。ただ、どうすれば沙霧を安全なところにおくことができるか、それだけを考えて、かろうじて自殺しなかっただけ。そこに菱沼さんがあらわれてくれたんだ。紫織は菱沼さんに縋ったんだよ。菱沼さんは困惑しながらも、紫織を受けとめてくれたね。だから菱沼さんのおかげで、すこしだけ生き延びたよ。でも、もう充分に地獄を生きたから。最悪を生きたから。沙霧にはいやなものを見せちゃったけど、だいじょうぶ。ちゃんと菱沼さんが面倒を見てくれるはずだから。菱沼さんには申し訳ないけど、沙霧が面倒を見てもらえるようにすべてを整えたから。菱沼さんは狂った時計修理職人。自分が壊れているくせに、壊れたものを直すのが上手だから。菱沼さんが私たちを好きになってくれて嬉しかったよ。みんな、舞いあがってた。でも私たちは壊れすぎてたな。

最初は、たまに遊びに来る親戚か近所の友達だと思ってた。そうじゃないって分かってからは、自分が想像して作ってる友達だと思った。それも違って自分の中にいる別の子だって分かった

必ず反対がある
この前チャレンジした時は死にそうな結果になった
私の記憶が餌なんだって
半分だけ
病気は悪いこと

病気に気づかないのがもっと良くない
気づかない、そうさせるのは病気

菱沼さんは私たちを尊敬してくれた。けれど、世の中は私たちを認めなかった。私たちが一つじゃなかったから。私たちが大勢すぎたから。いっしょうけんめい頑張ったんだけどな。一つであるってことが、そんなに大切なのかな。どうせ、みんな一つじゃないくせに。せめて後ろ指さされないようにって頑張ったんだけどな。仕事も、子育ても。なにもかも。菱沼さんは、足りなかったって言うかもしれないね。けど、必死だったんだよ。でも、だめだった。私の役目は、終わりにすること。私の役目は齊藤紫織に本当の限界がきたときに、齊藤紫織をこの世界から、さようならさせること。だから私は、ちゃんと齊藤紫織を終わりにしました。それなのにみんなは私が起きるのをすごく怖がってたな。私という存在を誤魔化すために、ひかりなんて代役を立てちゃうほどに。ひかりが可哀想だったな。狡《ずる》い遣り口だけどさ、みんなはみんなで必死だったんだね。だって『菱沼さん。もう、いやだ』って訴えて、幾人も死んじゃったもんね。菱沼さんに直接言うのをこらえて沈黙したまま死んじゃった子もいたんだよ。気配り。でも私のほうが『もう、いやだ』って言いたいよ。だって『もう、いやだ』ばかりだもん。ひどいよね。この世界は、ひどすぎる。ねえ私たち、本当に悪かったの？　悪かったのかな。悪かったんだね。それで丸くおさまるんだったらさ、もうそれでいいや。納得してないけどね。ちっちゃなころから思ってたんだ。私たちはみんな何か足りないからね。私たちは人魚姫。『ひとつ足りない人魚姫』だったの。そこに付け込む人ばかり。子供のときも、大人になってからも。私が口をひらくときは、終わりのとき。みんなからは黒いモヤモヤにしか見えない私のことを、みんなが呼んだときは、齊藤紫織が心だけでなく軀まで一緒に死ぬとき。『総意』です。だから私はちゃんと役目を果たしました。菱沼さん認めてくれますよね。冬が死ぬとき、足の指が折れちゃって、ごめんね。あれは予知できなかったよ。ほんとうのことを言うとね、ぶっ殺すって菱沼さんが後先考えずに心の底から怒ってくれて、すごく嬉しかった。私たちのために泣いて笑って怒ってくれた人がいた。愛してくれた人がいた。ありがとう。ありがとうは『ひとつ足りない人魚姫』たちの『総意』です」

返事のかわりに、沙霧を抱く手にさらに力を込めた。激情を炸裂させてしまわないために、意識をえてそらし、中間に這入《はい》り込んできたモノローグに思いを集中した。あれはあきらかに別の子で、おそらくは真の中心だった子であると直覚した。愛やまりよりも、さらに深い部分に存在した子だ。精神の超越的な重層。単純にして目眩《めくるめ》く、最奥の呟き。彼女がなにを言っているのかは、表層を捉えることはできても、深層はよくわからなかった。安い処方薬に逃げずに、今後じっくり解き明かすのが私の仕事だ。沙霧は醒《さ》め、泣き笑いの表情で私を見あげた。

「——泣いちゃった」

「泣いていいんだよ」

「みんなが見てる」

「気にするな」

「そうだね。私、ちゃんと蜘蛛のメッセージ伝えたからね。なんか泣きださないと言えなかったんだ」

まるで蜘蛛が、そして真の中心だった齊藤紫織が乗り移っていたかのようだった。けれど、もう蜘蛛をはじめ齊藤紫織の内面のすべての子と、そしてその容れ物である軀は死んでしまったのだ。

せめて最後に直接逢って、ひと言かわしたかった。肉体が存在しているうちに逢いたかった。そんな愚痴めいた願望を口にしそうになった。けれど沙霧にそれをぶつけるのはあんまりだ。唇をきつく結んだ。

「菱沼、泣いてるの？」

「バカ言え」

「もっと慌てるかと思った」

「取り乱す？」

「そう。オロオロアワワ」

「けっこうアワワだけどね」

「落ち着いてるよ」

「——そのためにたくさん薬を服んで、ちゃんと準備したからな」

「準備できるの？」

「バッチリだぜ」

「さすが菱沼」

「まあ、な」

「ふふふ」

「笑ったね」

「嘘の笑いだよ」

頷き返して、気付く。厚手のグラスにたっぷり汗をかいた溶けかかった抹茶パフェがテーブルにおかれていた。魔法か。沙霧によると、私が注文したらしい。細長いスプーンを手にして、沙霧の口にそっと緑色のアイスを挿しいれてやる。

「――大人の味だよね」

「まあな。すこし苦くて、すこし渋い」

「食べてないのによくわかるね」

「年功序列、じゃねえや、年の功」

「ふーん。あのね」

「なに」

「――ごめん。あまり食べたくない」

「そうか。じゃあ、公園に行こうか」

西陽の窓外に視線を投げる。ガラス越しだと眼球の芯に突き刺さって惑乱を催させるほどの強烈な陽射しだ。けれど北の大地は光が強くても『総体』は乾いてさらりと、案外過ごしやすい。

　ごく間近の旭山記念公園の駐車場に乗り入れて、嘔吐物でたぽたぽ揺れるレジ袋の口をきつく結んで、呆《あき》れ眼《まなこ》で見つめる沙霧に片目を瞑《つむ》り、ゴミ箱に落とした。

　噴水から芝生の緑地帯をはさんで左右に設《しつら》えられた展望広場に上る階段は、数えたことはないが百段ほどもあるか。

　もし抗不安薬その他を大量服用していなかったら、私は発狂していたかもしれない。でも、もう薬物の助けなしで衝撃を受けとめられる。薬を抜くために汗をかきたい。多少汗をかいたからといってたいして抜けるはずもないが、軀《からだ》を動かすことで幾許《いくばく》かのさらなる覚醒を得られるだろう。

終章

　何者からか狙い澄ましたように薬物による強烈な鈍麻を与えられて、かろうじて私は息をし続けている。パニック障害の薬を処方されたことなど、出来過ぎな気さえする。私を覆いつくしたある種の無感覚は、私の精神を保護するためにもたらされた。

　ちいさなちいさな沙霧の手をきつく握って階段を踏み締める。額からの汗が目に入る。顎を幾筋も汗が伝う。腋《わき》もびっしょりだ。薬臭いかと訊《き》くと、沙霧は大きく頷き、ケミカルだね、と生意気に呟いた。

「ケミカルか」

「ケミカルだ」

「なるほど。ケミカルだな」

他愛のない遣《や》り取りをしながら高度を稼いで辿り

着いた展望広場は無人だった。犬の散歩やら観光客やらがけっこう群れている控えめな名所なのだ。有り得ないが実際に誰もいない。そっと沙霧を窺《うかが》うと、やっぱケミカルだよ――と唇が動いた。意味不明だが、慥《たし》かにケミカルだ。

私たちは展望広場の最上段の芝の上に腰を下ろした。眼下には青く霞んだ札幌の街が扇状に拡がり、陽射しを凌駕《りようが》する涼風が抜け、冬のあいだの潮垂《しおた》れぶりが嘘のように居丈高に茂った樹木の緑がクスクス笑いのような葉擦れの音をたてる。駐車場の自販機で買ったカルピスソーダを一口ぐいと飲んで、沙霧に手渡す。沙霧は委細構わず口を付けて、一気に飲みほした。あらためて私が無人を訝《いぶか》しがると、これもケミカル――と呟いた。

「そうかなあ。ケミすぎるぞ」

「ケミすぎないって」

「ケミというよりもミラだよ、これは。ま、どうでもいいか」

「菱沼」

「――おまえ、以前から俺のこと呼び棄《す》ててたか?」

「わかんない」

「ふーん。さゆりみたいだ」

「菱沼」

「なに」

「紫織、脾臓《ひぞう》、完全に破裂した。それが第一の死因てやつだって」

「そうか」

「ほかにも、あちこち」

「そうか」

「もう、いやだ」

沙霧は顔を覆った。その小さな肩が不規則に痙攣《けいれん》する。私は奥歯をきつく嚙《か》み締めて、青みが過ぎて非現実の裂けめが出現しかねない空を睨《にら》みつける。

「沙霧」

「なに」

「俺の子供になるか」

「なる」

「お祖母ちゃんもいっしょに、俺のマンションに住め」

「いいの?」

「いいも悪いも、だだっ広い。ドッグランができるほどだ」

「じゃあ、犬も飼うぞ」

「フローリングは滑りやすい。すっげー長くて大きなカーペットを敷かないとな」

「お祖母ちゃんね」

「うん」

「頭、変になりかけた」

「そりゃ、そうだろう」

「でもね」

「うん」

「カレーの店の人がお見舞いにきて、一気に立ち直った。私が継ぐって。紫織の命をつぶすわけにはいかないって。でも京都の新しい店まではどうだろう。お年寄りですから」

私の満面の笑みを見あげて、沙霧は心底からの安堵《あんど》を泛《うか》べ、その頰の強張《こわば》りをといた。そっと手を差しだしてきたので、きつく握ったが、力みすぎだと笑みを苦笑に変えて力を抜いた。この子がいてくれてよかった。笑顔と泣き顔は紙一重だ。笑っているのに涙があふれ、滴《したた》りおち、息が不規則になった。

「逸郎、なんで泣くの、いやだ、泣くな」

腕に飛びついてきたごく小さな薄緑のバッタをぼんやり見つめて呟く。

「こんどは逸郎か。菱沼だったり、逸郎だったり、まるで幾人も潜んでいるみたいだ」

「ばれたか」

沙霧の悪戯《いたずら》っぽい眼差しに肩をすくめる。

「菱沼さん。膝枕してくれますか」

「沙霧。きついよ。きつい。みんながいるみたいにするのは、ちょい、きつい」

「ごめん、沙霧、調子に乗った。でも、膝枕してくれる？」

「もちろん」

私の膝で軀を丸めて横たわる少女の汗ばんだ髪を撫《な》でる。下界とちがって前後左右上下くまなく風が躍る。陽射しの熱が肌にとどまる暇がない。暖かく涼しい。天国だ。

——菱沼さん。

聞き覚えのある声に、背筋が伸びた。沙霧の髪から手をはずし、両耳を覆った。風が悪戯する音を遮断して意識を集中すると頭の中心、やや左に声が響く。

――菱沼さん、ひかりです。

「生きていたのか」

――蜘蛛《くも》が菱沼さんに縁のある子を、沙霧の心に移しました。

私は返答できなかった。

これは現実なのか――。不安と疑念に若干《じゃっかん》退行して、おちょぼ口になっていたと思う。ついに幻聴が起きるようになった。眠剤その他、抜く努力をしたのだが、山積したストレスや衝撃に精神が追いつかなかったようだ。どうしたものか、途方に暮れた。

沙霧は私の膝で柔らかな笑みを泛べて眠っている。いや、眠っているのではない。意識がなくなっている。先ほどの蜘蛛の言葉を伝えたときよりも、さらに忘我にあるようだ。といって病的なものではない。躯こそ丸まっているが、全身が柔らかく弛緩《しかん》して、呼吸は至って平静で肌も薄桃色だ。試みに脈を診たが、とく、とく、とく、と規則正しい。


――菱沼さん。

「すまん。あまりの奇蹟に、狼狽《うろた》えている」

――ごめんなさい。

「そうか。おまえたちは沙霧の心の中で」

――菱沼さんは、人でなしだけれど、私たちのことを必ず信じてくれる。それだけで私たちにとっては最高の存在です。

「誰が人でなしだよ」

――ごめんなさい。みんなは、サイコパスだって言ってます。

「まったく、言いたい放題だな」

頰笑む気配が伝わった。

「ひかりが本当に笑うなんて」

――はい。作り笑い以外の笑い、はじめて。こんなときに不謹慎かもしれないけれど、いい気持ち。

沈黙が拡がった。風が和らいだ。陽射しも落ち着いてきた。さえずり交わす黄鶲《きびたき》の声が耳に優しい。

――菱沼さん。お願いがあるんです。

「どんな」

――私、菱沼さんの中に入りたい。溶けてしまいたい。

「いいよ」

――即答ですね。私が菱沼さんの中に入れるってこと、信じるんですか。

「信じるもなにも、幾度か入ってきているだろう」

――そうですね。そうでした。でも。

「入りたいって言って、遠慮か？」

――ちがう。私、菱沼さんを。

「殺されかけたなあ」

――朗らかですね。

「アホと言わないのが思い遣りだな」

――私、ずっと思ってたんです。菱沼さんに溶けたいって。

「ひかりは、俺のどのあたりに住む？」

――わかってて訊いてますね。もちろん、おなかです。私、あのとき、はじめて、本当に眠れたんですよ。

「わりとクッション、効いてるからね」

――ふふふ。菱沼さん、もう、入りました。

「不思議なことに腹が温かくなった」

――錯覚です。もうひとつ、お願いがあるんです。

「いいよ」

――秋ちゃんも、入りたいって。

「もちろん大歓迎だ」

――まりも、入りたいって。なんか変に遠慮してもじもじしてるけど。

「誰でもおいで。いや、まてよ」

――なにか問題でも？

「ひかり、おまえ、雪に抱かれて死んだんじゃなかったっけ」

――蘇《よみがえ》りました。蜘蛛が私や雪ちゃんを。

「あかりは？」

――いませんね。

「そうか」

――がっかりした声です。

「いや、あかりは悪い逸郎といっしょだ」

――はい。あっちの世界で、いっしょです。とても幸せです。

「あっちの世界」

量子論。多世界解釈。マルチバース。やはり存在するのか。すぐ理に落ちてしまう私という暗愚。当然、答えはなかった。しばらく柔らかな間《ま》があいた。

――秋です。ありがとうございます。ひかりは、もう眠ってます。満足げで、安らいでいます。寝顔、頬笑みさえ泛んでいます。

「よかった」

――はい。ひかりが一番ふさわしいって蜘蛛から言われて、菱沼さんに最初に声をかける役目を負わされて、ずっと気を張っていましたから。

「齊藤紫織いちばんの美人は、俺の目の近くにいておくれ」

――私、美人じゃないです。美人は、雪ちゃんです。

「雪も連れてきなさい」

――はい。雪ちゃん、菱沼さんと食べた御飯のことばかり。幸せそうです。あと。

「うん」

――ちいさな子が、二十七人、いるんです。

「二十七人！」

――小学校に上がる前から、ずっと眠っていたこれからの子たちです。蜘蛛が、総意が、死なせるには

忍びないって。子供たちもいっしょに行きたいって。

「自信はないけど、たぶん心の中は無限大。いいよ。みんなで引っ越してきなさい」

――はい。沙霧はまだ頭が成熟していないから、二十七人引き受けて、騒々しいのは禁物ですから。ときどきでも似たような歳《とし》の子の声が聞こえたら、ちょっと平静ではいられないと思うんです。もちろん菱沼さんの中でも騒がないようにちゃんと言い聞かせますから。じつは問題児もいるんですよ。

「いいよ。すべてＯＫ。俺の、いや齊藤紫織の一族だ。みんな、おいで」

次の瞬間、頭の中が一気にざわついた。私はきつく目を閉じた。四方八方から無数の幼い声が飛び交う幼稚園と化していた。悪い逸郎と自問自答していたときとはまったくちがう。声が多重に絡まりあっている。あきらかに数十人の声だ。一斉に、あれこれ勝手なことを口走っている。さすがに執筆中にこんな状態だと、困る。誰かが騒がないでと腰を屈めて諌《いさ》めた。すっと鎮まった。

――さゆりだよ。悩んだぞ〜。

「なんで？」

——沙霧の面倒を見ないとね。

「そうか。それもそうだ。もどるのか？」

——もどんない。もう、入っちゃったから。

「沙霧の面倒は俺が見るよ」

——菱沼もずいぶんきつい思いをしたね。

「うん。本音で娘、実の娘には会いたいよ。ひかりに人でなしと呼ばれたサイテーの父親だけどね」

——だいじょうぶ。ちゃんとするから。

「してくれるか。頼む」

——まかせとけって。

「また美味《うま》いもん、食いに行こうな」

——いいねえ。菱沼は金にあかして、いいもん食ってるからな。ミスター浪費。

「じつに失礼な物言いです。人でなしのサイコパスの俗物だけに、イラッときたぜ」

——ふふふ。菱沼。

「なーにが、ふふふだよ。ま、いいや。紫織は」

——ごめん。無理みたい。自分に対する絶望っていうのかな？　傷が深すぎると、無理みたいだ。自分があんな奴と結婚してしまったのが悪かったって思い詰めて死んじゃったからね。

「そうか。しかたないよな」

——淡々とした声をつくってるけど、菱沼、すっげー落ち込んだね。軀が冷えたよ。許して。ひかりみたいに菱沼のおなかで眠るっていう強い願いがあれば別だけど。蜘蛛にも限界がある。

「蜘蛛は？」

——いなくなった。死んだよ。

「筋を、筋を通したんだな」

——逸郎。まりだよ。さゆり、紫織のことを口にしたら、ちょっと落ち込んじゃって、替わってくれって。

「よくきたな」

——さゆりと相談して、愛ちゃんは沙霧の中に残るって。いまだけじゃなくてこれから先も、学校とかいろいろ、沙霧を守るって。私たちが受けたような仕打ちには絶対に遭わせないって。で、最後の最後は、狙い澄まして逸郎の中に入るって。

「最後の最後。それって俺が死ぬときか。それはかまわんが、それ以前にも愛には、逢えるのか」

――もちろん。伝言。沙霧はあんな場面を見せられて気持ちが乱れに乱れているから、当分は離れることができません。でも菱沼さんに会ったことにより、ずいぶん持ちなおしました。ですから、沙霧が落ち着いたら、必ず御挨拶に伺います、って。

私は、小さく笑った。

「御近所の奥さんか」

――だよね~。なんか小さな菓子折もって、御挨拶しそうだ。

「そうか。俺が死ぬ瞬間、俺に入るか」

――ごめん。入るじゃなくて、もどるって言ってた。

「もどるのか。どのみち死んじゃうのにね。殉死みたいなもんじゃねえか」

――あのね。

「うん」

――死んでも、終わりじゃないの。

「ふーん」

――信じないかもしれないけど、まりは幾度も見てるんだ。覗き見。それだけじゃなくてね、実際に死んじゃったひかりたちもちゃんと別の世界に行った。ひかりが目覚めたら訊いてみて。あの世じゃなくて、別の世界。別の世界があるんだ。

「どんな？」

――うまく言えないけど、別の世界は別の宇宙みたいなものかな。

別の宇宙のひと言で、マルチバースがリアルに迫った。悲しみに打ちひしがれている者がすがる幻想としてではなく、まさに量子論的多世界であり、マルチバースだ。

「俺が行く宇宙は、どんな世界だろう」

まりは、まるで見てきたようにすらすら躊躇《ためら》わずに語りだした。

――夜だね。遠くの小高いところに工事現場があって、すこしだけ薄明るいよ。ぼんやり薄黄色に染まってる。工事現場には誰もいないね。そこを過ぎちゃうと、ずっと夜かも。わかんないけど、たぶん夜だ。やわらかな夜風が吹いてる。まりと逸郎はね、手をつないで、ゆっくり散歩。永遠に、散歩。どこまでもどこまでも、静かにお喋りしながら歩いていく。和やかだ。好き同士。それだけ。

「最高のそれだけ、だな」

――うん。まりと手をつないでね、永遠をお散歩するの。けど工事現場ってなんだろ？　あと樟《くすのき》の匂いがするよ。くせがあるけど、いい匂いだ。

「樟。樟脳《しょうのう》か。どうやら俺の記憶だよ。四歳くらいか。ほとんど最初の記憶だ。放蕩《ほうとう》していた父が、いきなりあらわれてね。ま、すぐにいなくなったけど。そんな父に手を引かれてね。夜の街を散歩。暑くも寒くもないころだ。いまぐらいかなあ。通りは都電が行き交って、パンタグラフから派手に青緑の火花が散っていたけれど、脇道にそれたら真っ暗で、ちょっと怖くなって父さんの手をぎゅって握ったら、父さんが目で先を示した。高台の方だ」

――工事現場の灯《あか》り？

「そう。本当に静かだったな。俺は父さんの太腿あたりにそっと顔を近づけて、薄手のネルのズボンの樟脳の香りを嗅ぎながら、ゆっくりゆっくり夜の中」

――いいな、逸郎のお父さんは。

父に手を引かれて夜を散歩した私は、こんどは父としてまりの手を引いて新たな世界を散歩するらしい。

「まりのお父さんは？」

――言いたくない。

「うん。言わなくていい。どうせ俺といっしょに永遠の散歩だから」

――ねえ、父郎。

「父郎？」

――あ、逸郎改め、父郎。

「うまい具合に言い間違えたな」

――あっちの世界に行ったら、ほんとにまりと手をつないでくれる？

「もちろん」

――父郎の宇宙は静かでいいね。

「そうみたいだね。すっかり心が安らいで落ち着いて、すごく楽になったよ。死ぬのも悪くない。まりと手をつないでなんて、最高だぜ。独りじゃないってことがね」

――けっこう独りの人もいる。たった独りの宇宙。

独りで俯《うつむ》いてとぼとぼ歩く。独りじゃなくても、いやな大嫌いな最悪な人といっしょに歩かなければならない宇宙もある。

「それ、きついね。とりわけ独り。地獄よりもいやだ」

――まりね、雪ちゃんと仲直りしないと。いまね、雪ちゃん、独り。独りで、静かに佇《たたず》んでる。まり、素直になれなくて雪ちゃんを突き放しちゃったから。ごめんしたい。

「ああ、それがいいね。気配がないけど、春の面倒もちゃんと見るんだぞ」

――春は父郎が苦手だって。

「俺は春、可愛いけれどどな。とにかく俺の中のみんなは、ケンカやイジメは絶対にだめ。嫉妬もだめだから。嫌いな子と無理に仲良くする必要はないけど、普通に、当たり前に接して。独りの子がいたら、必ず声をかけて、ぎゅーしてあげて」

――ぎゅーしてあげれば、天国だ！

「なわけないだろ、俺ん中だぜ。想像しただけで暑っ苦しそうだ」


――天国なの。

「そうか。人それぞれってやつだな」

――父郎の匂いがするの。

「物好きだな」

――父郎の肌の匂い。

「嗅ぎ放題だ」

――ふふふ。匂い。

「気恥ずかしい」

――匂い。

声が遠のいた。

けれど私の中には、たくさんの子たちが思い思いの姿勢で、くつろいでいる。いや、なにか傷があるのだろう。遠く泣き叫ぶ声もする。けれど誰かがそれをそっと覆い隠した。いずれ、泣く子の心を解きほぐさなければならないが、いまはとりあえず現状維持だ。

統合した愛とまりは不安定だった。同様にいま現在の私も、やや不安定であることを実感していた。あるがままを受け容れて、さしあたり深追いしないほうがいい。

さて、いったん冷静にもどろう。

本当に私の心に齊藤紫織の内面の子たちが移り住んだのか。

それとも無数の声が聞こえる私は、統合失調症を発症したのか。

だが統合失調症だと声は外から聞こえるはずだ。声は外からではなく、内側から聞こえる。しかも苦痛に感じることもない。不安もない。それどころか私の孤独は一気に癒やされ、かつてない清涼な気分だ。

軽く伸びをする。膝上から沙霧が見あげていた。私は中指で側頭部を指し示し、思い切り顔を歪《ゆが》めてみせた。沙霧は私がなにを言わんとしているのか、即座に悟った。

「頭が変でも、沙霧は一向にかまわん」

「かまわんか」

「かまわん」

「けっこう、相当、かなり変なんだぞ」

「そんなのどうでもいい。沙霧といっしょでも、かまわんか」


「かまわんどころか、大歓迎だ」

「——ときどき泣くかもしれない」

「いっしょに泣こう」

「よし。仲間だ」

私と沙霧はどちらからともなく、指切りをした。小指と小指がきつく結ばれた。私の内面が一斉にざわついた。指切りに感動し、私たちも——と囁《ささや》きあっている。私は沙霧と絡ませた指にさらに力を込め、内側の子たちとも指切りをした。

「俺と沙霧は仲間で、家族だ」

「ほんとに泣きそうだ」

「泣いていいよ」

「だって、みんな見てる」

我に返った。強烈な夕陽の照り返しに、さりげなく藍紫の夜の兆しが忍び寄っていた。展望広場は、これから下界をしっとり覆うであろう夜景を見物する人たちの長く淡い影があちこちに伸びていた。意識過剰かもしれないが、誰もが芝生上で膝枕して指切りしている私と沙霧を盗み見ている。頰笑んでいる人もいるが、私の風体からすれば、不審者と思われているかもしれない。

「沙霧、撤収だ」

「気持ちよかったのにな、膝枕」

「これからはいくらでもしてやるよ、膝枕」

「よし。父郎、撤収だ」

父郎？　まりが言わせているのか。

「了解。父郎、宮殿警護総責任者、沙霧少佐の命により撤収します」

「少佐？」

「わからん。勝手に口をついて出た。昔、幾度めかに会ったときだ。『沙霧ね、紫織の衛兵なんだ』って言ったのを、くっきり覚えてる。誰の差し金か、衛兵から少佐に昇進だ。どうも少佐って階級にこだわりがあるらしい」

妙に幼い何者かの気配がふわりと私を覆っていた。

「わかった。沙霧ね、菱沼を守る警護責任者の少佐だ」

「よろしく頼むぞ、少佐」

なぜか含羞《はにか》んだ沙霧の手を摑んで、ひと息に立ちあがる。含羞みが子供らしくない憂愁を帯びる。


「沙霧少佐は、紫織を守れなかった」

「蜘蛛が出てきただろ」

「わかってる」

「ま、沙霧少佐も蜘蛛も、任務をきっちり果たしたってことだ」

「そう思うか？」

「ああ。紫織は死んだけど、死ななかった。おまえの中に、そして俺の中にたくさんの子を遺した」

「父はずいぶん引き受けたみたいだな」

「父？」

「実の娘に呼ばせてただろ、父って」

「まあな」

「父って呼んだら、まずいか」

「まずいなあ。嬉しすぎる」

「父」

「沙霧」

「娘よ、って言えよ」

「娘よ」

「そういうの、取ってつけたって言うんだ」

「だって、言わねえだろ、普通。父が娘を、娘よ、って」

「だよねー」

「沙霧」

「父」

きつく手を握りあって、私と沙霧はとんとん階段を下る。父と娘の手は熱く、深く溶けている。

気付いた。骨折した足の親指から痛みがきれいに消えている。まだ薬の作用が残っているのか、妙に足取りが軽い。けれどふらつきは一切ない。きつく握りあった手と手は、もう永遠に離れない。

つい先頃まで私は悪い逸郎と対《つい》になる人だった。いまでは私と沙霧は現実において年齢や性別を超えた対になる人で、さらに私と沙霧の内面には、超越した力をもった美しい対になる許多《あまた》の人格の息遣いがする。

頭が狂っているという指摘に反論する気はない。だが、内面に対になる人をもたぬ、たった独りで生きることのつらさに俯いて耐えているあなた方に、この幸福があるか。

私には、あなたがたった独り、虚《うつ》ろな眼差しで溜息をついて、いま生きている世界の次の世界をとぼとぼ歩いている姿が見える。いまも、次も、あなたは永遠に独りだ。

齊藤紫織は死して、私を孤独から救いだしてくれた。たくさんの私たちは心をひとつにして、慥かな足取りで、夕陽で茜《あかね》色に燃えあがる俗界に力みもなく下りていく。

後書き

　三年以上にわたる長く、辛く、悲しみや怒りに顫《ふる》えた取材でした。けれど精神の深淵を垣間見《かいまみ》ることのできた小説家冥利に尽きる至福の取材でもありました。この取材を経て執筆がはじまり、毎月の連載の締め切りが間近になると、ここまで率直に書いて齊藤紫織さん（仮名）が傷つかぬものかと呻吟《しんぎん》しつつ、逆に、ここまで現実離れしているのだから読者はフィクションとして読んでくれるだろうと開き直り、ようやくこの作品を上梓することができました。還暦を過ぎた私に、このような超越的な題材が訪れるとは思ってもいませんでした。

　取材対象者である齊藤紫織さんが第三者を通じて私にアプローチしてくれた経緯は守秘義務といいますか、絶対に明かさないという約束をしたので記すことができません。登場人物も教師鈴木以外はすべて仮名にしてあります。鈴木はありふれた姓なので、あえてそのままにしました。本音は時効を楯にのうのうと生きている加害者すべてを実名で曝《さら》してやりたい。けれどそれは齊藤紫織が望まぬことです。あるいは不可解なる罰がくだされてもいます。それでも現存する加害者に対する取材においては暴力衝動を抑えるのに多大なる抑制を必要とし、強烈なストレスを覚えました。なお舞台となる土地、あるいは齊藤紫織の職業その他も細心の注意を払ってすべて変えて特定されぬように配慮してあることをお断りしておきます。

　附随して齊藤紫織の両親についても記しておきます。御両親ですが、じつにユニークといいましょうか、経歴を含めて特徴的な人物ですので場合によっては特定につながりかねず、詳細に書きたいところをぐっと抑えて流して書いてあります。取材過程で両親や妹のあれこれをじっくり聞き込んでありますが、ある種の有名人である両親だけでなく、とりわけ妹の人権を考慮し、熟慮の末にぼかすことにしました。事実だからなにを書いてもよいというものでもない。作中、両親の扱いが物足りなく感じられるかもしれませんが、お許しください。齊藤家のことは両親や妹も含めて書いてはならないことだらけだったのです。逸話のストックは無数にあるのです。たとえば父親に連れていかれた焼き肉店における幼い紫織に対する虐待（まりが食事をとれなくなった原因）など、目を背けたくなるようなものがあります。もちろんまりという人格をつくってしまった母親の罪は最悪で、許されるものではありませんが、読者諸兄も人の子ならば多少なりとも両親との相剋《そうこく》があるでしょうから、作中にちりばめた最低限の象徴を他人事と思わずに御自身に重ね合わせて考えてみてください。

　齊藤紫織さんは解離性同一性障害ゆえに目を瞠《みは》るような能力を発揮しておられ、いま現在も第一線で活躍なさって仕事も順調かつ経済的にも恵まれています。こうなると解離性同一性『障害』という言葉自体がふさわしくないような気がします。一つの肉体に多数の精神——独立した個性と種々の能力をもった個人を擁していることは障害なのだろうか、というのが齊藤紫織と接していて常に感じたことなのです。もちろん『誰にでも好かれる子』が諸々の矮小《わいしょう》かつ残虐な悪意を惹きつけてしまうことの顛末《てんまつ》に鑑《かん》みれば、齊藤紫織さんの人生が恵まれたものであるなどとは口が裂けても言えませんが。

作中、齊藤紫織（の肉体）が死んだことになっていますが、もちろん現実の齊藤紫織さんは生きて前述のとおり活躍していますす。作品の最後の部分はノンフィクション的な記述から離れて小説であることを貫徹しました。ただし、その死はまったくでたらめなものではありません。愛とまりの人格統合直後の夫による恫喝により無数の人格が死にました。話はさらにややこしくなるのですが、じつはその後、驚愕すべきことに、真の基本人格が出現したのです。精神の迷宮極まれりです。けれどあえてそれを書かずに、この作品を閉じることにしました。

真の基本人格だけは私と馴染みになりましたが、いま現在、実人生を動かしている主人格やその他の人格は、夫との絡みや子育てのこともあり、どうやら私を避けているようです。死にたい人格ひかりは私が引き受けましたから、自殺に対する渇望も消滅したようです。夫のDVからうまく逃れられていればいいのですが、それだけが心配です。もちろん新たな人格を探求したいという思いは強かったのですが、無理強いはできません。その時点で取材を完全に終了しました。

他人事ながら、やや途方に暮れるというか苦笑いのようなものを抑えられないのは、夫は自身の妻であった人格を殺してしまったあげく、いまは妻ではない別人と暮らしているということです。彼はこのあたりのことをどのように感じ、精神的な折り合いをつけているのでしょうか。ともあれ〈対になる人〉という作品は新たな人格が齊藤紫織を引き継ぐ以前、幼児期から実人生を生きていた私の知っている無数の人格が死した時点で終わったということです。

　真の基本人格による齊藤紫織の運営といっていいのでしょうか、適当な言葉が見つかりませんが四十年以上潜んでいた真の基本人格がつくりだした、おそらくは複数の主人格による新たな齊藤紫織は現在進行で続いて、つまり生きています。けれど私が関わったすべての人格は、死してしまいました。その時点で狙いすましたように発症して入院生活を余儀なくされ、私の肉体を崩壊させた骨髄異形成症候群もあって、免疫を喪失した私はもう二年以上外出を禁じられています。齊藤紫織と会うのはおろか、やりとりも完全に途切れました。切なく悲しいことですが、もはや現在の齊藤紫織は私の知らない別人の集合体ですから致し方ありません。

　ここから先は、作者の頭は大丈夫か？


と疑われかねないことを書き記しておきます。超常現象的な出来事です。私は、それを一切信じていません。けれど齊藤紫織と関わって無数の不可解な出来事に出くわしました。治癒。LED電球の明滅、まりからの電話機を用いぬ電話。あるいは会話の都合が悪くなったとたんに起きる通話の切断。私の内面に這入《はい》ることができるという彼女らの主張。さらに言ってしまえば不能犯的な事柄。一つの肉体に無数の人格が潜んでいること自体が驚愕すべきことなのに、そこにさらに超能力的なことが重なって、私はいい歳をして狼狽《うろた》えました。読者諸兄に信じてもらおうとは思いませんが、コンセントを抜いたLED電球の明滅や、ケロイドあるいは肉を裂いた咬傷《こうしょう》の一瞬の治癒、あるいは作中には記しませんでしたが、さゆりが私の書斎の詳細をまさに見てきたように精確に語ったこと（私に這入り込んでいたまりが、私の書斎やベッドルームのことを教えてくれたとのことです）、遥か彼方《かなた》に住むまりですが、気まぐれな私が気まぐれな時刻に入浴すると、メールで『匂い』云々と不満を述べること（風呂に入ることによって体臭が消えてしまい、それによって私が入浴したことがわかるとのことです）等々、常識では有り得ぬことが頻発しました。作中に、かなり諄《くど》く量子論に類することが書かれていますが、これは齊藤紫織という人格集合体、なかでもまりとひかりの超越した力をなんとか論理的に解釈しようとする私の悪《わる》足《あ》掻《が》きです。小説的には煩《うるさ》い部分ですが、書かずにはいられなかった。他にもひかりによっていろいろ恐ろしい目に遭ったのですが（現実において、いよいよ終局とでもいうべきときに、狙いすましたかのように骨髄異形成症候群を発症したのはひかりの力であると真剣に考えこんだこともありました。実際、まりに潜んで私に這入り込み、ＤＮＡを傷つけた云々というひかりの囁《ささや》きを聞いたこともあるのです）、書き込みすぎればホラーになってしまいかねない。あえて省いてあります。

　告白しておけば、私には還暦なかばにしてイマジナリーフレンドと称される内面の友人が存在します。時代小説で人気の新鋭、泉ゆたかも『いた』と、過去形ですが断言していました。光文社の編集者Ｔの奥様もイマジナリーフレンドをもっているようです。興味のある方は、参考文献の〈哲学する赤ちゃん〉に目を通してみてください。作中にも引いていますが、小説家にはイマジナリーフレンドをもっている、あるいはもっていた人が多いという研究成果が詳述されています。

　じつは私の内面にはひかりと秋、そして真の基本人格が蘇らせたまりや雪ちゃんをはじめ二十七人の子供が存在します。ひかりと秋たちは、自ら私の内面に這入りたいと訴えてやってきたのですが、たくさんの子供たちは真の基本人格が私に押しつけたのです。まりが須磨の親戚にあずけられていたときにつくってしまった子供たちだそうですが、これから先の夫との性生活を含んだあれこれを幼い子供たちに見せたくない、聞かせたくないとのことでした。

いよいよ花村、頭大丈夫か——といったところですね。実際、子供たちがやってきた瞬間、頭の中に響く四方八方からの無数の声に狼狽えて、ついに統合失調症を発症した！　と医師に相談しました。けれど医師はじつに素っ気なく、統合失調症の場合は外から声が聞こえるはずで、内側から無数の声が重なっているというのは別の問題でしょうといなされてしまいました。執筆も家庭生活も破綻していないのだから問題ない、と断言されてしまいました。幸い、いままで悪夢を押しつけられていた子供やよくない記憶を引き受けさせられていた子供の心の面倒を見て、すべてを吐きださせて以降、子供たちはすっかり鎮まって、私がぼんやりしているときにだけ語りかけてくる程度、執筆や実生活のじゃまは一切しません。それどころか骨髄移植によるGVHD（移植片対宿主病）の副作用で苦しんでいるときなど、幼い彼女たちが我がことのように心配し、助けてくれるのです。冷静に考えれば、もともとイマジナリーフレンドをもっているような私ですから、二十七人の子供を移すという真の基本人格の暗示によって、私がこの幼い子供たちを脳内につくりあげてしまったのかもしれません。ただし子供たちは私の考えや思いとは一切無関係に勝手なことを喋ります。私の意識はまったくこの子たちに関与していないということです。あなたも自問自答するでしょう。でも、その場合、交互にやりとりするはずです。二十七人がいっせいに勝手なことを喋る。すべてを聞き取るのは不可能ですが、五人くらいまでは同時に言っていることを聞き分け、捌《さば》くことができます。じつに不思議です。ただ私のほうが子供たちに依存している部分もあり、心穏やかに受け容れています。

花村萬月という作家は認知症がはじまっていて、ちょっと危ないという指摘は甘んじて受けます。齊藤紫織の顕《あらわ》した超越的な能力も含めて、私自身、戸惑っているのですから。ただ、自分で言うのもなんですが、創作においては六十六歳にして無数の虚構が泛《うか》びあがり、執筆欲も旺盛で、いま私は小説家の黄金期を迎えているという実感があります。問題は体力ですが、それもずいぶん恢復《かいふく》してきました。齊藤紫織という無数の人格と知り合って、精神的に多大なる刺激を受けたおかげです。

最後に、作中のメールはほぼそのまま齊藤紫織さんの送ってくれたメールを貼りつけたものであることをお断りしておきます。水原とその友人らによるあの出来事だけは、あかりさんのメールをそのまま、あるいは多少変更して引用するにしても、場所その他を特定されぬためには大幅に文章構造自体を変更しなければならなかったため、あえて私が創作のかたちをとって、けれど内容を違《たが》えぬよう叮嚀《ていねい》に再構成しました。また執筆中、なぜか常に私の頭の中にクラインの壺が泛んでいました。目次の片隅にでもシンボルとして載せてくれと頼んだところ、見事なクラインの壺の画像が加えられていました。担当、佐藤一郎の心遣いに感謝します。

この作品は、いまは亡き齊藤紫織さんの内面に存在した無数の子たちと私の合作です。まりをはじめとする素晴らしき人格にこの作品を捧げます。

二〇二一年冬、冷たい雨の降る晩。

花村萬月

参考文献

リチャード・ベア『17人のわたし：ある多重人格女性の記録』
種々の解離性同一性障害についてのノンフィクションがありますが、多少の傾向はあってもそれぞれに状態が違う――つまり解離性同一性障害と一括りにするべきでないということを念頭におくべきでしょう。齊藤紫織さんは17人どころではなかった――。けれど許多ある解離性同一性障害について書かれた書籍のなかでも、もっとも手に取りやすく、なおかつ的確な作品です。
（浅尾敦則訳、エクスナレッジ、二〇〇八年）
柴山雅俊『解離性障害：「うしろに誰かいる」の精神病理』（筑摩書房、二〇〇七年）
フランク・W・パトナム『解離：若年期における病理と治療 新装版』
（中井久夫訳、みすず書房、二〇一七年）
鈴木茂『人格の臨床精神病理学：多重人格・PTSD・境界例・統合失調症』
（金剛出版、二〇〇三年）
岡野憲一郎『解離性障害：多重人格の理解と治療』（岩崎学術出版社、二〇〇七年）

アリソン・ゴプニック『哲学する赤ちゃん』
イマジナリーフレンドに興味のある方は是非。また小説家を志している人にとって、必読かもしれません。
（青木玲訳、亜紀書房、二〇一〇年）

ロナルド・K・シーゲル『幻覚脳の世界：薬物から臨死まで』
この本もイマジナリーフレンドを取りあげていますが、あまり感心しませんでした。それでも多少の参考にはなりました――ということで。
（長尾力訳、青土社、二〇〇〇年）

＊齊藤紫織さんに性的接触を試みた卑劣な精神科医と思われる者の著作も読みましたが、確実な証拠がないこともあり、また書籍自体がたいしたものでなかったので割愛します。
＊大量の書籍、資料に目を通しましたが玉石混淆、煩瑣になりますので、まったく参考にならなかったものは省きました。

本作品はフィクションです。
人物、事象、団体等を事実として
描写・表現したものではありません。

初出一覧　「小説すばる」二〇一九年六月号～二〇二〇年一一月号
単行本化にあたり、加筆・修正を行いました。

装幀　水戸部功

カバー作品　中谷ミチコ
「Boat」2015
Photo : Hayato Wakabayashi
Courtesy : Art Front Gallery

本文図版　©MirageC/getty images

著者略歴

花村萬月（はなむら・まんげつ）――1955年、東京都生まれ。
89年『ゴッド・ブレイス物語』で第２回小説すばる新人賞を受賞し、デビュー。
98年『皆月』で第19回吉川英治文学新人賞、
「ゲルマニウムの夜」で第119回芥川賞、
2017年『日蝕えつきる』で第30回柴田錬三郎賞を受賞。
その他の著書に『ブルース』『笑う山崎』『二進法の犬』「百万遍」シリーズ、
「私の庭」シリーズ、『浄夜』『ワルツ』『裂』
『弾正星』『信長私記』『太閤私記』『花折』など多数。

対《つい》になる人《ひと》

二〇二一年 四 月三〇日 第一刷発行

著　者　花《はな》村《むら》萬《まん》月《げつ》
発行者　徳永 真
発行所　株式会社集英社
東京都千代田区一ツ橋二―五―一〇
〒一〇一―八〇五〇
電話〇三（三二三〇）六一〇〇［編集部］
〇三（三二三〇）六〇八〇［読者係］
〇三（三二三〇）六三九三［販売部］書店専用
印刷所　凸版印刷株式会社
製本所　株式会社ブックアート

ISBN978-4-08-771748-8 C0093
定価はカバーに表示してあります。

集英社新書＊花村萬月の本

日蝕《ひは》えつきる

天明6年正月、日本を覆った皆既日蝕。その下で這いずるように生き凄惨に死ぬ男と女。克明な描写の粘度が目を捉えて離さない5編。第30回柴田錬三郎賞受賞作。(解説＝細谷正充)

父の文章教室

異能の芥川賞作家は、いかにつくられたか？　4年にわたる狂気の英才教育の結果、岩波文庫の意味を解する小学生は、父の死後、非行のすえに児童福祉施設へと——。初の本格的自伝。

沖縄を撃つ！

日本人と沖縄人の共犯関係で出来上がった「癒しの島」幻想を徹底的に解体しながら、既存のイメージとはまったく違った沖縄の姿を克明に描き出す、もっとも苛烈で真摯な沖縄論。

俺のロック・ステディ

60～70年代のロック黄金期を俯瞰する、本格的なガイドブック的側面に加え、エッジの効いた文章に乗せながら「ロックとは何か？」という根本的な命題を探求した、萬月流ロック論。

集英社文芸書＊花村萬月の本

花《はな》折《おれ》

画家の子に生まれた鮎子は幼い頃からその才能を現し、油絵で東京藝術大学に入る。ある日、大学の裏山で〝イボテン〟と名乗る奇妙な男と出会い、そのまま身体の関係を持つことに――。若い女性芸術家の視点で描く、濃厚でみずみずしい長編小説。